The Book Smugglers

偷书人

David E. Fishman

[美] 大卫 · E.费什曼 著　姚丽蓉 译

西苑出版社
XIYUAN PUBLISHIING HOUSE

图书在版编目(CIP)数据

偷书人/(美)大卫·E.费什曼(David E. Fishman)著;姚丽蓉译.
—北京:西苑出版社,2018.5
ISBN 978-7-5151-0654-0
Ⅰ.①偷… Ⅱ.①大… ②姚… Ⅲ.①纪实文学—美国—现代 Ⅳ.①I712.55

中国版本图书馆CIP数据核字(2018)第055105号

著作权合同登记号 图字:01-2018-9037

偷书人
TOU SHU REN

出品人 赵 晖
责任编辑 康志刚 汪昊宇
责任印制 陈爱华
责任校对 刘娟娟
封面设计 丛 林
出版发行 西苑出版社 XIYUAN PUBLISHING HOUSE
通讯地址 北京市朝阳区和平街11区37号楼 邮政编码:100013
电 话 010-88636419 传真:010-84281520
E-mail:xiyuanpub@163.com
印 刷 三河市嘉科万达彩色印刷有限公司
经 销 全国新华书店
开 本 889毫米×615毫米 1/16
字 数 260千字
印 张 24.5
版 次 2019年1月第1版
印 次 2019年1月第1次印刷
书 号 ISBN 978-7-5151-0654-0
定 价 69.00元

עליסאַן

"קום אַרויס צו מיר

מײַן טײַער זיס לעבן . . .

קום זשע אַרויס

כ'וויל מיט דיר צוזאַמען זײַן"

目　录

作者记

大多数人都知道，“二战”期间纳粹对犹太人的大屠杀是历史上规模最大的一次种族灭绝。集中营与死尸成堆的照片并不少见，但很少有人从纳粹对犹太文化的劫掠与毁灭的角度观察大屠杀。纳粹不仅企图消灭犹太人，更企图抹去犹太文化印迹。他们将逾百万的犹太书籍、手稿和艺术作品送进焚烧炉和垃圾厂。为了研究这个他们希望消灭掉的种族，他们甚至将几十万的文化宝藏运到德国专业的图书馆等机构。

这本书讲述的是一群不愿让自己的文化被践踏、被焚烧，在犹太聚居区中坚决抵抗纳粹的囚犯们的故事。这本书记录了在“立陶宛的耶路撒冷”——维尔纳——一群诗人、游击队员和学者偷书人的行动。这些援救者的对手是纳粹的犹太“专家”约翰内斯·波尔博士（Johannes Pohl），他受德国劫掠机构罗森堡国家指导总部（ERR）的派遣，来到维尔纳，组织销毁或运走这里丰富的犹太藏书。

德国人调用四十名犹太聚居区中的囚犯作为奴隶劳工，负责分类、选择、打包、运输书籍资料。在让人痛苦不堪的十八个月的工作中，奴隶劳工小组（昵称“纸张小队”）的成员们将图书包裹在身上，骗过德国守卫，把书偷走。如果被抓，他们会被带到维尔纳外围的大规模谋杀地点波纳尔，在那里被行刑队枪决。

德国战败，维尔纳被解放之后，“纸张小队”幸存的成员将埋藏的文化宝藏从地堡和藏放地点挖出。但不久，他们就被一个严酷的事实惊醒：统治维尔纳的苏联政权与纳粹一样对犹太文化充满恶意！他们需要再次拯救文化宝藏！与他们在犹太聚居区中的行动一样，将书与文件偷运出去也是危险重重。

这本书中的人展现了对于文学与艺术执着的热爱，并且时刻准备为之奉献生命。

主人公在不同时刻的感觉和内心活动源于我的自由想象，但是他们的行动则是基于大量的调研与证明文件，并非虚构。在文中，我通常按照犹太人的习惯，称故事发生的城市为“维尔纳”（Vilna）。在某些语境下，我使用立陶宛语的拼写方法“维尔纽斯”（Vilnius）或者波兰语的拼写方法威尔诺（Wilno）。

《偷书人》的核心是讲述人的故事。让我和你讲讲一个经历吧。几年之前，我曾在一次关于维尔纳犹太聚居区的演讲中，提到“纸张小队”的英勇事迹。演讲结束之后，一个老人拄着拐杖向我走来，他告诉我说：“你知道吗？我在那个小队工作过几个月，我也偷出过几本书和一些文件。”我目瞪口呆，有点怀疑“纸张小队”的英雄们到2012年还仍然有人在世。但是在回答了我连珠炮式的发问之后，我确定他的确曾经是“纸张小队”的成员。

93岁高龄的米歇尔·门金（Michael Menkin）现在居住在

新泽西的养老院里。他温柔优雅，是一位退休的宝石商人，对于自己成功的事业并不夸耀。他享受着平凡生活的乐趣，有儿女和六个孙子陪伴的天伦之乐，还有很多的朋友和崇拜者的友谊。门金忠实地支持以色列国，他自豪地回忆起波兰修正主义、犹太复国主义者梅纳赫姆·贝京曾经住在维尔纳他父母的家中的那段时光。梅纳赫姆·贝京后来担任以色列第六任总理。门金还是美国华盛顿犹太人大屠杀纪念博物馆的创建人之一。

但回到20世纪40年代，门金只是维尔纳犹太聚居区中一个高高瘦瘦的18岁囚犯。德国人命令他把成箱的书搬运到装卸货物的码头。这些书大部分会被送进垃圾焚烧炉和“造纸厂”，小部分会被运到德国。那时诗人施默克·卡奇金斯基总是护着他，传授他“偷书”的艺术。

参与“偷书”行动是门金在犹太聚居区的几年里为数不多的快乐回忆。他的母亲，两个姐姐和弟弟都死在波纳尔。“我们知道自己活不长了。那还不如做些善事，拯救文化宝藏。我不记得工作期间我‘偷’的那些书和手稿的名字，但夜里躺在床上，我常常想，谁知道呢，也许我拯救的是些很了不得的东西。”

他做到了。他拯救了自己的人性，还有我们的。

主人公

施默克·卡奇金斯基。1942 年时年龄：34 岁。出生于维尔纳——“立陶宛的耶路撒冷”。在孤儿院中长大，上过夜校，在打印店中工作，自己也写诗。施默克——书中用他的这个名字，因为所有人都这么称呼他——参加过“年轻的维尔纳”文学小组，并成为小组中积极而充满活力的灵魂人物。他是一名波兰共产党地下党员，曾写过流行的政治歌曲。他机变而独立，在德国人入侵维尔纳之初便装作波兰聋哑人，在乡下游荡七个月之久。1942 年 4 月，他决心进入维尔纳犹太聚居区，成为聚居区中最受欢迎的诗人。

泽里克·卡尔曼诺维奇。1942 年时年龄：61 岁。出生于拉脱维亚的戈丁根，是个天生的学者、知识分子。卡尔曼诺维奇在柯尼斯堡大学取得闪族语语言学博士学位。他的一位朋友曾评价说：“泽里克走进房间时，我就不需要百科全书了。”他是严肃、认真的模范，1928 年成为维尔纳意第绪语科学研究中心（YIVO）的联合主管。“二战”前夕，卡尔曼诺维奇 55 岁时，他开始接受宗教信仰与犹太复国主义。在维尔纳犹太聚居区中，他告诉囚犯同胞们要保有尊严与道德，他被人们称作“聚居区中的先知”。

瑞拉切拉·克林斯基。1942 年时年龄：32 岁。出生于维尔纳。她是受人欢迎的高中历史教师，在维尔纳大学读完硕士学位，掌握中世纪拉丁语、德语。她曾有一个震惊亲友的传闻：与一个富有的已婚男人发生了婚外情。这个男人名叫约瑟夫·柯林斯基；他最终离开妻子，与瑞拉切拉结婚。但约瑟夫在德国入侵维尔纳后的几周就死去了，瑞拉切拉独自一人进入新建的维尔纳犹太聚居区。她将自己仅有 22 个月大的女儿留在聚居区外，交给波兰保姆照顾。在聚居区，唯一能够让瑞拉切拉忘却痛苦的方式就是读诗。

赫尔曼·克鲁克。1942 年时年龄：45 岁。出生于波兰的普洛茨克，是一个职业图书管理员。他是个忠实的民主社会主义者，相信书籍是犹太工人进步的阶梯。1939 年 9 月克鲁克逃离华沙，作为难民在维尔纳定居。

1940 年他本有机会移民至美国，但

是他选择留下找寻自己的妻儿——他们被困在纳粹占领下的华沙。1941年，维尔纳被德国占领后，他成为犹太聚居区图书馆的主管。他是一位优雅的绅士，皮鞋总是锃亮，指甲也锉得干净——这一点即使在犹太聚居区中也不曾改变。

亚伯拉罕·肖兹克维。1942年时年龄：29岁。出生于白俄罗斯的斯摩根。肖兹克维儿时作为“一战”难民来到了西伯利亚，他在这个白雪皑皑的冬季仙境里度过自己的童年。他的爷爷是一位拉比[1]，因而他是个不关心政治的审美家，只信仰诗歌。他眼神朦胧，头发卷曲，是文学小组“年轻的维尔纳”中的桂冠诗人。德国人入侵之后，他几十次死里逃生，还曾躲藏在停尸房的棺材里。肖兹克维心怀神秘的信念，他认为只要完成自己的任务，写出美丽的诗，他就会活下来。

约翰内斯·波尔。1942年时年龄：41岁。出生于德国科隆。一位被授予神职的天主教牧师，却成了纳粹的图书抢劫犯。波尔曾在耶路撒冷的宗座东方学院进行高级圣经研究，掌握了圣经希伯来语和现代希伯来语。1934年返回德国之后，他不再从事牧师职业，而是在普鲁士国家图书馆担任希伯来区图书管理员。他天性勤奋，狂热而忠实，不久就成为纳粹分子的忠实仆人，并开始发表反犹文章，文章涉及犹太教与《塔木德》。1940 年，他作为犹太文物专家加入纳粹德国文化宝藏劫掠机构罗森堡国家指导总部（ERR）；并于 1941 年 7 月抵达维尔纳。

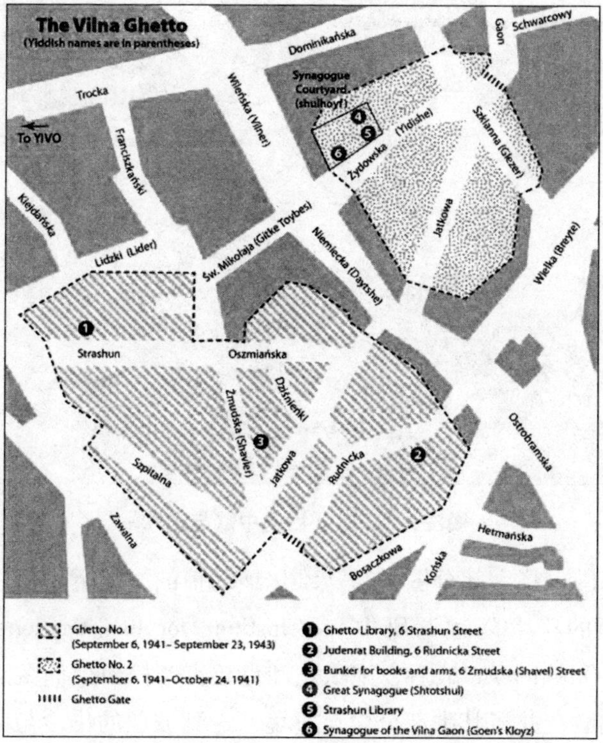

图注：维尔纳犹太聚居区（括号中是意第绪语名称）

一号聚居区（1941 年 9 月 6 日—1943 年 9 月 23 日）

二号聚居区（1941 年 9 月 6 日—1941 年 10 月 24 日）

聚居区大门

①斯特拉舜街 6 号，犹太聚居区图书馆

②鲁德尼吉街 6 号，犹太人居民委员会大楼

③日暮斯卡街（沙沃尔街）6 号，藏放书籍和武器的地堡

④大犹太会堂

⑤斯特拉舜图书馆

⑥维尔纳加恩犹太会堂（加恩的祈祷室）

图注：“二战”后的中欧与东欧

德国人将大部分图书与从维尔纳劫掠的文化宝藏船运到法兰克福的犹太问题调研中心（Institute for Investigation of the Jewish Question）。战后，施默克和肖兹克维挖出他们藏起的书籍、宝藏，并将其中部分偷运过境，送到波兰的华沙与罗兹[2]。

引 子

1943 年 7 月，纳粹占领下的波兰维尔纳

诗人施默克·卡奇金斯基（Shmerke Kaczerginski）结束工作后回到了犹太聚居区。他是一个奴隶劳工，所在的小队负责将图书、手稿和艺术品分类。其中一些宝藏会被运到德国，剩下的将被扔进垃圾焚化炉或造纸厂。在这个犹太文化中心的“奥斯维辛”，他负责挑选出即将被流放的书——还有将被付之一炬的书。

虽然他不像纳粹占领之下欧洲其他的奴隶劳工：他不用挖用来抵挡苏联红军的防御工事，不用搏命扫雷，也不用从毒气室把尸体拖到焚尸炉，但他的日子仍然很艰难。维尔纳大学图书馆灰色的礼堂中，堆起的书高到屋顶，他在这里辛苦地工作。来自德国罗森堡国家指导总部的区长阿尔伯特·史波克特（Albert Sporket）十分冷酷。那天早上，他抓到施默克与其他几个工人在读一首诗。曾经是牲口商人的史波克特一阵破口大骂，脖子上的青筋抽动。他冲着工人们挥着拳头，然后把书扔到房间另一边。

“你们这些贼，你们是在工作吗？这里可不是休息室！”

他警告他们如果再发生类似的事情，后果会很严重。之后他甩门离开。

工人们整个下午都十分忐忑。牲口商人对待他们和书都像对待牲口似的——在他们死之前会一直剥削他们。如果史波克特把他们的事报告给盖世太保[1]，他们就完了。

施默克的工友、爱人瑞拉切拉·克林斯基（Rachela Krinsky）是一个高个子、有着深棕色眼睛的高中教师。她走过来问："你今天还带东西走吗？"

一向乐观的施默克热情地说："当然要带。那个疯子随时可能把所有东西送走，或者把书像废纸一样扔掉。这些宝藏是我们的未来。对于现在的我们来说也许不是，但对于那些能幸存的人来说很重要。"

施默克把一个老旧的《妥拉》刺绣封套裹在身上。裹紧之后，他把四本小书藏进他新的紧身衣中。这四本书分别在威尼斯、萨洛尼卡、阿姆斯特丹和克拉科夫出版，都是古版珍品。他将另一个袖珍的《妥拉》封套像尿布一样包在身上，然后扣上腰带，穿上衬衫、夹克，准备离开工作区，前往犹太聚居区大门。

这样的事施默克做过很多次，每次他的心情都很复杂，坚毅、兴奋、恐惧交织在一起。他清楚其中的危险。如果被抓，他很可能被立即处死，就像他的朋友，歌手柳芭·莱温斯基（Liuba Levitsky）那样——她被发现在身上藏了一袋豆子。最轻的惩罚，也是党卫队用棍棒或者鞭子给他来二十五下。施默克把这些东西塞进衬衫的时候，心中感觉很讽刺。他是一名共产党员，一个坚定的无神论者，从小就从未去过犹太会堂，但现在他要冒着生命危险保护这些带有宗教色彩的印刷品。从自己的皮肤上他闻到经年累月的尘土味。

返回犹太聚居区的工人队伍出乎意料地长，队伍蜿蜒地延伸到离犹太聚居区大门两个街区远的地方。党卫军二级小队队长布鲁诺·基特尔（Bruno Kittel）今天在大门口亲自进行人身盘查，这个消息从队伍前头一路传到后头！基特尔是个年轻、高挑、皮肤黝黑又英俊的男人，是一位训练有素的音乐家，也是一位冷酷的杀手。他有时进入犹太聚居区“做运动”——枪杀居民。他会在街上拦下一个人，拿出一根香烟，问：“要火吗?”如果那人点头，他就掏出手枪，朝那人头上砰地开一枪。

今天由于基特尔在，立陶宛守卫和犹太聚居区警察的搜查比平时更为严格。一个街区之外的地方传来囚犯们因为私藏食物而被殴打的尖叫声，施默克身边的工人们立即动手处理衣服中的东西。土豆、面包、蔬菜，还有几块柴火滚到了街上。他们暗示施默克，他臃肿的身体太明显了！在慢慢向检查点挪动的队伍中，大多数是受奴役的饥民，只有他异常结实的身体格外显眼!

“扔了吧。都扔掉吧!”

但施默克不能扔。他知道扔了这些东西也不会让他化险为夷。不像土豆，这些书中有藏书票。如果他把这些希伯来文的书和《妥拉》封套扔到街上，德国人肯定会找到他的小队。基特尔可能会处死整个工作队的成员，包括瑞拉切拉和施默克最亲密的朋友、诗人同伴亚伯拉罕·肖兹克维。所以施默克抓住这段等待的时间，做好心理准备，计划应对接下来可能出现的狂风暴雨。

队伍中的每一个人都再三检查自己的口袋，以防有硬币或文件这些可能激怒基特尔的东西。施默克开始颤抖。队伍越来越长，阻断了泽夫纳街的交通。泽夫纳街是维尔纳主要的商业大道。电车开始鸣笛。非犹太裔的行人聚在街上观看这一景象，有些人捡起了街上被丢掉的东西。

忽然，有几个声音从人群后面传来。

“他进聚居区了!”

“我们走。快!”

原来，搜查工作繁复而无趣，基特尔很明显已经厌烦，他决定离开门口，到他的管辖区内逛逛。队伍忽然前进了一大截。守卫们对于基特尔的离开既感到吃惊同时又松了一口气。他们纷纷回过头看基特尔要去哪里，也不刻意阻止奔跑的人群。施默克穿过大门的时候，书紧紧地贴在他身上，他听见嫉妒的声音传来。

“有些人就是走运!”

“我真不该扔掉我的土豆!”

他们并不知道施默克带进来的不是食物。

施默克走在犹太聚居区的鲁尼兹卡大街上，靴子咔咔作响，他唱起了写给聚居区青年俱乐部的一首歌：

只要愿意谁都可以永葆青春，
年华不值一提。
老人也可以，也可以返老还童，
在一个新的、自由的春天。

犹太聚居区地下深处有一个秘密地堡，这是从潮湿的泥土中挖出的大洞穴，里面铺着石头地砖。摆放的大金属桶里装满了书、手稿、文件、剧院纪念品，还有宗教用品。

那天夜里，施默克把冒着生命危险、寄托了所有希望偷来的宝藏添放到地堡里。在准备重新封上通向藏宝库的暗门时，他抚摸着《妥拉》封套和古版的珍品，并且和它们道别，好像这些东西是他的孩子。施默克，这位诗人在想："我们的世界与这地堡一样漆黑，但在那即将到来的光明的未来，这些文化宝藏一定会大放异彩。"[2]

第一部

战　前

第一章 灵魂人物施默克

家人和朋友做梦都没想到施默克·卡奇金斯基长大后会成为一名作家。他们以为他会和他父亲一样成为一名行李搬运工，或其他什么干体力活的人。施默克在维尔纳最贫穷的街区长大。1915 年，他的父母死于饥荒。在“一战”那个艰难的年代，这个 7 岁男孩的命运似乎不会再有任何起色。他应该就做个行李搬运工吧。或者成为小偷，不然就是个走私贩。

施默克最后确实成了一个走私贩，走私的东西却不一般。他在维尔纳的犹太聚居区里做囚犯时，从纳粹抢劫的文化宝藏仓库里偷书，以防这些宝藏被焚烧或者运到德国。精通偷书技巧的他，在战后的一段时间继续这一事业。但在施默克为书籍赌上性命之前，他是一位读者、作家、编辑和出版人。[1]

幼年失去父母的施默克（希伯来语名字施默亚胡“Shemaryahu”的爱称）和弟弟雅各布投靠过各种亲戚，也和爷爷住在一起，大部分时间却在街上游荡。10 岁时，他被维尔纳的一家犹太人孤儿院收养。他搬入的那间宿舍有一百五十个和他一样在“一战”中失去父母的孩子。施默克个子很小，斜视，又营养不良，肚子浮肿，头也是肿的，有佝偻症的症状。

白天，他去社区资助的、为孤儿和有天分的孩子设立的塔木德经文小学读书。在学校期间，他的病好了，成了一个好学生。在塔木德经文学校的第六年，他开始阅读意第绪散文家、哲学家海姆·德特洛夫斯基（Chaim Zhitlowsky）的作品。

相较于学习，施默克更擅长交际。他有着迷人的笑容，身上总是带着温暖和能量。他乐于给予他人支持与关注，这些他自小就缺少的东西。施默克爱在派对和聚会上唱乡间民歌，还热衷于用沙哑的声音讲故事。同学们像蜜蜂围绕花朵一样被他吸引，老师也给他开小灶，给他额外指导。[2]

1924年，16岁的施默克开始在埃森史塔（Elisenshatat）的印刷店做学徒。他搬出孤儿院，租了一个单人间。晚上，他去I. L. 佩雷兹夜校上课。这个学校由犹太工人联合会里的激进人士组织运作，专为工人阶级的青年提供中学教育。犹太工人联合会是波兰最大的犹太社会主义组织。在这里，施默克开始接触激进的政治，参与劳工运动。[3] 18岁时，施默克写下自己的第一首流行歌，一首政治小曲《路障》。在诗中，他将工人解放想象成一件快乐的家庭琐事。

> 父亲、母亲、小孩子，一起建路障，
> 所有工人加入战斗队伍，巡逻在街上；
> 孩子们都知道——爸爸今天不回家，
> 他在街上忙，端着他的枪；
> 查娜告诉她的一帮孩子，晚饭今晚没有，
> 然后离家，帮助爸爸战斗。
> 孩子们建了一个路障，家里没有人，

孩子们在外头，向警察扔石头。

歌的曲调朗朗上口，在社会主义者的集会游行中，还有在波兰的各个青年组织中像野火一样传唱。虽然人人会唱这首歌，但大部分人不知道作者是谁。

得益于包含这首诗在内的一些作品，1928 年，施默克加入了一个新兴的意第绪语作家群体——“年轻的维尔纳”。他对聚会最大的贡献就是在餐桌旁唱乡间民歌，把团体成员拉进充满活力的合唱团。一位作家后来评价：如果没有施默克，“年轻的维尔纳”就没有一丝年轻的活力。[4]

他的朋友、诗人、小说家哈伊姆·格雷德（Chaim Grade）回忆道：

“他吃东西细嚼慢咽，会忽然放声高唱一首歌，旋律的细节处理得都很好，还会加上手势和表情。在所有人听腻了一个旋律之前，他会唱好几遍。然后他把右手掌放在耳朵边，好像里面有一个音叉在震动，然后眨眨眼睛，表示：他又有灵感啦。一首新歌就出来了。他身边的所有人都会开心地跟上曲调，好像他们一直等的就是这一首。”[5]

施默克没有一点作家的样子，也不会装腔作势。他瘦而矮小，额头高，嘴唇厚，看起来和普通工人无异——当然他本身也是一个工人。他戴圆形黑框眼镜、贝雷帽，穿一件邋遢的外套。与其他诗人不同的是，他遇事应变能力强，是个敢作敢为的斗士。一天晚上，一群波兰青少年企图攻击正在巷子里闲逛的他和一群朋友。施默克勇敢应对，痛揍了好几个挑事者。[6]

这个年轻的诗人还很受女孩们欢迎。他的个人魅力和温润的性格弥补了他个子矮、眼神懒散、相貌平凡的缺点。他的女性朋友大部分是从周边的小城刚来到维尔纳的，他帮她们找工作、找住处。他用歌唱迷住了她们。但他总是直截了当地表示："不要爱上我，不然你会很痛苦。"大家都知道他的缺点，所以他和女孩交往从没超过半年。他容易厌倦，然后甩掉那些女朋友。但他忠于男性朋友。他的男性朋友大多是穷工人和穷作家。他用笑话、歌曲和故事让他们振奋。如果有一点格罗希[7]，他肯定会带朋友去喝东西：茶、咖啡或者伏特加。[8]

尽管施默克很好相处，性格也让人愉悦，他对自己的政治事业却很严肃。他在社会主义者资助的夜校学习期间，加入了当时被禁的共产党。对于贫穷与反犹主义甚嚣尘上的波兰而言，边境线那边的苏联似乎是一个避风港。他的地下政治活动——深夜把红旗绑在电话线上，打印反政府宣传单，把传单送到当地警察局门口，或者组织街道示威——让他几次被捕并且短期入狱。

断断续续地受到波兰安全警察的监视之后，施默克也开始采取应对措施。他在纽约的意第绪语共产党日报《清晨的自由》（*Morgn-Frayhayt*）上用笔名发表文章，让游客帮忙邮寄，或者使用华沙的虚假地址。他与文学圈子的朋友从不讨论他的政治活动。[9]

不管怎么说，施默克是"年轻的维尔纳"里的灵魂人物，是团体的生命。他不是团体里最高产的或最有天分的作家，但是他能安抚所有人的文学好胜心，把大家聚到一起。他就是他们的组织者——经理、秘书、编辑、宣传人。也正因为施默克，这个文学小组成为一个同人会，一个作家同胞们互帮互助的友好组织。[10]

施默克写的东西政治色彩特别强。他于 1934 年发表的短篇小说《赦免》反映了波兰监狱中政治犯悲惨的处境。这些囚犯唯一的出路就是国家首脑的赦免令。为了让这个故事通过审查，施默克将故事背景设置在一个德国监狱中，而不是波兰监狱，但考据各种细节，文中提到的地点都是虚构的（再者希特勒从未发布任何赦免令）。故事的最后犯人们意识到“没有人会给予我们自由”，他们和工人群众必须自己争取自由。[11]

当一位新诗人亚伯拉罕·肖兹克维向组织提交他精美的书写自然的诗，申请加入“年轻的维尔纳”时，施默克忠告他：“亚布拉沙（亚伯拉罕的另一种叫法，更为亲切），我们生活在钢铁的时代，可不是水晶的时代。”肖兹克维的申请被拒绝了，几年后才被允许加入组织。再后来，肖兹克维成为 20 世纪最伟大的意第绪语诗人。

从个人和诗歌的角度来说，施默克和肖兹克维完全是不同的人。亚伯拉罕·肖兹克维是中产阶级商人，祖父是位拉比。他是个美学家，不关心政治，爱沉思，总沉浸在自己的世界里。他也是个非常英俊的年轻人，眼神恬静，头发卷曲。“一战”期间，他作为难民在西伯利亚的吉尔吉斯斯坦人中间度过童年，他习惯了美丽的雪、云和树，也习惯了另一种语言——具有异域风情的声音。战争结束后，他在维尔纳定居，在私立学校学习，并开始大量阅读波兰诗歌。肖兹克维的这些经历，都是接受全意第绪语教育的施默克所没有经历过的。但亚伯拉罕一进入“年轻的维尔纳”，就和施默克成为最亲密的朋友。[12]

20 世纪 30 年代后期，波兰为了维持与西边的邻居纳粹德国的友好关系，更加频繁地镇压共产党。施默克激进的政治活动让当局怀疑他参与的文学小组是一个秘密的革命组织。当局没收了大量《年轻的维尔纳》文学杂志，并且在 1936 年后期逮捕杂志编辑施默克。当局控告他扰乱公众治安，将他送上了法庭。其中有一项审判就是让他在审判室中长时间反思他写的几行诗的意义。但最后法官不得不将他释放，同时发还了最新的一期杂志。“年轻的维尔纳”团体和施默克的朋友们在一个咖啡馆庆祝他们的胜利，他们谈笑风生，对酒当歌，肖兹克维举起酒杯：“施默克主义永垂不朽!”“施默克主义”是一种用坚定乐观的态度和幽默感应对各种挑战的精神支柱。[13]

施默克还为另一件事庆祝——“二战”爆发了。1939 年 9 月 1 日，国土西边的纳粹德国袭击波兰，华沙被德国包围。而在苏德签订的《互不侵犯条约》下，苏联抢占了波兰东部，红军进入维尔纳。对于施默克来说，红军的到来让他的梦想成真了——共产主义来到了他挚爱的故乡。红军到来的第二个周五，他和朋友们整晚唱歌喝酒，畅想未来。

但还没过几周，施默克的喜悦就落空了。苏联决定将维尔纳交给资本主义的专制国家立陶宛。他倍感失望后离开了维尔纳，去了维尔纳东南部一百英里外的比亚韦斯托克（Bialystok）。比亚韦斯托克属于苏联管辖区域。他在那里继续做着建设共产主义的梦。施默克在比亚韦斯托克生活了将近一年，以做教师和士兵为生。1940 年 6 月，当苏联再次抢占维尔纳，将维尔纳定为立陶宛苏维埃社会主义共和国的首都时，施默克回家了。他自信满满，认为工人会成为工厂的主人，再也不会有人失业。

让所有人诧异的是，施默克回到维尔纳时，成了已婚男人。他的妻子芭芭拉·考夫曼是从德国占领的克拉科夫逃离出来的难民。和施默克一样，她也是一个坚定的共产主义者。但在其他方面，她与施默克和他的前女友都不相同。芭芭拉出生于一个中产阶级家庭，说着地道的波兰语，不懂意第绪语歌曲和文学作品。施默克的那帮朋友不太喜欢她，他们认为她木讷又冷漠。芭芭拉也不喜欢和这群朋友争夺新婚丈夫的关注。[14]

但施默克很开心。他回到了朋友身边，爱上了一个优雅美丽的女人，成为了“世界上最公平的社会”中的公民。他感到满足。[15]

施默克从一个孤儿成长为一个作家，这样的经历并不多见，他的弟弟就成了锁匠，基本不读报纸。但他的故事在维尔纳也并非独一例，维尔纳毕竟是“立陶宛的耶路撒冷”，这里的书籍与研究水平值得最高的尊重。塔木德经文学校和佩雷茨夜校这样的机构将很多街上游荡的孩子变成酷爱阅读的读者。只是施默克和书的渊源更深。他意识到，是书籍将他从罪恶和绝望的深渊中拯救出来的。所以，在关键时刻拯救书籍，防止它们被摧毁，是他为了回报书籍所做的力所能及的一件事。

第二章　图书之城

施默克·卡奇金斯基喜欢带犹太作家和从华沙、纽约来的犹太知识分子逛街，介绍他所在的城市。在他们家门口，或者是酒店房间门口，有时他不打招呼就会问他们是否愿意和他一起去逛逛景点。维尔纳共有十九万三千名居民，其中28.5%是犹太人。按照人口数量来看，维尔纳是波兰第四大犹太人聚居地（另外三个是华沙、罗兹和利沃夫），但从文化方面上来说，维尔纳是东欧犹太人的文化首都——立陶宛的耶路撒冷。[1]

传说维尔纳是在17世纪获得的这一崇高头衔。那时维尔纳申请成为立陶宛犹太团体的理事会成员，但格罗德诺[2]、布雷斯特[3]和平斯克[4]这些老牌犹太社区拒绝给予维尔纳席位，他们认为维尔纳只是一个新兴的年轻城市，规模小又平平无奇。维尔纳犹太社区主要负责人的回信则充满诗意的热切。信中提到，在他们的社区中有“333位”居民熟读《塔木德》。写信者强调了这个数字的象征意义：希伯来语的字母也表示数值（Alef是1，Bet是2，等等），而“333”与“雪”（Sheleg）这个词所代表的数值相等[5]。因此，维尔纳就像刚刚飘落的白雪一样纯洁无瑕。

理事会的成员在收到信后顿时心生敬畏，同时也满心羞愧。因为在他们的社区中，熟记《塔木德》的学者不超过十人。理事会中的一位拉比站起来宣布：“维尔纳必须加入理事会。这是立陶宛的耶路撒冷啊！”[6]

开始游览之前，施默克会向美国客人解释一些历史常识：维尔纳位于华沙和圣彼得堡（列宁格勒）之间，在过去四百年间由波兰或俄罗斯统治。但是在中世纪，这个城市名叫维尔纽斯（Vilnius），是立陶宛大公国[7]的首府。立陶宛大公国的地域横跨波罗的海与黑海，还囊括了今天的白俄罗斯、波兰和乌克兰的大部分疆域。1387 年，维尔纽斯的居民才开始接受天主教，他们一度是欧洲土地上最后的异教徒。他们使用的语言并不属于斯拉夫语种，而是与梵语很相似的立陶宛语。

随着立陶宛邻国的扩张，区域控制权易主。1569 年，大公国被并入波兰王国，波兰的语言、文化开始涌入这一地区。维尔纽斯易名为威尔诺（Wilno），并成为波兰大学的所在地和波兰印刷行业的中心。在瓜分波兰的最后阶段[8]，1795 年，俄罗斯控制了立陶宛，威尔诺又易名为维尔诺（Vil’no），成为沙皇俄国西北角的一个省会城市。沙皇政府强制要求学校将俄语作为唯一的教学用语，还将很多天主教堂转变为俄罗斯东正教教堂。俄罗斯统治这一地区一百二十五年后，在“一战”落幕时，这个城市又重新归属波兰管辖。

但是在这三次政权更迭中，犹太人始终称这一地区为立陶宛，而维尔纳，就是立陶宛的耶路撒冷。

施默克独特的导览总是从城市中心的大教堂开始。立陶宛人捣毁了异教的神殿，在废墟上建起了大教堂。大教堂靠近威立雅河的河岸。立陶宛人在这座雄伟的哥特式教堂里皈依拉丁天主教，在河里接受洗礼。

施默克会介绍装饰在大教堂外围的圣人雕像。其中有一座长胡须、头上有角的摩西的全身像，摩西手执《十诫》。这幅全身像安装在入口处的墙面上。在教堂入口摩西这样显眼很不常见，维尔纳的犹太人之间渐渐有了这样的传闻：大教堂的意大利建筑师曾经信仰犹太教，他结束雕刻摩西的全身像工作之后，宣布自己计划用模具制作最后一尊雕像——主的真身。但是当他开始这个狂妄的计划时，忽然一阵狂风刮过城市，将雕像的底座撞落，艺术家重重地摔死了。摩西像低下头愤怒地看着他，手指《十诫》中的第二条说道："汝不可自己雕刻偶像。"[9]

在维尔纳，即使是天主教的大教堂，也有关于犹太人的故事。

从这里开始，施默克会带领客人走上维冷斯卡街。这条繁华的商业大道承载了大大小小的犹太人、波兰人的店面：电器铺、针织品商店、药店、高端服装定制商店，还有牙医办公室。在这条路上，施默克会指出赫利俄斯歌剧院（Helios Theater）。1921 年，最著名的意第绪语戏剧，S. 昂斯基[10]（S. An-Ski）的《恶灵》[11]（The Dybbuk）在这里第一次公演。整个城市中最受尊重的犹太报纸《日报》（*Der Tog*）的办公室也坐落在这条街上。

施默克继续带着客人在街上走，直到德意志街，还有那条与德意志街交叉的蜿蜒的小巷，巷子里是古老的犹太人聚居地。16 世纪早期，第一批犹太人在这里定居。1551 年，波兰国王西吉斯蒙德·奥古斯都二世颁布皇家特许令，允许犹太人在特定的三条街上居住。1572 年，在其中一条名叫日多夫斯卡的街（意为“犹太人的街”）上，犹太人建了一个犹太会堂，这个会堂成为之后的大犹太会堂（Great Synagogue），意第绪语称 shtot-shul。

从外观上看，这座大犹太会堂的建筑设计平淡无奇，在大教堂的反衬下尤其如此。因为根据皇家条令，所有的犹太会堂不能高于当地的教堂，所以这个大犹太会堂只有四层楼高。但当你进入这栋建筑，走下两三级阶梯，站在一楼向上看时，有大理石的立柱，橡木的摆设，象牙的装饰，大烛台，由绣了金线的、缎子制的窗帘罩起来的圣柜[12]。所有这一切出现在你眼前，琳琅满目。

传闻拿破仑在 1812 年来访大犹太会堂时，在门口站了许久，一脸惊讶，久久不语。

大犹太会堂的屋顶有一块颜色很暗的地方，据说 1794 年科希丘什科起义（一场波兰人民企图光复被俄罗斯掠夺的领土而进行的起义，最终失败）时，俄罗斯的征服者与波兰的反叛者在维尔纳的街道上战斗，犹太人躲在会堂里祈求上帝庇护。一颗加农炮弹落到会堂的屋顶上，但是没有爆炸，炮弹就一直留在了那里。一个世纪之后，大犹太会堂里的集会者每年都会在发生奇迹的那一天念感恩祷文。[13]

之后施默克会带客人去大犹太会堂的庭园（shulhoyf）里逛一逛，给他们介绍在院落中占有大面积的十几座小型祷告室和研习室（kloyzn）。庭院的一面墙上挂了成套的八个钟，每个钟面上都有希伯来字母，标示不同祷告服务的时间、周五晚上点蜡烛的时间以及安息日结束的时间。“钟底下”成为集会教徒、过路人、乞丐的聚集地。这面墙上还贴满了公告。[14]

大犹太会堂是维尔纳最出名的犹太地标，却不是最受推崇的犹太圣地。“犹太圣地”的美誉属于庭院对面的那栋建筑——维尔纳加恩的家与教堂。人们也称维尔纳加恩为天才、所罗门·查尔曼（1720—1797）之子或以利亚拉比。他是犹太人社区的守护神和文化英雄。

以利亚拉比完全沉迷于圣书研究，过着隐士般的生活并因此闻名。他窗前的百叶窗从不打开，以免街上的景象、声音让他分神。他的睡眠时间很短，也很少出门活动。尽管离大犹太会堂只有几步远，他也从不参与那里的祷告。他在自己家中开了一个私人的祈祷室（kloyz），并邀请自己认识的信徒友人来到这里和他一起做礼拜。他死后，这些信徒还在这里学习、祷告，并最终将他们的席位传给下一辈的学者。

加恩的祈祷室与维尔纳的其他犹太会堂不同，没有女性礼拜区域。祈祷室里的礼拜仪式根据以利亚拉比习惯的一套礼拜仪式得来，很特别，与标准的东欧习俗不同。所以在 19 世纪末期，人们初被允许在祈祷室中做礼拜时，对于仪式的程序感到十分困惑。

加恩的祷告室中极重要的地方是南面墙上的一块匾额，匾额上标记着以利亚拉比端坐四十年学习《妥拉》的地方。这块匾额的上方，挂着“永恒之光”——通常出现在圣柜之前的圣光。这个祷告室里有两个“永恒之光”，一个在圣柜上，一个在右手墙边上的“加恩座位处”。在匾额的下方，墙向外突出，形成像讲经台或布道坛那样的三角形，覆盖住了以利亚拉比曾经学习的地方。这个突出物是一块纪念碑，也是为了防止有人坐在以利亚拉比位置上的一个阻障。[15]

1918年，一位维尔纳当地的历史学家注意到："加恩的祈祷室让人敬畏。你一进门就能看到灰色胡子的《塔木德》学者，好像加恩的魂魄还在空中盘旋。"一本指南记载："加恩的祈祷室是'立陶宛的耶路撒冷'这顶王冠上的一颗宝石。"[16]

以利亚拉比象征着这个社区的道德观：书籍是犹太人生活中的最高价值。当欧洲的犹太人想象"立陶宛的耶路撒冷"时，出现在脑海中的并不是大犹太会堂，也不是雕像或者纪念碑。他们看见的是一册大的对开本《塔木德》，《塔木德》标题页下方印着大的粗体字"维尔纳"。意第绪语作家肖洛姆·阿施（Sholem Asch）曾回忆，他第一次学习《塔木德》时，曾确信犹太教的经典古籍不仅在维尔纳印刷，最初也是在这里完成创作的。

结束了大教堂、大犹太会堂、加恩的祈祷室之旅后，施默克可能会有些厌倦宗教类的地标。他本不是个虔诚的信徒，如果不是要向参观者展示，他也从不去大犹太会堂。那么下一站，他会兴奋地带客人去那个让他有归属感的地方——犹太公共图书馆。

图书馆以它的建筑者马提提亚胡·斯特拉舜（Matityahu Strashun）命名。马提提亚胡·斯特拉舜是一位富商、学者和书籍爱好者。1892年，斯特拉舜决定死后将自己的私人藏书捐赠给犹太人社区。他的藏书中有五本希伯来语古本（1501年前印刷的书籍），许多来自16世纪威尼斯（第一个主要的希伯来语印刷中心）的出版社的书籍，还有其他罕见的书籍。在斯特拉舜死后，这些他遗赠给社区的书籍在维尔纳的犹太精英中流传开来，图书馆迅速发展扩大起来。

社区理事会决定在维尔纳犹太人聚居地的历史中心——大犹太会堂旁边的庭院（*shulhoyf*）之内扩建一个图书馆。他们的选址透露了一个信息：这个图书馆会成为知识分子的圣地。理事会的另一个决议是图书馆每周开放七天，安息日与犹太教节日也不闭馆。（根据图书馆的规定，在安息日与犹太教节日，不可在阅览室写作或做笔记）阅读和学习被融进生活中，成为没有“休息日”的活动。

到20世纪30年代，图书馆藏书已达到四万册。

斯特拉舜图书馆一直以来都是维尔纳犹太人的智慧海洋。总有人排队等候长长的三角形桌子旁那几百个座位。傍晚时分，年轻的读者坐在窗沿上，或者靠在墙上。图书馆也是新老潮流交汇之处，这里有长着络腮胡子的拉比，也有戴着红色或蓝色丝巾的时尚年轻人。

施默克每晚下班后都会来这里阅读意第绪语文学和世界文学作品。他曾写过一篇文章《在尘土中焕发生机》（*Dust That Refreshes*），以纪念图书馆开业四十五周年。[17]

图书馆里有一位与图书馆同样出名的图书管理员：柴克·伦斯基（Chaikl Lunski）。他一个人负责参考文献服务、图书借还、书库管理工作，还管看门。长着络腮胡子的伦斯基一直待在维尔纳的犹太人区。他是个虔诚的信徒，每天下午去大犹太会堂祷告。他也很喜爱现代希伯来语和意第绪语文学。每一个来访的诗人，他都当作贵宾接待。伦斯基还是一个狂热的犹太复国主义者，他梦想着有朝一日可以回耶路撒冷的图书馆工作。但他与社会主义者也交情匪浅。20世纪早期，他为图书馆收集了很多“非法”的革命宣传册［例如工人联合会的《打倒贵族!》（*Down with the Autocracy !*）］，把它们藏到图书馆仓库的最深处。沙皇警察得知图书馆藏了煽动性的文学作品后，就威胁要关闭图书馆。

虽然伦斯基从未学习过图书馆学（一门直到20世纪20年代末期才出现的学科），但他的博学和对于图书、读者的热情完全弥补了他专业知识的不足。一位读者这样回忆：“他清楚图书馆所有书的书名和位置，就好像一个人熟记自己朋友家的地址。”大家都爱他，称呼他为“立陶宛耶路撒冷的守护者”。[18]

在离开图书馆之后，施默克可能会邀请游客朋友去维尔夫·乌申（Volf Usian）的餐馆（大家都叫它维尔夫卡）吃午餐。维尔夫卡坐落在德意志街与犹太人街道的街角，这里整晚不打烊，是维尔纳的波希米亚犹太人最喜欢的聚会场所。大家常常开玩笑说，最后一个《塔木德》学者离开大犹太会堂回家休息时，维尔夫卡才刚刚醒来，充满活力。餐馆中有整个镇子上最好的犹太餐点：碎肝脏、碎鱼乱炖[19]、水煮牛肉，还有烤鹅，分量也很足。

维尔夫卡餐馆的外厅有一个吧台，被用来招待敞篷四轮马车[20]车夫、当地的地痞，还有维尔纳的犹太地下党成员。内厅则多用来招待情侣，还有文化人士——演员、作家、知识分子和他们带来的贵宾。有时一个穷作家没钱付账时，吧台的地下分子会代付。

内厅播放歌曲，还有开放的舞池。餐馆的老板来往于内外厅之间，友好地招呼所有的客人。

维尔夫卡最出名的常客是意第绪明星演员亚伯拉罕·莫莱

夫斯基（Abraham Morevsky）。他曾经出演《恶灵》中一位来自米罗波尔（Miropol）的哈西德派的拉比，并因此出名。莫莱夫斯基在每场演出结束后都会来这里吃饭。他是个胃口很好的大块头男人，常常点五到六盘菜，吃的时候像头饿狼。人们都说，莫莱夫斯基在维尔夫卡是按照小时付餐费的，不是按照点的盘数。

来维尔纳不到维尔夫卡，就说明你不懂这座城市。[21]

稍作休息之后，施默克会改变方向，向游客介绍维尔纳现代犹太人文化中心。在德意志街上继续走一段，到鲁迪尼卡街后右转，就能看到意第绪文实中学[22]和犹太音乐中心。这两个地方共用一个很大的庭院。文实中学是维尔纳优秀的犹太高中，也是波兰为数不多的使用意第绪语教授先进化学和物理知识的学校。音乐中心主要进行古典音乐教学、多种乐器教学和声乐训练。音乐中心还负责组织意第绪语歌剧表演，包括《茶花女》《卡门》《托斯卡》《蝴蝶夫人》和《阿依达》。

继续向前走，穿过萨法尔纳街就可以到达克拉舍尔纳街上的打印店和克莱兹金出版社的编辑办公室。克莱兹金出版社是世界上最著名的意第绪语出版社。出版社的创建者和主管鲍瑞斯·克莱兹金，在19世纪90年代经常帮助主要的犹太社会主义团体工人联合会印刷地下文学刊物。他设计了一种印刷机，这种印刷机可藏在特制结构的餐桌中。1905年，俄罗斯帝国宣布新闻自由，克莱兹金决定将自己的印刷事业合法化、商业化。尽管如此，他也从未放弃自己“书籍是改进世界的载体”的这一理念。克莱兹金本身没有经济负担，这点很重要。他从房地产业、林业，还有从父亲那里继承的木材生意上，都能赚钱。

克莱兹金出版社以出版高质量的套装书闻名，他曾出版现代意第绪语文学之父 I. L. 佩雷茨的作品集（一共十九册）。克莱兹金是维尔纳的罗姆出版社在 20 世纪的世俗继承人。罗姆出版社出版的二十一册版本的《塔木德》是经典之作，被称作“维尔纳沙司”（Vilna Shas）。克莱兹金还出版了许多伟大的欧洲作家作品：马克西姆·高尔基、查尔斯·狄更斯、托马斯·曼、克努特·汉姆生，还有罗曼·罗兰。除此之外，它还出版了一些学术作品：西蒙·达布奥讲述哈西德派的古典史学作品（译自希伯来语）和若瑟夫·弗拉维奥的《犹太战记》（译自古希腊语）。

1925 年，克莱兹金将自己出版帝国的总部搬到了华沙，并将维尔纳的场地改变成子出版社继续运营。为了向出版社的发源地致敬，华沙总部的名称沿用“鲍里斯·克莱兹金－维尔纳出版社”。许多文学爱好者翻开书，看到标题页上的“维尔纳出版社”和“华沙”时，都有些困惑。但是这个矛盾的修辞法是有意义的，因为维尔纳是高级犹太文化的代名词，“维尔纳出版社”出品必属杰作。[23]

施默克旅程的最后一站是位于韦乌尔斯基街的意第绪语科学研究中心大楼。YIVO 是意第绪语科学研究中心（*Yidisher Visnshaftlekher Institut*）的缩写。这个现代研究中心采用人文和社会科学的方法研究犹太人的生活。1925 年建立时，研究中心的组织会议在柏林举行。但是维尔纳的影响力和中心地位让建设者不得不选择它作为总部的安置地点。YIVO 的分支设置在柏林、巴黎和纽约。

YIVO 身后的推动力是一位才华横溢的学者：马克思·温

瑞克（Max Weinreich），前工人联合会积极分子。温瑞克本科毕业于圣彼得堡大学，学习的是历史、语言和文学。1917 年俄国十月革命期间，他初次涉足政治新闻业，之后去德国的马尔堡大学深造，获得语言学博士学位。意第绪语不是他的母语，德语才是，但是他却是个优秀的意第绪语学生和意第绪语公开赛冠军。温瑞克身上兼具德国教授的拘谨和佛教徒的社会责任感，由此形成了独特的个人风格。他在 1931 年一次反犹袭击中受伤，一只眼睛几乎失明。

YIVO 出版了超过二百四十万页的学术作品，涉及的领域包括语言文学、历史、民俗、经济学、心理学和教育。YIVO 还花费大量的精力在建造自己的图书馆和档案馆之上。由于缺乏资金购买罕见的书籍，YIVO 向志愿收集者求助，希望他们能从本地的社区寄来资料。YIVO 创建后仅仅四年内，1929 年，整个东欧，或说全世界，就形成了一百六十三个协助 YIVO 的收集者群体。他们将民俗、谚语，以及他们自己从朋友家人口中得知、记录下的民间故事邮寄过来。还有那些人们随手就会扔掉的传单、海报、剧院节目单，甚至还有他们从犹太会堂阁楼翻找发现的手抄记录本和文件。通过鼓励志愿收集，YIVO 让大众共同参与了这项学术事业。

研究中心宽敞的大楼建于 1933 年，位于韦乌尔斯基街 8 号，在一条安静、树木点缀的大道边，远离城市中心的喧嚣和旧犹太人区藏污纳垢的狭窄街道。大楼里干净、明亮，还有许多先进的仓储设施。施默克本来十分希望进入 YIVO，参加 1935 年开始的学术训练项目。但是他不符合要求，因为他没有高中毕业证书。

YIVO 是无国籍者、东欧犹太人的民族研究中心，温瑞克任研究中心的主席。这个研究中心是上万犹太人的民族自豪感和民族认同感的来源——在这个他们被普遍鄙视的国家里。同时，因为 YIVO 的存在要感谢谦逊的捐赠和志愿精神，没有获得波兰政府的任何官方承认或资助，YIVO 可以被看作犹太人在苦难面前的生存意志的表达。[24]

在施默克带领之下的维尔纳之旅就这样结束了。他会做一些总结性的反思。他提醒客人，从这座立陶宛的圣城最古老地标走到最新的地标只需要二十一分钟（从大犹太会堂到 YIVO）。三百五十年的时间，用二十一分钟走过。他谈论着这两个地点——一个犹太会堂和一个现代科学研究中心之间的文化距离，但是他也指出了两者间的传承关系。犹太人的维尔纳献身于美好的智慧，整个城市即是为了“让丰富的知识生长在贫穷与迫害中，抵制贫穷与迫害，并让它们最终消散”而存在的。

维尔纳的犹太人中间流传着一个关于维尔纳加恩的故事，并用这个故事中的妙语作为他们的口号。一群到了学龄的孩子在街上看到了以利亚拉比，发现他离开家门可是一件稀罕事，于是孩子们开始尖叫“维尔纳加恩!”“维尔纳加恩!”以利亚拉比这时转过身去，对其中一个男孩说：“孩子，只要你愿意，你也可以成为一个加恩，一个天才。”[25]维尔纳的意思就是“意愿”。“立陶宛的耶路撒冷”讲述的就是用意志力征服困难的故事。流离失所的犹太人也可以很伟大，“只要你愿意”。施默克总结说，这句话最完美地解释了犹太社会主义领导人伍尔夫·拉特斯基·巴托尔迪（Wolf Latsky Bartholdy）在参观图书馆时说过的一句话：“维尔纳不是一座城市，而是一种精神。”[26]

第二部

在德国占领下

第三章　第一次突袭

1941 年 6 月 22 日，星期日的早上，诺也和 · 布莱鲁兹基（Nojekh Prylucki）醒来，继续撰写意第绪语语音学书籍。昨晚他去了剧院，参加肖洛姆 · 阿莱汉姆（Sholem Aleichem）的喜剧《彩票》的首映。晚上陪在他身边的是施默克 · 卡奇金斯基、亚伯拉罕 · 肖兹克维以及“年轻的维尔纳”的其他作家。1939 年 10 月，布莱鲁兹基成了难民，从纳粹占领下的华沙逃到维尔纳。这位 55 岁的学者虽然初到维尔纳（这一时期人们使用立陶宛语名：维尔纽斯），却已经成为全城犹太知识分子中分量最重的一位。

1940 年 6 月，苏联占领维尔纳后，意欲将意第绪语科学研究中心（YIVO）“苏联化”，并且任命布莱鲁兹基为 YIVO 的主管。YIVO 的核心人物马克思 · 温瑞克于 1939 年 9 月前往丹麦参加国际语言学会议，他决定一旦战争爆发，就不再返回东欧。在斯堪的纳维亚半岛犹豫了七个月之后，1940 年 3 月，温瑞克定居纽约。苏联选择布莱鲁兹基接手他的工作。

布莱鲁兹基身材偏胖，蓄山羊胡子。除了主管 YIVO 的事务，他还是维尔纽斯大学意第绪语专业的第一位主任。他的就职讲座是城中一项重要的犹太文化活动。战前维尔纳还属于波兰时，维尔纽斯大学是反犹主义的温床，根本不可能出现研究犹太学的主任。大学中也没有犹太人教授，犹太学生被规定坐在教室左边（他们以沉默地站在教室后方的方式抗议）。布莱鲁兹基在一次采访中提到，他获得教授职位，得以主管 YIVO，这代表犹太人和犹太文化将会在“五角星的光芒的照耀下”在苏联维尔纽斯繁荣昌盛。[1]

1941 年 6 月 22 日，德国人的袭击打碎了繁荣的希望。大约在早上 10 点，布莱鲁兹基坐在书桌前，窗外响起了警报。11 点，苏联外务部长通过广播宣布，苏联被德国袭击。午间，维尔纳上空出现飞机，紧接着轰炸开始了。布莱鲁兹基和一群同事冲到维乌斯基高街上的 YIVO 大楼里，开始掩埋研究中心丰富的档案资料，希望瞒过迫近的德国侵略者。他们最担心的是布莱鲁兹基牵头做的记录文件“历史罪证”。“历史罪证”包含超过四百名从德占区域逃到维尔纳的难民的证词，记录了纳粹对波兰犹太人的暴行。如果德国人发现这些详细的罪证，毫无疑问，委员会的成员们都将难逃一死。[2]

周日的晚上，轰炸还在持续。布莱鲁兹基佯装自信地告诉他的朋友们：“希特勒在苏联投下第一颗炸弹时，就已经是在自掘坟墓了。他很快就会完蛋。”但他的妻子葆拉却十分担心：“我们必须逃走。诺也和一刻也不能多留。他们会把他撕成碎片。”[3]她的担心不无道理。因为布莱鲁兹基除意第绪语语言学学者、民俗学者的身份外，还是知名的犹太政治家。他任华沙犹太人民党（Folkspartey）党首达二十年之久，还曾是波兰议员。

布莱鲁兹基是犹太民族主义者和波兰爱国主义者，他坚信这两种身份并不矛盾。20 世纪 30 年代，他曾在自己主编的华沙意第绪语日报《时刻》（*Moment*）上严厉地批评纳粹德国。逃到维尔纳之后，他又变成坚定的苏联拥护者，相信苏联可以保护犹太人，也可以保护整个世界不受纳粹暴行的伤害。简而言之，德国人一定不会放过诺也和·布莱鲁兹基——这位知识分子、政治领袖、德意志第三帝国[4]公开的敌人。这也是 1939 年诺也和与葆拉从华沙逃走的原因。现如今，1941 年 6 月，德国人又追着他们来了。

布莱鲁兹基与一群记者和作家匆忙地计划向东逃离，但是 6 月 24 日，德国向苏联宣战后第二天，计划落空了。大量德军进入城市，德国人迅速封闭了所有出路。

被困在维尔纳的这对夫妻做了唯一可以想到的防范措施。他们在厨房炉子上烧毁所有个人文件，包括“历史罪证”中的文件。[5]

德国人控制城市后，维尔纳七万多名犹太人的生活质量迅速下降。7 月 4 日，效忠德国人的立陶宛警察和其他武装部队开始在街上侵犯犹太人。7 月 7 日，犹太人被要求佩上大卫之星臂章，以便于区分身份。7 月 10 日，一百二十三名犹太人死于施比达那街大屠杀。第二天，一群犹太人被驱赶到城市边缘一个绿色的、树木丛生的地方——波纳尔。在那里，他们排成一排，被集体枪杀。这是第一次发生连续性的大规模射杀。在这一个月中，几千名犹太人从街上、家里被抓或送走。据称是去工作，但是再没有人听到过他们的消息。那时还没有建立集中营，但犹太人已经不敢外出，害怕被“抓走”。

正应了葆拉·布莱鲁兹基的担心，德国人开始寻找她的丈夫诺也和，但原因却与她预料的不同——不是逮捕或处决，而是做奴隶劳工学者。下令逮捕他的人是纳粹犹太文物专家约翰内斯·波尔博士。

波尔是罗森堡国家指导总部（Einsatzstab Reichsleiter Rosenberg，ERR）的成员。这个德国机构负责劫掠整个欧洲的文化财产。1940 年，工作组在法国开始行动，抢夺属于犹太人的书籍和艺术品。不久，他们开始在更大范围内的国家博物馆、图书馆，还有各种私人藏书库进行偷窃。

ERR 的一个特殊兴趣就是抢劫犹太文物，包括图书、手稿以及其他关于犹太宗教、历史文化的文件。这些资料是反犹研究领域——“犹太研究”[6]的重要资源。他们需要借助这些资源研究犹太人的堕落。“犹太研究”将纳粹政策中的迫害及之后的灭绝行为变成合理的科学术语。对于纳粹来说，“获取”稀有犹太书籍和手稿是精神上、智力上对抗犹太人的重要工具。波尔是这项行动的负责人。[7]

约翰内斯·波尔在成为纳粹之前是一个虔诚的天主教徒。1904 年出生于科隆，是货车司机的大儿子。成为牧师是他“向上走”的一种方式。在授神职仪式之后，他成为位于北莱茵-威斯特法伦州的埃森城的牧师，并且在波恩大学的神学系继续研究《圣经》。波尔从来不是一个杰出的学生，但他十分勤奋，善于结识对他的前途有帮助的人。结束了在波恩的学习之后，他到罗马的宗座圣经学院继续学习，在那里生活了三年，那时整个意大利处在法西斯主义的动荡之中[8]。他主要研究《旧约》，毕业论文题目为《先知预言中的古代以色列的家庭与社会》，并低分通过答辩。离开意大利之后，波尔搬到了圣地耶路撒冷[9]。1932 年至 1934 年间，他拿着教堂的薪金，在耶路撒冷的宗座东方学院这个非常虔诚的环境中学习《圣经》、考古学和希伯来语。他甚至好像还去希伯来大学——这所犹太复国主义运动所支持的年轻的高等教育机构——听过讲座！他在耶路撒冷停留期间，纳粹在德国掌权，波尔对这件事表现出强烈的支持。他和德国同学常常在晚上围着篝火，唱《德意志高于一切》等纳粹歌曲。

1934 年，波尔的生活方式有所改变。他回到德国，不再做牧师，并与一名在耶路撒冷遇到的德国女人结婚。由于失去了工作，他决定向德国国家图书馆推销自己—— 一位会希伯来语的东方学专家。波尔很走运，因为国家图书馆中的东方图书管理员都是犹太人，而犹太人纷纷失业，就有了很多空缺。波尔的语言能力和政治忠诚帮助他成为德国最大的图书馆——普鲁士国家图书馆中的希伯来文物专家。工作期间，他每晚都会在图书馆学习。

波尔继续学术生涯的梦想屡次受挫，最终没有实现。他曾向柏林首席大学，弗里德里希·威廉大学（今柏林大学）申请撰写与古代希伯来社会相关的东方研究的资格论文[10]，但是遭到了拒绝，理由是他对现代《圣经》知识一无所知。他再次申请，提议撰写对希特勒和纳粹十分重要的选题：犹太人与布尔什维克主义的关系，但是仍然没有被东方研究部门接受。他们认为这个主题偏向政治学。所以波尔一直只是一个图书管理员，并且开始了反犹宣传员的副业。他在《先锋报》等出版物上发表了多篇文章，指出《塔木德》的邪恶之处。他的书《塔木德的实质》（*The Spirit of the Talmud*）比较受欢迎，曾出过两版。

波尔一直热切而顺从地追随他身边的权力组织；对天主教和之后的纳粹德国都是这样。他在研究天主教期间滋长的反犹主义，在为纳粹主义服务时得到应用。

1940 年 6 月，波尔作为希伯来文物专家加入罗森堡国家指导总部（ERR）。九个月之后，他被任命为法兰克福新成立的犹太问题调研中心的图书馆馆长。至此他的两份工作重合了。他开始为 ERR 抢劫犹太文物，再把抢劫来的资料放到调研中心。这样，犹太问题调研中心很快有了丰富的犹太文物藏书。[11]

波尔在德国人占领、控制了维尔纳的一周后，即 1941 年 7 月上旬来到维尔纳。随他一起来的是柏林大学东方与《圣经》研究专业的老师——赫伯特·戈特哈德博士。[12]这两位学者在城市中开车巡视，两人身穿黄绿色制服，佩戴红色的纳粹字符臂章，还有士兵随从跟随。

他们已经掌握了犹太文化机构的地址，还有机构主要负责人的名单，这次是有备而来。波尔在旧犹太街区上拦下行人，问他们如何可以找到 YIVO 的马克思·温瑞克博士、维尔纽斯大学的诺也和·布莱鲁兹基教授，还有斯特拉舜图书馆的柴克·伦斯基。除了身在纽约的温瑞克，波尔追踪到了布莱鲁兹基和伦斯基，并逮捕两人。他命令布莱鲁兹基交出 YIVO 最贵重的文物，并列出 YIVO 的主要藏品。

1941 年 7 月，诺也和·布莱鲁兹基成为奴隶劳工学者，每日在一名警察的押送下，往返于他位于泽克莱多瓦街上的家与

YIVO 大楼之间。他需要在大楼里完成分配的工作。[13]斯特拉舜图书馆著名的图书管理员伦斯基，犹太历史学－人种学协会下属的S. 昂斯基博物馆的策展人亚伯拉罕·E. 戈尔德施密特（Abraham E. Goldschmidt）也都一样，遭到了生命威胁，他们被逼着将所在机构中最重要的文物转交给波尔与戈特哈德。

这是德国人对书面犹太文字一次组织有序的劫掠，而且行动在德国袭击苏联几天后即展开。这说明夺取维尔纳的犹太文物是被“高度重视”的行动。

结束了第一天的工作，回到家中的伦斯基告诉他的朋友：“你肯定不会相信他的意第绪语说得多么好，那个德国人。希伯来语阅读也很好，草体字都没有问题。他对《塔木德》也很熟悉！”[14]

在洗劫了 YIVO、斯特拉舜图书馆还有昂斯基博物馆之后，波尔和一队德国士兵突袭了代表维尔纳犹太人的骄傲与荣耀的大犹太会堂。他们找到会堂的仪式管理员，也就是犹太会堂司事，夺下他的一串钥匙，从圣柜中拿走了《妥拉》书卷和其他仪式用品——银色的《妥拉》王冠[15]、胸铠[16]和金色的指针[17]。司事预料到了会有突袭，他把很多书卷和小的饰物藏到了圣柜附近一面墙后隐藏的穹顶中。但还是被德国人发现了，他们炸开穹顶，移走了里面所有的东西。接着，他们又去洗劫位于会堂庭院中的其他祷告室。[18]

7 月 28 日，几个学者的工作有所变动。布莱鲁兹基结束工作后没回家，他被带到了盖世太保监狱。他在 YIVO 的工作还在继续，只是现在他往返于监狱和 YIVO 之间。葆拉在他工作时去看望他，给他带去食物和衣服。她在报告中说，他的脸变长，眼睛变得黑暗，身体是弯曲的。他看上去好像被殴打过。8 月上旬，德国人将布莱鲁兹基、伦斯基和戈尔德施密特三位学者关进盖世太保监狱中的同一间牢房，三人每天分别被带到自己的工作场所。报告上说，这三人在监狱里每晚都会讨论犹太文学与思想，包括迈蒙尼提斯[19]的作品。8 月中旬，布莱鲁兹基不再去 YIVO。目击者称曾在维尔纳的中心监狱路奇史基监狱见过他。他是被打过的样子，浑身是血，头上包着破布。戈尔德施密特死气沉沉地躺在他身边，伦斯基则一脸茫然。

波尔和他的副手戈特哈德已经结束了在维尔纳的任务，命令盖世太保监禁三名学者。

1941 年 8 月 18 日，诺也和・布莱鲁兹基被处死。盖世太保知道他是犹太政党领袖、波兰议员后，将他作为第三帝国的敌人杀害。戈尔德施密特在监狱中一命呜呼，明显死于殴打。伦斯基是三人中幸运的那一个。9 月上旬，盖世太保释放伦斯基——这样他正好可以和其他人一起被赶入新形成的维尔纳犹太聚居区。[20]

维尔纳被肆意蹂躏：斯特拉舜图书馆的五部古版书、最古老的手稿、大犹太会堂里最美的仪式用品全部被抢走了。波尔和他的同伙，把它们同斯特拉舜图书馆的八箱文物，以及 YIVO、昂斯基博物馆里其他的文物全部运到德国。这些都表明，德国人将“获取”维尔纳的犹太文物提上了日程，对这件事非常看重。[21]

YIVO 被洗劫的消息传到了著名波兰犹太历史学家伊曼纽尔・林格尔布卢姆（Emanuel Ringelblum）耳中，彼时他被关押在几百英里之外的华沙犹太集中营。利用自己在波兰地下的关系，林格尔布卢姆给纽约的同事寄了一封加密的信件，告知他降临在 YIVO 头上的灾难。林格尔布卢姆的信开篇是："伊娃世·维乌斯基（Yivush Wiwulsky）最近死了。"这句话暗指坐落在维乌斯基高街上的 YIVO。他继续写道："你知道他的。什么财产也没留下。但是在战时人们丢掉的东西更多。你记得他在自己的生意上曾多么努力吧。现在，只剩下一座空房子。财产都被债务人瓜分了。"[22]

林格尔布卢姆的信息有些言过其实。1941 年 7 月，YIVO 馆藏中被运走的只是一小部分。大部分被留下来了。事实上，波尔从这次在"立陶宛的耶路撒冷""短暂的突袭"中学到了重要的一课：维尔纳在多个地点拥有大量的犹太人文化宝藏，一次劫掠无法全部夺走，需要工作组对几十万图书、文件进行长期的筛选。1942 年 2 月，罗森堡国家指导总部回到维尔纳时，就组织起来这样一个小组。

与此同时，德国官员将 YIVO 列入东部领土上，藏品对于帝国来说有巨大利益的前四十三座图书馆的名单之中。这些成为"获取"目标的图书馆馆藏，是为了丰富纳粹研究院计划建立的超大图书馆——厚尔舒勒[23]。在纳粹 1941 年 9 月 29 日的一篇备忘录中，提到了维尔纳的三个目标藏品处：大学图书馆，弗罗布莱夫斯基国家图书馆（波兰国家图书馆地区分支），还有预计藏书达到四万、档案资料达到七万的 YIVO。备忘录还写道，维尔纳的图书馆对于帝国十分重要，它们将丰富德国的犹太文物、希伯来文物以及天主教书籍的收藏。[24]

这样看来，罗森堡国家指导总部回到维尔纳，落实备忘录上的命令，仅仅是时间问题。

第四章　知识分子的地狱

除了诺也和·布莱鲁兹基，1939 年从华沙逃难到维尔纳的还有其他几十个人，包括作家、记者、教育家和政治领袖。但是谈到书，没有一个人可以和格罗萨图书馆（Grosser Library）的赫尔曼·克鲁克相提并论。格罗萨图书馆由一个名叫文化联盟（Culture League）的组织赞助，是华沙最大的犹太图书馆。克鲁克是全波兰最受尊敬的犹太图书管理员。他曾发表几十篇关于参考文献和图书出版的文章，出版过相关的册子，同时任文化联盟图书中心的主管，也负责编辑新闻简报。

克鲁克是一个忠实的民主社会主义者、工人联合会的成员。对他来说，图书馆是工人们提升自己，培养阶级意识，从而建立公平社会的载体。

在历时一个月的逃亡中，他在枪林弹雨中命悬一线，露宿停电的火车站。一个月后，克鲁克终于抵达维尔纳。他从火车站径直来到斯特拉舜图书馆和 YIVO，了解这里的图书编目和运营方式。这之后才去找到住所，换了一身干净衣服。

克鲁克正直自律、卓尔不群，人们见到他时敬重感会油然而生。“他走路时像下士”（在波兰军队中服役时获得的头衔)，“他总是昂着头，看起来比实际身高要高一些”。作为一位精致而优雅的绅士，他总是擦亮皮鞋，锉好指甲，即使后来在集中营中也没改变。[1]

克鲁克和他的弟弟平卡斯以及工人联合会青年运动的一位领袖一起来到维尔纳，妻子与小儿子留在华沙。逃难的旅程对孩子来说太危险，难民组织者也不允许任何人拖家带口。在维尔纳，克鲁克花费大量的精力确认妻子的住所，通过波兰方面的人给她寄信，并想方设法帮助她逃出来。

由于纽约犹太劳工委员会的干涉，1940 年春天，克鲁克和他的弟弟很幸运地获得了美国签证。平卡斯启程前往美国，但是赫尔曼为了寻找妻儿的下落，不断推迟离开的日期。1940 年 6 月，苏联重新进入立陶宛，开始减少海参崴过境签名额，而这是去美国的唯一途径。苏联官员想和克鲁克做一个交易：只要他同意做苏联的海外特工（他们用“朋友”这个词，但是意图很清楚），就放他从海参崴离开。如果同意，他需要加入在英国控制下运转的、西方国家的波兰军队，并提供军队的情报。他们指示克鲁克去加拿大的波兰入伍中心，但他拒绝在苏联官员放在桌子上的协议上签字。从那一刻起，克鲁克被困在维尔纳。[2]

1941 年 6 月 22 日，德国发动袭击时，44 岁的克鲁克没有再向东逃亡。他已经没有力气第二次长途穿越森林，过像拾荒者一样寻找食物的生活了。他待在自己的公寓里，靠写日记打发时间。时间久了，他的日记成为维尔纳犹太人艰苦劳动的伟大编年史。他成为犹太聚居区图书馆的主管（下文详述）之后，每天花两到三个小时在办公室里向秘书口述日记，秘书将内容打印了三份。如果被德国人发现这些，他无疑会被处死。但是克鲁克无法停止写作。写作让他产生目的感与使命感。他称这份日记是“生活的麻醉剂”。1942 年 6 月，维尔纳犹太聚居区作家协会给他颁奖，称赞这份日记是“地下文学报道”。[3]

克鲁克早期的几篇日记，记录了德国人用恐怖的方式控制犹太人的渗透过程：犹太人必须在外衣上佩戴黄色的大卫之星；犹太人禁止在城市的主干道行走；在有限的购物时间内，犹太人必须排在不同的购买食物的队伍中。克鲁克记录了犹太人被抓的场面，据称他们是要去工作，还记录了在施比达那街上发生的、死亡一百二十三人的大屠杀。他描述德国人宣布建立犹太人居民委员会（德语：Judenrat）时大家的反应：大部分的社区领袖拒绝去工作，但是最终妥协，希望他们的工作可以减轻同胞的痛苦。8 月 6 日，这个希望也破灭了。负责犹太人事务的副区域长官弗朗兹·穆雷尔命令犹太人居民委员会收集五百万卢布的“捐款”，但犹太人仅仅收集了三百五十万卢布，穆雷尔立即处死大部分的理事会成员，并且下令成立新理事会。

克鲁克是第一批听到“谣言”的人，“谣言”称在波纳尔，这个绿林覆盖的城市边缘地区发生了大规模的枪杀。但他以为这则传闻只是为了引起公众恐慌，并未相信。在他看来，那个跟随雇主到达枪杀地点的波兰女佣所说的故事，不是谎言就是幻觉。不久后，9 月 4 日，他亲耳听到了幸存者的证词，并且“用颤抖的手和沾满血迹的墨”记录下来。两个受伤的女孩，一个 11 岁，一个 16 岁，还有四个成年女人，她们带着枪伤来到维尔纳犹太医院。克鲁克亲自采访她们：

“他们用机关枪扫射我们。在一个已经躺了几千具尸体的沟里。在被射杀之前，人们脱掉了自己的衣服、鞋子……这片地方散发着尸臭味……有几个人从死尸中爬了出来，有几个人勉强走到了村子里……一个女人支撑着找到了一个农民，要求他带她去见犹太人。在她目睹了一切，爱人在眼前被射杀之后，她并不觉得自己的生命还有价值。但是她希望犹太人知道这件事，这是唯一一个支撑她找到那个农民的理由——让犹太人知道！！！[4]

克鲁克震惊了。现在他意识到那些在街上被抓走的几千名“失踪”人口，原来全部被屠杀在波纳尔的深坑里。他只能用世界末日即将来临般的语言来表达他的心情：

这个世界不会尖叫吗？

如果天堂可以开启，不是今天，那是何时？

如果天堂是天堂，它应当开始倾倒熔岩，将所有活物一次性全部冲走毁灭，让更大的世界被毁灭吧，不仅是这一个——让一个新的世界从废墟中诞生！“起来，全世界受苦的人！”（《国际歌》歌词第一句）埃及的黑暗正如日中天。无止尽的恐惧，无止尽的死亡！[5]

波纳尔的消息很快被新的命令压过：进入犹太聚居区。9

月 5 日，有消息传来，维尔纳所有犹太人在第二天都必须入住犹太聚居区。那些狭窄的、破败的街上，现在围上了新建的墙壁。克鲁克每小时都在记录，他称这一天为“有历史意义的一天”。

> 早上九点：一批批犹太人被带走。每个人都塞了很多东西。他们穿了好几件大衣，拖着背包，用婴儿车带东西。场面十分难看。狗似乎也嗅到了什么，不停地吠叫、哀嚎。它们向旧主人告别……
>
> 下午两点：人们说进入聚居区就是进入黑暗。几万人站成一排，被赶进这间牢笼。人们被赶来赶去，人们拎着袋子跌倒，尖叫声在天空中蔓延。悲伤的长途行进持续了数个小时。[6]

记录在克鲁克也被赶入聚居区时中断。接下来的几天，他太过痛苦、迷茫，没有写作。9 月 20 日他才恢复记录，在回顾性的几篇日记中重构过去几周发生的事。

聚居区极度拥挤。四万多人被逼入战前只居住了六千名住户的十一个街区。其中两万九千人居住在面积较大的一号聚居区，一万一千人居住在较小的二号聚居区。二号聚居区的大部分空间被大犹太会堂、斯特拉舜图书馆和犹太会堂庭院的祷告室占据，所有这些空间成为营房似的住所。克鲁克将斯特拉舜街比作蚁冢，栖息者像耗子一样从洞中爬进爬出。在 9 月 15 日（写作时间在日期之后）的一篇日记中，他写道营养开始成为一个问题，开始出现饥饿和疾病的报道，但他也记录了犹太人医生努力照料病人，人们偷带、分享、分发食物的日常活动。[7]

工程师安那多·弗莱德（Anatol Fried）主管的新犹太人居民委员会开始组织聚居区的内部生活。建立医院、卫生服务、学校、警察部门，还有……一个图书馆。

克鲁克来到聚居区的第一晚（诗人亚伯拉罕·肖兹克维曾写道："进入聚居区的第一个夜晚就是在你的坟墓中的第一个夜晚。"），就吸引了犹太人居民委员会的注意。工人联合会的一位当地领袖注意到克鲁克在土堆中打滚，把书从垃圾中拽出，并试图抓住被风吹走的几页纸。这个联合会成员也是犹太人居民委员会的成员，他向同事报告了看到的一切。第二天，理事会就让克鲁克管理聚居区图书馆。

聚居区能有一个图书馆，很大程度上是一个偶然。在德国人在斯特拉舜街 6 号划定的一号聚居区里，犹太人启蒙运动（*Hevrat Me tse Haskalah*）社团的流通图书馆的建立是个巧合。尽管图书馆位于斯特拉舜街，却并不是斯特拉舜图书馆——虽然大家都会这么以为。犹太启蒙运动社团图书馆的藏书主要是小说和教育文献，大部分的书是俄语和波兰语的，没有罕见书籍或者文物。这个图书馆为公众提供服务，藏书达四万五千册。[8]

克鲁克发现图书馆的藏书十分混乱。索引卡片被波尔运走了，因此克鲁克和他的馆员需要重新给所有书编目。一开始，他以为他的任务就是拯救这些书籍，在战争结束之前做它们的保管人。他没想到大批惊恐又迷惑的人群，没地方睡觉、填不饱肚子的他们，居然还会需要阅读。1941 年 9 月 5 日，图书馆开始外借一些挑选出来的书，聚居区的人们“像饥渴的羊羔一样扑向书籍”，“那些可怕的经历也无法阻止他们阅读。他们离不开书的世界”。他把这称作“犹太聚居区中书的奇迹”。[9]

克鲁克很快给图书馆配齐了健在的、最棒的专业人员：学者、YIVO 副主管泽里克·卡尔曼诺维奇，斯特拉舜图书馆的柴克·伦斯基，维尔纳犹太儿童图书馆的运营人贝拉·扎克海姆（Bella Zakheim），她的助手迪娜·阿布拉莫维奇（Dina Abramowicz），意第绪语教师学院的莫舍·海勒（Moshe Heller）博士等。

YIVO 的学者卡尔曼诺维奇成为克鲁克的二把手和图书馆三人秘书处的成员［第三个成员是克鲁克的秘书瑞秋·门德松（Rachel Mendelsund）］。这两个人的世界观不同。克鲁克是社会主义者，卡尔曼诺维奇不是。在意识形态几经改变后，卡尔曼诺维奇现在是一个有着宗教信仰的犹太复国主义者。但是两人的性格很相似，能力也可以互补。卡尔曼诺维奇在德国的大学读过书，在彼得格勒获得博士学位，是个博学家。（一个朋友曾经评价他：“当泽里克走进房间的时候，我都不需要百科全书了。”）克鲁克是专业的书志学家、图书管理员。除去意识形态的差别，两个人都是犹太文化中严谨治学、献身公共服务的知识分子典范。

斯特拉舜图书馆的传奇主管柴克·伦斯基在居民图书馆中的角色没有那么重要。遭遇了监禁、布莱鲁兹基被杀害，这些对他来说是重大的打击，他没有心力再做知识工作。克鲁克将他留用做流通图书管理员，负责为读者借书。[10]

克鲁克是个有掌控力的组织者、管理员，做事有动力而且十分专注。卡尔曼诺维奇是一个有强烈道德热情的人，人称“聚居区中的先知”。两人合作，共同致力于图书馆的目标：让聚居区中的人们振奋精神、提高自尊、鼓舞士气。

施默克·卡奇金斯基，这个精神头十足的社交家、吟游歌手、左翼诗人呢？在这一切发生的时候，他在哪里？施默克和妻子一起进入犹太聚居区，经历了那次给人严重打击的行进。当时两个人都穿了冬装，身上塞了床单还有厨房用具。他们在利兹基街一个拥挤的公寓住下来，同住的还有肖兹克维、他的妻子芙芮德卡以及其他几个知识分子。在德国人展开第一次突袭，抓捕、运走了三千五百名同胞后，9 月 15 日，施默克决心逃离这个叫作犹太聚居区的死亡陷阱。他首先试着改变自己的外貌。施默克蓄了小胡子，去掉圆边眼镜，希望自己看起来更像波兰人或者比利时人。就这样，他和金色头发的芭芭拉在 9 月的一个阳光明媚的早上，跟着一个前往建设工地的工队，偷偷溜出了聚居区。到了聚居区外面后，两人立即离开工队，摘掉外衣上的大卫之星。如果保持沉默，施默克还可以装作非犹太人。但只要他说话，就会露馅。他的意第绪口音太重了。

施默克和芭芭拉向西走，投奔一个住在兹威涅茨森林中的立陶宛友人。到那里后，他们会立即安排下一步计划。两人在穿越灌木丛时，芭芭拉由于心中害怕，脱口而出：“我有雅利安人的外貌，还会说流利的波兰语，要不是你，我早就假扮波兰人逃出来了。”

这些话像几吨重的石块一样砸向施默克。当她 1939 年秋天为了逃离德国人来到比亚韦斯托克时，是他收留了她这个饥肠辘辘、无家可归的难民。他关心她，喂饱她，还带她认识了一群朋友，让她重新振作——如今她却毫不掩饰和他在一起的后悔之情。“要不是你，我早就逃走了。”施默克停下脚步，看了她一眼，一言不发地转过身，朝着回到维尔纳的方向走去。芭芭拉没有叫他，他也没有回头。这是两人的最后一面。即使是一年多以后，德国人发现了芭芭拉的藏身之所，将她送去波纳尔处决，施默克也无法原谅她。但是这一切，除了最亲近的朋友，施默克没有告诉任何人。[11]

施默克开始向城中的一个波兰女人家走去，传闻她救助犹太人。半夜，他敲响她家的门。一开始，女人告诉他，他弄错了，但还是将他请到公寓内。在黑暗中，他看到坐在地板上的一些人的轮廓，这些都是从聚居区中逃出来的。而这个女人，维多利亚·格米莱夫斯卡（Wiktoria Gzmilewska）是一个波兰军官的妻子，也是拯救施默克的天使。

格米莱夫斯卡的公寓是一个中转处，逃脱者会从这里被送到不同的地方躲藏。但是在施默克到达这里后，她被告知这个公寓被间谍监视了，她需要尽快结束行动。没有地方可以收留刚刚到来的施默克。她为他安排了假的“雅利安人”身份文件，证明他是波兰人，名叫瓦池拉夫·罗德杰维茨（Waclaw Rodziewicz）。她意识到，如果施默克开口说话，肯定会暴露自己犹太人的身份，因此她还安排文件证明罗德杰维茨是一个1939年在前线战争中的士兵，一个得过脑震荡而又聋又哑的人。

接下来的七个月，这位维尔纳最爱说话、最爱交际的人嘴里没冒出过一个字。他装作聋哑人，从一个镇子晃到另一个镇子，偶尔打工，生活在萦绕不散的恐惧之中。不管怎样，战前“所有人”都认识施默克，所以他总是低着头，还立起衣领遮住脸。在深夜孤独、百无聊赖时，他为了听听自己的嗓音，会进入森林或者原野，像动物一样长嚎。

一次，施默克给一个年老又粗鲁的波兰伯爵夫人做厨子。这个女人一直冲他嚷嚷、羞辱他，但是施默克一直假装听不见。直到有一天，她又冲他嚷嚷道：“你这个懒骨头！废物！你连抓几个意第绪人，带给德国人换一千克糖都做不了。其他农民可都能做。”这一刻，他爆发了。冲着她的脸啐了一口，吼道：“你这个婊子，我一定活得比你长！”伯爵夫人震惊于聋哑人竟然开口说话了，昏了过去。施默克逃走了。[12]

有几次，施默克偷偷潜入几个小镇上的犹太聚居区（在米哈路斯基、格鲁伯卡、施维尔和卡布里尼克几个小镇上的），只是为了和犹太同胞在一起待几天。但是他从不久留。在一个叫舒穆斯克的小镇，他进入了一队三十个犹太人的强制劳动力所在的庄园。一天，他们的老板，一个比利时农夫，告诉这些人，助理警察命令他送他们去区域警察局注册。“不要去！”施默克告诉这些工人，但他们还是离开了。两天以后，这个团体中的人，除了施默克，全部被射杀。[13]

正当施默克在乡下游荡时，维尔纳犹太聚居区经历了血洗。[14] 9月开始，德国人对聚居区的袭击频繁起来。犹太人自己建立临时的躲避处（当地的意第绪语方言叫 *malinas*）。10月1日，赎罪日，挤满了人的大犹太会堂的祈祷会被盖世太保打断，他们赶着人们去“工作”。围着祈祷披巾（*taleysim*）的人们和他们的家人逃到临时躲避处，但是仍然有四千多名居民在赎罪日被抓走。他们被送到路基施基监狱，再从那里被送到波纳尔处决。10 月 24 日，发生了臭名昭著的“黄色许可证行动”。德国人命令犹太聚居区的管理者为所有居民发放新的身份通行证：三千五百张黄色工作许可证给“有价值的专家”；粉色的许可证给专家的家人——每个专家可以有一个配偶、两个孩子的名额。黄色与粉色许可证的持有人共计一万四千人，他们不会被驱逐。剩下的居民拿白色许可证——相当于拿到了死亡证明。惊慌的男男女女开始安排虚假的婚姻，只为了宣布他们是黄色许可证持有者的丈夫或妻子。作为聚居区图书馆的主管，赫尔曼·克鲁克收到了一张黄色许可证，他与 74 岁的工人联合会老先锋帕蒂·克雷默（Pati Kremer）“结婚”，并收养了街上两个孤儿作为自己的孩子。

黄色许可证持有者及其家庭成员离开聚居区去工作之后，德国军队入侵聚居区，抓捕了五千名白色通行证持有者，将他们送到波纳尔处死。10 月末，发生了规模最大的一次行动：10 月 28 日至 10 月 30 日，二号聚居区遭到“清算”，聚居区内的一万一千名居民几乎都被送去波纳尔。德国人讥讽地称波纳尔为“三号聚居区”。

在发生大屠杀的这段残酷时期，施默克在聚居区外，但是他的朋友、文人同事亚伯拉罕·肖兹克维陷在聚居区中。肖兹克维在短短的几个月内多次与死神擦肩而过。他曾经整夜躲在犹太安葬协会办公室的一个棺材里，躲过了一次抓捕。躲在棺材里时，他写了一首诗，描述自己的经历。还有一次，几名德国士兵威胁他，如果他不跳进一桶生石灰里，就要枪杀他。这次他也死里逃生。当他终于把脑袋从生石灰中伸出来的时候，额头上的血混着生石灰，还有日光，形成“我见过的最美的日落”。不久后，肖兹克维偷偷跑进二号聚居区寻找他的母亲，匆匆将她带去一号聚居区。几周后，二号聚居区不复存在。让肖兹克维一直活下来的原因是一种对于诗歌语言力量的神秘信仰：只要他完成使命，继续写诗，就能活下来。[15]

至 1941 年 12 月末，聚居区中的所有人都紧张而恐惧。克鲁克写道：“我们没有人能好好呼吸。我们都感觉自己被刺中，心上开了一个裂缝。最后一次袭击带走了那么多年轻的生命。所有人一蹶不振。”[16]我们的图书管理员、诗人、学者——克鲁克、肖兹克维和卡尔曼诺维奇，正身处这人造的地狱中。

第五章　书籍与人民的避风港

面对着盖世太保的突袭、波纳尔的流放、大量居民营养不良以及让人无法忍受的拥挤，一个图书馆仍然可以正常运营是件令人难以置信的事。但是斯特拉舜街6号的聚居区图书馆不仅营业，而且来往读者众多。1941年10月，这个聚居区最血腥的一个月中，在图书馆注册的读者人数实际还有增长，从1, 492人增长到1, 739人。图书馆外借图书7, 806本，平均每天外借325本。同时，在流通的图书之外，馆员们还将1, 314本书进行编目。[1]

大规模的抓捕之后，随之而来的却是借书的高峰，赫尔曼·克鲁克记录了聚居区图书馆这个令人惊异的矛盾："10月1日，赎罪日，3, 000名犹太人被带走。就在第二天，借还图书为390本。10月3日、4日，二号聚居区中大量的人被带走，一号聚居区陷入一种难以言表的紧张状态。但是10月，借还图书为5, 421本。"[2]阅读成为人们应对当下、调整状态的方式。

为了满足人们阅读的高需求，克鲁克在11月20日开放了一间战前储存副本的房间作为阅览室。阅览室里的长桌子和椅子是通过藏在聚居区收垃圾的垃圾车里偷运进来的。阅览室的墙上装上了一排排书架，书架上摆放了2,000册可供参考的书籍。书籍被分成十五类：百科、字典、课本和一些主题区域，比如哲学、经济学等。这个阅览室还有玻璃陈列柜，里面展放着书卷、《妥拉》王冠等其他宗教仪式艺术品。因此这里有时也被称作聚居区博物馆。[3]在聚居区远不能说是正常的环境下，阅览室的气氛却一切如常。

1942年1月到1943年7月间，这样的日子持续了一年半。在这所谓的稳定时期内，图书馆成为聚居区居民生活的精神支柱。大规模的“行动”、抓捕和波纳尔的流放都停止了。还有20,000名居民活了下来（14,000名注册居民，6,000名非法居民），他们的生活慢慢形成常规。工作队早上离开聚居区，进入强制工作区。如果可能，工人在回来之前，都会将食物藏在衣服底下，偷偷带回聚居区。犹太人居民委员会信奉“劳作聚居区”的信条，并认为这一信条是犹太人存活的关键：只要居民们工作有效率，工作对德国军队有用，纳粹出于私利会让他们活着。大部分的居民相信这个信条，或者至少让自己相信那是真的。

稳定伊始，文化、社会活动就随之喷薄出现：第一场音乐会在1942年1月18日举办；当月，犹太聚居区作家与艺术家协会成立；此外还形成了社会救助委员会、青年俱乐部、诵经室以及其他职业人员协会（律师、艺术家等）。[4]对所有团体来说，图书馆是无价之宝。

但是，这种平静被断断续续的暴行打破。1942年2月5日，德国人发布禁令，禁止犹太女人生育，很多女人在进入聚居区之前就怀孕了，幸运的人得以在聚居区医院中秘密地生下孩子，医院员工将新生儿出生证明上的日期提前。但是大部分2月5日之后出生的婴儿惨遭这些德国人毒杀。肖兹克维刚出生的儿子也是这一禁令的受害者。这首他写给自己已经遇害的孩子的诗，记录了他刻骨铭心的痛，也展现了他细腻、真挚的语言特色。

我本想吞下你，孩子，
当我感觉到你小小的身体
在我的手中冷却。
像一杯
温暖的茶……
我本想吞下你，孩子
以品尝
等待我的未来。
也许你将在我的血脉中再次绽放。
我却不值得。
不能成为你的坟墓。
我将你留给
那在召唤的雪。
才一声啼哭。
你现在像黄昏
碎裂后落入死寂
把我的祝福带给
那严寒之下

纤弱的幼芽。[5]

几个月后，7 月 17 日，德国人将他们的杀人机器转向了另一个弱势群体：老人。86 名居民被抓捕、送去疗养院，德国人称在疗养院老人会得到周全的照顾。然而十天之后，他们全部被杀。[6]一些个人和小团体也因为违背宵禁或者私运食物这样很小的罪名被送去波纳尔处决。

但是在大部分的日子里，对于这样一群精神受创、惶惶不安又营养不良的居民来说，生活仅是为了生存，是为了维护尊严和希望的、无望的挣扎。图书馆就是这种挣扎最重要的地点，克鲁克将其观察、记录着。

读者是谁？他们阅读什么？他们阅读的原因是什么？在一份 1942 年 10 月撰写的年度运营报告中，头脑清醒、依旧理智的克鲁克做了数据分析。图书馆共有 2,500 名注册读者，这个数字是其战前的前身——启蒙运动社团图书馆的读者数量的两倍多。读者很年轻：26.7% 的借书人不满 15 岁，36.7% 的在 15 岁至 30 岁之间。聚居区居民主要外借小说：外借图书中 78.3% 是小说，17.7% 是儿童文学，只有 4% 是非虚构作品。[7]

迪娜·阿布拉莫维奇，这位居民图书馆的图书管理员回忆，每天都有不同的读者经过借书台。早上，“上层社会的女士”会来。这些女士的丈夫在城中有较好的工作，在聚居区中算富裕的，为了打发时间，她们偏向阅读俄罗斯情感小说。下午，孩子们从聚居区学校放学后直接来到图书馆，寻找奇幻小说，比如儒勒·凡尔纳的《八十天环游地球》和《格兰特船长的儿女》。下午晚些时候和周日，在聚居区外工作的工人就会到来，他们主要感兴趣的是译成波兰语的世界文学。[8]

至于人们阅读的心理，克鲁克的报告中提到，首要的动机是逃避、忘记身处的现实："聚居区里一个人连七十厘米的生存空间都没有。在生活区，所有的事情都在地面上完成。没有桌子、椅子，房间里人挤人物挤物。人们睡在卷起的包袱上……书籍将他们带去聚居区高墙之外更广阔的世界。读者至少可以用这种方式使自己脱离压抑的孤独感，在思想中获得生活，获得失去的自由。"[9]

人们看得最多的是犯罪小说和一些价格较为低廉的小说。对此，克鲁克感到惊愕但又表示可以理解。他解释说，因为生活环境很消耗人，令人心烦意乱，大部分读者不能运用脑力阅读具有挑战性的、令人费解的文学作品。他列了一个长长的单子，上面有受居民欢迎的波兰语和俄语的低俗小说。至于西方文学，最常被外借的是埃德加·华莱士的犯罪小说、玛格丽特·米切尔的《飘》和维吉·鲍姆笔下的德国爱情故事。克鲁克抱怨没有人阅读福楼拜、高尔基的作品，一部也没有。陀思妥耶夫斯基和罗曼·罗兰也极少有人阅读。

克鲁克评论，阅读是一种麻醉剂，一种形式的酗酒，被人们用来逃避思考。"聚居区的图书管理员常感觉自己就像个毒品贩，这种我不愿称之为'阅读'的自我麻醉十分普遍。有些人即使在最难过的日子里也不停止阅读，但是读的都是廉价的犯罪小说。即便一些聪明的读者，也不愿意阅读其他种类的书。"一个居民对于她自己的阅读习惯有类似的评价："我一直读犯罪小说，直到我的脑袋麻木。现在要弄到烟太难了，这些书就是我的麻醉剂。阅读完三本犯罪小说之后，我脑袋里装满了东西，我就会忘记身边的世界。我尝试过阅读更加严肃的书，但是无法集中精力。”[10]

孩子们是最热情的读者。每个孩子需要的书比其他年龄层的人都多。他们的阅读需求特别旺盛，有几个孩子还曾闯进图书馆的封闭区偷书。图书管理员不得不请求聚居区警察帮忙逮到这些“小偷”，并送回家中。[11]

但是也有一小部分固执的“成熟的读者”，渴望从书籍中获得启发，以应对困境。这样的读者会借战争小说。托尔斯泰的《战争与和平》在聚居区图书馆运行的第一年中被外借 86 次，而战前，这本书平均每年仅被外借 14.8 次。除此之外，读者对雷马克的《西线无战事》的需求也很高。但是到克鲁克记录为止，成熟的读者最喜欢的欧洲小说是弗朗茨·韦尔弗的《穆萨·达的四十天》。这本小说的背景是土耳其一个小镇上发生的亚美尼亚种族被灭绝的事件。读者感觉到他们正面临的命运与降临在亚美尼亚人身上的一样。

至于犹太文学，阅历深厚的读者会沉浸于格拉茨与杜布诺所写的中世纪犹太历史书。这些书主要讲述十字军东征时期和宗教裁判所中犹太人的受难故事。最受欢迎的意第绪语小说是朔勒姆·亚什（Scholem Asch）的《殉道》（*Kiddush Hashem*），这部作品用虚构的故事讲述了 1648 年至 1649 年在乌克兰发生的赫梅利尼茨基大屠杀。[12]

除了流通图书馆，还有阅览室。阅览室的阅读者中有更多是精英人士，他们大多是学者和教育者，对于他们来说，图书馆是他们的办公室。他们在这里完成调查，准备讲座、写作。阅览室中 40% 的书是非虚构图书，而且这里是聚居区中为数不多的一个可以正常坐在桌椅前阅读、写作的场所。

阅览室是避难所，在这里人们获得安静、休憩，维护尊严。一些来访者翻看战前的报纸杂志。在一天的艰难工作后，他们“假装阅读”（克鲁克的原话），来获得休息。图书馆的礼仪强制执行（如“安静，不要说话!”），地板每天都会打扫。上学的孩子只允许在白天进入阅览室，不可以留在这里写作业。[13]

聚居区图书馆培养了人们阅读的文化和尊重书籍的态度。在借书台区的卡片索引附近，悬挂了两个告示：

书籍是我们在犹太聚居区唯一的慰藉！
书籍帮助你忘记可悲的现实。
书籍可以将你传送到犹太聚居区外遥远的世界。
书籍在你饥肠辘辘时填饱你的肚子。
书籍对你诚实，请你也对书籍诚实。
保护我们精神的财富——图书！

在这个告示旁边，是图书馆管理员张贴了更加平实的使用说明：

保持书籍清洁与完整；阅读时请勿吃东西；请勿在书上写字；请勿弄湿图书；请勿折叠书页或折断封皮；患传染病的读者请在还书时告知图书管理员。[14]

通过使用说明我们发现，图书馆最主要的问题是由于书籍使用率太高而导致的损坏问题。在聚居区，大多数书没有副本。克鲁克在图书馆建了一个装订处，专用来修理损坏的图书。

借书的规定被严格地、强制性地执行：书籍外借后三天内必须归还，超过规定日期会有罚款。如果读者在多次提醒后仍然没有还书，他的名字将会报到聚居区管理处，这些赖账的读者将被判一日监禁，还将处以高额罚款。[15]

斯特拉舜街 6 号的图书馆并不是居民阅读的唯一地点。克鲁克在聚居区学校、青年俱乐部，还有聚居区外一个有住户的工作区内建立了图书馆分馆“凯利斯”（Kailis），聚居区监狱中甚至也有一个分馆。监狱中的囚犯因为违反宵禁，或有偷窃等犯罪行为被犹太聚居区警察送进来。监狱图书馆有一百本小说。克鲁克记录，狱中囚犯每个月阅读量在二十本左右。[16]

1942 年 12 月 13 日，在图书馆运行十五个月之后，为纪念借出第十万册次书，图书馆举办了一个活动。活动中，人类学家丹尼尔·费恩施坦（Daniel Feinshtein）在祝词中解读维尔纳犹太聚居区中高涨的阅读热情——阅读是人们挣扎于生存的浮木。它是心灵的安全阀，可以让人放松紧绷的神经，防止精神与肉体的崩溃。通过阅读小说，一个人与主人公产生共鸣，从而保持心理上的警醒和感情上的活力。

费恩施坦使用阿拉伯文学中的一个意象作为比喻：“我们在物质上被切断了，就像一个徒步穿行沙漠的人，四周灼热。我们渴求生命和自由的源泉。看啊，我们的灵魂会在书页上追寻到艺术的白日梦。灵魂焕然一新，我们生命的能量和对生活的渴望在生长。希望不断增长，我们终将在沙漠的旅程中幸存，抵达自由的绿洲。”[17]

为了扩大斯特拉舜街 6 号的馆藏，克鲁克竭尽所能地遍地寻书。犹太人居民委员会将总部转移到犹太文实高中后，克鲁克将犹太文实高中的书转移到了聚居区图书馆。这所位于维尔纳鲁德尼吉街上的学校，曾是犹太重点高中。图书馆副主管泽里克·卡尔曼诺维奇，发现了“罗森克兰和施瑞特泽－希伯来”出版商的仓库，并拿到库存的管理权。聚居区图书馆还号召居民将他们发现的所有书都捐给图书馆。收集到的一些图书的主人，很多成为了波纳尔的冤魂，这些书让收集者唏嘘哽咽。[18]

收集、编目、外借图书的工作和阅读鼓励了聚居区中的知识阶层。图书馆象征着犹太文化将会熬过黑暗，即使大部分的居民等不到解放的那一天。克鲁克在日记中记录：“人们来到我面前，说：‘我要疯了。我没有地方可去。给我工作吧，我不要钱。让我帮你做细活和苦工。’已经有二十个志愿者在为我工作。总有新人来，旧人走。作家、记者、医生，还有专业人员都在这里工作过。人们带书来：‘我该把这些书如何处理？放你们这里吧。至少在这里，它们不会被烧掉。也许一些书能传下去。’”[19]

“*Zamlen*”（意第绪语：收集），像在战前 YIVO 的收集工作一样，成为犹太聚居区图书馆中人们热爱的副业。但是这个行动是一种选择性的绝望：在杀戮和毁灭中，如果可以选择保留下来的东西，那么，让书留下吧！

一开始，克鲁克和卡尔曼诺维奇就知道维尔纳的文化宝藏已经身处险境。1941 年 7 月，约翰内斯·波尔偷走了几千件文物。由于 YIVO 大楼和昂斯基博物馆位于犹太聚居区外部，克鲁克无法造访两地，他也就无法获得这两地馆藏状态的可靠消息。大犹太会堂和斯特拉舜图书馆在二号聚居区中，但是自从 10 月末二号聚居区被“清洗”，所有居民被运到波纳尔处死，克鲁克和斯特拉舜图书馆就断了联系，即使它就在幸存的一号聚居区几条街之外。

阻止文化重创的第一步，克鲁克和卡尔曼诺维奇利用犹太人居民委员会发布条令，命令居民“保护我们犹太聚居区遗留的艺术品、画作、雕塑、手稿，以及宗教仪式用品”。如果发现文物，居民们有义务向聚居区图书馆管理处报告，并告知文物的地点。[20]

第二步，克鲁克和卡尔曼诺维奇获得了居委会授权，可以“短途出行”至位于前二号聚居区的斯特拉舜图书馆大楼，用手推车尽可能地取回书籍。1942 年 1 月，在克鲁克的努力争取之下，他第二次拜访斯特拉舜图书馆。这一次他获得离开聚居区的两日特许通行证。但是他不是去城中做买卖，或买食物、皮毛、皮革和金子，而是利用这个时间去斯特拉舜图书馆馆藏中挑选书籍。到了空旷又怪异的大犹太会堂的庭院后，他顺便去了一趟维尔纳加恩的祈祷室，取回了有一百八十年历史的记录本。[21]

克鲁克还获准带领几名员工和志愿者，去大犹太会堂寻找仪式用品。一个参与者描述了进入被遗弃的圣所时所见的恐怖怪异的情景：“它沉浸在黑暗与忧郁之中……每一个角落都被毁坏，只有大理石柱子仍然昂首挺立。圣柜的所有窗帘几乎都被人从铰链上拉下来带走了……旧的木刻圣柜和其他柜子一半是打开的，全遭到了严重的破坏。最美的宗教用品都被亵渎了。”

这次出行收获贫乏。这个圣地早已被洗劫，几乎所有贵重物品都被拿走了。“有人在我们到达之前就已经控制了这个地方，让我们的任务‘简化’许多。我最后看了一眼大犹太会堂：一片被遗弃的废墟，灰色的墙面神秘地看着我们。墙上布满厚厚的灰尘和蜘蛛网。离开大犹太会堂的我们心痛地推着推车。谁知道我们是否还会再回来呢？”[22]

感谢这些努力，克鲁克收集了一批非凡的文化宝藏。1942年1月7日，他计算了所有新的获得物。包括126个《妥拉》书卷，170个《先知卷》与《圣书卷》（包括《以斯帖记》书卷）书卷，26个羊角号，13座光明节烛台，12座银制、黄铜制和铜合金制烛台，7块揭自犹太会堂墙上的有铭文的纪念牌匾，12个慈善募捐箱，4座《妥拉》王冠（银色2座，锡制1座，还有1座坏掉的王冠），21块圣柜罩子，110个《妥拉》封套，17幅素描和2幅油画。他还有斯特拉舜图书馆的2,464本书、20篇手稿和11本宗教协会和犹太会堂记录本。[23]

克鲁克拿到的一些东西让人吃惊。不知道他是怎样转移、运输的：大犹太会堂圣柜内壁（长度187厘米），维尔纳加恩的祈祷室中座位上方的那块历史纪念牌匾（长173厘米，宽69厘米），以及犹太会堂庭院悬挂的、告知祷告时间和点蜡烛时间的八个钟。[24]克鲁克也接受了聚居区管理处的帮助，安排他们利用卡车将文物偷运到聚居区。

随着获取的物品不断增多，聚居区图书馆不再是馆藏中等的小说、课本的存放处。无论是实际意义上，还是象征意义上，它都继承了斯特拉舜图书馆。

克鲁克建了几个图书馆名下的辅助机构，以提高图书馆的公众关注度和知名度：一家售卖有多册副本的书籍的书店（书籍主要来自出版商的仓库）；一个存放大量备忘录、会议记录和聚居区管理处信件的档案馆；一个负责对犹太聚居区当下的住房、就业、营养、健康和犯罪生成报告的统计办事处；还有一个为方便家人、朋友相聚而设立的住所办事处。他还计划要建一个聚居区博物馆，但是这个项目没有实现。

总体来说，图书馆和它的辅助机构都被称为“斯特拉舜街6号的机构”，而整栋大楼则被亲切地称呼为文化馆（Culture House）。馆里有十八名雇员。[25]

碰巧的是，犹太聚居区最受人欢迎的场所——运动场就在图书馆外。聚居区管理处清理了隔壁被炸平的建筑，并且利用这片空地做操或进行集体活动。图书馆建筑的外墙写满粉笔字的口号：“健康的身体内是健康的灵魂”和“爱运动者，至难之事也为易”。在这些口号上方是人们游泳、锻炼的照片。[26]运动场是犹太聚居区中唯一一个针对年轻人，尤其是情侣会面的开放空间。就这样，运动场和图书馆，成为大规模屠杀中心呼唤生命的地方。

图书馆位于维尔纳犹太聚居区中央并非是巧合，收集图书和文化宝藏成为知识分子居民热衷的事情也不是偶然。斯特拉舜图书馆和YIVO的传统在一号聚居区七个拥挤的街区中生生不息，犹太维尔纳没有忘记自己是“立陶宛的耶路撒冷”，它对于自己的内心一直忠诚。

被拯救的宝石：维尔纳加恩犹太会堂的记录本

维尔纳加恩的祈祷室建于1757年。1941年德国人入侵之前，它一直被用作犹太会堂和研习室。祈祷室的看守者保留着一本厚厚的皮革绑带的记录本，里面记录了长达一百五十多年的时间里祈祷室的一些管理决议。

犹太会堂就在隐士以利亚拉比曾经居住、学习的房子里，位于大犹太会堂的对面。他在工作日、安息日及假日，都与一群门徒在家做礼拜。参加有伟大的人出席的礼拜是一种荣誉，因此这个祈祷班（希伯来语：minyan）只有受邀者才可以参加。1797年，以利亚拉比逝世之后，他的信徒们继续将他家作为学习与祈祷的场所，并且像以利亚拉比在世时一样，开始接受维尔纳社区给予的小额月薪，来支持他们的《塔木德》研究。再后来，信徒们全部离世，祈祷室的看守者决定选拔一些有资格接受这永恒的地位且经济资助的《塔木德》研究者。这些《塔木德》研究者（被称作*prushim*）需要将自己的一生献给研究，并且过上修道院式纯洁的、克己的生活。

在19世纪中叶，祈祷室的礼拜活动终于向公众开放。1866年，这个地方被翻新、扩建。

这个记录本（希伯来语：pinkas）是一本厚厚的对开本，外观看上去像一册《塔木德》。记录本中的手写记录从1768年开始，到1924年结束。大部分的记录涉及行政管理的方方面面，用花体“希伯来语”写成，偶尔也运用缩写与上标。本子上记录了支持祈祷室的捐款、不动产的捐赠、设施的修缮、新看守者名单、卖出的座位、父亲遗赠给儿子的座位和宗教文书的捐赠情况等。

1941年之前，记录本一直在加恩的犹太会堂中传承，从未被售卖或捐赠给斯特拉舜图书馆或YIVO。因为看守者极为珍视这个记录本，他们将记录本放在锁和钥匙的下方，只允许现代学者查看——一位学者在19、20世纪之交时查看过，另一位学者在20世纪30年代查看过。直到“二战”结束后，记录本才可以被自由接触。

记录本显示，加恩的祈祷室存在的第一个百年，祈祷室不是一个完全独立的机构，像维尔纳其他的犹太会堂一样，它附属于卡哈尔城的权威官方机构——犹太人社区委员会。1768年，记录本最早的一篇记录是维尔纳社区委员会授权祈祷室组织工作日、安息日和假期期间的礼拜活动。这次授权条件是加恩需住在此处或在此处学习。如果他搬出去，这个犹太会堂就会被解散。[1]

因为以利亚拉比和他门徒的形象已经在民间故事、传说的夸大中变得模糊，所以记录本中关于加恩生前的早期的记录对于历史学家来说无疑是无价的资源。记录本中有可靠的、第一手的记录，且记录是由同以利亚拉比每日一起祈祷、互动的人所完成。记录本还提到，在加恩死去之后，他的后裔和门徒就记录本的管理权起了争执，这件事由城中最高的拉比法庭裁决，采取了折中的权力共享方式。

在以利亚拉比生活的时代，哈西德派运动如日中天，而他反对哈西德派。他本人就是在1772年、1781年和1796年分别开除哈西德派教籍的条令发布的推动者。他从神学、宗教的角度反对这一运动。他认为哈西德派的教义“虔诚在世俗事物中是异端”是邪说，他还谴责哈西德派狂热的祈祷方式，控诉他们曲解《塔木德》。“如果可以的话，我会像以利亚先知对待巴尔德先知那样对待他们（处死他们）。”加恩死后，他的祈祷室的看守人传承着一个惯例（记录在记录本中），哈西德派的信徒不可参加礼拜，也不可做接受薪金者或官员。当然，加恩在世时，这样的一条惯例其实是不必要的。哈西德派教徒不可能踏足加恩的祈祷室。[2]

记录本还记录了珍贵的20世纪早期祈祷室的运行方式，这时的祈祷室已经失去了部分昔日的光辉。看守人支持过二十到三十位全职学者（*prushim*），他们中的大部分人被授予拉比职位。这些学者每日中午就《塔木德》互相进行对话，思考得出的结论在小组内轮转。祈祷室大部分的资金来自捐赠者转让给祈祷室的公寓的租金。[3]

1916年“一战”期间，祈祷室有史以来第一次不得不呼吁公众捐款。贴在会堂庭院墙上的文字也原原本本地记录下这一事件。城市中饥荒、疾病蔓延，祈祷室几乎收不到任何租金。很多的公寓都空着，住户在1915年俄罗斯部队撤退时随他们一起离开了城市，而居住在简陋公寓的人都太穷，无法支付租金。一个九人的商人团体响应了号召，捐赠了总共三百多的德国马克，虽是很小的金额，但在饥荒和战争的肆虐下，这已经是最好的结果了。[4]

1922 年，记录本中末尾处一篇，为后代记录了“维尔纳加恩”陵墓在旧犹太墓地的重建与扩建，这要感谢以利亚拉比的一位慷慨的后裔。但是 1919 年 4 月，波兰的外籍军团进行宗教集体迫害，在这一过程中，陵墓被袭击、摧毁，最终变为了废墟。[5]

今天，记录本的原本展示在 YIVO 曼哈顿犹太调研中心的入口处。

第六章　共犯还是救助者？

1942 年 2 月 11 日，一个寒冷的冬日，三位罗森堡国家指导总部（ERR）的官员出现在犹太聚居区的大门口，命令派驻的犹太警察带他们去斯特拉舜街 6 号。德国人突然的到来在居民间引发了紧张和骚乱，所有人都害怕这可能又是一次行动。主管汉斯·穆勒博士在格哈德·沃尔夫博士和亚历山大·印普博士的陪伴下，带领 ERR 团队进入图书馆的阅览室。三位官员要求见赫尔曼·克鲁克。克鲁克走出办公室，见了他们。“他们表现得得体而优雅。”克鲁克在他的日记中写道。他们询问了克鲁克的日常工作和古版书籍的问题，还让他介绍斯特拉舜图书馆和 YIVO。克鲁克叫来柴克·伦斯基和泽里克·卡尔曼诺维奇。在一次简短的对话之后，德国人宣布他们希望邀请三人几天后赴一个约会。之后他们就离开了。

聚居区中的人们发出一声深沉的、如释重负的叹息，原来不是一次行动。又或者，这是另一种行动的开始——并非针对人民，而是针对书籍的行动。[1]

接下来的会面发生在 ERR 的新办公室中，新办公室位于伊戈盟托夫斯卡街 18 号，这里曾经是威尔诺大学的医学图书馆。如今这些宽敞的房间里摆满了桌子和打字机，很多秘书在里面工作。纳粹的横幅挂在墙上。穆勒告知几位犹太学者，从现在开始，他们将为 ERR 工作，代表 ERR 收集犹太书籍。其中克鲁克是工作组主要负责人，卡尔曼诺维奇协助克鲁克，伦斯基则做专业书志学者。穆勒允许克鲁克继续承担聚居区图书馆的主管工作。

他们的第一个任务就是将斯特拉舜图书馆从它所在的前二号聚居区中的犹太会堂庭院，搬到威尔诺大学图书馆中的指定地点。他们需要在指定地点分书，将图书编目，准备将最贵重的文物运到德国。德国人给他们分配了十二名工人，负责书籍的打包和搬运等粗活。

伦斯基倒吸一口冷气。德国人这次命令他销毁他自己建立的、已经存在了四十多年的图书馆。

德国人的计划是部分合并、部分掠夺。将斯特拉舜图书馆与威尔诺大学图书馆合并后，ERR 拿走了“最好的东西”。德国人却将他们的掠夺解释为一种解救：他们是“外借”书籍，这些书籍在德国会远离前线的战火，更加安全。

一向自持的克鲁克被这个任务弄得不知所措。当天晚上，他在日记中写道：“我和卡尔曼诺维奇都不清楚我们到底是在毁书还是在救书。如果成功将文物保存在维尔纳，对我们来说，这将是巨大的好处。但是如果他们夺走图书馆，我们就成了同伙。为了应对可能发生的各种情况，我需要开始采取预防措施。”[2]

克鲁克试图在维尔纳保存尽量多的书。他请求穆勒允许他将斯特拉舜图书馆藏书的副本转运到犹太聚居区图书馆，穆勒同意了。克鲁克还瞒着德国人偷书。他将书悄悄藏到大学图书馆大楼的其他地方。最后，他在聚居区图书馆深处创造了一处藏宝地来保存文物。克鲁克成为第一位偷书人。

穆勒与克鲁克之间的关系很复杂。一方面，穆勒是雅利安主人，克鲁克是他的次等犹太奴隶；另一方面，两人之间也有相互的职业信任，像两军交战时各方的将领。穆勒也曾是一名图书管理员，对于犹太图书似乎真的很关照。一次，他遇见一群立陶宛人把从维冷斯卡街上的前卢巴维奇犹太会堂里抢来的满满一推车的犹太书籍推走当废纸卖，于是勃然大怒。他拦下他们，并从这些抢劫者手中夺过书。穆勒向克鲁克提过这个事件，并且向他保证，这些书不会受到伤害："这些书到我手上，我会保管好它们。"[3]

在与德国人的又一次会面后，克鲁克在日记中写道："德国人接待我们时很尊重，甚至可以说是热情的。"穆勒和他的手下与克鲁克、卡尔曼诺维奇和伦斯基一起讨论了关于犹太语言的几个问题——为什么意第绪语和希伯来语有很多矛盾之处？为什么希伯来语和犹太复国主义有关联？布尔什维克对于希伯来语的态度是怎样的？这一次讨论持续了很久。这些德国人似乎有一种真诚的好奇和了解的欲望。[4]

谈到保护斯特拉舜图书馆每本藏书，相比于德国人，克鲁克更加担心的是那十二位犹太劳工对待图书的方式。这些工人很粗鲁，他们都没受过教育，会将成箱的罕见书籍像杂物一样乱丢，丝毫不懂得珍惜它们。一位工人注意到一部 18 世纪带有插图的《哈加达》，翻阅了之后，他决定把它拿到一边毁掉。卡尔曼诺维奇阻止了他，问他到底为什么要这样做，这个工人回答说，这本《哈加达》上有法老的手下鞭打犹太人的插画，他不想德国人看到这些，他们可能会被启发，想出折磨犹太人的新点子。

斯特拉舜图书馆馆藏图书将被运到学府路 3 号的新场所。一年前维尔纳被苏联统治时，这个房间被用来存放研究马克思列宁主义的大学讨论小组的相关图书。（纳粹认为犹太的布尔什维克主义者密谋着统治世界，因此这间研究马克思列宁主义的小组讨论室是最适合存放犹太书籍的地方。）克鲁克受令清除房子里的马克思列宁主义文学，为斯特拉舜图书馆的藏书腾地方。大学图书馆秘书在德国人入侵之前就认识克鲁克，他私下央求克鲁克不要扔掉这些书籍。克鲁克倒也不需要任何提醒，他本来就是一名图书管理员、书籍爱好者，还是一个笃诚的社会主义者，推崇马克思主义。他将这些藏书打包，放在办公室附近。

作为回馈，大学图书馆管理员避开德国人的监视，帮助克鲁克将斯特拉舜图书馆的图书转移到大楼的安全之处。这是一种新的图书交换：你拯救我的书，我也拯救你的。[5]

穆勒还交给克鲁克一项特殊任务：调查大学图书馆的索引目录，寻找犹太文物和希伯来文物。他发现的书籍会被添放到小组讨论室中的斯特拉舜图书馆馆藏里，或者被放在一边，等着被运去德国。克鲁克在目录厅表现谦逊，举止严谨，让大学图书馆员工印象深刻。他们中的一人告诉其他同事："当这位胸前和背后戴着黄色大卫之星的矮个犹太人走进图书馆时，我们都想站起来，向他低头致敬。"[6]

随着斯特拉舜图书馆转移到学府路上的时间临近，穆勒向他的犹太奴隶劳工宣布，YIVO、昂斯基博物馆，还有几个犹太会堂的馆藏，也需要被运到这个地方。现在轮到卡尔曼诺夫斯基感到锥心之痛了，他挚爱的 YIVO 图书馆不久就要被摧毁。穆勒还提出，他可能要求赫尔曼等人协助处理波兰与俄罗斯的图书馆、博物馆和档案馆的工作。[7]

经过不到一个月的强制雇佣，穆勒任命克鲁克为“犹太图书处理监督员”。这个新的头衔表现了德国人对其专业素养的肯定。对此，克鲁克在他的日记中打趣道，他现在是德国人眼中的“大人物”。尽管薪酬很少，但是这项工作有一项宝贵的附加福利：他得到了一张“铁衣许可证”，让他可以自由进出犹太聚居区，无须押送者。这样他就可以在城中自由走动，搜寻犹太书籍。许可证还给予克鲁克进入犹太聚居区不被搜查身体的特权，这就大大方便了他偷运书籍和文件。

在接下来围绕图书展开的几个月中，克鲁克拜访了之前存在的犹太会堂、学校、书店、出版社，以及学者、作家的住所，取回他们留下的藏书。波兰裔的房屋门卫看到一个犹太人光天化日之下从他们家门前走过，都十分惊异。看到他打开一封“代表德国政府”的信时，更是大吃一惊。

对克鲁克来说，拜访不久之前犹太生命曾经鲜活的地方，进入大部分他已逝的朋友和同事的家中，是一个恐怖的经历。他称自己在聚居区外搜寻图书的远足是“坟墓漫步”。[8]他将发现的部分藏品交给 ERR，剩下的则偷运进聚居区妥善保管，藏在聚居区图书馆深处。

克鲁克的藏书地（malina）继续扩大。1942 年 3 月 3 日，居民们第一次在聚居区里庆祝普林节[9]，唯一一个拥有《以斯帖记》书卷的人就是没有宗教信仰的世俗的社会主义者：赫尔曼·克鲁克。聚居区的大犹太会堂向他借了书卷。[10]

1942 年 3 月上旬，大约在普林节前后，穆勒离开了维尔纳，前往柏林参加商讨会。他回来后，宣布 ERR 将扩大在维尔纳的行动。图书收藏地点也发生改变，不再将 YIVO 与昂斯基博物馆的藏书转运到学府路 3 号。德国人决定利用宽敞的 YIVO 大楼，将这栋有二十多个房间的建筑，转变成 ERR 的主要工作场所。这意味着这座意第绪语学术殿堂即将变成纳粹德国的劫掠总部。[11]

德国占领 YIVO 大楼的前八个月，YIVO 大楼一直被用作德国空军单位 L. 07449 的营房。克鲁克没法进入这个军事场所。1942 年 3 月 11 日，当他与卡尔曼诺维奇还有伦斯基再一次进入他们挚爱的圣殿时，发现这里一片狼藉。在庄严的入门大厅内，曾经有一幅意第绪世界地图，展现全球的 YIVO 分支和附属机构。现在这幅地图被换成了德国雄鹰和卐字符号，上面有铭文：德意志会永存于世，德意志永垂不朽[12]。机构不同部门的藏书和索引目录被扔进地下室，文件堆了有一米高。“这里像是经历了一场真正的集体迫害。”工作队的一位成员写道。德国空军单位将一些书籍、报纸和文件用来生火。为了清出足够住宿的空间，他们还随意运了二十箱资料到造纸厂销毁。[13]

克鲁克走上楼梯，进入二楼的展厅。展厅空空如也。1940 年 YIVO 组织过现代意第绪文学之父 I. L. 佩雷茨的展览，展览中的展品现在被扔到侧边一间阁楼里。佩雷茨的手稿躺在泥土和沙砾之间。文件，图片，还有艺术品都被撕破、弄皱，满是污渍。克鲁克视佩雷茨为现代意第绪文学创造力的象征，并深深记得年轻时与这位伟大作家会晤的场景，因此他被这种亵渎的行为所震惊。他给工作组的第一个命令就是整理佩雷茨展览中的展品，并将它们弄干净。[14]

当他艰难地走过丢在 YIVO 地下室的堆积成山的书籍和文件时，当他经过入口大门处巨大的卐字符号时，当他看见肮脏的、满是泥土与灰尘的展厅时，克鲁克为他的任务找到了新的比喻——他与他的同事是掘墓人，一群不情愿地掘墓的囚犯，被迫清理本民族已经支离破碎的、残存的文化。

第七章　纳粹，游吟诗人，老师

在接下来围绕图书展开的故事中，约翰内斯·波尔博士和施默克·卡奇金斯基这两位关键人物，在 1942 年 4 月回到了维尔纳。

这是波尔自 1941 年 7 月最初的一通劫掠之后，第一次回到维尔纳。他前脚刚结束在“巴尔干地区的耶路撒冷”萨洛尼卡的重大行动——抢劫拥有几百年历史的犹太社区的图书馆和档案馆，后脚便开始接管 ERR 在立陶宛圣城的扩张行动。他进入 YIVO 大楼的瞬间，赫尔曼·克鲁克就清楚地知道，波尔是行动负责人。

> “希伯来语学者”来了。他是一位身着党服的军人，身材高大，外表像犹太人。他看起来真像是犹太后裔。
>
> 他叫波尔，是个博士。曾经在耶路撒冷的希伯来大学学习两年，还发表过关于《塔木德》的几篇作品。他对人彬彬有礼，甚至可以说是爱交际的。但是你从他口中什么都打探不出来。他来 YIVO 工作后会

> 发生什么？我们无法猜测。问题悬在空中。没有人知道这个“希伯来语学者”想要什么，他的计划还是个谜。[1]

波尔所在的犹太问题调研中心有一个口号：“不用犹太人研究犹太人。”[2]尽管口号如此，但根据经验，波尔知道给维尔纳大量的希伯来语和意第绪语资料做分类和索引，不能只用德国人，也会需要犹太人。ERR 的成员亚历山大·印普博士预计，如果将这些藏品全部运到德国编目，要花费十年的时间，工作会延续到战后。德国合格的犹太文物书志学家与档案保管员太少了。[3]不论喜欢与否，波尔都需要一大群犹太知识分子为他进行资料分类，给图书编目。

波尔命令维尔纳 ERR 的主管汉斯·穆勒博士将工作队的学者人数从目前的三人（克鲁克、泽里克·卡尔曼诺维奇、柴克·伦斯基）增加到二十人。并且扩大整个工作队的规模，使搬运工和技工数量达到四十人。克鲁克负责招募“知识分子团队”（对学者们的称呼），犹太人居民委员会的劳动部门为“劳工团队”（对搬运工和技工的称呼）提供工人。[4]克鲁克招募的第一批人里，就有诗人亚伯拉罕·肖兹克维。[5]

“知识分子团队”根据书籍体裁和出版时间对图书进行分类。波尔因为曾在罗马与耶路撒冷研究学习，对于宗教古典文学特别感兴趣。他命令奴隶劳工将希伯来语的《圣经》、《密西拿》（2 世纪的犹太法律法规）、《塔木德》（犹太教巨著，6 世纪编成）、迈蒙尼德作品（12 世纪）、《舒尔汉·阿路赫》（16 世纪撰写的权威性犹太法律法规）以及祷告书，都分开摆放。其他图书的分类更加泛化：15 至 18 世纪的印制书籍，19 世纪的印刷品，20 世纪的印刷品、杂志、报纸等。每一类书籍放两堆，一堆运到德国，另一堆运到维尔纽斯大学。

按照时间顺序，在处理完宗教经典之后，波尔采取的行动是针对另一种意识形态的书籍：苏联文学。布尔什维克与犹太人一样，是第三帝国最大的敌人。犹太布尔什维克主义是纳粹痴迷的研究对象。所以波尔也下令将意第绪语、俄语和其他语种的苏联书籍与其他 20 世纪出版的书籍分开摆放。

非书籍资料的管理则十分简单：报纸和杂志根据标题和年份整理；手稿根据作者整理；档案资料按照来源整理。[6]

在波尔给柏林上级的报告中，他扬扬自得地汇报了他在维尔纳取得的成绩。1942 年 4 月，他接手维尔纳管理行动之初，ERR 大约控制了十万本犹太图书：其中斯特拉舜图书馆四万本，YIVO 四万本，一万本来自犹太会堂和私人藏书，另外一万本来自卢巴维奇神学院和维尔纳加恩的祈祷室。两个月之后，他预估的图书总数增长到十六万。[7]

这个“希伯来语学者”（克鲁克这样称呼他）知道，维尔纳虽然是珠宝般的图书之城，但它毕竟只是一座城市，他负责劫掠的东欧与南欧还有多座城市，其中的犹太文物更是数不胜数。因此，1942 年 4 月，波尔在维尔纳的管理工作仅仅进行了一周，就前往下一个目的地。他在每个地方都挤出时间检查成堆的书籍，并且选出了 1, 762 件古版印刷品（来自阿尔托纳、阿姆斯特丹、法兰克福、卢布林、斯拉乌塔、维尔纳和其他希伯来语印刷中心）运到犹太问题调研中心。据他估算，这些印刷品的价值高达五十万美元。[8]

波尔在往返白俄罗斯和乌克兰的途中，常常回到维尔纳，监督 YIVO 的工作。[9]

波尔回到维尔纳时，施默克·卡奇金斯基也结束了七个月颠沛流离的假聋哑人生活，悄悄回到了维尔纳犹太聚居区。此时的聚居区处于“稳定时期”，大规模的抓捕和波纳尔的流放结束了，施默克认为这时回去比较安全。而且他在封闭的聚居区中会比在开放的乡下更加自由，也不用每天遮遮掩掩担心被路人认出。施默克的朋友们热情地欢迎了他，他们很高兴他还活着，但并不理解为什么他回到聚居区会这样开心。[10]

施默克搬进了德意志路 29 号一间拥挤的公寓里，这里也是肖兹克维及其妻子芙芮德卡和其他几位知识分子的家。两个诗人变得像兄弟一样。维系两人关系的不仅是友谊、诗歌、工作和家庭，还因为两人是聚居区中仅剩的“年轻的维尔纳”成员。他们大多数的朋友和同事惨遭杀害，只有几个，比如哈伊姆·格雷德，在德国人到来之前成功逃离。[11]

结束了流放，聚居区中稳定的生活让施默克的写作在间断七个月之后得以恢复，被压抑的灵感喷涌而出。肖兹克维在这七个月间已经成为维尔纳犹太聚居区中的桂冠诗人；施默克则成为聚居区中的游吟诗人。肖兹克维的诗句启发聚居区中的知识阶层，而施默克的诗句常常被谱曲，放在聚居区剧院的音乐会上演唱。不仅是施默克自己，每个人都能歌唱他的诗。

施默克的诗歌在蔑视困难的乐观主义和抒情的哀悼之间摇摆。他写给聚居区青年俱乐部的颂歌影射了年轻的居民面对的死亡威胁，但是也预言了全人类更光明的未来：

我们的歌充满悲伤。
坚定步伐，我们前进。
尽管敌人在大门口张望，
青年们唱着歌，席卷而来。
只要愿意谁都可以永远年轻，
年华不过是虚妄。
老人也可以，也可以返老还童，
迎来新的、自由的春阳。

他沉重的歌谣《嘘，安静》的第一个音符就带着深深的悲伤：

嘘，安静，让我们沉默。
死亡在这里生长。
它们被暴君种播。
看它们的花朵开放。
现在所有的路通向波纳尔，
无法回到过去。
父亲也消失不见，
连同我们的运气。

但即使是这首黑暗的歌谣，也以对美好日子的希冀结尾：

让你的源泉静静地流淌，
安静而满怀希望……

父亲会带着自由回来。
睡吧，我的孩子，睡吧。
威立雅河，被释放
树长着新绿色
自由的光会闪耀
在你脸上，在你脸上。[12]

施默克和肖兹克维是ERR工作队中仅有的两个诗人。工作队中的其他成员来自维尔纳幸存的犹太知识阶层中的各个领域。伊斯尔·鲁伯特斯基是塔尔博特希伯来高中的希伯来语讲师；丹尼尔·费恩施坦博士是一名人类学家、社会科学家（他总在谈论阅读是荒漠般的聚居区生活中的绿洲）；雅各布·戈登博士，现代西方哲学学者，研究从斯宾诺莎到柏格森的哲学；迪娜·（纳德日达）·贾法，犹太激进主义历史学家；里昂·伯恩斯坦，曾在德国大学学习的数学家；乌玛·欧肯尼兹卡，图形艺术家，曾为YIVO的剧院博物馆策展；教育工作者瑞拉切拉·普布考-克林斯基、大卫·马克里斯、伊利亚·综泽、采马克·泽贝尔森和纳迪亚·马兹；还有阿齐瓦·戈尔施特，他是摄影师，也是维尔纳最先锋的世界语倡导者。[13]

“知识分子团体”还包括一群聪明的年轻人，他们的大学学业被战争阻断。路兹卡·考尔察克（Ruzhka Korczak）和米卡尔·科夫纳（Mikhal Kovner），两位社会主义犹太复国主义组织“青年卫士”（Shomer Ha-Tza’ir）中的活跃分子；阿芙罗姆·泽勒尼科夫（Avrom Zeleznikow），一个年轻的佛教徒，克鲁克的门生；还有诺伊姆·马克里斯（Noime Markeles），转变为共产主义者的前佛教徒（诺伊姆和她的父亲、教育工作者大卫·马克里斯都在队里工作）。

采马克·泽贝尔森是队长，负责“知识分子团队”和“劳工团队”所有的技术安排。[14]

施默克和肖兹克维在小组中还有一位32岁的好友，瑞拉切拉·普布考－克林斯基。在战前，她也在施默克的圈子里，是《年轻的维尔纳》的读者，喜爱读诗歌和散文，在意第绪语文实中学任高中历史老师。

克鲁克的“知识分子团队”需要瑞拉切拉。她曾获得维尔纳特凡·巴托里大学历史专业硕士学位，并撰写18世纪早期波兰－立陶宛外交史的相关论文。她轻轻松松就能够阅读拉丁语、德语、俄语和波兰语文件，还挚爱意第绪语文学。

瑞拉切拉是个很有魅力的女人。她的笑容迷人，棕色的眼睛显得深邃，年轻时身边不乏男人环绕。但是她从未对任何人表现出很大的兴趣。相反的是，她与一名已婚的年轻富商约瑟夫·克林斯基有过一段长达两年的恋情。对于这个流言，她的很多朋友得知后都感到惊异。克林斯基最后与妻子离婚，与瑞拉切拉结婚。克林斯基是一个“空谈共产主义者”，支持地下共产党，也曾捐助、支持YIVO和其他文化事业。

从1936年两人举办婚礼，到1941年德国人入侵前，两人都过着快乐的生活：瑞拉切拉在最好的意第绪语学校教书，受到学生、家长和同事的欢迎。她的生活殷实舒适，可以穿好衣服，使用定制家具。1939年11月，他们有了一个女儿萨拉。她的丈夫因为在艰难时期支持过共产党，所以在战争初期苏联进入维尔纳时，没有被逮捕。

1941 年后，短短的两个月之内，瑞拉切拉的生活每况愈下。她的丈夫在 7 月 12 日第一次犹太人抓捕行动中，被效忠德国人的立陶宛“特别行动队”抓走。他们只允许他带走肥皂盒、毛巾，随后将他关进路基施基监狱。几天后，他在波纳尔被射杀身亡。8 月下旬，盖世太保走进瑞拉切拉的家，命令她立刻离开她的房子，瑞拉切拉左手抱着萨拉，右手拎着一个箱子，搬去亲戚家。9 月 6 日，她与维尔纳的其他犹太人被命令入住犹太聚居区。

瑞拉切拉和她的保姆维多利亚·（维克莎）·罗杰维之当机立断，决定将当时不满两岁的萨拉留在雅利安人区，交给维克莎。和保姆在一起，她的生活会更加安全，也会更好。维克莎搬到了城市的另一个区，她告诉所有人，这个牙牙学语的孩子是她的女儿。这个小女孩，改名爱瑞娜，每周日都会去教堂。瑞拉切拉则孤身一人进入犹太聚居区。[15]

瑞拉切拉在失去丈夫、女儿后，倍感孤寂。她希望在友谊中寻找力量和安慰，她有施默克、肖兹克维和文实学校活下来的同事陪伴，克鲁克也给予她慈父般的照顾。

现在所有人都到齐了：以波尔和穆勒为首的 ERR 新队伍，还有克鲁克、卡尔曼诺维奇领导的扩员后的“知识分子团队”。眼下的问题是，犹太知识分子们到底会与德国人同谋，帮助他们实现蓝图，还是会选择拯救岌岌可危的民族文化宝藏?

第八章　书籍的波纳尔

YIVO 的工作开始之后，赫尔曼·克鲁克和泽里克·卡尔曼诺维奇在他们应该如何“偷书”上就产生了分歧。克鲁克主张“走私”图书，他的副主管卡尔曼诺维奇却不同意。

对于克鲁克来说，“走私”图书很简单。他有“铁衣通行证”，不需身体搜查就可以进入犹太聚居区，他与聚居区管理处的关系无疑也方便了偷书。犹太人居民委员会曾利用德国政府进入聚居区的车辆，组织大规模食物“走私”。德国车辆有时会运入少量的食物与木材，或是运出垃圾和大雪。克鲁克在他们运送食物时，就捎带上了书。

他想出了聪明的计划。德国人曾经给予他许可证，允许他用卡车向聚居区图书馆运输 YIVO 大楼里多余的办公家具。他将书籍和文件藏在家具里面：课本会送到聚居区学校，罕见的出版物、手稿和画作则被带到藏书地。在转移了所有文物后，他将大部分的家具转而送到聚居区管理处，而不是图书馆。图书馆不缺家具。这些家具在合适的时候将由管理处进行分配。整个运输就是为了将图书运进聚居区。[1]

泽里克·卡尔曼诺维奇无法进行这样的计划，他天性谨慎。尽管他对德国人满怀强烈的恨意，却认为汉斯·穆勒与约翰内斯·波尔说对了一件事：文化宝藏安放在一间德国的机构里会比放在被战争肆虐的维尔纳更加安全。无论图书在哪里，同盟国最终都会赢得战争。所以他认为劳工们应当尽量将书籍和文件寄去德国。这到底是为他恐惧偷书被抓所做的辩解，还是一个先见之明，我们不得而知。他的同事们也曾经激烈地讨论过他的选择，但是他非常坚持。当卡尔曼诺维奇发现一本极其珍贵的 18 世纪意第绪语小册子——名叫《治疗之书》（*Seyfer Refues*）的启蒙宣言、医用手册时，他没有将书藏起来，也没有交给克鲁克，而是将这一发现交给波尔。波尔将该书归入运送到德国的那一批中。施默克、肖兹克维和工作队的其他人都对卡尔曼诺维奇的行为表示愤怒，克鲁克却显得更加宽容一些。[2]

1942 年 5 月，穆勒和他的团队离开维尔纳，去基辅建立 ERR。自此之后，偷书的风险变高了，需要考虑的东西也变了。艾伯特·史波克特带领的队伍接替了穆勒的队伍。52 岁的史波克特不是知识分子，而是一个牲口商人，在柏林拥有一家皮革工厂。他也是个忠诚的纳粹党员，在 1931 年希特勒掌权之前就入了党（穆勒则是在 1937 年入党）。艾伯特·史波克特战前在波兰从商，因此他的波兰语与俄语说得很流利。但是他对犹太文物一无所知。他的副主管威利·谢弗（Willy Schaefer）是一位前路德派的牧师，曾经在柏林大学神学院进修博士学位。但是他只懂《圣经》希伯来语的皮毛。另一位成员，格哈德·斯宾格勒（Gerhard Spinkler）的俄语十分流利，但是对希伯来语和意第绪语一窍不通。

最后一个重要人物是队伍中的赫伯特·戈特哈德博士，他是犹太文物专家，曾在柏林大学任闪族语讲师。从海德堡大学获得博士学位的他，还是队伍中的老手。1941 年 7 月，他曾与波尔一起造访维尔纳，参与了 ERR 的第一次疯狂抢劫。现在他作为宗教专家，供职于 ERR 在奥斯兰地区的高级工作组，往来于维尔纳和里加[3]两座城市。戈特哈德身材矮矮墩墩，声音尖利，施默克给他取的外号是“小猪猡”。[4]

在所有这些人之上，在 ERR 的官僚主义图腾柱顶上，站着波尔。只要他在城里，所有人都得听他的命令。

ERR 的新队伍对待犹太奴隶劳工更加严厉。史波克特就以虐打工人出名。瑞拉切拉·克林斯基回忆道：“他的吼叫让整座 YIVO 大楼震颤，我们都惧怕他，都尽可能避开他的视线。但是他习惯挨个检查房间，还会在每个人身边站一站。这时候，任何东西都可能会从我们手中跌出来。”卡尔曼诺维奇在他的聚居区日记中记录道：“这个老家伙（对史波克特的称呼）今天发现一个年轻工人抽烟，就打了他。”[5]

史波克特和 ERR 的成员十分享受他们作为雅利安“世界之主”的权利，总是突发奇想就行动，一不开心就发泄自己的不满。史波克特有一次命令劳工撬开威尔诺大学图书馆的地板，因为他怀疑下面藏了犹太书籍，但结果什么都没有。“小猪猡”戈特哈德认为在 YIVO 大楼里的某个地方藏着黄金。一次，他经过一个保险箱，就命令锁匠砸开保险箱。结果发现里面只是一些手稿、文件，他气炸了，把文件扔到地上，狠狠地踩踏，然后怒气冲冲地离开房间。[6]这种暴虐风气源自波尔。在一次检查中，他砸了 19 世纪俄罗斯犹太大师马克·安多考夫斯基（Mark Antokolsky）的几个雕塑，称它们“太可怕”。穆勒团队都彬彬有礼，史波克特的团队则像未开化的野蛮人。

但是比恶化的工作环境更糟糕的是新的政策：销毁“多余”的书籍。ERR 柏林总部于1942 年4 月27 日在东部前线地区办公室的一条备忘录上解释过这条政策：ERR 机构的第一要务是“收集资料”；第二要务是“摧毁资料”。“务必注意销毁我们精明的敌人手中那些不属于应被‘收集’的精神武器。很多情况下，销毁需要由其他机构完成，但是 ERR 必须参与到激励和引导销毁工作的过程中，包括销毁图书馆、古文物图书商店、档案馆、艺术藏品等场所中所有可能为我们精明的敌人服务的书籍、文件、手稿、图片、海报、胶片。”[7]

维尔纳 ERR 团队的上级，里加 ERR 办公室继续出台了关于处理不同种类“敌对文字”的指导方针。对于希伯来语和意第绪语资料，里加办公室写道：“不适合被运到法兰克福犹太人机构的，应当完全销毁。”不运到法兰克福，就要被销毁。只有这两个选择，资料不再运到威尔诺大学图书馆。[8]

波尔设置了一个限额：不超过 30% 的图书和文件被送去德国，剩下的 70% 或多余的都将被销毁。商人史波克特与当地造纸厂达成协议，造纸厂愿意接收 YIVO 中运出来的垃圾纸张（德语：*makulatur*），并且愿意支付每吨十九马克的费用。造纸厂将纸张融化成浆，再做成新的白纸循环使用。图书销毁变成了小型商务活动，所得可以满足 ERR 的小额开支。[9]

史波克特和他的团队将区分“收藏”和注定被“销毁”的资料的任务交给犹太奴隶劳工。这样，文化宝藏的命运、存亡的抉择就落到了这个由犹太学者、教育工作者、作家组成的工作队身上。史波克特和他的队伍曾分拣过几次犹太资料，但是他们完全只看封面，将封面好看的书放到德国区。[10]奇怪的是，德文的犹太文物书籍反而遭遇了最严苛的对待。“在里加我们已经拥有大量的德文文物，几十万呢！”史波克特吼道。[11]

1942 年 6 月上旬，图书管理员克鲁克记录了图书瞬间倾倒的时刻，他的笔尖是颤抖的：“参与工作的犹太劳工都流下了眼泪。那个场面让人心碎。”作为一个曾经在华沙和后来的维尔纳犹太聚居区建设过图书馆的人，他意识到这是重大犯罪，是一场文化灾难的开始。他还注意到维尔纳犹太人的命运就像这些书籍。“意第绪语科学研究中心的死亡十分煎熬、漫长。但是就像中心里的所有书籍一样，它在巨大的坟墓中死去，与其他很多很多的东西一起……这个巨大的坟墓，‘纸张垃圾堆’每一分钟都在变高。”[12]

另一边，波尔却对维尔纳行动的效率感到相当满意。在他致柏林上级的一个报告中，他夸口道：“物品均由犹太劳工挑拣……无用的资料作为垃圾纸张分开……YIVO 的分类工作十分高效，因为它去除了不被运送到第三帝国的无用资料。”[13]

宗教用品面临着与书籍一样的命运。ERR 向维尔纳当地皮革工厂卖出了三百卷抢劫来的《妥拉》书卷，工厂用这些羊皮纸修补德国军用靴的鞋底。这种循环利用的点子也是史波克特的发明。毕竟他不仅是一个牲口商人，还是一个皮革商人。[14]

宗教信仰者卡尔曼诺维奇看着这些注定被亵渎的书卷，感到十分不忍：“它们出现在我们的时代是多么奇怪。今天我看到这些书卷的两种状态：被毁灭、受屈辱。因为掌权者的命令，它们只能靠在阁楼拐角的墙边。几十卷没有封套的《妥拉》书卷和先知书，大大小小，我钟爱的、神圣的书卷，它们到底会有怎样的结局？”[15]

销毁工作中的一个高潮，是波尔卖掉由罗姆出版社出版的、维尔纳版本《塔木德》的印刷铅板，重量总计六十吨。这些铅板要在车间被熔成液体。每吨铅付给波尔三十九马克。[16]

面临毁灭命运的不仅是犹太资料。如穆勒所预见的，史波克特团队开始处理维尔纳犹太书籍之外的各种“敌对文字”。俄语、波兰语的书籍和档案资料开始流向韦乌尔斯基街 18 号的 YIVO 大楼里：来自乌鲁布莱夫斯基州立图书馆和威尔诺大学图书馆的俄语图书，托马斯·赞恩波兰公共图书馆和波兰科学友人社研究图书馆的图书，约瑟夫·泽瓦斯基出版社的仓库库存，以及威尔诺基督教福音教堂的书籍，都被送到这里，即将被处理、分类。“犹太劳工”（波尔对他们的称呼）也负责“挑选”这些资料。[17]

ERR 甚至将犹太强制劳工送到当地的教堂里去执行特殊任务：处理教堂中的藏品。有一次行动很特别：在一名波兰教授的监督下，一组聚居区居民负责筛选维尔纳最受推崇的天主教场所——黎明之门小教堂（波兰语：Ostra Brama）中的两千五百册图书。在曾经多次显灵的圣母像（据信徒称）的不远处，工作组将五百多册基督教《说教术》《圣经》的注释，还有神学书籍“保护”了起来，准备运到德国。这也许是一群犹太人第一次长时间造访黎明之门小教堂。[18]

在后来的几个月中，来自邻国比利时的俄语的手稿和档案运抵 YIVO 的仓库。1943 年 4 月，一列专车从斯摩棱斯克博物馆和档案馆拉来了大量的收藏资料，包括16世纪、17世纪的编年史，彼得大帝[19]贴身仆人的日记，以及马克西姆·高尔基和列夫·托尔斯泰的信件。维特伯斯克档案馆中的苏联藏品也被运到了维尔纳，下一站运往德国。[20]

史波克特是一个高效的管理员。他将“知识分子团体”分为不同的部门，每个部门在YIVO大楼中的不同房间里工作。以下是肖兹克维回忆的建筑布局和人员分工：

一楼：

苏联图书——帕特克斯基、斯宾格勒、史波克特；

犹太文物图书——米卡尔·科夫纳、丹尼尔·费恩施坦博士；

波兰图书——迪娜·贾法博士、采马克·泽贝尔森；

索引卡片间——何什·麦兹、布莱恩·阿斯。

二楼：

手稿间——亚伯拉罕·肖兹克维、瑞拉切拉·克林斯基、诺伊姆·马克里斯；

青年研究——乌玛·欧肯尼兹卡；

教学部门——路兹卡·考尔察克；

希伯来语部门——伊斯尔·鲁伯特斯基、施默克·卡奇金斯基；

立陶宛语部门——本杰明·拉曼；

翻译部门——泽里克·卡尔曼诺维奇、雅各布·戈登博士。

三楼与地下室：

报纸部门——阿齐瓦·戈尔施特、大卫·马克里斯。[21]

十一个部门中有三个人处理非犹太资料。史波克特自己负责处理俄语图书。[22]

资料销毁工作开始后不久，史波克特通知克鲁克，他接收到“转移并处理”聚居区图书馆的命令。克鲁克又惊又惧。聚居区图书馆是他的心头爱，是他最大的文化成就，也是居民唯一的、最重要的精神支柱。他想出一个计策，并且立即行动起来。他让不同的纳粹德国机构意见相左，以致法令最终被废。

克鲁克去见了聚居区警察雅各布·金斯（Jacob Gens）。金斯在1942年6月是聚居区的实际长官。他希望金斯请求犹太人事务副区域长弗朗兹·穆雷尔，将ERR工作场所的图书副本交给聚居区图书馆。近期才罢黜了犹太人居民委员会主负责人、工程师安那多·弗莱德（Anatol Fried）的金斯正希望获得聚居区知识分子的支持，因而愿意帮克鲁克这个忙。穆雷尔也急于帮助金斯稳固他在聚居区中的最高权力地位，就答应了克鲁克的要求。他给ERR发布了一条手写命令，要求将犹太文物复制品转交聚居区图书馆。史波克特收到命令后，以为这位负责维尔纳犹太人事务的德国高官想要保护图书馆，无奈只能放弃“转移并处理”聚居区图书馆的计划。[23]

但这只是一个极小的安慰。同一时间，为了预防不测，克鲁克开始了另一个防范行动。他将藏书地的大部分书籍运到一个新的地点——位于聚居区外的市中心的一个地窖里。

1942 年 7 月之后，克鲁克的日记鲜有提到 ERR 在 YIVO 的行动。在那里发生的文化毁灭太令人心痛，克鲁克实在是难以下笔。但是学者泽里克·卡尔曼诺维奇一直写日记，用很多短篇记录了销毁过程：

> 1942 年 8 月 2 日
>
> 行动开始了就不能回头，所有的图书馆都被肢解了。图书像垃圾一样被扔进地下室。我们的主人宣布他将会调来交通工具把“纸张”运到造纸厂。地下室一定要为运进新的书籍留出空间。
>
> 1942 年 11 月 19 日
>
> 附近的造纸厂都关闭了。地下室的“纸张”被卖给远在万里之外的一家造纸厂商。
>
> 1943 年 1 月 24 日
>
> 他们不断地移走“垃圾纸张”。我们的主人抛弃了越来越多的“垃圾纸张”。
>
> 1943 年 7 月 5 日
>
> YIVO 图书馆的剩余部分全部被送到造纸厂。
>
> 1943 年 8 月 26 日
>
> 整个星期我都在分书。我亲手将几千本书送向毁灭。YIVO 阅览室的地板上躺着一堆书。这里是书的

坟墓，一个巨大的坟墓。书籍和书籍主人都是歌革和玛各[24]战争的受害者。

往造纸厂的运输频繁地进行着，但是向德国的长途运输过了一段时间才开始。运输需要补给品（箱子）、合作（与军队、铁路行政部门）还有柏林的许可。1942 年 10 月，第一批运到德国的主要是档案文件。11 月 16 日，共有 35 箱 9,403 本图书被运往德国。目的地主要有两个：柏林的 ERR 总部和法兰克福的犹太问题调研中心。苏联出版物一般被送到 ERR 在里加的奥斯兰高级工作组。最后的几次大规模运输发生在 1943 年 6 月和 7 月，运输了总共大约一万本意第绪语和希伯来语书籍。[25]

被送往德国的资料是少数的“幸运儿”。对于大多数书籍、手稿、资料和文件来说，韦乌尔斯基街 18 号的 YIVO 大楼就是它们的波纳尔，是它们前往造纸厂之前的最后一程。

第九章　“纸张小队”

犹太聚居区的大多数居民认为 ERR 的工作很简单。因为这里既没有繁重的体力活也不会让人感到屈辱（比如清洗厕所之类），要做的就是把图书和文件分类，填写索引卡片，制作档案文件清单。也无须担心被一个技艺更加精湛或者更加强壮的波兰人取代（在工厂和车间这是常事）。ERR 是聚居区外唯一一个全部使用犹太人的工作场所。

聚居区大门的犹太守卫称这群人为“纸张小队”（*di papir-brigade*），暗讽他们根本没有实质性的工作，每天只是把纸推来推去。这个名字就此传开，一直没变。一些人还开玩笑，叫他们“纸糊的小队”（*di papirene brigade*），意指这一队人都是身体虚弱的知识分子。

韦乌尔斯基街 18 号的 YIVO 大楼是一个和平、安全的工作场所。这里很少发生暴力事件，大部分德国主人（当然除了史波克特）说话都很平和。“他们是优雅的绅士。”施默克在他的日记中不无苦涩地嘲讽。整栋大楼被维护得很好，有灯光也有暖气。奴隶劳工工作时每天有一餐饭（茶、面包，还有一个鸡蛋或者土豆），食物一般会在地下室准备好。[1]

令人欣慰的是，德国人每天在 YIVO 大楼中待不了几个小时。他们总是迟到早退，午饭休息时间也很长。史波克特和 ERR 工作人员在他们伊戈盟托夫斯卡街上的办公室里待得更久。德国人离开时，YIVO 大楼就由一名波兰平民威尔布里斯看管。约翰内斯·波尔想要保留一个“文明的”工作环境，因此不允许军人看守。除此之外，这附近唯一的活物是一个波兰老女人，在战争之前，她就一直是 YIVO 的看门人。她住在 YIVO 旁边的一间棚屋里。

尽管有这些优点，YIVO 却不是一个特别理想的工作地点。这里不像工厂或者车间，没有可以偷走卖掉的东西，只有书。这里也没有基督徒工人，否则可以用钱或者贵重物品向他们换取食物。据施默克回忆，一位在其他工作队的朋友责备他：“我们时不时都会被打。但是饱着肚子挨一顿步枪枪托、靴子的打，总比食不果腹头晕目眩地工作要强吧。”[2]很多负责搬运和打包书的体力劳工要求聚居区管理处的劳动部门将他们转换到更好一点的工地上去。

“纸张小队”的成员都是图书爱好者，他们为工作付出了情感的代价，为几万本被毁的图书和他们深爱的、被肢解的 YIVO 感到愧疚。赫尔曼·克鲁克第一次提出让瑞拉切拉在 YIVO 中工作时，瑞拉切拉犹豫过。她不确定自己能否忍受图书被当作垃圾的场景。即使在销毁工作开始半年以后，克鲁克还是为这样的场面感到心痛：“看见那场面，我的心脏疼得要碎了。不管经历过多少次，面对被销毁的图书我们还是不能无动于衷。”[3]

每日清晨 9 点，“纸张小队”在聚居区大门口集合，由队长采马克·泽贝尔森带领，站三队前进，穿过城市的街道——真的是走在大街上，因为犹太人被禁止走人行道。没有德国或立陶宛护卫护送他们往返工作场所，但是小队的成员心知肚明，如果有人消失，后果会很严重。去 YIVO 的路程要十五到二十分钟，会经过瑞拉切拉·克林斯基住进聚居区之前的家。她可以看见仍然挂在大门上的牌子，上面写着她的姓氏：克林斯基。每当看到这个牌子，她总感觉这就是自己的墓志铭。[4]

YIVO 大楼位于安静的、绿色的住宅区，远离喧闹的城市中心和藏污纳垢的犹太聚居区。史波克特每天安排的工作量很少，两到三小时就可以完工。ERR 主人们和他们的犹太奴隶都不愿意把工作完成得太快。德国人不想离开维尔纳去离前线更近的下一站，他们当中有些人的女朋友在维尔纳的德国军队、公民行政处等其他机构做秘书和助理。施默克在日记中写道：“谢弗唯一的愿望就是在有来宾和其他陌生来客时，我们发生骚乱，这样他们就知道这里确实有工作在进行。”[5]

大多数早晨都太平无事。德国官员离开大楼去长时间午休时，才会发生些趣事。波兰守卫威尔布里斯此时也会离开去办私事。这时楼里只剩下劳工们，他们会放松地做些其他事：暖和的时候，他们懒洋洋地躺在 YIVO 大楼前的草坪上，或者在地下室用干净的水洗澡，或者只是聊天。[6]

午休时最令人享受的活动就是阅读。每个奴隶劳工都有自己秘密藏匿阅读资料的地点，通常是在一个角落或者一堆书里。瑞拉切拉·克林斯基之后曾回忆在 YIVO 大楼中高强度的阅读经历：“谁知道呢？这些也许是我们读的最后几本书了。这些书也处于危机中，与我们同病相怜。对于它们来说，我们也是它们最后的读者。”[7]

午餐时，“纸张小队”的成员经常聚在一个房间里，听肖兹克维和施默克侃侃而谈。肖兹克维会背诵他最喜欢的意第绪语诗人的作品：H. 莱维克（H. Leivick）、亚伦·格兰仕－雷利斯（Aaron Glants-Leyeles）、耶和阿什（Yehoash），还有雅各布·格拉什汀（Jacob Glatshtein）。施默克会说笑话讲故事，也会朗诵他的新诗。通常的情形是他站在桌子上，一群人围着他。他仍然是给整个团体带来活力的人。克林斯基边织毛衣边听。后来她回忆道：“感谢诗歌带给我们几个小时的忘怀和安慰。”安静一些的时候，施默克和肖兹克维在 YIVO 大楼中写“犹太聚居区诗歌”——虽然严格意义上来说，这些是在聚居区外写的诗歌。

他们还做其他的事：受欢迎的讲师丹尼尔·费恩施坦博士为演讲准备笔记；艺术家乌玛·欧肯尼兹卡绘图，包括聚居区剧院表演舞台的草图；负责为 YIVO 的音乐藏品制作索引的第伊利亚·综泽（Ilia Zunser）会读谱，他说自己像在音乐会上一样，可以清楚地“听见”音乐。

瑞拉切拉之后回忆，她说那里像是一个失落的天堂，也是她战时唯一一段快乐的、人性化的、有尊严的回忆。YIVO 也是唯一一个她可以看见天空、树木的地方。在这里，因为诗歌，她记得世界的美。[8]

在不受监管的午休时间，工作组的成员可以接待来访者。一些基督教朋友给他们送来食物，给予道德上的支持，并与他们分享外界的消息。这些人包括维多利亚·格米莱夫斯卡，一位波兰军官的妻子，她曾经帮助施默克和其他几十位犹太人藏在聚居区外；欧娜·施迈特（Ona Šimaitė），维尔纽斯大学的一位图书管理员，她总是不断找借口进入聚居区，表面上是收回逾期未还的图书，其实是为朋友提供帮助和支持；施默克年轻的立陶宛友人朱利安·扬卡乌斯卡斯（Julian Jankauskas），施默克和妻子芭芭拉在树林中愤怒地分手之后，他曾经收留过芭芭拉几周。

偶尔几次，瑞拉切拉·克林斯基有过一个十分特殊的客人：她的小女儿萨拉。1941 年 9 月，进入犹太聚居区之前，瑞拉切拉将她 22 个月大的女儿留在聚居区外，交给她的波兰保姆维克莎·罗杰维之照顾。一年多以后，维克莎带着这个孩子在 YIVO 前院赴一个十分钟的约会。瑞拉切拉担心德国人随时可能回来，只对这个改名为爱瑞娜的女孩子说了几句话。女孩不知道这个和她说话的女人是她的母亲。瑞拉切拉给了她一朵花，女孩转向保姆维克莎，说：“妈妈，这位女士太好啦！我不害怕她。”之后她们就分开了。

其他时候，维克莎只是带着萨拉在韦乌尔斯基街上散步，这样瑞拉切拉可以远远地瞥见女儿。[9]

非犹太来访者认为德国人不会很快回来，他们都是有把握地冒着风险前来，只有一次差点遭了厄运。战前的 YIVO 看门人、怨愤的老女人决心“给他们所有人一个教训”，她锁上了午饭时间通往韦乌尔斯基街 18 号的大门，那时所有的来访者都在楼里。“德国人来了我就把钥匙交给他们。”她说。来访者们十分惊慌，特别是维克莎·罗杰维之，她之前被盖世太保逮捕过一次。但是施默克救了大家。从小在街头长大，他明白什么时候要用拳头。他毫不犹豫地走向那个女人，拽住她的胳膊，用口音浓重的波兰语大吼："德国人回来之前，我先把你打得连医生都治不好。现在就把钥匙给我!"他开始拧她的胳膊时，她知道他不是吓唬她。施默克放走了所有惊恐的来访者，之后进入大楼待在角落里。[10]

YIVO 有一个大前院和很多扇朝前的窗户，这方便了"纸张小队"的成员们观察德国人的行动。如果德国人回来，他们就迅速恢复工作。午休时，他们指定一名成员望风，德国人来时，就喊暗号"苹果"。

无论是谁，只要看见德国人靠近大楼就喊"苹果"是肖兹克维的主意。史波克特规定，每当官员进入工作间，犹太强制劳工必须起立。而大家听到暗号后站着恢复工作，就不用在德国人进来时起立了。这是一种无声的抗议，也是大家对尊严和平等的坚持。[11]

时间久了，"纸张小队"成员之间建立起了超越政见差异和个人恩怨的同志情谊。犹太学者、犹太复国主义者伊斯尔·鲁伯特斯基与社会主义者、反犹太复国主义者丹尼尔·费恩施坦成为好友。泽里克·卡尔曼诺维奇对艺术家乌玛·欧肯尼兹卡给予父亲般的慈爱，尽管他还是拒绝与她的丈夫莫舍·莱雷尔（Moshe Lerer）说话。莱雷尔以前是 YIVO 员工，也是个狂热的社会主义者。1940 年 6 月苏联掌控 YIVO 后，莱雷尔曾罢黜卡尔曼诺维奇执行主管一职。小队中的五位意第绪语教育工作者彼此亲近，他们分享食物、互相鼓励。而"青年卫士"社会主义犹太复国主义者的组织成员则形成了关系紧密的秘密团体。

"纸张小队"中也发生了爱情故事。施默克与瑞拉切拉·

克林斯基，两人都是近期丧偶，他们的配偶都在德国的死亡机器下丧生。瑞拉切拉的丈夫于1941年7月从家中被抓走，被处死在波纳尔，那时犹太聚居区还未建成。施默克的妻子芭芭拉在城中伪装成波兰人被发现，1943年4月遭处死。

让两人靠近的不仅是孤寂和朝夕相处的情谊。瑞拉切拉喜欢施默克的温暖、幽默和积极，欣赏他的智慧。[12]施默克则被她对诗歌的热爱和她面对个人惨境时的冷静自持所触动。他还钦佩她的博学和丰富的文化底蕴——瑞拉切拉从威尔诺大学获得硕士学位，而他连高中都没上完。

施默克和瑞拉切拉的爱情影响了朋友和同事们。两人没有搬到一起，大家也不认为他们是一对。但是他们两人之间的喜爱是真实的、强烈的。战后，施默克向瑞拉切拉求婚。（她动了心但最终拒绝了求婚。）

两人的恋情为施默克写诗提供了灵感，他写了一首关于瑞拉切拉和她的女儿的诗，叫作《孤独的孩子》。该诗讲述一个女孩的爸爸“被可怕的巨人抓走”，她也与妈妈分开。痛苦的母亲在无数不眠的夜晚和漂泊之后，有一天找到了女儿，给女儿唱摇篮曲：

有一天，当你成为妈妈，
告诉孩子，敌人
给父母带来痛苦，
铭记过去，向后代详述。

这首诗也配了乐，在聚居区剧院演出，成为一首流行歌曲。[13]

图书和文件被运到德国的行为，让这群人心灵创痛。这样无耻的抢劫和偷窃终于激怒了年轻的成员。卡尔曼诺维奇试图安慰他们，解释说运走的书都是因祸得福：“德国人不能摧毁所有的东西。他们现在开始撤退了。他们移走的所有东西都会在战争结束后被找回来，从他们那里拿回来。”艺术家乌玛·欧肯尼兹卡也说了一样的话：“如果德国人不毁掉这些资料，他们就会卖掉或者藏到档案馆。没关系的，我们会把它们找回的。”她在房间里优雅地挥动胳膊，好像在检查宝物，脸上深深的悲伤却削弱了她话语的说服力。卡尔曼诺维奇和欧肯尼兹卡的观点很大程度上是两人的一厢情愿。[14]

卡尔曼诺维奇强忍着不在同事面前表现出悲伤的情绪。大家都没有意识到他深受着折磨。有一次他在聚居区的文学活动中情绪失控。卡尔曼诺维奇那时是发言人，当主席介绍他是“维尔纳犹太聚居区 YIVO 的卫士”时，他从座位上跳起来，打断主席：“不，我不是卫士！我是一个掘坟者！”听众们对于他的失控感到不安，开始抗议，但是卡尔曼诺维奇继续大叫：“是的，我就是 YIVO 的掘坟者。我曾经出力建立一栋文化建筑，但是现在它已经躺在坟墓里！”[15]

聚居区中盘旋的死亡阴影也压在成员们的心头。1942 年 7 月 17 日，弗朗兹·穆雷尔宣布抓捕老人时，“纸张小队”几位年老的成员十分害怕。卡尔曼诺维奇整夜躲在聚居区医院。第二天，小队像往常一样早上 9 点在聚居区门口集合。安全警戒提高了，德国人检查了每个离开聚居区人的工作许可证，声嘶力竭地发出命令。“纸张小队”按例自动排成三队，开始行进。整个小组很沉默，大家的思绪沉浸在近百名同胞被带走的惊慌与哀痛之中。忽然，卡尔曼诺维奇开始向他旁边的雅各布·戈登打手势，并高声说：“我不害怕他们，我不害怕他们！他们伤害不了我！”戈登不相信地回答他：“你是什么意思，卡尔曼诺维奇？你不害怕他们？”每个人的耳朵都竖了起来，听着卡尔曼诺维奇的话。他在维尔纳这条被纳粹统治的街上宣布：“他们伤害不了我。我在应许之地[16]后继有人！”[17]

第十章　偷书的艺术

1942 年 6 月，针对书籍和文件的销毁工作开始之后，赫尔曼·克鲁克开始争取“纸张小队”成员的帮助，把书偷出工作场所。

很多人立即表示支持，他们想：“反正我都活不长了，不如做些好事，救下这些资料。”[1]

克鲁克对于大家的快速回应感到开心：“大家都在尽力救书。他们不顾性命救出每一张纸，他们是伟大的。每一片纸都可能使他们人头落地。但是，这些理想主义者们总能巧妙地把书偷走。”[2]

挑出要最终偷走的书不是难事。整个大楼有一堆又一堆的书籍和文件，只要避开史波克特和 ERR 队员的监视，把贵重的书籍、手稿藏到一堆书里，之后再捡起来转移就可以了。如果德国人不在房间里，甚至可以在地板上新弄一堆“待偷走”的书。

每一个奴隶劳工都在一时冲动下做出过决定，要带走什么书。虽然他们没有时间深思熟虑，但是有几条准则是明确的：

1. 图书：分出要偷走的一本，其副本可以被送到德国或造纸厂。“纸张小队”负责处理几个图书馆的馆藏，因此一书多本很常见。

2. 图书：相比于大的对开本《塔木德》或文集，小本的图书和册子更容易藏在衣服里偷走。大的物件需要分开放在 YIVO 大楼内，直到可以安排车辆进入聚居区。

3. 手稿：对施默克和肖兹克维拯救文学手稿和著名作家信件的工作，给予高度优先权。两人都是诗人，可以意识到保存文学财产的重要性。信件、诗歌和短篇小说都不是长篇作品，藏到衣服里相对容易。

4. 档案资料：大问题。每个档案集太大，不适合贴身偷走，也不能在一个集子成千上万张纸中挑选出“宝石级”文件。“纸张小队”安排将大多数的档案资料运到德国。几个散放的集子被分出来，等待交通工具运输。

5. 艺术品（画作与雕塑）：利用交通工具偷出。

小组成员相信存放书和文件最安全的地方就是聚居区内部，也就是在犹太同胞中间。但是德国人将“走私”物品进入聚居区看作重大犯罪行为。这主要有两个原因，其一，他们从工作场所“走私”物品。约翰内斯·波尔与史波克特曾明确指出，这栋楼里的所有图书和文件都只有两个目的地：德国和造纸厂；其二，绝对禁止任何人从任何工作场所，将文件和书籍带入聚居区。

一天的工作结束之后，他们会将文件包裹在身体外面，再在衣服里面塞上物件。漫长的冬季最适合偷书。小队的劳工们都穿着厚厚的大衣，衣服也穿了好几层。他们还做了腰带和尿布，在里面装满了书和文件。但是在“装满”自己之前，他们需要先取回放在 YIVO 大楼附近小木屋里的大衣，小木屋里住着他们的克星——YIVO 的前守门人。这个女人有时发现劳工们在大衣里装了文件，就向当班的威尔布里斯告发他们。幸运的是威尔布里斯从来不把她的话当真，因为这个前守门人是个内心充满愤恨的女人。众所周知她喜欢编排别人，他可不想将她的指控转达给 ERR 的官员。[3]

小队离开 YIVO 前往聚居区时，每个人心里就会浮现以下问题：今天是谁在大门口检查？如果犹太聚居区警察和立陶宛人在大门口，一般就没有问题。他们的检查不严格，搜身特别松懈。警察知道小队成员带的只是纸张，不是食物——食物是更严重的罪行。有的警察甚至要求成员们下次下班回来给他们带本有趣的小说。

但如果是德国人在门口站岗，比如安全警察的头儿马丁·维斯（Martin Weiss）、犹太人事务副区域长官弗朗兹·穆雷尔或者党卫军二级小队长布鲁诺·基特尔，就没有希望了。德国人会无情地殴打偷运各种东西的居民。穆雷尔常常出现，进行突袭检查。如果他发现回来的工人在衣服里藏了面包或者钱，就会把工人的衣服剥光鞭打，再把他们扔进监狱。如果罪犯被送到犹太聚居区监狱，他们可能还能活命；如果被送到路基施基监狱，那他们的下一站就是波纳尔。[4]

“今天谁在门口？”这是一个生死攸关的问题。

从韦乌尔斯基街 18 号回去时，奴隶劳工会问其他刚刚离开聚居区、准备上夜班的工人大门口的情况。如果德国人在站岗，小队成员有几个选择：他们可以绕着几个街区走几圈，等德国人离开，或者暂时把资料丢给住在距离 YIVO 不远的、“凯利斯”劳工街区的犹太人。但是也有几次小组成员距离大门太近，无法不被察觉就折返，他们就不得不接受德国人的检查。[5]

施默克的大胆行为总让人为他捏把汗。一次，在光天化日之下，他带了一本巨大的、有破损的《塔木德》。到门口时，他向武装的德国守卫解释说：“我们的长官史波克特让我把这本书带回聚居区图书馆的装订工厂重新装订。”盖世太保认为这个矮个子的男人肯定不敢编造一个如此明显的、可能让他丢了性命的谎言，就让他通过了。[6]

有的时候这些偷书人只是运气很好。一次，穆雷尔从瑞拉切拉的口袋里发现了一个银色的红酒杯，每个人都以为她完蛋了，但是瑞拉切拉对穆雷尔说她想把这个银杯作为个人礼物送给他，她还在杯子里扔了一双贵重的皮手套送给他的妻子。不用说，犹太人事务副区域长官相信了这个故事，或者说他接受了这次贿赂，让她安全通过。他那天的心情应该不错。[7]

作为一个偷书人，肖兹克维有着无限的创造力。他曾经从史波克特那里弄到一张手写的批准单，允许他带几捆废纸进入犹太人聚居区，当作炉子的燃料。他在门口将文件给守卫看。他带进去的“废纸”中有托尔斯泰、高尔基、肖洛姆·阿莱汉姆、拜力克的信件和手稿，夏加尔的画，还有维尔纳加恩的一份独特的手稿。还有一次，他成功地利用友人的关系，把马克·安托柯里斯基、伊利亚·金斯伯格的雕塑，以及伊里亚·列宾和艾萨克·列维坦的画，全藏在交通工具下偷走。[8]

并非所有的故事都是圆满的结局。有几次，警察收到命令要“加紧”调查，施默克和一些队员就在大门口被殴打。殴打他们的有德国人，也有犹太聚居区警察。但是没有人被送到波纳尔。他们是幸运的。[9]

瑞拉切拉·克林斯基记得，虽然偷书需要冒风险，但是“纸张小队”的每一个成员都参与了进来。许多“技术小队”的运输工人也制作箱子和纸盒将书籍打包运走。一个技工的工具箱里有暗层，他就将书、文件藏在锤子、扳手和钳子下面的暗层里。[10]

泽里克·卡尔曼诺维奇改变了看法，也开始加入大家的行动。他知道即使有30%的定额图书会被运到德国，但是如果不偷，很多珍贵的物品都会被毁掉。他将小组的行动看成是一篇精神的乐章，是小组成员们的道德反抗，他像一位虔诚的拉比一样祝福偷书人们：“工人们尽力拯救所有东西，不愿它们遭受被遗忘的命运。愿他们冒着生命危险的行为受到祝福，愿他们被神明的力量保护。愿上帝……怜悯我们拯救的剩下的书，让我们可以在和平时代再见这些被埋藏的信件。”[11]

施默克后来回忆：“犹太聚居区中的居民都把我们当作疯子。他们都在衣服和靴子里藏食物带进聚居区，我们却在偷书籍、纸张，偶尔还有手抄《妥拉》或门柱圣卷。”“纸张小队”的有些成员确实遇到这样的困惑：到底是偷书，还是为了家人“走私”食物？还有居民批评“纸张小队”在这个生存都困难的时候，还忙着关心纸张的命运。但是卡尔曼诺维奇坚定地认为书是无法替代的，“树上可长不出书来”。[12]

一旦资料通过了大门，它们就需要被藏到相对稳妥的地方。最简单的安排就是把它们交给克鲁克，他会把罕见书籍放到藏书地，非罕见图书放到犹太聚居区图书馆。克鲁克自己保留着一个文化宝藏的卡片目录，在上面记录物品的来源。在 ERR 工地上“偷”的东西，被列为“来自机构”。如果写“来自 ERR”，那么如果有一天库存卡片落到德国人手中，可能会成为偷书的罪证。[13]

但没有人可以保证聚居区图书馆，还有克鲁克的藏书地会被完好无损地保存下来。如果德国人突然搜查大楼并且收押所有库存该怎么办？将宝藏分放在多处是比较明智的做法。据肖兹克维回忆，一共有十个藏宝地点，他记得的地址有七处：德意志路 29 号（在他和施默克、丹尼尔·费恩施坦住的楼里），斯特拉舜街 6 号（聚居区图书馆），斯图拉舜街 1 号、8 号和 15 号，杨斯卡街西南地区，以及沙沃尔街 6 号（波兰语：日暮斯卡街）。

从德国人手中救下的两件最珍贵的东西是现代犹太复国主义之父西奥多·赫茨尔的日记，还有维尔纳加恩的祈祷室的记录本。肖兹克维早就发现了它们，并将它们偷进聚居区，分别藏在两个地方。[14]

除了把书藏起来，还有其他的办法。施默克和肖兹克维将很多书籍、资料交给在午饭时来拜访的波兰和立陶宛友人。威尔诺大学的图书管理员欧娜·施迈特捡起了一捆 I. L. 佩雷茨的手稿，并安排同事将手稿藏在大学图书馆中。立陶宛诗人卡基斯·博如塔（Kazys Boruta）在立陶宛科学院的文学机构藏了好几包资料。[15]肖兹克维把珍贵的资料交给与波兰地下党有联系的维多利亚·格米莱夫斯卡。当肖兹克维把18世纪波兰自由战士塔德乌斯·科希秋什科（Tadeusz Kosciuszko）曾经签署的一份文件交给她时，她跪了下来，亲吻着文件上的名字。她后来在报告中说，这份文件到了当地的波兰抵抗团体中时，团体中成员的反应就像是火花跳进了火药中——炸了！[16]

往返造纸厂的运输逐渐频繁起来，显然易见，“纸张小队”确实赢得了小型的战役，但是输掉了整场战争。只有一小部分宝藏被救了下来。1943年春天，肖兹克维想出了一个新的对策。他要在YIVO大楼内部建立一个藏书地。这个新藏书地点出现后，可能会省去偷书的风险。

在检查了大楼的结构后，肖兹克维在阁楼的柱子和大梁下面发现了很大的洞。他们需要做的就是分散波兰守卫威尔布里斯的注意力，这样肖兹克维和其他人就可以在午饭时间将资料迅速搬上阁楼。成员们很幸运，威尔布里斯对于战争打断了他的正式教育感到很可惜，他兴奋地接受了工作组两个成员，费恩施坦博士和戈登教他数学、拉丁语和德语的提议。当学生和老师全神贯注地学习时，“纸张小队”的其他成员就将资料转移到阁楼上。[17]

故事说到这里，让我们暂停一下，来思考一个基本问题：为什么？为什么这些男男女女愿意冒着生命危险拯救这些图书和文件？要回答这个问题很难，但是为做一件事，不惜用生命犯险，除那个高于生命价值的信仰之外，概无其他理由。这个信仰就是：文学与文化具有终极价值，这种价值超越了任何个体或团体的生命价值。死神就在不远处，他们选择将余下的生命，贡献给有意义的事情。对于施默克来说，书籍在他少年时使他摆脱罪恶与绝望，现在是他回报的时候了。亚布拉罕·肖兹克维怀有一个神秘的信仰，他相信诗歌是使万物拥有活力的力量。只要他一直忠于诗歌，写诗、读诗、拯救诗，他就不会死去。

这些偷书人都相信战后一定会有犹太人需要这些文化宝藏。会有人活下来，并且追回这些宝藏，然后重建犹太文化。但在维尔纳犹太聚居区最黑暗的时候，谁都不清楚光明何时会来临。

维尔纳骄傲的犹太市民们、“纸张小队”的成员们，他们相信团体存在的意义就在图书与文件中。如果斯特拉舜图书馆的书籍、YIVO 里的文件还有昂斯基博物馆的手稿被拯救了，那么即使犹太人灭绝了，“立陶宛的耶路撒冷”也会长存。卡尔曼诺维奇说：“也许战后还会有犹太人，但可能没有人可以再用犹太语言写书了。”

肖兹克维用一首名叫《麦粒》的诗表明他在“纸张小队”中工作的信念。诗写于 1943 年 3 月。他写自己奔跑在聚居区街头，“犹太文字”在他臂膀中，像抚摸孩子一样，他抚摸着文字。羊皮纸向他哭诉：“把我们藏进你的迷宫！”把资料埋在地下时，绝望灌满他的身体。但他被一个古老的寓言安慰：埃及法老为自己建造了一座金字塔，并命令他的仆人在棺材中放上麦粒。九千年过去了，棺材被打开，麦粒被发现、播种，最终长成一片美丽的麦田。有一天，肖兹克维写道，他在维尔纳聚居区的土壤中种下（而非埋葬）的麦粒，也会发芽结果。

也许这些文字会等待，
并且重见隐现的光芒——
在注定的时间
出乎意料地盛开？
就如同那史前的麦粒
长成了麦子——
这些文字将会滋养
这些文字将会拥抱
它永恒之路上遇见的人。[18]

不久，小队成员得到消息，YIVO 的战前主管马克思·温瑞克在美国生活得很好。这给了“纸张小队”力量和鼓舞。1940 年温瑞克在纽约定居，并且将 YIVO 的纽约分支转变成总部。克鲁克和卡尔曼诺维奇听到 YIVO 在美国重生的消息时喜不自禁。讽刺的是，这个消息来自波尔。

波尔经常阅读《意第绪先锋日报》，还会剪下展现了犹太人道德堕落和仇恨的文章。（他认为任何对迫害犹太人的公开谴责都是反德国的“仇恨”实证。）在细读《先锋报》中的一则消息时，他看到一篇文章介绍 1943 年 1 月 8 日至 10 日 YIVO 在纽约召开会议。读完消息后，他把报纸给卡尔曼诺维奇看。这篇文章报道了卡尔曼诺维奇战前的几位朋友和同事的讲座，他们都是从华沙和维尔纳逃走的难民学者。消息还提到会议通过了一项决议，即正式将 YIVO 总部转移到纽约。快乐在卡尔曼诺维奇的心中蔓延，他冲进聚居区图书馆，与克鲁克分享这个消息。两个人相拥，喜悦的泪水流下脸庞。克鲁克在他的日记中说：

> 如果你从没到过维尔纳聚居区，没有经历过我们所经历的事情，没有见过这里的 YIVO 现在的样子，你就不会明白，获悉美国 YIVO 的消息对于我们来说的意义。尤其是得知他们所有人还活着，在美国，并且在重建犹太学术研究的主体……
>
> 卡尔曼诺维奇和我彼此祝福对方能够活着，直到我们可以告诉这个世界我们所经历的一切，尤其是 YIVO 的这一部分。虽然命运待我们如此残酷，让我们承受如此悲惨的聚居区生活，但是我们在得知犹太文化与意第绪文化还活着，并且继承了我们共同的理想时，我们心中充满了喜悦和满足。[19]

“纸张小队”的成员们现在确定“立陶宛的耶路撒冷”没有被完全摧毁，它幸存的部分在纽约继续生长。有一天，纽约的学者们将继承幸存的书籍与文件。这个想法是照进黑暗中的一抹亮光。

被拯救的宝石：赫茨尔日记

现代犹太复国主义之父西奥多·赫茨尔（1860—1904）是一位传奇人物。他成年后生活在维尔纳，在《新自由新闻》（Neue Freue Presse）做记者，并担任世界犹太复国主义者组织的主席。这本日记完成于1882年至1887年间，那时赫茨尔还只是维尔纳的一名学法律的学生、挣扎于生活中的学者。这本日记是如何到了“立陶宛的耶路撒冷”的呢？这背后也有个故事。

赫茨尔一生中从未发表或透露过这本日记的内容。他倔强且最终自杀身亡的儿子汉斯·赫茨尔是在1930年找到这本日记的，当时汉斯·赫茨尔在家中第一次看到它。

汉斯的父亲去世时，他只是一个13岁的小男孩。他在西奥多·赫茨尔坟墓前朗诵珈底什[1]，给所有参加犹太民族领袖葬礼的人留下了不可磨灭的印象。汉斯在英格兰长大，就读于剑桥大学，可是他找不到人生的位置。他憎恨人们只知道他是西奥多·赫茨尔的儿子，失败感萦绕在心头。抑郁症和债务折磨着他。1924年，33岁的汉斯皈依浸会教。他说这是为了摆脱父亲的阴影，让自己独立。犹太复国主义运动和英国犹太群体与他断绝了所有联系。汉斯孤独又贫穷，内心充满怨恨与绝望。他的姐姐鲍琳是他生命中唯一的安慰，但是她病死了。在姐姐的葬礼上，汉斯自杀身亡。[2]

收到父亲日记的汉斯在遗嘱中规定，日记将以几十英镑的价格卖出，以支付他的一笔债务。他的遗嘱执行人是一位英国犹太记者约瑟夫·列夫维奇（Joseph Leftwich）。列夫维奇是汉斯改变信仰后少数的还和他保持联系的人。列夫维奇也热爱阅读意第绪语文学，与 YIVO 关系良好，后来他成为第一位重要的意第绪语文学翻译与文选撰写人。碰巧的是，YIVO 的一位领导成员查尔门·瑞增（Zalmen Rejzen）在汉斯自杀后不久，结束了在美国的资金筹集，在返回维尔纳时途经伦敦。瑞增与列夫维奇见面时，列夫维奇提到了日记的事。听了这个消息，瑞增从椅子上激动地跳了起来，他想到这本日记可以提高 YIVO 的声望，他呼喊着："这本日记一定属于 YIVO！"他立即提出愿意按照汉斯遗嘱中的价钱买下日记，甚至都没有与维尔纳的同事们商量。列夫维奇同意了，瑞增签署了协议、支付了定金，将赫茨尔的日记装在大衣口袋里，带回了维尔纳。

紧接着，这件事引发了争论。维尔纳的犹太复国主义领袖们对于日记落入意第绪语研究者组织手中感到愤怒。因为这个组织的领袖们对于犹太复国主义运动大都毫不感冒，有的甚至持敌对态度。他们写信给 YIVO 称汉斯没有权利卖出他父亲的日记，这本日记是西奥多·赫茨尔的财产，而财产的遗嘱执行人是维也纳银行家莫里兹·赖兴菲尔德（Moritz Reichenfeld）。他们还扬言要在法院起诉 YIVO。但是 YIVO 表示除非接到法院的命令，否则他们将拒绝放弃这一所得。

威胁没有达到预期效果，犹太复国主义运动决定采取外交手段。犹太复国主义运动的维尔纳中心办公室要求当地的犹太复国主义领袖去见YIVO的管理者，说服他们交出日记。与YIVO交涉的会议由维尔纳犹太复国主义者雅各布·维格夫斯基博士（Dr. Jacob Vigodsky）主持。维尔纳犹太复国者们认为，将赫茨尔的所有日记归为一处，放在耶路撒冷的希伯来大学中比较合适。他们称西奥多·赫茨尔与YIVO的学术领域并不相关。为了让提议更加诱人，他们还提出愿意付给YIVO一笔钱来弥补损失。

但是YIVO回应说包括西奥多·赫茨尔在内的所有犹太事务，机构都很关注。YIVO并未隐瞒希望通过这本日记来提高声誉的意图。这本日记可以让这个年轻的机构（1925年建立）成为世界上重要的犹太收藏品处。双方的会议断断续续进行了一年半，犹太复国主义者们最终放弃了。[3]

这本日记实际上是赫茨尔的一本阅读笔记。它让读者得以窥见这位历史创造者的思想，获得精彩的启发。它彰显了被同化的，而且本身也主张社会同化的年轻的赫茨尔。这位未来的犹太国之父曾认为自己是一名骄傲的德国人。他严厉地批评法国文学，包括爱弥尔·左拉的小说，他认为它们是“妓院与纯文学结合的文学”（bordellotristic literature），还评论“我们德国人写得更好”。

赫茨尔对于欧根·杜林（Eugen Dühring）的反犹论文《犹太问题：种族、文化与道德问题》表示了愤慨。杜林的论文认为犹太人的堕落无可救药，应当从所有公共生活领域中，包括教育、新闻、商业还有金融，排除犹太人。赫茨尔这个年轻的维尔纳法律学生得出了一个非常不符合“犹太复国主义”的结论：犹太人应当完全融入主流社会。当犹太人与德国人没有区别时，就没有人可以察觉出犹太人的差异，也就没法歧视他们。“西方民族与所谓的东方民族在一个共同的公民宗教的基础上融合，这是最理想的解决办法！”他在较早的一篇笔记中写道。

这本日记中的赫茨尔是一个缺乏安全感的年轻人，根本不像十多年后那位帝王般专横的犹太复国主义领袖。“我不是一个会在我们时代伟大的人中间取得显著位置的人……对于自己，我没有任何幻想。”他忧心忡忡，“今天我 22 岁了！但是我一事无成。我并未低估自己的才能，我胸中没有丘壑。”这些文章表达的情感与他的儿子汉斯所感受到的沮丧与抑郁十分相似。“我心中没有爱，灵魂中没有渴望，没有希望，没有快乐。”赫茨尔写于 1883 年 4 月 13 日。[4]

这本日记让一位已经成为神话和传奇的人的形象更加复杂了。这位曾经说出“心之所向，梦想成真”（希伯来语：im tirtsu eyn zu agadah）的人也写过他的灵魂中没有渴望。这本日记展现的赫茨尔与他未来会成为的犹太国家运动领袖的形象截然不同。温瑞克曾经提出要在纽约的《意第绪先锋日报》刊登这些文本，但是遭到编辑亚伯拉罕·卡思（Abraham Cahan）的拒绝。卡思长久以来是一名社会主义者，1925 年访问巴勒斯坦之后成为劳工犹太复国主义[5]的支持者。卡思不愿让他的读者认识这本日记中的赫茨尔。

第十一章　书与剑

没过多久，“纸张小队”的工作就引起了犹太聚居区地下组织，即联合游击队组织（意第绪语：Fareynikte Partizaner Organizatsye，简称 FPO）的注意。FPO 诞生于 1942 年的新年前夜，恰逢多个犹太复国主义青年运动的成员聚会。聚会上，青年卫士的领袖阿巴·科夫纳（Aba Kovner）宣读了一份宣言，号召犹太年轻人加入反抗德国的武装抵抗：“希特勒企图消灭欧洲的所有犹太人，而命运让立陶宛的犹太人最先遭此厄运。我们千万不能像羊羔一样任人宰割！尽管现在的我们虚弱又手无寸铁，但是面对谋杀者，我们应当自卫。兄弟们！我们要像一群自由的战士一样，死去也好过在凶手的铁蹄下苟延残喘。让我们顽强抵抗，直到生命的最后一刻。”[1]

三个星期之后，组织正式成立。组织的目标是破坏敌人的计划，并为犹太聚居区中的大规模起义做好准备。聚居区中的共产党领袖伊基·温滕伯格（Itzik Vitenberg）是行动总指挥，科夫纳是副指挥。FPO 是一个党际组织，指挥部包含修正主义犹太复国主义者、一般性犹太复国主义者以及工人联合会代表。

组织最大的难题是获取武器。科夫纳曾经与维尔纳的波兰地下民族主义者协商过几次，早期的几次接触还让他抱了些希望，但是后来这个波兰地下团体收到华沙总部发来的命令：禁止向犹太战士提供协助，更不要提供武器支援。（波兰团体的总部不信任犹太人的爱国精神，怀疑他们未来会使用这些武器帮助苏联征服波兰东部。）[2] FPO 因此别无选择，只能从黑市购买武器，再将武器运进犹太居民集中营。这是个昂贵又困难的营生。随着基本的武器库的建立，组织开始训练成员使用武器，并且搭建一些基础架构：指挥单位与指挥防线，暗号与协议，秘密会议和新闻简报。

最初，FPO 并未注意到 ERR 的工作场所。仓库里的东西对他们来说没什么大用：没有武器，没有金属品，只有书。

1942 年 6 月，他们的态度改变了。FPO 的指挥部决定进行第一次破坏行动——使用自制地雷炸坏德国军用火车。这个计划绝对疯狂，FPO 里没有一个人懂火药制造，他们怎么做地雷？他们需要一本军需品手册，并仔细按照指示制作才行。但是哪里有这样的手册？就在现在储存了上万本苏联图书的 YIVO 那里呀！

起初，FPO 的成员中有两位是“纸张小队”成员：阿巴·科夫纳的弟弟米卡尔·科夫纳（Mikhal Kovner），还有阿巴的党员同志、好友雷兹·（卢兹卡）·考扎克［Reizl（Ruzhka）Korczak］。米卡尔和卢兹卡开始在 YIVO 里寻找苏联军需品手册，并且对此事绝对保密，他们不仅瞒着德国人，对于犹太人同事也绝口不提。当艾伯特·史波克特和 ERR 队员出去吃午饭、其他工人在忙碌时，两人撬开藏放苏联文学的封闭房间的门锁。但是他们没找到需要的书。经过几次无果的破门而入，他们终于找到了一套灰色的小册子，册子封面印着红色的字："军事指挥的图书馆，国防军需处出版。"这套册子里有FPO所需的一切指导：如何制作、铺设地雷，如何组装、使用手榴弹，如何养护、修理武器。

接下来的几天，米卡尔和卢兹卡又秘密把册子偷进了聚居区。为此他们拒绝了同事的请求，不愿帮忙偷走珍贵的希伯来语书籍、文件。同事们既震惊又失望。"纸张小队"的成员为两个年轻的犹太复国主义者放弃了小组崇高的任务而感到愤怒。希伯来语教师伊斯尔·鲁伯特斯基叹了口气，失望地摇摇头："如今的年轻人！根本不懂珍惜文化宝藏！他们能懂什么？我们像他们这么大的时候可不一样。"[3]

有了这些手册，阿巴·科夫纳领导的联合游击队终于做好了地雷。1942年7月8日深夜，FPO的三名成员维特卡·肯普耐尔（Vitka Kempner）、莫舍·布劳斯（Moshe Brause）和伊泽亚·玛考维奇（Izia Mackowicz）离开了聚居区，将地雷放置在距离维尔纳西南方向七公里的铁轨上。黎明时分，他们才回聚居区，一身疲惫却兴高采烈。第二天下午，聚居区得到消息，一辆德国火车的机器和货运车厢被地雷炸毁，整辆火车翻下铁轨。这是维尔纳地区发生的第一次反抗德国的重大破坏行动，是值得庆祝的事。城中的每一个人都以为这是波兰游击队员的行动，没有一个人怀疑埋雷者是聚居区中的犹太人，更不要提想到制作地雷的方法是从YIVO偷来的册子上学来的。[4]

在接下来的几个月，米卡尔和卢兹卡从"纸张小队"吸纳了几位新成员加入FPO，有施默克、肖兹克维、年轻的共产主义者诺伊姆·马克里斯、“劳工团队”的木匠门德尔·博冷斯坦因（Mendl Borenshtein）、“纸张小队”队长采马克·泽贝尔森，以及佛教徒阿芙罗姆·泽勒尼科夫。加入这个高度机密的地下组织后，他们开始参加夜间的秘密会议并且学习武器的使用方法。“纸张小队”中的大多数工人根本不知道有的同事参与了聚居区的武装抵抗。

随着“纸张小队”和FPO之间的联系越来越紧密，地下组织的领头人决定支援偷书行动。如何帮忙呢？FPO在聚居区警察中有“探子”，而且一些大门守卫是他们的“朋友”。“纸张小队”计划运输极珍贵的文物进聚居区时，就提前通知FPO，FPO会安排组织的守卫站岗，让小队成员进门时由他们进行检查。但这也不能完全保障安全，因为守卫的细节信息很混乱（不清楚守卫属于FPO或非FPO），而且没有人清楚德国人的行踪。但是至少偷书的风险降低了。[5]

FPO还和“纸张小队”分享了他们最好的储藏室：沙沃尔街6号的地堡。这个大洞穴离地面六十多英尺深，需要进入下水道，顺着梯子爬两层，才能到达这个有通风系统的地方。这里的电从聚居区外的电线接过来，还有一条隧道通向雅利安人聚居区的一口井。这个地堡是年轻的建筑工程师格申·阿布拉莫维奇（Gershon Abramovitsh）建造的，当初是为了存放FPO的武器，也是为了让他残疾的母亲有藏身之所。1943年的春天，一箱箱武器的旁边，开始躺着一箱箱书籍。[6]

图书管理员赫尔曼·克鲁克十分感激FPO对“纸张小队”的支援，决定给予FPO回报。他在聚居区图书馆内部建了一个武器藏放地点。武器被藏在中心公共区域后，FPO在紧急情况下可以迅速行动。储存DP轻机枪的秘密储藏室在一个摆了约瑟夫斯《犹太战争史》（描述马加比家族反抗希腊帝国的叛乱）的书架背后。在死寂的深夜，FPO成员一个接着一个进入房间。拉上窗帘之后，一个讲师开始教授他们如何使用武器，而书架上摆满的书籍静静地看着他们。课程结束之后，这些雄心勃勃的现代马加比立刻将武器放回原处，在梦中开始新的犹太战争。[7]

协助储备武器是件好事，但更重要的是设法获得武器。自从德国人放松对YIVO的监管之后，这里成为FPO与波兰人和立陶宛人见面购买武器的理想场所。而负责购买武器的人不是别人，正是施默克·卡奇金斯基。

1943年5月，FPO总指挥官伊基·温滕伯格单独召见施默克。这一行为完全违反组织的密约草案，因为草案禁止普通成员与总指挥官直接接触。见面之前，施默克只知道指挥官的代号是里昂（Leon）。他在别人的护送下，穿过迷宫一样的藏匿地点，终于见到了这位让他目瞪口呆的指挥官。指挥官竟然就是他的老朋友伊基·温滕伯格。两人曾经在共产党组织中共事。

施默克从这个意外发现中恢复过来后，温滕伯格又给了他另一个“惊喜”——命令他通过立陶宛友人朱利安·扬卡乌斯卡斯搞到武器。扬卡乌斯卡斯曾经在1941年9月到10月期间帮助藏匿他的妻子。他在午饭时间也频繁来访YIVO前院。

在接下来的一个午饭时间会面中，施默克和扬卡乌斯卡斯谈到FPO和它的武装抵抗计划。对话是这样的：

施默克：我们有武器，但是还需要更多。你要帮我们。如果你需要钱，我们能弄到钱。

扬卡乌斯卡斯：我现在什么也不能保证。我想一想，明天给你答复。

施默克：明天你的答复应该是给我第一把手枪。

扬卡乌斯卡斯：可能吧。

第二天扬卡乌斯卡斯在午饭期间来了。他的脸红得像火，眼睛闪闪发光。施默克走出大楼，在前面的灌木丛和树木中间会见他。

施默克：我希望你的答案不是来自口中，而是来自口袋。

扬卡乌斯卡斯：如果答案从我两个裤腿之间来呢？你就不要了？

说完这些话，扬卡乌斯卡斯从裤子里拽出一把六个弹仓的左轮手枪。施默克开心地跳了起来，搂住了扬卡乌斯卡斯的脖子，在他脸颊上深情地“啵”了一下。然后施默克回到 YIVO 大楼，把手枪藏在地下室的一堆报纸下面。

当天晚上，他向负责武器购买的 FPO 指挥官，佛教徒亚布拉沙·弗伊尼克（Abrasha Chwoinik）汇报了他的收获。弗伊尼克很开心，但是语气却是开玩笑式的失望：一把六弹的左轮手枪是送给女朋友的好礼物，还十分适合决斗——如果你不想杀死对手。但是组织的武器实在匮乏，就还是接受了这把枪。他告诉施默克："明天下午，你结束工作前，一名聚居区警察会来 YIVO 大楼前喊你。如果他说出接头暗号'贝尔在等你'，你就把枪给他。"

第二天，枪支的交接进行得很顺利。聚居区警佐莫舍·布劳斯说出接头暗号后，施默克从藏匿地点取出手枪。布劳斯带走枪时祝愿施默克："希望这是一个好的开始！"这也确实是个好的开始。[8]

自此以后，这种会面成了惯例。每隔两天或三天，扬卡乌斯卡斯就会在午饭时间带武器来，一把手枪、手榴弹或者子弹等。而布劳斯就在当天晚上来拿武器，送来买枪的钱。米卡尔·科夫纳和卢兹卡·考扎克也参与了行动，他们负责检查新进的武器，确保武器可以使用，并且评估其价值。在短短一个月内，施默克为武器库添了十五把手枪，每把手枪的价值在一千五百马克到一千八百马克之间。

速度是武器和金钱交易的关键，这样才能不被非 FPO 成员的同事们注意到。"纸张小队"的很多成员担心他们其中有一名同事是告密者。[9]

除了通过警佐布劳斯，"纸张小队"还有第二个带武器进聚居区的方法。"劳工团队"的木匠门德尔·博冷斯坦因把弹药和小型武器藏在他工具箱的暗层里，带进聚居区。[10]

"纸张小队"还用自己仓库中的藏品帮助支付购买武器所需的钱。从昂斯基博物馆倒进韦乌尔斯基街 18 号的东西中，有几十个祈祷银杯、《妥拉》指针和其他金银制的宗教仪式用品。科夫纳、卢兹卡还有其他人把这些东西偷进聚居区交给 FPO。FPO 成员会把它们都熔化，将金银卖向黑市，再用赚来的钱买急需的武器。[11]

这个熔炼行动启发肖兹克维写了一首他最广为人知的诗《罗姆出版社的铅版》。他在诗中想象犹太战士熔化维尔纳罗姆出版社用来印刷《塔木德》的铅板，制作与德国人战斗的子弹。当一个一个字母被熔成液体，肖兹克维感觉他与战友们就像古代寺庙中的牧师，为光明节烛台倒满油。这些犹太天才，几个世纪以来一直沉迷于宗教研究与崇拜，现在需要在战斗中表达自己。

> 液铅在精致的子弹中如此闪耀，
> 远古的思绪，成为已熔化的字母，滚烫，
> 一行来自巴比伦，一行来自波兰，
> 在铸造厂的锅里沸腾、泛滥。
> 藏在文字与符号中的犹太勇士，
> 现在一定用一声枪响炸开整个世界！[12]

肖兹克维的诗是一个强有力的寓言，一个鼓舞人心的梦。

一天，FPO 的指挥官弗伊尼克召见施默克："你做得太棒了！来的货很好，但是只有手枪可不行。你得给我们弄来步枪。还有最重要的，机关枪。"施默克发出一声紧张的轻笑。当他恢复镇定，想起了军队的纪律，他服从地回答："好的，长官！"

第二天，施默克见到扬卡乌斯卡斯时，向他提到了购买机关枪。让施默克特别惊讶的是，他的朋友表现得波澜不惊，只是说："我试试看能不能找到。"

扬卡乌斯卡斯第二天没有赴约。他消失了好几天。施默克担心他被逮捕了。如果这样，德国人接下来就会开始找他施默克。因此接下来几天，施默克每晚睡在聚居区不同的地方。

在一个雨天，午休快要结束，德国人就快回来了，这时扬卡乌斯卡斯打开 YIVO 大门走了进来，他手提一个中提琴的盒子。施默克冲下楼去。

施默克：发生了什么？你开始拉中提琴了？

扬卡乌斯卡斯：这把中提琴能开火。带它走吧。

施默克一把抓过这个沉重的盒子，拖到了地下室。他还通知了米卡尔·科夫纳、卢兹卡和肖兹克维。他们决定立即拆卸机关枪，将不同部分藏在不同的房间里，以防那些好奇的劳工把它当乐器来观摩。[13]

他们刚拆卸完机关枪、藏好零件，德国人就回来了。这次回来的不是一辆车，而是两辆。他们有客人了。威利·谢弗走进大楼，他的身边是一位穿着制服的高级官员。谢弗决定带客人逛逛大楼，一间房一间房地看一圈，展示藏品。FPO 成员们的心怦怦地跳着。德国人进入的艺术厅正是藏机关枪枪管的地方，枪管就压在三幅画之下，而德国人已经开始检视不同的艺术品：夏加尔、明可夫斯基等。负责艺术部门的肖兹克维和邻屋的瑞拉切拉·克林斯基站在一起。谢弗捡起了一幅又一幅油画，那枪管就躺在下一幅画下。肖兹克维面如死灰，他跑去通知施默克他们要大难临头了。

瑞拉切拉·克林斯基觉察到了不祥的气息，感到事情不对劲。她不是FPO的成员，也没有参与武器走私，但是她知道，很久以前开始，扬卡乌斯卡斯在午饭期间拜访施默克时，带给他的就不只是面包了。她当即做了一个决定，上前说道："主管先生，主管先生，我发现了一个重要的手稿。"德国人转向她，细心查看她手中的物品：1830年波兰起义的一份文件。他们检查完文件后离开了房间。[14]瑞拉切拉的灵机应变，让灾难成功化解。

施默克为自己偷书人和FPO战士的双重身份感到骄傲。在回忆录中，他讲述了一个民间故事：上帝创造的第一个犹太人是圣经中的族长亚伯拉罕。上帝为他的人生旅途赠予了两件礼物：亚伯拉罕拿着的一本书，还有他握在另一只手上的一把剑。但是族长读书入了迷，都没有注意到剑从手中滑落。从那一刻起，犹太民族成为书的民族。而聚居区的战士和游击队员找到了那把丢失的剑，并把它捡了起来。[15]

第十二章　被奴役的策展人与学者

1942 年 7 月上旬，ERR 工作队的艾伯特·史波克特，这位粗野的长官给“纸张小队”布置了一个令人意想不到的任务：使用 YIVO 的资料，策划一场关于犹太人和布尔什维克的展览。他希望把这个展览作为对德国军队的政治教育，激发军人对第三帝国两个最大敌人的敌意。史波克特希望德国指挥部的高级官员能看到 ERR 在维尔纳的工作成果，让他们知道 ERR 的劫掠对于纳粹“科学”是至关重要的。

现在只有一个问题：史波克特和同事们对犹太的知识一无所知，而他们的犹太文物专家赫伯特·戈特哈德博士对于策展并不感兴趣。史波克特就把准备展览的任务交给了犹太奴隶劳工，当然前提是劳工们展出的所有东西都会揭露犹太人与共产主义“罪恶”的本性。事实上，最后展览的结果却含混不清，客观、同情、反犹，什么样的效果都有。

此次展览设置在 YIVO 展厅（曾举办现代意第绪语文学之父 I. L. 佩雷茨的主题展览），分为两个部分：犹太展览区在右，苏联区很应景地在左。维尔纳加恩、马提提亚胡·斯特拉舜等拉比的画像挂在一面墙上，斯大林和其他苏联政治局成员，还有伏罗希洛夫元帅[1]的照片挂在对面的墙上。两组重要人物隔着房间互相瞪视。

犹太区的展品来自昂斯基博物馆馆藏，德国人把馆藏匆匆运到 YIVO 挑选。展品包括不同犹太艺术家的雕塑作品、绘画作品，以及罕见书籍（包括一本 17 世纪的口袋书大小的《西都尔》[2]）和手稿。还有一个玻璃盒子，里面放着有插画封面的现代希伯来语和意第绪语书籍。一个《妥拉》书卷被银制仪式用品围在中间，还有一件哈西德派的缎子长袍（意第绪语：*kapote*），挂在临时制作的模特身上。[3]

这件长袍造成了一场危机。一天晚上，长袍不见了，很明显是被烟囱清扫工拿走了。（烟囱清扫工在维尔纳可以自由地在屋顶上移动，常常走私偷盗。有的人还帮助 FPO 走私武器。）史波克特的助理威利·谢弗指责"纸张小队"的成员偷窃长袍，威胁他们如果第二天不把袍子还回来，就要通知盖世太保。劳工们知道如果他们抗议说根本不知道东西被偷去哪里，只会更加激怒谢弗。大家决定晚上下班后从维尔纳聚居区找一件长袍的替代品。但是他们一件也没找到，毕竟这个犹太聚居区历史上并无哈西德派居民，而且他们是反哈西德派。最终他们做了一件"伪制品"：将施默克黑色雨衣的内衬放下来做成袍子，代替原来的长袍。好在谢弗根本没注意到区别，就没有再发火。

展览的苏联部分用红色丝带装饰，展出了不同语言版本的列宁作品，还有斯大林作品的样品书籍。在一个角落，有一个展柜叫"煽动"，里面陈列着俄语、意第绪语和其他语言的反纳粹德国的出版物。展览的最后一个展柜里摆放着"揭露"

犹太与布尔什维克“真实面目”的纳粹文学：册子、报纸、杂志，还有几期《先锋报》[4]。

在房间的中央，也就是犹太区和苏联区中间，有一个书柜标记了“卡拉派”——献给9世纪从犹太教中分离的教派。书架上摆放着卡拉派的书籍，很多个人、团体的照片，还有维尔纳卡拉派神职人员塞拉亚·塞普塞拉（Seraya Szapszal）的一幅大肖像画。将这个教派包括在展览中可能是泽里克·卡尔曼诺维奇的想法，因为他认为卡拉派源自犹太教，当时他正在研究相关的历史。[5]

赫尔曼·克鲁克对大家作为被奴役的策展人所做出的东西相当满意：“展览就是这么设计的，犹太人的东西就是犹太人的，我们没有必要感到耻辱；布尔什维克的东西放在布尔什维克区的角落，没有反布尔什维克主义的语气。而德国人认为犹太工人在尽全力帮助他们。狼满意了，羊羔就得以保全自己。”卡尔曼诺维奇则更加激动：“这个展览证明了犹太人民的文化力量。就像《圣经》中的巴兰，他本想诅咒，但最后违反了自己的意愿开始祝福。”[6]

展览正式开始之前，YIVO大楼被打扫一新，用克鲁克的话说，YIVO看起来像“一个小镇上的犹太慈善组织，明天即将迎来美国的‘联合分配委员会’[7]”。几个工作间放满箱子，还挂上了“运走”的标志——这都是要让这里看起来像一个忙碌的货运码头。犹太人事务区域长官汉斯·兴斯特（Hans Hingst）还有几名德国和立陶宛的官员参加了展览的开幕仪式。

几天之后，德国政府的口舌《维尔纳报》的一篇“评论”

热烈赞扬了这次展览。文章盛赞 ERR："反犹太与反布尔什维克主义的政治军事斗争之后，我们迎来了另一个阶段：科学研究水平上的斗争。我们不能只与对手战斗，一定要认识到他们的实质、意图和目标……ERR 的队员们是令人惊叹的科学的部队……他们对于犹太人和布尔什维克主义的理解有几项重大发现。其中几项更有直接的、实际的政治意义。"[8]这篇文章指出维尔纳是有历史意义的"犹太总部"，还是犹太人的"第二个耶路撒冷"。"对于我们的世界头号敌人犹太人和二号敌人布尔什维克人，维尔纳为我们提供了大量的、重要而有趣的文件。"

《维尔纳报》记者称赞此次展览是重要的教育成就："展览在现代犹太艺术家战战兢兢的展示中，揭露了 19 世纪犹太'伟人'狡猾残忍的面目……另外还有一个特殊的照片集'苏联天堂'，比任何语言都更好地诠释了苏联人的贫穷与落后。"

文章还告知读者，所有感兴趣的个人与组织都可预约看展。文章最后说道："参观过展览的人都会大致了解 ERR 工作的工作领域，以及他们默默无闻工作的重要性。"

犹太－布尔什维克展在韦乌尔斯基街 18 号"进行"期间，有几个代表团前来参观。（让展览在第三帝国之内巡回展出的计划没有实现。）卡尔曼诺维奇注意到德国参观者总是避免与大楼中的犹太劳工眼神接触。他在日记中写道，也许眼神接触会让他们感受到受害人的人性，产生同情。参观者认为同情是被绝对禁止的。[9]

柏林的一个高级委员会派了海因里希·希姆莱（Heinrich Himmler）办公室的一名员工前来调查展览。他们很不高兴。

他们认为这个展览在意识形态上有缺陷，一个人甚至认为它"鼓吹共产主义"。委员会的员工离开后，史波克特命令增加更多明确反犹太和反布尔什维克主义的资料。在展览的最终版本中还展出了一些经过篡改的照片，看上去是犹太布尔什维克主义者折磨立陶宛农民。实际上照片是德国人和立陶宛人一起折磨犹太人。[10]

ERR 队伍中的赫伯特·戈特哈德博士，在构想比展览更严肃的学术项目，他知道展览只是给媒体的噱头。用施默克的话说，这个"小猪猡"雄心勃勃地希望将维尔纳的 ERR 行动组变成反犹调研中心。他决心拿来这些强制劳工的犹太研究文章，以反犹太的口吻重写，再提交给柏林 ERR 的分析部门。

戈特哈德博士首先交给 YIVO 学者、彼得格勒大学博士泽里克·卡尔曼诺维奇一些简单的研究任务。了解他的工作质量之后，戈特哈德让卡尔曼诺维奇管理一整组劳工研究者和一个负责将战前文件译成德文的翻译小组。为了方便查阅参考文献，研究员们（莫舍·海勒博士、亚伯拉罕·尼桑·约非拉比等人）在犹太聚居区图书馆工作，翻译们（雅各布·戈登博士、阿齐瓦·戈尔施特等人）在 YIVO 大楼中工作。卡尔曼诺维奇则在两个地点之间"闲荡"。

卡尔曼诺维奇感到愤懑，因为他清楚他的工作会被用来传播反犹谣言。但是他藏住这些情感，只在私人的日记中宣泄："他们想要发掘我们的'秘密'，揭露我们'隐藏的东西'。多么愚蠢！他们粗俗而充满欺诈的统治！但是我必须像哑巴一样沉默，直到危险过去。"[11]

在某种程度上，卡尔曼诺维奇曾经乐于迎接这种在漫长的工作日参与智力活动的挑战。他可能想要证明，在聚居区中被关押了九个月之后，61 岁高龄的他还与战前的他一样是一名学者。

他的第一个主要任务就是编写一个 9 世纪脱离犹太教的卡拉派的相关书目，并且翻译相关研究的资料。19 世纪早期，东欧和克里米亚的卡拉派认为自己是土耳其社群。因为他们说土耳其语，有不同的宗教习俗。他们认为自己只是犹太教的远亲。俄国沙皇接受了这个说法，施加在犹太人身上的严格的法律条款不对卡拉派实施。纳粹德国沿用沙皇的传统，也不认为这个社群属于犹太种族。但是德国学者将他们描述为“犹太人”或“没有《塔木德》的犹太教”，这样他们就成为很奇怪的群体：崇拜犹太宗教的土耳其人。[12]

战争爆发以后，对于卡拉派的实地处理方式多种多样。因为并不是每个人都知道这个小派别的成员不是犹太人的“备忘录条例”，所以军事指挥官当下会做出仓促的决定。在乌克兰，行动迅速的德国杀人机器没有区分犹太人和卡拉派人，导致两百名卡拉派人在基辅外围的巴比谷被杀。而这只是 1941 年 9 月 29 日至 30 日期间大屠杀的一小部分。大屠杀一共射杀三万六千人。相反，在法国登记为犹太人的卡拉派信徒因为柏林明确的命令，没有被送去死亡集中营。在最大的卡拉派中心克里米亚，他们受到了甚至可以说是享受特权的优待。德国人认为他们是与鞑靼人有关系的土耳其人，因此不仅予以保护，还与他们建立了友好关系。[13]

维尔纳和附近的城镇特罗基中大约有两千名卡拉派教徒，

而柏林 ERR 分析部门的总指挥格哈德·伍德（Gerhard Wunder）博士命令维尔纳下属机构调查这些教徒。他这样解释这个研究课题的重要性："最近几起不幸的事件中，有些卡拉派教徒被误认为犹太人。我认为我们的任务就是弄明白这个特殊的种族的情况，并给出指令……以避免未来犯与过去同样的错误。"[14]那些"错误"让乌克兰几百名卡拉派信徒丧命。

除了编辑书目、监督希伯来语和意第绪语的卡拉派相关研究的翻译工作，卡尔曼诺维奇就这个学术研究写了一篇评论，指出一个一般共识：卡拉派被认为是犹太后裔，信奉的宗教是犹太教的一种。这与柏林分析部门总指挥伍德想听到的消息恰恰相反。[15]

为了反驳卡尔曼诺维奇的观点，戈特哈德委托维尔纳卡拉派的智者塞拉亚·塞普塞拉也撰写一篇关于卡拉派的种族、宗教和文化起源的研究报告。他命令卡尔曼诺维奇将智者的手稿从俄语翻译成德语，于是两个人就一起工作：塞普塞拉写作，卡尔曼诺维奇翻译。在卡尔曼诺维奇的个人日记中，这位犹太学者嘲笑这位卡拉派作家和他的大作："他的视野是多么狭隘！他的才华可能都用在勾画土耳其鞑靼人血统上了。相比于他信仰的宗教，他更懂得照顾马匹、使用武器！"[16]

这个项目也让两个人熟悉起来。有几次塞普塞拉来到 YIVO 大楼查找卡拉派相关的资料，而卡尔曼诺维奇也去过塞普塞拉家几次——在德国军队看守的护送下去讨论研究中的几点问题。

两位学者的境遇完全不同。德国人称塞普塞拉为"教授"，付给他一千马克的酬金，并许诺将他的研究内容下发到德国的各个机构中。卡尔曼诺维奇，他的博学的翻译，在 ERR 的备忘录中连名字都没有。他是个犹太劳工（Judenkraefte），拿着标准的劳工薪水：三十马克一个月。他的 ERR 主人如果想感谢他杰出的工作，最多再给他一根面包。[17]

卡拉派的项目以塞普塞拉和卡尔曼诺维奇关于这个种族血统的辩论告终，这场辩论的观众是 ERR 成员和其他官员。辩论中，卡尔曼诺维奇反转自己的观点，承认卡拉派的种族与犹太人没有关系。他不是因为相信这个观点，而是因为同情。他不希望卡拉派教徒被伤害。[18]然而，塞普塞拉从未帮助过犹太人，反而常常帮助德国人抓捕犹太人。

德国占领维尔纳的第一个月，七百名生活在犹太聚居区的犹太人拿着伪造的文件，证明自己是卡拉派教徒。卡拉派男性教徒都行割礼，所以利用这个看似合理的理由，犹太男人可以逃过一劫。而黑头发黄眼睛的犹太女人相比于装扮成波兰人或立陶宛人，伪装成卡拉派教徒的成功率更高。据报告，为了方便将“骗子”逮捕送到波纳尔处死，塞普塞拉曾向德国人提供维尔纳真正卡拉派教徒的姓名和地址。

几个月之后，波纳尔的大规模流放停止，塞普塞拉给德国人写了一封信，告诉他们他收到犹太人要求接受卡拉派种族证明的信件。他提出愿意弄清楚所有关于卡拉派血统的可疑声明，德国人欣然同意。主要负责调查不确定的种族起源问题的第三帝国系谱研究办公室（Reichstelle fun Sipenforschung）聘用塞普塞拉为其顾问。[19]

但是在辩论中，卡尔曼诺维奇却没有以其人之道还治其人之身。

1942 年 8 月，ERR 分析部门下发了一个新的任务：命令奥斯兰（包括里加、维尔纳、明斯克）的所有工作组上交所在地区犹太（聚居区）过去与现在的相关研究报告。因为在德语中，“ghetto”（犹太聚居区）也可以指犹太人群体，柏林来的命令是模糊的、没有准确答案的。这样理解，几乎当地关于犹太人的所有东西都要上交。

戈特哈德将任务派给卡尔曼诺维奇，要求他准备一些研究报告。卡尔曼诺维奇感觉苦涩而讽刺：德国人先是想消灭犹太人，现在他们又想研究犹太人。“他们想知道自己夷平了多高的一座山。”他在日记中讥讽。[20]

卡尔曼诺维奇的研究小组准备了五份研究。其中两份由卡尔曼诺维奇亲自撰写：一份是自中世纪起立陶宛犹太人的历史概述，另一份是对 1918 年至 1940 年间，独立的立陶宛国家中犹太人群体的分析。其他两份研究也是卡尔曼诺维奇十分感兴趣的：亚伯拉罕·尼桑·约非拉比负责制作的、维尔纳一百一十四间犹太会堂索引目录和萨拉查犹太墓地的艺术和历史分析，包括抄写历史墓碑上的碑刻。卡尔曼诺维奇决定利用 ERR 命令的模糊性，准备这些和维尔纳犹太遗址有关的研究，以防他们都很快消失（他的担心应验了）。第五份，也即最后一份研究，是关于当下纳粹强制建设的维尔纳犹太集中营，由莫舍·海勒博士撰写。[21]

ERR 的犹太文物“专家”戈特哈德会随心所欲编辑、篡改卡尔曼诺维奇和他带领的研究小组的研究成果，有时甚至直接忽视原材料。大多数时候，他利用他们研究中的信息，但会在文中插入反犹注解和评价。

比如说，他利用卡尔曼诺维奇制作的立陶宛犹太人职业分析数据表格，添加自己的解释：犹太人从来不从事重工业，因为他们体力差、懒惰、毫无纪律。他们偏向做裁缝、制鞋匠等其他手艺活，因为这些工作让他们可以随时放下工作，起身推销、玩股票，很快就能赚取大量财富。[22]

戈特哈德去掉了卡尔曼诺维奇关于维尔纳犹太政治活动的调查，取而代之的是他自己的观点：犹太人与布尔什维克主义者是第三帝国的敌人。“威尔诺的所有人都认同，犹太大众热烈欢迎布尔什维克主义。相反，基督徒则避开苏联－俄罗斯军队……共产主义青年团体中全部是犹太人。”[23]

戈特哈德成功掌握了将犹太学术文章转变为纳粹的犹太人研究的方法，还将技巧传授给了年轻同事威利·谢弗。谢弗重写“维尔纳墓地与墓碑”，将原来的研究变成恶性的反犹作品。“从犹太墓碑上几乎看不到任何创意元素，犹太人的艺术一般都是如此。”犹太会堂的艺术和建筑没有任何审美价值，它们“简陋”“重复”“贫瘠”，而且“缺乏风格”。至于犹太墓地，“当一个人站在墓地上，他可以看见犹太种族灵魂石化般的混乱”。[24]

细节的研究调查结合反犹解释，这些效果让柏林的 ERR 官员印象深刻。他们对维尔纳队伍提出特别表扬：“戈特哈德博士上交的作品十分优秀，涉及面广、信息可靠，特别是他关于犹太聚居区的研究。”[25]

1942 年末，卡尔曼诺维奇开始研究古代犹太文学文化的几个选题，比如犹太传统中摩西的诞生、大卫之星的历史。柏林大学的神学博士生谢弗还曾向他所在学院提出申请，允许他在“犹太劳工”的协助下，撰写一篇关于拉比传说中的摩西形象的论文。但是学院拒绝了他的申请，并指出“一篇论文必须是原创的调查研究，不可建立在别人的作品之上，更不用说犹太人的作品”。[26]

德国人慢慢意识到他们手中的一个金矿：一批有求必应、可以产出高质量论文的学者和研究者，主题不限，而且完全免费。到 1943 年早期，ERR 还利用小组准备非犹太人话题的研究，如“立陶宛共济会”和“维尔纳文化机构（博物馆、剧院、堡垒、教堂）”。克鲁克接受了后一个任务，因为调查维尔纳文化机构又给了他在聚居区外“远足”的借口。他为了收集信息，见了天主教牧师和博物馆策展人。他们中的一些人同意为“纸张小队”偷的书和文件提供存放地点。[27]

卡尔曼诺维奇认为，作为被奴役的学者是对他深深的侮辱，这违背了他年轻时的希望和理想。他年轻时为了学习批判性的学术研究方法，在德国柏林大学和柯尼斯堡大学学习。但是现在德国人背叛、歪曲了科学（*Wissenschaft*），采取了一种野蛮的种族理论，将大规模谋杀“合理化”。在他还是 YIVO 的主管时，曾相信犹太人将会受益于现代学术研究。但是现在，纳粹利用他的学术研究为消灭犹太人正名。

第十三章　从犹太聚居区到森林

1943 年 7 月中旬，一名被德国人逮捕的波兰共产主义者在酷刑下泄露了犹太聚居区的联合游击队组织（FPO）的消息。德国人得知伊基·温滕伯格是组织的总指挥，就要求聚居区首领雅各布·金斯交出伊基·温滕伯格。温滕伯格躲了起来。金斯向所有居民发出警告，如果不交出温滕伯格，所有人都会死掉。得不到一人的命，就是两万人的死亡。焦急的居民们开始绝望地搜索。就在这时，温滕伯格自己走了出来，向德国人投降。7 月 17 日，温滕伯格死在盖世太保的拘留所中，很明显是自杀身亡。

聚居区中的游吟诗人施默克·卡奇金斯基，在一首抒情歌谣中纪念这一重大时刻，歌谣结尾是一个殉难英雄的独白，他号召人们武装起来：

然后我们的伊基说
他的话语像闪电
“很明显，我必须听从这个命令。
我不能让你们命丧

暴君残忍的刀下。”
他向死亡无畏地走去。

但是敌人仍在某处
潜伏，像一只野兽；
毛瑟枪在我手中跳动
现在，我亲爱的毛瑟枪，
解放我
我将听从你的每一个命令！[1]

诗歌虽然动人，现实情况却并不乐观。现在德国人已经发现了 FPO，他们可能发动军事袭击摧毁抵抗组织，或将犹太聚居区一起清算，驱逐所有居民。无论哪种方式，聚居区所剩的时日都不多了。

7 月 19 日，温滕伯格死后第二天，艾伯特·史波克特命令赫尔曼·克鲁克写一份工作报告，包括这一年半以来，他为德国劫掠机构罗森堡国家指导总部（ERR）所做的所有奴隶劳动工作。这是个信号。“纸张小队”成员们感觉，他们的工作，还有生命，都要到尽头了。[2]

新的工作任务应验了他的预感。小队中的十名成员被送到学府路，去斯特拉舜图书馆“完成工作”。这十名成员包括施默克、肖兹克维和瑞拉切拉·克林斯基。他们需要对书籍进行最后的“选择”，与这个传奇图书馆的藏品永别。施默克偷了最后几样东西进入聚居区。[3]

这之后，小组回到 YIVO 进行最后的清理。肖兹克维最后一次在大楼中翻找可以立即放到阁楼的文物。他找到 YIVO 的一本有皮革绑带的来宾册，册子上有很多重要名人的献词：作家、学者、政治家，还有团体的领袖。他和朋友翻开这本册子时，战前 YIVO 的回忆纷纷涌入脑海：参加马克思·温瑞克的课程、在图书馆做研究工作、与馆员和毕业生的谈话。

小队决定在来宾册的最后一页添上他们自己的献词，再把册子藏到阁楼上面。也许战争结束后有人会找到这本册子。那时他们都不在了，这本册子就是他们行动的纪念碑。肖兹克维写下他的诗《向奇迹祈祷》中的最后一个诗节，他坚定地祈求救援：

> 死亡在冲刺，骑在子弹头上，
> 要来撕毁我心中最明亮的梦想。
> 再多一秒，我就要到最前方，
> 如果你不跟上，就成为缰绳。
> 跟上我！否则悔意会生长，
> 奇迹也一定要有道德感。

瑞拉切拉·克林斯基写得更加悲观：“将死者向你致意。”（Morituri vos salutant）这是古代角斗士在进入斗兽场之前对帝王说的话。[4]

回到气氛紧张的聚居区，泽里克·卡尔曼诺维奇鼓励居民们保持着希望与信心。在一次犹太聚居区作家联合会的会议上，这个大家称之为“聚居区先知”的男人拿出一本从 YIVO 大楼里偷来的哈西德派的书，他为聚集的群众朗诵了一段文字：“你不应陷入悲伤，因为悲伤使存在虚无。”卡尔曼诺维奇像一个哈西德派的拉比一样，在节日的晚餐上滔滔不绝地解释文章：“悲伤让存在虚无，这就是德国人想要达成的东西。他们不仅想要杀死我们，还想在他们杀死我们之前就使我们的存在没有意义。为了不让德国人如愿，无论多么艰难，我们都应该记住不要陷入悲伤！”[5]

1943 年 8 月 1 日，聚居区被封锁。从这一天起，所有工作小队禁止去聚居区外工作。“纸张小队”的工作正式结束。[6]

8 月 6 日和 19 日，德国方面的力量和爱沙尼亚的警察在犹太居民警察的协助下展开行动，抓捕了上万名居民，驱逐到爱沙尼亚的劳改营中。但是谁也不知道那些被抓捕的人是被送到劳改营还是送向死亡。尽管金斯一再担保，焦灼感还是达到了新的巅峰。

克鲁克感到终点临近，他认为现在是时候埋藏聚居区金属桶中的档案文件了。档案资料记录了犹太聚居区生活的方方面面，有成千上万的信件、备忘录、报告，以及聚居区管理处手写发出的或收到的请求。他还藏起了自己的三本日记。他将最大的希望寄托在藏在聚居区外的小斯蒂芬诺瓦街（波兰语：克法施纳尔街）19 号的那一本上。他使用“铁衣通行证”，带着秘书到了那里，并告诉她藏书地点。也许她能活下去。他把第二本日记放在金属桶里，埋在沙沃尔街戈申·阿布拉莫维奇造的地堡里。他把第三本日记交给为 ERR 撰写维尔纳教堂研究时认识的一位波兰牧师朋友。[7]克鲁克一生的努力——保护图书，“走私”印刷品和手稿，记录维尔纳犹太人的痛苦—— 一切似乎都走到了终点。

就在“纸张小队”准备好在流放或战斗过程中死亡时，忽然有了一次返回 YIVO 的机会。史波克特在 8 月末的最后一周继续成功地压榨了他们的劳力，奴隶劳工又挑选了最后几堆要被送往柏林和法兰克福的书。卡尔曼诺维奇在 8 月 23 日的最后的几篇日记中写道：“我们的工作就要结束。千万本书被当作垃圾倾倒，犹太书籍将被毁灭。感谢上帝，我们能救的都救了。当我们成为自由人时，会回来找到它们。”[8]

在 YIVO 最后一天的午饭时间，小队的几个成员在瑞拉切拉·克林斯基的房间见面，开始写遗嘱和遗愿。施默克在大家写字时抬头环视一圈，向世界告别：他今年 35 岁，是这个房间里年纪最大的人。

20 岁的罗卡乐·特莱勒（Rokhele Trener）几个月之前才加入工作小队。她问施默克她应该写什么。“嗯，你肯定有亲戚吧。”特莱勒于是开始数她的亲戚：“我的姐姐和小姨在纽约，在以色列有四个表亲，两个表亲在南非，一个叔叔在古巴。我的姐姐和丈夫在聚居区中，还有……我的父母和两个兄弟在波纳尔。”特莱勒开始写遗嘱，施默克被触动了。我们的这位随遇而安又爱开玩笑的朋友，一个十足的乐观主义者，似乎未曾流过一滴眼泪，此时却抑制不住地哭了起来。[9]曾经写过积极的青春赞美诗（《只要愿意谁都可以永葆青春》）的施默克意识到，维尔纳犹太聚居区的青年们再也无法看到“一个新的春天”。

9 月 1 日早上，德国人和爱沙尼亚警察包围了聚居区，警察进入聚居区，把所有在街上的人都抓了起来。德国人要求三千名男人和两千名女人——剩余人口三分之一数量的人都出来，他们将被送到爱沙尼亚劳改营。

FPO 现在由阿巴·科夫纳指挥，科夫纳下令进行全面行动。组织已经将总部转移到斯特拉舜街 6 号居民图书馆旁边的大楼里。他们最主要的一批武器就储备在图书馆中，另一批在旁边的运动场的地下。战士们在书架旁边藏好，做好了赴死的准备。如果“立陶宛的耶路撒冷”即将沦陷，就让它在书中沦陷。

另一群 FPO 战士藏匿在斯特拉舜街上各处。组织号召聚居区居民加入全面起义，但只有零星几人响应了号召。居民们不相信他们会死。因为流放到爱沙尼亚的人曾经来过信件和报告，他们仍然活着，并且在工作。剩余的居民更愿意被流放到劳改营中，只要有一线生存的希望，他们都不愿意向德国军队发出自杀式战斗。[10]

晚些时候，德国人派遣军事分遣队进入斯特拉舜街，抓捕人们去爱沙尼亚。一队位于斯特拉舜街 12 号的 FPO 战士开火。这个小组的指挥官，伊契尔·欣鲍姆（Yechiel Sheinbaum）在短暂的交火中被杀。傍晚降临，德国人决定不再继续向斯特拉舜街 6 号的图书馆前进，且离开聚居区，以避免在黑暗中进行街战。

施默克是在图书馆内站岗的 FPO 战士中的一员。战士们在等待最终的战斗。他在自己的岗位上时，为武装的同志们朗读弗朗茨·韦尔弗的《穆萨·达的四十天》，这本书从亚美尼亚的一个小镇抵抗奥托曼的视角，讲述亚美尼亚种族灭绝的故事。[11]施默克就像在念与他们的经历一样的黑暗的预言。

接下来的几天，德国人在聚居区警察的帮助下抓捕了三千多名居民前往爱沙尼亚。德国人再也没有回到斯特拉舜街。他们不想再与 FPO 发生全面冲突。但是聚居区的战士还在忐忑。德国人就在旁边的街上，没有居民响应号召。地下党们都很害怕在与德国人起武装冲突时，犹太同胞们会反抗的是他们。

FPO 指挥官痛心地意识到这里不可能像华沙一样发生聚居区起义了。他们毫无选择，只能撤退、重新部署。9 月 4 日，科夫纳和指挥部的其他成员决定把 FPO 的战士转移到森林。他们要加入苏联领导的游击队运动。

1943 年 9 月 12 日，施默克、肖兹克维以及他的妻子芙芮德卡与第二批 FPO 战士一起离开了集中营，他们都热切地希望加入打击敌人的战斗中。但是就在他们准备离开时，一种焦虑浮上心头——他们把图书和文化宝藏留在十几个藏匿点：西奥多·赫茨尔的日记，维尔纳加恩祈祷室的记录本，夏加尔的一幅画，托尔斯泰、高尔基、肖洛姆·阿莱汉姆和拜力克的书信和手稿。他们还有机会再见这些东西吗？所有的心血会白费吗？

一名 FPO 长官给这组二十名男性、六名女性下了最终的离开聚居区前往森林的命令：“出了这些墙，你们就不再是聚居区战士了，而是游击队员。不要给维尔纳丢脸，坚持住，犹太人！”大家将衣服上的黄色大卫之星撕下来，在静悄悄的夜里出发，零零散散地走到亚特克瓦街聚居区的侧门处。这个侧门通常只允许盖世太保和聚居区管理人员使用。FPO 弄到了一把备用钥匙。大多数离开的成员都带有手枪，少部分人是空手的。肖兹克维在口袋里装了一把六弹仓的左轮手枪，是施默克从好友朱利安·扬卡乌斯卡斯那里买的。两人合用这把枪。[12]

十一天后，也就是 1943 年 9 月 23 日，德国人清算了维尔纳聚居区。大多数居民被送到爱沙尼亚的劳改营，几千人被送到特雷布林卡死亡集中营。老人和体弱者则就近解决：就在波纳尔。

施默克和肖兹克维的小组出发前往位于维尔纳东南方向两百公里处的纳落什森林，希望在那里加入费奥多尔·马尔科夫上校的苏联游击队（属于伏罗希洛夫旅的一支部队）。几个月前，马尔科夫曾经送密使进入聚居区，招募 FPO 战士为他的士兵，但是那时 FPO 拒绝抛弃聚居区和居民。现在聚居区前线的情况让人绝望，FPO 战士们就逃到森林中寻找马尔科夫。

在前往纳落什森林的两周行程中，他们艰难而缓慢地穿越密林和泥泞的沼泽，还需要避开城镇和乡村，以防被人发现向德国人告密。小组只在夜间行动，白天在森林里休息。

行程最危险的是穿越铁轨、桥梁和河流这些有德国人巡逻的地方。他们早先就这样失去了一名成员。他在过第一条铁轨的时候被射杀。

四十公里的跋涉后，小组中很多人的鞋子烂了，靴子也裂成碎片，接下来的旅程就得光脚走路，要十分克制才能忽略自己满是血痕和青紫的腿。他们喝的是泥泞的沼泽水，吃的是森林里长的东西。运气好的时候，能从田野或者花园边缘偷到一点蔬菜。

穿过距离维尔纳东南部一百五十公里的威立雅河后，他们终于进入了新世界：“游击队区。”德国人鲜少在这里露面，当地农民也不仇恨犹太人。两名游击队骑兵光天化日之下策马向他们靠近，将他们带去附近收留犹太人的营地。休息的时候，施默克爱上了身边的森林和原野。经历了压抑阴暗的十六个月的聚居区生活，森林就像是一个“绿色的传说”，成为他的奇幻乐园。他感到自己像一个野生动物被放出了笼子，现在终于可以在丛林间漫步。[13]

但施默克的心情很快发生了变化。马尔科夫上校和伏罗希洛夫旅的总指挥对待所有新来犹太人的方式让他惊异。游击队高级军官认为他们是累赘。马尔科夫拒绝接收大多数的小组成员，并要求他们立刻离开，去哪都行。只有几名带了武器的年轻人，还有看起来强壮、可以战斗的人被留作战士。施默克、肖兹克维等其他人既没有被拒绝，也不被允许加入战斗。他们被派去后方支援。与敌人交战的愿望就这样落空了。

这个旅的领导，克里莫夫少将向施默克抱怨：“没有带武器，你来干什么？”施默克控制不住怒火，大吼道：“克里莫夫同志！几十个帮助德国人抵抗苏联的乌克兰人最近也离开了他们的部队来到森林里。他们也没带武器来投奔你们，却可以参加战斗！”克里莫夫骂骂咧咧地转身走了。[14]他没法抵赖这个赤裸裸的事实：为什么前纳粹合作者都被欢迎进入这个旅，但是前集中营战士却受到歧视。

马尔科夫的副官们在给被征召的犹太人注册的时候，宣布他们应当将银制的手表和皮大衣捐给国防基金会。新来的犹太人对这个要求感到惊奇，但是为了给新指挥官留下好印象，只能勉强摘下了贵重物品。第二天，他们看见手表和皮衣被马尔科夫的副官、他的妻子以及其他游击队员穿戴着。这是一次羞辱性的勒索。

10 月，伏罗希洛夫旅接到情报，森林被几千名德国士兵包围，他们计划清除游击队员，扩张行动地盘。旅队的分遣力量分散在不同的方向。施默克和肖兹克维的支援部队被留在原地，没有指挥官也没有指令。在混乱之中，施默克把他贵重的左轮手枪给了肖兹克维："如果我们之中谁能活命，那就是你亚布拉沙。你是个更优秀的诗人，你对于犹太人民会有更大的用处。"[15]

所有人出发前往森林深处的一座岛屿，小岛被沼泽围绕。因为距离远，又在水上，它的昵称是"美国"。他们希望德国人不会发现"美国"。

施默克、肖兹克维还有他的妻子芙芮德卡一起躲在杂草丛生的沼泽水域中。听见逐渐靠近的枪声，他们知道德国人来了。那一刻，三个人达成了一个死亡协议：如果德国军队包围他们，他们就用手枪里最后的子弹自杀。一番激烈争吵后，三人最终同意由肖兹克维先射杀芙芮德卡，再是施默克，最后自杀。[16]

德国人发现了"美国"，但幸运的是他们没有进行彻底的扫荡。只是朝小岛零星地开火，希望杀死躲在上面的游击队员。施默克、肖兹克维和芙芮德卡在"美国"多留了几天，靠吃树皮来补给营养。

德国人在纳落什森林的袭击终于结束了。袭击的后果令人心痛。几百名游击队员被杀，包括 FPO 指挥部成员约瑟夫·格雷兹曼（Joseph Glazman），还有"纸张小队"成员阿巴·科夫纳的弟弟米卡尔·科夫纳，他曾在苏联图书中找到军需品手册。伏罗希洛夫旅队幸存，但是力量严重受损。

施默克和肖兹克维的支援部队在森林深处重建基地。他们的工作之一是胁迫农民交出食物，并抢劫面粉、粗玉米粉、豆子、盐、猪肉和其他东西。这种抢劫被叫作“经济行动”，是令人厌恶的肮脏的工作，但是为了养活旅队却是必要的。回到基地之后，部队成员开火烘焙，建立了临时组织架构。他们中也有裁缝、制鞋者和鞣皮匠。施默克称此为犹太人的森林小镇(shtetl)。他们夜晚围着篝火，施默克会带着大家唱歌，肖兹克维朗诵他最新的诗。[17]

12月，马尔科夫上校召唤两名游击队员诗人到他旅队总部的小棚子里，派给他们新的任务：写一写伏罗希洛夫旅队的历史。“如果我们旅队的所有成绩消失在历史中，对于游击队运动来说就太可惜了。你们就负责听、看、写。”马尔科夫希望旅队的英雄业绩被记录下来传给后代，又碰巧旅队中有两名作家可以完美地完成任务。他俩不是最好的战士，也不是裁缝，就让他们书写历史吧！

施默克和肖兹克维被转送到旅队总部，生活和工作条件都得到了很大的改善，有自己的土棚屋，还有一匹马、一辆马车和一个马车夫，以供他们往来不同的游击队基地之间。他们还有一名把意第绪语文本译成俄语的翻译，以及一名代替摄影师的艺术家。[18]两人见过上百名战士——犹太人、俄罗斯人、立陶宛人和白俄罗斯人，在马克杯中的咖啡和伏特加的陪伴下听完战士们的经历和故事。施默克主要负责撰写。两人也都还写写诗。

施默克对于犹太战士的故事格外感兴趣。他们是“犹太人是懦夫”这个说法的反证。21岁的宝瑞斯炸毁了一辆德国火车，自己也险些丧命。来自格鲁伯卡的阿夫纳单枪匹马抓住一群红军逃兵，说服他们加入游击队。还有一对母子兵，40岁的萨拉和20岁的格力沙。两人在同一个旅队中并肩战斗，为萨拉的丈夫复仇。他们英勇战斗，直到萨拉死在了战场。[19]

旅途使人兴奋，故事振奋人心。在纳落什森林深处，住在泥土棚屋中的施默克在他的诗中颂扬犹太游击队员的英勇，他为这首诗配了苏联的曲子：

从聚居区的墙内
来到自由的森林，
我将手铐扔下，
带一把手枪。
执行任务时
新的朋友抚摸我。
我的枪和我渐渐
长在一起。

我们人数不多，
却状如百万雄师。
我们炸开山丘河谷，
桥梁和梯队。
法西斯主义者在靴子中颤抖，
不知是什么在袭击。
我们从地下席卷而来，
犹太游击队员。

"报复"一词意义很多
它已经用血写好，
为了新的黎明，
我们在这里战斗。
不，我们不会像最后的莫希干人，
阳光终将照亮黑暗，
——犹太游击队员。[20]

第十四章　死神降临爱沙尼亚

泽里克·卡尔曼诺维奇和赫尔曼·克鲁克决定不逃到森林里去。62 岁高龄的卡尔曼诺维奇在聚居区住了近两年，体力与情感都被大大消耗，再也没有力气过逃亡的生活。聚居区首领雅各布·金斯私下向他保证，说爱沙尼亚集中营的生存环境不错，他才自愿加入爱沙尼亚的转运队伍。图书管理员克鲁克更年轻一些，45 岁，身体也更好，本来可以忍受森林中的日晒雨淋，但是他决定留在维尔纳犹太聚居区，希望为它记录历史，直到生命的最后一刻。他一直是个有原则的人，如果为了自己苟活而抛弃一万两千名留下的居民，他认为那是一种背叛。他已经准备好接受命运的安排。[1]

卡尔曼诺维奇在巴伊巴拉和艾拉达稍作停留之后，在爱沙尼亚东北角的纳尔瓦的一个集中营“安定”下来。金斯对他说了谎。这里的食物配给完全不能饱腹：早上是咖啡面包，中午是淡汤，没有晚饭。卡尔曼诺维奇在距离营房十公里远的集中营纺织工厂工作，负责装载、搬运麻袋。

纳尔瓦集中营如此折磨人，卡尔曼诺维奇还是继续充当安慰人民的先知的角色。他晚上参加男士区的文艺活动，做讲座、演讲。一个光明节的假日夜晚，他为三百名囚犯同胞进行了一次半小时的演讲，鼓励大家犹太之光会继续照耀。[2]

卡尔曼诺维奇在纳尔瓦与他先前的大仇敌莫舍·莱雷尔和解了。莫舍·莱雷尔曾经是个坚定的共产主义者，在 YIVO 的档案馆工作。1940 年，苏联进入维尔纳后，莱雷尔借机控制了机构，废黜卡尔曼诺维奇，赶走所有非共产主义者。他从 YIVO 图书馆中移走了所有“反苏文学”，在大楼墙上挂上斯大林的口号。接下来三年，卡尔曼诺维奇一直没有原谅莱雷尔对他个人的侮辱，更不要提他对 YIVO 大楼的所作所为。聚居区期间，两人互不往来。卡尔曼诺维奇是聚居区图书馆副主管，莱雷尔是图书馆中档案馆和博物馆的策展人，两人的办公室距离很近，他们却从未说过话。工作上的事，莱雷尔只是向克鲁克报告。[3]

但是在纳尔瓦，他们成了亲近的朋友，睡在同一张木板床上，在漫长的夜晚一直聊天。[4]莱雷尔患了痢疾病倒之后，卡尔曼诺维奇照顾他，还将自己的面包分给他。莱雷尔死后，卡尔曼诺维奇为他诵念珈底什——为逝去之人诵的经文，以纪念他的共产主义者友人。

几周后，卡尔曼诺维奇自己也染上了疾病。囚犯同胞贿赂了一个集中营官员，让他给卡尔曼诺维奇安排轻松一些的工作，不用出门受寒。后来卡尔曼诺维奇被安排去打扫营房厕所。据报告称，他做这个工作的几个星期内，曾经告诉同区的朋友：“我很高兴拥有为神圣的犹太人清理粪便的特权。”[5]

有些人说，卡尔曼诺维奇最后安静地死在他的木板床上。也有人报告，是德国医疗评估小组下令杀死他的。根据第二个说法，他被拉走时，最后一句话是他曾经在街上对“纸张小队”的同事们说的：“我嘲笑你。我在应许之地后继有人。”[6] 但这一次，他奚落德国人。他的尸体像其他纳瓦尔死者的一样，在集中营巨大的地下炉子中被焚烧。这个地下的炉子成了火葬场。

一位囚犯同胞报告说，卡尔曼诺维奇在纳瓦尔遗留了一件贵重物品：一本他藏起来的小本《圣经》，可能被埋在营房里，或者藏在他的身体上。“纸张小队”的领导者带着一本偷来的书离别这个世界，这种死法多么符合他的身份。他的死亡与2世纪罗马殉道者佳宁·本·塔丁拉比（Rabbi Chaninah Ben Tardion）的相似。当时塔丁手拿《妥拉》书卷，被罗马人活活烧死。[7]

卡尔曼诺维奇没能活下来实现他聚居区日记最后几篇中的愿望：“当我们作为自由人回来的时候，会拯救这些书。”

赫尔曼·克鲁克在聚居区中驻留到了生命的最后一刻。他比金斯活得久。金斯于1943年9月14日被德国人处死，理由是与FPO地下党勾结。金斯被处死后几日，德国人停止向聚居区提供配给的食品份额。

9月23日，早上5点，党卫军二级小队长布鲁诺·基特尔带着士兵随从进入了聚居区。他站在前犹太人居民委员会办公室的阳台上发布命令：维尔纳犹太聚居区就地清算。所有的居民要撤离，并将被送去立陶宛北部的劳改营和爱沙尼亚的劳改营。居民们下午2点在维尔纳鲁德尼吉街上的聚居区大门集合，等待被流放。他们可以带桶、锅等厨房器皿，因为目的地不会给他们分发这些东西。只要手拿得下，什么都可以带。

很多又饿又虚弱的居民认为这是一个诡计，以为大家都要被送去波纳尔。基特尔不停安抚恐惧和紧张的人们。如果走入穷途末路，这些人可能在绝望下反击——比如叛乱。

基特尔还强调，躲藏是没有用的。聚居区清算之后，德国人会停掉聚居区的水电，炸掉房子。躲藏的人不会渴死，也会被倒塌的楼房压死。从躲藏处走出来的人会被立即枪杀。[8]

下午 2 点，几百名立陶宛和乌克兰辅警入侵聚居区，在街上布岗。千万名居民静默着向大门走去。门口站着基特尔、马丁·维斯等其他党卫军军官，他们在居民离开时数人头。门口的拥挤和歇斯底里惨不忍睹：失去了孩子的父母，失去了父母的孩子。离开聚居区后，筋疲力尽又万分恐惧的一大群人走在漫长的、蜿蜒的苏博茨街。街边站满了全副武装的士兵，他们戴着头盔，拿着手榴弹，手持上了膛的来福枪、机关枪。吠叫的军犬一直警惕是否有人想逃走。很多虚弱的居民把一捆捆东西丢在路中间，行进更困难了。

德国人开始了第一次“选择”，将男人与女人和孩子、老人分开。他们让男人走在前面，离开苏博茨街 20 号，去一个多沼泽的山谷里等待最终的死亡。其他人被禁止前行，德国人将他们逼入教堂的一个大院子里。家人们、爱侣们在街上永别，哭喊声弥漫在街道上。

太阳落山了，夜幕降临。德国人用便携的频闪闪光灯照着男人们所在的山谷，带刺铁丝围绕着他们。灯光又扫到满是女人和孩子的院子里，他们被士兵围着。囚犯们被光刺得睁不开眼。德国人用扩音器播放爵士乐，开始享受夜晚的音乐时光。

被拘留的女人、孩子和老人在院里的地面上躺着、坐着。他们整晚在这里，没有进一点食物和水——拥挤、肮脏、饥饿、口渴，哭闹的孩子和老人的呻吟。有些人在街上被推搡时，就当场咽了气。

德国人让山谷里的男人站成一排，进行第二次“选择”。这次一位党卫军军官走在队列前面，点出那些看上去太老的、太小的或者太虚弱的人，命令他们站出来。体弱的人开始躲到身体强壮一些的人身后，但逃不过军官的眼睛。最后，他选出了一百多名囚犯运到波纳尔处以死刑。女人们也面临了同样的一次挑选。

“纸张小队”的几个成员在这些选择后消失了。艺术家乌玛·欧肯尼兹卡因为不愿意抛弃她年老的母亲，自愿去了特雷布林卡。

山谷里的这群男人们等来了一场恐怖的上演。德国人在山谷的待宰营里建了四个绞刑架，并放了通往绞刑架的台子和套索的梯子。一个党卫军军官向前一步宣布：“现在我们处死抵抗者，还有企图投奔游击队的人，这就是抵抗者的下场。”

他们带上来四名在逃离聚居区时被抓到的 FPO 战士。一名名叫阿萨亚·比格（Asya Big）的 30 岁女人走上绞刑架时，向着人群大喊：“德国杀人犯死无葬身之地！流着犹太血液的游击队复仇者万……”她的话音未落，绳索就勒到了脖子上，梯子被移走。她的身体在绞刑架上颤抖，不到一分钟就无力地垂下来。[9]

“纸张小队”的几名成员没有到聚居区大门，他们躲了起来。62 岁的柴克·伦斯基，斯特拉舜图书馆的传奇管理员，与一群人一起躲在斯特拉舜街5号的地窖里。10月4日，犹太聚居区清算之后的第十一天，德国人发现了他们的藏身之所。所有人被关进密茨凯维奇街上的盖世太保监狱中。伦斯基和其他人在16号牢房——“死亡牢房”里过了一夜。所有人把名字写在墙上，墙成了他们的墓碑。他们还刻了字：“我们将去波纳尔。血溅波纳尔！”10月6日，柴克·伦斯基被安静地处死。[10]

赫尔曼·克鲁克加入了苏博茨街的行进，在两次“选择”中被留了下来。接下来的一年中，他待在爱沙尼亚北部海岸的克卢加的一个集中营里。克卢加是德国人在东部的主要工业聚集地，为军队生产钢筋混凝土和木材。克鲁克叫它“犹太集中营的大都市”。

克卢加和维尔纳之间的区别就像是黑夜和白天。殴打和鞭笞等体罚在这里无处不在。工作日开工和结束时，所有囚犯都必须在冷风中立正好几个小时，等待点名。他们还必须做苛刻的运动，其间，晕厥或者倒下的人会被带走射杀。[11]

克鲁克主要负责铺路和营房建设。他在集中营地下组织PG（游击队团体）中也十分活跃。这个团体的首要目的是救助他人，秘密地为病重的、贫穷的人提供食物和药品。PG还曾组织秘密文化活动，包括克鲁克每周日的政治讲话。无论最后大家可能迎来的是大屠杀还是解放，团体都藏了很多手枪，为最后可能发生的起义做准备。

在被流放的一整年内，克鲁克继续写作：日记、囚犯同胞的故事、集中营生活中的琐事，都记在了他从储藏间偷来的小笔记本上。他将笔记本藏在营房中。一本写完了，就换另一本。他的笔迹几乎难以辨认。“在裁缝铺里的时候，在混合水泥、倒混凝土的时候，或者在我睡觉的硬板凳上，我都在膝盖上写字，但一直担心会有不速之客前来。”[12]克鲁克的身体和精神情况渐渐恶化，但是也没有停止写东西。集中营医生劝他在工作之后的夜晚好好休息，但是克鲁克回答，写作比他的生命更加宝贵。他说，他的笔记会比希特勒存在得更久，会成为未来人们的宝藏。[13]

克卢加最大的问题就是饥饿。每天有二十多个囚犯同胞会饿死。他在集中营有了新的饥饿体验，写了一篇情感强烈的文章。“三百多克面包不够人活着也不会让人死去……大多数人无能为力，最终饿到咽气……有力气的人想弄些土豆皮。他们把厚一点的皮挑出来，但是吃了又会腹绞痛。腹痛结束后，饥饿又席卷而来。他们又去找芜菁、发霉的面包片，用毒药、疼痛填饱肚子，只是为了赶走像虫子一样不断啮咬的饥饿。”[14]

囚犯们咽气之后，德国人把尸体堆到木头上，洒上汽油，然后点火。监督尸体焚烧的官员穿着他最好的制服。据活下来的囚犯说，他就像一个异教的牧师，把祭品献给他的神。

克鲁克知道红军正在靠近。1944 年 7 月 14 日，他在笔记本中记录了维尔纳的解放。“维尔纳被解放了。我们还在奴役下呻吟，为同胞哭泣。维尔纳的游击队员现在肯定正胜利地走过聚居区的街道，搜寻查看。我希望他们会救出我藏的资料。”[15]

1944 年 8 月 22 日，克鲁克和五百名囚犯忽然被转移到另一个在拉各迪的集中营，那里的情况比克卢加更加糟糕：大家住在低矮的木头棚屋里，每天只吃一“餐”：面汤。没有床、毯子、厕所，他们活得像狗一样。唯一的希望是这里靠近战争前线。他们可以听见飞机的射击声和附近掉落的炸弹爆炸声。爱沙尼亚的第二大城市塔尔图已经被红军解放了。

从克卢加到拉各迪的转移是一次意外行动，克鲁克没有时间带他藏起来的笔记本。可能是丢了，至少他这么以为。

拉各迪是克鲁克和其他囚犯的最后一站。1944 年 9 月 18 日，犹太新年，所有人被处死。

德国人的这次屠杀也是费尽心思的。一个党卫军最高军官来到集中营，训斥了主管一通，责备他为什么囚犯们的生活情况这样糟糕透顶。他还在囚犯面前下令，说要将他们转移到更好的地方去。卡车开了出来，为人们送来面包、人造黄油、果酱还有汤。这一切都是骗局，是为了让所有人相信他们确实要被送到一个生活可以得到改善的好地方。

每辆卡车里坐了五十名囚犯，每隔半个小时离开一辆车，以留出时间准备行刑地。这样囚犯们就对一切毫无知觉，而知道时，为时已晚。

处死的方式与在克卢加时使用的又不相同。德国人把十到二十人绑在一起，命令他们走上木头台子，再从背后射击头部。然后第二个台子放在第一批尸体上面，另一组囚犯走上台子，继续被射杀。一车五十名囚犯全部被处死后，德国人给台子和尸体浇上汽油，点火烧掉。拉各迪的屠杀从上午 11 点进行到傍晚。

9 月 19 日，红军来了。他们发现的是上百具烧焦的尸体和两名幸存者。

克鲁克被杀的前一天，一个秘密送信者给他带来一个小包裹，里面是他在克卢加的笔记本。克鲁克喜不自禁，决定把他写的东西埋起来。有六个人看见他埋本子的地点，他希望至少有个人能活下来，取回笔记本。没想到真的有一个人最终活了下来。[16]

这本留给后人的笔记本封面，他放了一首他在克卢加写的散文诗，诗的开头是这样的：

> 克卢加集中营身边的人常问我
> 为什么在这么艰难的时刻还要写作？
> 为什么，为了谁？……
> 我清楚我注定的死，我等待它。
> 尽管我内心深藏对奇迹的渴望。
> 饮完笔墨醉了，我手中颤抖的笔，
> 为了未来的人们，选择记录下所有。
> 那一天会来到，当某个人找到
> 我书写的、记录在书页上的恐怖。[17]

第十五章　来自莫斯科的奇迹

1944 年 3 月，亚伯拉罕·肖兹克维盼望的奇迹——他在 YIVO 来宾册的留言中呼唤的奇迹出现了。费奥多尔·马尔科夫接到来自莫斯科的电报，一架苏联军事飞机将被派来接诗人肖兹克维和他的妻子。这位游击队指挥官安排了武装警卫和一辆马拉的雪橇，把他们带去游击队的简易机场。这次的“私人”空运试了两次才成功——第一架飞机被德国大炮击落，第二架飞机完成了运转工作。第二天，亚伯拉罕和芙芮德卡就到了莫斯科，坐在立陶宛游击分队的总部中。[1]

这一特别的空运由立陶宛苏维埃政府的名义首脑——流亡的尤斯塔斯·帕莱基斯（Justas Paleckis）安排。帕莱基斯在成为总统前是一位著名的诗人，1940 年早期，他与肖兹克维在立陶宛 - 意第绪作家会议上成为朋友。帕莱基斯反对安塔纳斯·斯梅托纳（Antanas Smetona）的专制统治。据说，他因为反政府活动和犹太囚犯一起服刑，在监狱中学会了意第绪语。

1940 年 6 月立陶宛并入苏联时，帕莱基斯加入了共产党。几个月后，新政权为了向立陶宛知识分子示好，任命帕莱基斯为总统。尽管总统一职基本上是个空架子。[2]

1941 年 6 月，德国人入侵时，帕莱基斯撤退到莫斯科。他收到游击队区域指挥官的信，通知他诗人肖兹克维还活着，正在纳落什森林写东西，这位国家元首于是介入了苏联军事指挥。接下来发生的事，就是肖兹克维坐上了飞机。[3]

生活忽然的转变对肖兹克维来说，几乎像做梦一样。整整两年，他和妻子芙芮德卡都像牲口一样住在犹太聚居区之中，过去的六个月，两个人大部分的时间睡在户外或者土房子里。现在，经过一段御空而行后，他们住进了奢侈的莫斯科酒店，穿着新换的衣服，自由地走在摩登城市的大街上。经过了将近三年的缺席，他们重新回到了人类文明之中。

肖兹克维抵达莫斯科后，在文学圈子里引起了轰动。今年 31 岁的他已经被认为是这一时代最伟大的意第绪语诗人之一。他还被关押在维尔纳犹太聚居区时，他通过游击队员送到莫斯科的几首诗，在莫斯科的一次作家会议上被人阅读。读诗的人都屏住了呼吸，大为惊异。苏联作家联盟意第绪语部为他在莫斯科作者之家组织了一个欢迎会，斯大林文学奖桂冠诗人佩雷兹·马基什（Peretz Markish）是这次活动的主持。他介绍肖兹克维："人们曾经指着但丁：'这个人去过地狱！'但是但丁的地狱和这位诗人刚刚逃出的地狱相比，简直是天堂。"[4]

肖兹克维的到来不仅仅对于作家来说是一件大事，他也是第一位从聚居区逃到苏联首都，并且报道了德国人灭绝犹太人的第一手消息的人。4 月 2 日，他受邀参加在克里姆林宫正对面的贸易联盟的立柱大厅举办的一个大型的反纳粹集会，并被邀请在集会上演讲。这次活动由犹太人反法西斯委员会赞助，吸引了超过三千人来听苏联一位重要的犹太人的演讲—— 一位军事英雄、作家，也是莫斯科最重要的拉比。此外还有肖兹克维的演讲。肖兹克维是发言人中唯一一位犹太聚居区的幸存者。

在短而有力的发言中，肖兹克维描述了大规模的死刑、犹太聚居区的精神和武装抵抗，还有 FPO 到森林中的大逃亡。他总结道："让整个世界知道，在立陶宛和白俄罗斯的森林里，几百名的犹太游击队员在战斗。他们是骄傲的、勇敢的，为了死去的同胞们复仇。我谨代表这些犹太游击战士，代表幸存的维尔纳犹太人，那些还在森林和洞穴里的人，呼吁大家，所有的犹太同胞，战斗吧！复仇吧！"

1944 年的莫斯科，类似肖兹克维这样在公共场所号召犹太人团结一心对抗德国人的并不少见。斯大林对民族主义和宗教很宽松，这种情绪是发动战争所必需的。犹太人反法西斯委员会是苏联国家为了联合苏联和外国犹太人一起对抗纳粹德国的产物。委员会的主席是著名意第绪语演员、莫斯科国家意第绪剧院主管——索罗门·米霍埃尔斯（Solomon Mikhoels）。

肖兹克维演讲的特殊之处不在于他说了什么，而在于他省略了什么。他是唯一一位没有提到约瑟夫·斯大林名字的人。即使是莫斯科的拉比，也颂扬了这位伟大领袖，称"在斯大林统治的地域内，人与人之间如兄弟般的友谊根深蒂固"。拉比最后说："英勇的红军，在总指挥斯大林元帅的领导下，正在不停地打击敌人。"肖兹克维没有唱这样的赞歌。他后来解释，犹太聚居区的火焰已经烧毁了他心中对任何统治者的恐惧。他已经死去多次，现在敢于自由地说话。[5]

肖兹克维在莫斯科声名大噪。4 月 5 日，《纽约时报》刊登了一篇关于他的文章：《维尔纳犹太聚居区诗人、游击队员称80,000名犹太人中被纳粹屠杀了77,000》。4月27日，《真理报》登出了半版他的肖像和苏联最重要的作家伊利亚·爱伦堡（Ilya Ehrenburg）主笔的文章。爱伦堡战前从他的犹太故乡逃离，现在公开地欢迎这位犹太同胞。他为能够遇到一名犹太诗人、聚居区囚犯、游击队员而深深感动。

这篇名为《人类的胜利》的文章，开篇向《真理报》的读者介绍肖兹克维，称他是从毁灭中拯救了文化宝藏的人。"他带着马克西姆·高尔基和罗曼·罗兰的书信——从德国人手中救下来的信。他还拯救了一本彼得大帝仆人的日记，列宾的素描，列维坦的画作，一封列夫·托尔斯泰的信，还有很多非常珍贵的苏联文化遗产。"

文章根据肖兹克维口述，讲述了维尔纳犹太聚居区中，犹太人的遭遇和英勇行为。这是《真理报》为数不多的几次在战争期间详述大屠杀的细节。但是爱伦堡文章最后回到了肖兹克维拯救文化宝藏上，还将他的多个形象集中起来："他手中拿着机关枪，头上写着诗行，心里是高尔基的信。就在这里，字迹淡去了的书籍。我认出他显著的笔迹。高尔基书写生活，书写苏联的未来，书写一个人的力量……维尔纳犹太聚居区的反叛者、诗人、战士，将高尔基的作品看成人道与文化的旗帜，拯救了他的书信。"[6]

爱伦堡不仅将肖兹克维刻画成一个战士、一个诗人，最重要的，他是一位文化的拯救者。

整个苏联的犹太人都骄傲地读着这篇文章。有几十个读者写信给肖兹克维，表达他们的仰慕之情。他们之中有红军战士、中亚难民和知识分子。文章发表后，肖兹克维成了名人，被苏联文人学士邀请到各个派对和集会中。他曾经私下见过苏联最伟大的诗人鲍里斯·帕斯捷尔纳克（Boris Pasternak）。两位诗人互相向对方朗诵自己的诗歌。帕斯捷尔纳克并不认为自己是犹太人，但是仍然记得童年时的一些意第绪语。[7]

肖兹克维沐浴在赞誉和名声中时，施默克·卡奇金斯基继续着他在森林中艰难的生活。他现在是伏罗希洛夫旅队唯一的历史学家了。他与犹太战士聊得越多，就越意识到苏联游击队运动中的反犹主义也泛滥成灾。他在日记中写道："如果非犹太游击队员有了过失，会被拘留几日。但如果是犹太游击队员，会被立刻枪毙。犹太战士必须小心翼翼，以防在战斗中被身后自己人的子弹射中。逃离犹太聚居区的犹太人常常被指控为德国间谍，惨遭爆头而死。"[8]

1944 年 6 月 2 日，施默克被转移到伏罗希洛夫旅队外的立陶宛"维尔纽斯"旅队，这里一半的战士是犹太人（剩下的是立陶宛人、波兰人、白俄罗斯人和俄罗斯人）。接下来的六个星期是施默克游击队员生涯中最开心的时光。他加入了破坏行动组，炸火车、毁掉铁轨和存储设施、切断电话线。他走过白俄罗斯的小镇和乡村。两年半以前，他装作波兰聋哑人来过这里。现在他是一名自豪的犹太战士，带着武器，时刻准备战斗。[9]

1944 年 6 月 7 日，施默克得到美国人和英国人在诺曼底登陆的消息时，他正在白俄罗斯的波拉茨克附近的村子里。他与战友高兴地跳起了舞。胜利就在眼前。[10]几周之后，他们经过战斗解放了斯文茨安（Svientsian）——维尔纳东南部四十二英里处的城市。他说服他的指挥官，同意他离队前往维尔纳："我忍不住了，我必须离开。"指挥官同意了，并且给了他一辆车，还派给他一组游击队员。

施默克离开的前夜，在床上辗转难眠。他在日记中写道："维尔纳，我亲爱的城市，你现在是什么样呢？疯狂的野兽像摧毁斯文茨安一样摧毁了你吗？想到这种可能，我就痛苦又不知所措。我在那里还有谁呢？我还能找到我们瞒着德国人偷偷埋起来的、令人惊叹的文化宝藏吗？"[11]

第三部

战　后

第十六章　从地下走来

1944 年 7 月 10 日，施默克·卡奇金斯基和一组种族混合的游击队员进入维尔纳城市边界。苏联军队已经在街上与德国交战。施默克的小队从南部来，他们向枪声和爆炸声密集的地方走，穿过了狭窄的小路和巷子，朝着城市中心进发。靠近托尔格瓦街的铁轨附近时，冰雹一般的机枪扫射向他们袭来。两个波兰战士牺牲了，小队决定停止前进。战斗又持续了两天，直到德军从城市撤离，一些士兵投降或被俘虏。7 月 12 日，施默克慢慢接近维尔纳城市中心，几十具德国士兵的尸体映入眼帘。“想起他们的暴行，我只恨让他们死得那么轻松。”

城市的几条主要大道，密茨凯维奇街、威尔卡街和德国街都成了废墟，处处燃烧着火焰。当他走在这熟悉的街上，火焰和碎石环绕，施默克感到困惑又茫然。他在日记中记录：“我不知道该往哪里走，但是我的脚却朝着一个方向。他们知道我要去哪里。他们带我上山……转眼间，我看到自己站在我亲爱的韦乌尔斯基街，接着——我是多么悲伤——YIVO 大楼！几乎难以辨认，一个废墟！好像整个城中这里的毁坏最严重！”施默克感受到涌动的痛苦，好像身体就快炸裂。他的心收缩、拧起，又瘪下去——意第绪语科学研究中心已经被彻底毁了！他和同事在阁楼里藏的资料现在全部化为灰烬！[1]

在痛苦与恍惚中，施默克来到了第二个目的地，沙沃尔街6号六十英尺深的地堡。FPO在这里存放武器，“纸张小队”在这里藏匿书籍。他到了地堡里，就感觉到这里最近有躲藏轰炸的人住过。他用手电筒照亮黑暗的地堡，开始徒手将泥地上的沙子清理到旁边。忽然，几片纸闪耀在他眼前，施默克感觉到开心，也松了一口气。这里的资料都是安全的。但是他的开心没持续多久。一分钟后，他离开地堡，阳光刺得他睁不开眼。他自言自语道：“那么多阳光。但是世界于我来说，却从未如此黑暗过。”[2]街上一个犹太人的影子都没有。

第二天，也就是7月13日，城市正式被红军解放。由阿巴·科夫纳、薇特卡·肯普那、卢兹卡·考扎克带领的犹太游击队“复仇者”进入维尔纳。游击队员在空荡荡的犹太聚居区集合。他们就是在这里遇见了施默克和其他来自“维尔纽斯”小队的犹太战士。所有人的喜悦都掺杂着心碎的痛苦：维尔纳被解放了，但它再也不一样了。（它再也不是“立陶宛的耶路撒冷”了。）

在解放日这一天进入维尔纳的还有苏联最著名的战地记者伊利亚·爱伦堡，他撰写了《真理报》上那篇关于肖兹克维的文章。爱伦堡被犹太聚居区肩膀上挂着机关枪的幸存者感动了。他拥抱他们。这位苏联名人的温暖欢迎，还有他从莫斯科带来的亚布拉沙的致意，都让犹太战士们精神振奋。[3]

接下来的一个星期，犹太人开始出现了。有些人一直躲在地下的下水管道中，有些人躲在波兰和立陶宛家中的地下室里。所有藏在周边小镇和森林里的人，都开始涌回城市。

因为施默克是游击队员，所以苏联指挥官给了他一间位于城市主干道密茨凯维奇街（现在改名叫立陶宛格迪米纳斯街）的装修完善的三室公寓。这间公寓之前住着一位德国高级军官。他在匆忙中逃走，留下了食物和衣服。（十个月来，这是施默克第一次睡在床上。）[4]

7 月 13 日，维尔纳的解放日这一天，肖兹克维正在莫斯科外的沃斯克列先斯克，一个乡下的作家疗养院里。他看到发表在《真理报》头版的消息，反应和施默克的一样："我不能再待在疗养院了！维尔纳解放了！我必须回到我的家乡城市，看看毁坏的情况如何！"他到了莫斯科后，就直奔去找苏维埃－立陶宛的"流亡"总统尤斯塔斯·帕莱基斯——曾经把他从纳落什森林接出来的人。这次肖兹克维要求将他运向相反的方向，回到维尔纳，而且越快越好。帕莱基斯自己也正准备回家，便回答说："好的，亚布拉沙，我们一起飞。"

7 月 18 日夜晚，两人乘军队的交通工具抵达苏维埃维尔纽斯。高速公路上弥漫着德国士兵的尸臭味。肖兹克维在日记中写道："如果不是为了藏起来的文化宝藏，我不知道我是否还有足够的力气回到我的家乡城市。我知道我再也找不回我亲爱的人，所有人都被杀人犯灭口了。我知道一看到威立雅河，我的眼睛就会被痛苦刺伤。但是我种在维尔纳土壤里的希伯来字母，我看到它们正在万里之外喷出点点火花。"[5]

抵达之后，肖兹克维被 FPO 的同志们围绕在身边，肖兹克维大为惊奇，这些人有：施默克、阿巴·科夫纳等。他们穿着军装，不戴黄色的大卫之星了。肖兹克维搬进施默克在格迪米纳斯街 15 号的公寓里。在接下来的两年中，两人又要在一起亲密地工作。这是第四次了。之前的三次分别是在年前的维尔纳、“纸张小队”和森林之中。

第二天早晨，游击队员小组出发前往韦乌尔斯基街 18 号，肖兹克维这才第一次看见 YIVO 被大面积毁灭的样子。这一刻，他意识到，他的维尔纳、意第绪文化之都不复存在了。小组发誓要追回并恢复剩余的犹太文化宝藏。施默克给出了一个令人痛苦的评估：绝大部分的书籍、资料被送去造纸厂摧毁，一小部分被送到德国，“纸张小队”仅拯救了“最小的部分”。[6]但是为了后代，为了被杀害的同事，找回这微小的部分也是他们的责任。

“纸张小队”成员的命运沉重地压在施默克和亚布拉沙的心上。泽里克·卡尔曼诺维奇在纳尔瓦死亡；翻译组的雅各布·戈登博士死于克卢加；图像艺术家、YIVO 剧院档案保管员乌玛·欧肯尼兹卡被流放到波纳尔；曾经在犹太聚居区中做讲座的社会科学家丹尼尔·费恩施坦博士，在城市解放两天之前被杀；[7]负责翻译的迪娜·贾法博士死在特雷布林卡；负责分希伯来语书籍的教师伊斯尔·鲁伯特斯基死于爱沙尼亚的劳改营中；教师大卫和察雅·马克里斯（诺伊姆·马克里斯的父母）在波纳尔被射杀身亡；[8]负责分音乐资料的伊利亚·综泽在爱沙尼亚的纳尔瓦集中营中死于斑疹伤寒；加入调研组的亚伯拉罕·尼桑·约非拉比在清算犹太聚居区时，因躲藏地点被德国人发现，死于波纳尔；[9]FPO 战士门德尔·博冷斯坦因和米卡尔·科夫纳逃离了犹太聚居区，却在德国人扫荡纳落什森林时被杀。[10]

解放后只有六名幸存者回到维尔纳：施默克、肖兹克维、卢兹卡·考扎克、诺伊姆·马克里斯、阿齐瓦·戈尔施特和里昂·伯恩斯坦。另外两人被拘留在德国集中营中：赫尔曼·克鲁克和瑞拉切拉·克林斯基。克鲁克于 1944 年 9 月在拉各迪死亡。克林斯基活了下来，但是她再也没有回到维尔纳。FPO 前指挥官阿巴·科夫纳也加入了维尔纳的六名幸存者的工作，他也认为追回书籍和资料是一个重要的责任，是紧急优先的任务。[11]

经过小组对已知的十个藏书地点的初步调查，每个地点的状况都不相同：斯特拉舜街 1 号、8 号的藏书地完好无损，沙沃尔街 6 号的地堡也是如此。但是德国街 29 号，即肖兹克维和施默克的聚居区住址，那里的藏书地点因为被坍塌在上面的建筑废墟覆盖，无法靠近。斯特拉舜街 6 号的聚居区图书馆里的藏书地在他们撤退之前就被德国人发现了。德国人移走了所有资料，在院子里全部烧掉。[12]

施默克和肖兹克维找到立陶宛共产党中央委员会的成员亨里克·兹曼，要求通过他获得官方协助，展开收复宝藏的行动。他们是在森林中认识的兹曼，在那里他是苏维埃立陶宛游击队员的副指挥官。战争之前，他是科夫罗一所犹太学校的教师，但是作为一名游击队员指挥官，他使用的代号是乔治，只说自己是立陶宛共产党人。森林中不是所有人都知道他是犹太人。为了保持自己的国际主义者姿态，兹曼对施默克和肖兹克维表现得很冷漠——这个新复职的苏维埃立陶宛人有更重要的事情要处理。[13]

不知道肖兹克维用了什么办法，但是他联系到了教育部文艺局的局长祝萨斯·班地斯（Juozas Banaitis），还说服了局长支持这个项目。7 月 25 日，班地斯给了他一份手写的文件，授权他“将德国人占领期间，散落、隐藏在整个城市中的二十四件犹太文化艺术宝藏收集、运输至格迪米纳斯街 15 号的公寓”。[14]

肖兹克维、施默克和科夫纳在第二天，也就是 7 月 26 日碰头，商量建立文化艺术博物馆。他们为自己起名为博物馆的“先头部队”。他们给政府送了备忘录，要求获得官方支持。他们知道在苏联，文化机构由部级机构管理，没有独立、私人博物馆的说法。班地斯给施默克发了一张临时证明，证明他是“建设中的犹太博物馆”馆员。[15]

施默克、肖兹克维、科夫纳认为博物馆是“纸张小队”和 FPO 的延续。他们的目标就是收集、保存战前的犹太文化艺术品。但是他们也特别注意从犹太聚居区收集德国人所犯罪行的证明文件和资料。三个人决心找到盖世太保的记录，上面会有大屠杀犯罪者的全部信息。他们还决定制作调查问卷，发给见证了罪行的幸存者填写。最后“先头部队”同意，一旦博物馆获得官方地位，将要求成为维尔纽斯特别国家委员会调查德法西斯侵略者及其共犯暴行的附属机构。这个“特别国家委员会”是收集证词、文件，提交起诉案件的苏联国家机构。总的来说，先头部队希望使用不同的资料（犹太聚居区档案、盖世太保档案、幸存者证词）确保杀人犯得到应有的惩罚。[16]他们将犹太博物馆看作是继续与德国杀人犯以及他们的合作者斗争的载体，不过使用的是审判和证据，不是枪和地雷。

博物馆的工作立刻开始了。肖兹克维是主席，施默克是秘书和主要管理者，科夫纳是收复行动的主管。但是分工并不确定，他们的角色和头衔在接下来的几周里也多次改变。

行动首先专注于沙沃尔街的地堡。地堡在一座地下迷宫里，迷宫里有地窖、过道与隔间。施默克在日记中这样描述行动："每天，我们用麻袋和篮子装满宝藏，从地堡运走——书信、手稿，还有著名犹太人名人的书籍……院子里的波兰居民常常叫来警察或者其他官员，他们以为我们在挖金子。他们无法理解为什么我们需要这些他们用来与羽毛一起塞在枕头或者毯子里的肮脏的纸片。他们没有人知道我们拥有 I. L. 佩雷兹、肖洛姆·阿莱汉姆、拜力克和亚伯拉罕·马普的书信，所罗门·埃廷格博士（Solomon Ettinger）和门代尔·莫海尔·塞法里姆（Mendele Mokher Seforim）的手稿，还有关于……马克思·温瑞克、查尔门·瑞增和泽里克·卡尔曼诺维奇的部分档案。"

沙沃尔街 6 号的工作持续了几个星期。一些文化宝藏被装在箱子里或桶里，其他的就简单地埋在地下，没有覆盖物。在项目进行到一半时，建筑地堡的工程建筑师戈申·阿布拉莫维奇出现了，并开始帮忙。

收复小队中的一些成员用铁铲，其他人就用手。小组中的游击队员干活时肩膀上挂着机关枪。他们挖出的资料包括：维尔纳加恩祈祷室的记录本；早期意第绪剧院表演海报，由意第绪戏剧之父亚伯拉罕·勾德菲登（Abraham Goldfaden）绘制；

高尔基的书信；托尔斯泰的半身雕像；俄罗斯17世纪起的编年史；还有……在孟买绘制的一位英国政治家画像。（后一个物件来自斯摩棱斯克博物馆。）[17]

肖兹克维和他的同志在挖出埋在地堡中的艺术品和雕塑的时候，撞到了19世纪俄罗斯犹太大师马克·安托克尔斯基（Mark Antokolsky）的雕塑《大卫国王》。挖掘雕塑的时候，一只胳膊从雕塑下面露了出来。肖兹克维以为这可能是另一件艺术品，一把将胳膊抓过来。当他忽然意识到这是人的胳膊，而不是黏土时，他浑身发抖。原来，一群犹太人在聚居区清算之后躲在这个地堡中，他们中的一个人在地下死了。从最初的震惊中清醒后，肖兹克维和他的伙伴继续雕塑挖掘工作。肖兹克维为近距离接触尸体找到了一个诗意的象征。“希特勒的受害者躺在地下，但是全能的大卫国王的剑在手中，如今他终于站在了地面上。他拥有自由，并开始复仇。”[18]

新建的博物馆就设在施默克和肖兹克维的公寓里。虽然现在机构还没有合法地位，但是两位诗人决定在他们的大楼离街很近的入口处，悬挂一个俄语和意第绪语的标志。

沙沃尔街地堡之外的其他几个地方，也发现了资料。施默克在8月5日的日记中记录：“我们将散落在城市中的《妥拉》书卷都找了回来。我找回大量宝贵的书籍，这些书之前由波兰女士马拉·沃尔斯卡（Marila Wolska）保管，是她从好友莫舍·莱雷尔那里拿到的。”

科夫纳也在寻找他主管的FPO游击队组织的文件记录。在斯特拉舜街6号院子里的一堆垃圾中，他发现了组织最后的一封号召信：“犹太人，准备武装抵抗吧！”日期是1943年9

月 1 日。“我读到它，我的眼睛就立刻布满血丝。不是因为这是我写的，或因为这是我的命令，也不是因为我刚刚将自己的命从灰烬中拽出来。而是因为我感觉那些令人痛苦的日子又迎面扑来。这种痛没有人可以完全理解。”[19]

施默克和肖兹克维在格迪米纳斯街 15 号的公寓很快被资料堆满。一个拜访他们的新闻记者这样描述：整个房间都是一包包皮革绑带的书，它们因为潮湿和陈旧变黑了。《妥拉》书卷排列整齐地靠在墙上。地上摆满了手稿，桌上站着一个黏土雕像，雕像被划破了，胳膊也断了。几乎没有可以让施默克和肖兹克维睡觉的地方。

夜里，黑暗中的房间让人毛骨悚然。睡在这里就好像睡在一个墓地里，身边全是墓碑和打开的墓穴。[20]

第十七章　独一无二的博物馆

维尔纳解放之后的前几个月里，施默克与肖兹克维公寓楼套间里的博物馆成为幸存者、返乡者和犹太红军士兵的社区活动中心。每天晚上，人们聚集在一起，讲述自己的故事，分享希望，并交换想法和信息。城中没有其他犹太社区中心，对于维尔纳本地人来说，整座城市空空荡荡。施默克仍记得每逢周末，当他走在泽瓦纳街上时，他周围总是聚集着一大群朋友。现在却一个人都不认识。他开始为自己死去的朋友写生平，罗列死亡日期和死亡情形。[1]

博物馆与邮局协商好，如果邮局有信件，收件人是未知的犹太人，就请转到博物馆。（大部分的收件人都已死亡。）博物馆秘书诺伊姆·马克里斯将书信挂在一个公告板上，以便幸存者能够找到亲戚或朋友，并给来信者回复，确认信件收到。博物馆还是免费食物的分配点。“先头部队”（施默克、肖兹克维和阿巴·科夫纳）计划的是，政府批准市政犹太委员会成立后，就立即将这些工作交接给他们。同时，有传闻说镇上以前有一个犹太委员会，就在施默克和肖兹克维的公寓楼里。[2]

8 月 2 日，“先头部队”组织了一次六十名犹太游击队员参与的会议，鼓励他们加入即将落成的博物馆的收集者行列。这是纳粹统治结束后，维尔纳第一次进行的公共犹太集会。肖兹克维激动地说：

> 此次会议是最后剩下的犹太人、幸存者们的聚会。现在全世界的目光都集中在我们的城市。全世界都知道了维尔纳犹太聚居区……伊利亚·爱伦堡正在写一篇关于伊基·温滕伯格的文章，俄罗斯诗人也为了纪念他作诗……为了证明维尔纳的吸引力，为了证明我们活着，就必须在脚下的这片废墟上创造。我们一群人已经开始了第一个任务：收集所有剩余的文化宝藏和残迹。在我们向其他人请求帮助之前，让我们每一个人都从自己的财物和身边的环境中，寻找我们被谋杀的生命的遗骸。

接着，科夫纳向在犹太聚居区中曾经受他指挥的游击队员们下达了新的命令。FPO 的武装抵制和“纸张小队”的精神抵抗是一致的：“在沙沃尔街 6 号的地堡里，藏着三十多箱 YIVO 的珍贵资料。这也是 FPO 藏放机关枪的地方。这象征着我们工作的重要性。我们必须拯救留下来的一切。我们必须记录我们的斗争，并把它们转化为政治力量。相较于我们同胞的死亡，我们文化宝藏的毁灭可能是更大的悲剧。”[3]

此次会议之后，支持这个暂未获得官方认可的博物馆的民间力量如雨后春笋般涌现。7 月中旬时它只有六名志愿者，8 月中旬有十二人，9 月上旬已有二十九人。收复行动发展成了一个运动。[4]听了肖兹克维的请求，幸存者们在战前的家和学校，还有他们在犹太聚居区的住处和工作场所的废墟中仔细寻找：旧照片、学校笔记本、《犹太聚居区新闻》报纸、面包配额卡以及其他很多东西。他们将“被杀害的身边人的遗物”捐给犹太博物馆。[5]

犹太书籍的书页总是能从意想不到的地方出现。城市的一个露天市场里，女售货员把鲱鱼和其他食物包裹在维尔纳版的《塔木德》里。当一名犹太游击队员愤怒地责骂市场的女人们冷酷无情时，她们回答说不知道这些纸张是犹太人[6]的圣书。游击队员向施默克反映了情况后，这位街头经验丰富的诗人前往市场解决了问题。

他冲着女销售员挥起拳头，威胁她如果不立即把所有犹太书书页交出来，就狠狠地揍她。施默克看上去很严肃，女人们只好交出书页。[7]

一天，一名波兰女士走进他们的公寓楼套间，给他们送一封手写的信件，信的标题是《对犹太兄弟姐妹的一个祈求》。写信人是两个女人，信是她们在被运往波纳尔途中扔下去的。信的日期是 1944 年 6 月 26 日，维尔纳被解放的前两周。信中讲述了他们 112 人，包括 30 名儿童，是如何在犹太聚居区被清算之后又躲了九个月的。只有一名波兰女人知道他们的藏身之处，她为他们提供食物。作为回报，她向他们索要皮毛、丝绸和数以万计的德国马克。当这群人再也不能满足她日益增长的需求之后（她想要五千克黄金），这名波兰女人向德国人告发了他们。

信中详细描述了德国警察和立陶宛警察虐待他们的四天。

它描述了8岁的女孩们在母亲面前是怎样被强奸的，以及成年男人如何被针进行性残害。信的最后是复仇似的呼喊：

> 如果犹太人可以杀掉他们哪怕其中一个人，作为他们如此对待我们112个人的惩罚，那就是他们为自己的同胞做了好事。我们的眼中含着泪水，我们祈求：复仇！复仇！我用波兰语写，因为如果有人发现意第绪语的信件，就会烧毁它。但一个善良而诚实的人读到这封波兰语的信，会把它交给犹太警察。希望犹太警察能对那个手上沾满了鲜血的、凶残的女人做些什么。我们30个孩子都死了。希望她的三个孩子（两个男孩、一个女孩）和她一起去死。

信件给出了这个敲诈勒索者、告密者的姓名和地址：寡妇玛丽莎，住在维耶卡·波湖兰卡街34号庭院的左边。信的结尾："我们向你们和世界告别。请为我们复仇！"[8]

信件到了犹太博物馆的手中之后，阿巴·科夫纳和他的游击队同志们立刻开始调查。他们追踪到玛丽莎。她是一名苏联安全警察高级官员的情妇。这个官员的地位摆在这里，逮捕她、让她受审是完全行不通的。犹太游击队员决定将正义掌握在自己手中。他们在维尔纳街上埋伏并杀死了她。[9]

对于施默克、肖兹克维和科夫纳来说，无论何时何地，取回文化艺术品的必要性是显而易见的，这是恢复犹太人生活的先决条件。他们的动力来自一种直觉：拥有自尊的人是不会抛弃自己的印刷品和文件遗产的，不然就像把自己存活的孩子留到波兰或立陶宛人的家里。其他的博物馆激进分子仅仅对记录着纳粹的罪行，可以用作政治、司法、教育目的的资料感兴趣。佛教徒格里高利·亚史斯基（Grigorii Yashunsky）说："我们不是为了收藏而收集。这些资料都是具有当下的政治意义的历史论据。"其他志愿者都同意博物馆的主要目标应当是揭露纳粹的残暴，代表犹太人民寻求正义。[10]

应该取回文化遗产还是出土大屠杀资料，这样的激烈争辩没有什么实际结果。因为两种资料都埋在同一个掩藏地点，在取回的过程中其实很难区别。但是这说明了，对于博物馆的活动分子来说，即使战前的书籍和文件有着永恒的伟大价值，这几年发生的事仍给犹太人在维尔纳四百五十年的生活蒙上了巨大的阴影。

为了弥补大屠杀文件的不足，博物馆立即开始记录幸存者的证词。肖兹克维和施默克的公寓套间成了拥挤的活动场所。志愿加入的博物馆馆员坐在桌子前采访维尔纳、科夫纳和沙沃尔的前犹太聚居区居民。[11]工作成员之一、战前维尔纳希伯来语教师学院的主管施姆威勒·阿玛兰特（Shmuel Amarant）博士，制作了一个综合调查问卷，共有二十个部分。对幸存者的采访基本建立在这个问卷之上。[12]

博物馆也收集纳粹占领下日常生活的第一人称的文章。包括《犹太聚居区中的歌曲和音乐》《犹太聚居区高中》《我是如何创造地下出版社》《苏博茨街上的德国官方妓院》和《犹太聚居区埋葬部门》等。[13]

随着收复工作的增加，博物馆亟待解决的问题是找到一处合适的场所，也许是一栋大楼。施默克和肖兹克维的公寓套间已经放不下这些藏品了。“先头部队”最先考虑的是将保存完整的唱诗班犹太会堂作为博物馆的主体。唱诗班犹太会堂曾经是犹太中产阶级中上层的礼拜地点，与大犹太会堂不同。唱诗班犹太会堂位于泽瓦纳街（现在重新命名为普利茂街），在纳粹强制实行的犹太聚居区之外，离火车站不远。德国人曾经用它作仓库。当施默克和肖兹克维得知维尔纳幸存的有宗教信仰的犹太人希望继续使用这个建筑作为犹太会堂时，就放弃了这个念头。

“先头部队”又物色了维尔纳最大的《塔木德》研究院、位于诺威格罗德街的拉玛伊斯犹太学校（Ramayles Yeshiva）作为博物馆落脚点。拉玛伊斯犹太学校也位于犹太聚居区外的主干道，曾被德国人用作粮食仓库。但是犹太学校已经被用作国家粮食贸易办公室的工作地点，他们不愿意放弃这个地方。[14]

8 月 11 日，建造者们决定接受维尔纽斯市政厅的提议，将博物馆转移到被烧毁的犹太聚居区内，斯特拉舜街 6 号的空建筑里。这是个艰难的决定。

对于前犹太聚居区居民来说，斯特拉舜街 6 号是一个情绪发电站，可以唤起一系列的联想和记忆。这里曾有第一个犹太人居民委员会，委员会中大部分成员因为无法完成五百万马克贡献金的任务（只凑够三百五十万马克）而被德国人杀害。除此之外，斯特拉舜街 6 号是聚居区图书馆的所在地。图书馆是聚居区的文化、知识生活中心。在图书馆前方有一个运动场，被用来做操或进行团队运动。[15]运动场旁边就是居民公共浴室，按照德国人的法令，居民被要求每两周洗一次，以除虱消毒。在公共浴室下面是很深的地窖，曾是 FPO 的安全藏身之处，用来存放储备物资、训练游击队员和举行秘密会议。(公共浴室的管理员就是伊基·温滕伯格，FPO 的指挥官。)

离运动场远一点的地方，旁边一层通向利达街的建筑就是聚居区监狱。人们因为不同的罪行被拘留在这里：违反宵禁、走私食物、偷窃，或者“散播虚假谣言”。被捕者完全知道等待自己的命运是什么，他们在监狱墙上画满了永别的涂鸦：“明天我们会被带去波纳尔”“为无辜的生命报仇”“真理永存”，还有“打倒金斯！”[16]

维尔纳犹太聚居区的所有历史都压缩在这里，热烈的文化生活，为了恢复常态而斗争，被迫接受的屈辱，英勇的武装抵抗，以及被流放到波纳尔处死的最终结局：斯特拉舜街 6 号！

一些博物馆激进分子拒绝接受在此落地，他们争辩说，“我们一定不可以回到聚居区”。他们认为犹太人的新生活不能建立在满是尸臭味的街上。一些幸存者对这些街道本能地厌恶，去工作或办事时都会避免走这些街道。但是施默克却支持选择斯特拉舜街 6 号。这个地点本身就是历史，为了未来的记忆，它需要被保护起来。不然这里又会像拉玛伊斯犹太学校那样，成为另一个无特征的苏联办公室。

施默克说服了大家，斯特拉舜街 6 号成为博物馆的行动基地。这栋建筑严重受损，部分成为废墟，部分被碎石和垃圾填满。唯一可以使用的几间房间就是牢房。牢房的小窗上安了长条。博物馆的员工们就在牢房里工作。当它们辨别区分维尔纳残存的犹太宝藏时，墙上手写的涂鸦看着他们，令人毛骨悚然地提醒着这个社区悲剧的结局。

有句俏皮话，说这个机构是犹太人聚居区监狱博物馆。[17]

地点的问题正式解决之后（尽管修缮和重建还需要很多年），博物馆本身模糊的法律地位成了主要问题。文艺局反悔并撤销了对博物馆的资助。文艺局局长祝萨斯·班地斯提议将犹太博物馆变成立陶宛国家博物馆下属的犹太部门，但是肖兹克维、施默克和科夫纳都断然拒绝了。他们想要一个与众不同的、独立的机构。肖兹克维又去寻求政府机构的资助。他联系并说服立陶宛研究院将博物馆收到它旗下，作为犹太分支。但是研究院在两周半之后就撤销了对博物馆的支持，理由是博物馆的员工没有一个人是学者或者有学术资格。[18]博物馆没有资助人，生存在法律的灰色地带。

8 月下旬，三个创建者沮丧又愤怒。科夫纳在他的笔记本中记录：

> 肖兹克维已经到处联系了六个星期，可还是不能为犹太博物馆或科学研究院取得合法地位。在整个城市里，珍贵的威尼斯印制品、手稿还有独特的物品都被撕碎，踩在脚下，被用来做炉子的燃料。我们被夺去了拯救宝藏的机会。两年以来，我们冒着生命危险在德国人眼下藏起来的东西，如今面临着新的困境。没有人想要帮助我们。我和肖兹克维与各部长、共产党中央委员会以及其他重要人物开了几十次会。他们都做出过承诺，但是没有人提供实际帮助。[19]

就在这个使人愤怒的绝望时刻，班地斯重新提出了一个解决途径：机构改名为“收集、处理犹太文化文件委员会”。委员会不会有官方预算限额，也不需要高官批准，并且可以立即开始履行职能。1944 年 8 月 26 日，由十一名成员组成的委员会由教育委员尤奥扎斯·泽艾克斯塔（Juozas Ziugzda）批准成立，肖兹克维任主席。[20]

这是好消息。坏消息是委员会没有预算。泽艾克斯塔不定时发工资，工资多少也不一定，来源也未可知。交通、补给、维修博物馆大楼，都没有资金。（即使成为委员会之后，大家还是都叫它博物馆。）大部分的委员会成员是志愿工作。

尽管如此，委员会不屈不挠地开始翻新建筑。施默克在 8 月 28 日的日记里记录了忽然涌现的帮助：当地工程主管送来了桌椅，其他人带来纸、墨和台灯。施默克自己找到了购买钢笔和回形针的途径。有人贡献文件夹、信封、橡皮、钉子的时候，施默克都欣喜若狂，他写道：“我们慢慢富起来了。”

将整个城市中发现的宝藏全部运到斯特拉舜街 6 号，最急需的就是运输工具。某位曾经在货物运输行动中工作的人，偶尔瞒着老板“外借”卡车给博物馆。但是大部分时候，委员会不得不使用木制手推车。[21]

9 月上旬，维尔纽斯垃圾管理处（*Soyuzutil*）的院子里出现了一座堆积如高山的资料。德国人将几十吨的犹太资料作为垃圾销毁或送到造纸厂，但是有几吨垃圾一直留在垃圾管理处。艾扎克·科沃斯基（Isaac Kovalsky）发现了这堆宝贝，其数量仅次于沙沃尔街 6 号的地堡下的藏书。科沃斯基将一个样本资料包裹带到了博物馆。施默克打开包裹时，最上层是 19

世纪早期希伯来启蒙作家约瑟夫·伯尔（Joseph Perl）的手稿。手稿下面是报纸、教学资料，还有小的雕塑。博物馆工作人员为了运走、处理垃圾管理处的这座宝库，整整忙碌了超过半年的时间。[22]

维尔纳的收复文化行动的消息传到了莫斯科，激起了苏联犹太知识分子的巨大热情和敬佩。著名意第绪语小说家杜威德·波格尔森（Dovid Bergelson）写信给肖兹克维："《团结报》（*Unity*）［一家主流苏联意第绪语报纸］中最近有一篇文章，讲述了你们在维尔纳的伟大工作。你们做的事情真的非常伟大。应该没有人在做任何比你们为我们的文化做的事情更重要了。"夏卡哈·艾普斯汀（Shakhna Epshtein），犹太人反法西斯委员会的执行秘书在给肖兹克维的信中有相似的赞扬："我们对你们的行动非常感兴趣。你们的成就是历史性的。愿越来越多的人加入你们！"[23]

被拯救的宝石：肖洛姆·阿莱汉姆的书信

肖洛姆·阿莱汉姆（1859—1916）是最受欢迎、最高产的意第绪语作家。百老汇曾经风靡一时的《屋顶上的小提琴手》就是根据他的作品《卖牛奶的台维》改编的。每周五安息日晚餐后，家人们会一起将他的作品朗诵出来。

除了出版的图书，肖洛姆·阿莱汉姆还是个勤于写信的人，信的内容也是才华横溢。他年轻的时候给信件编号。仅仅在1889年一年内，他就写过超过一千封信。[1]大量的信件产出是由多种原因造成的。他生活在基辅，而他大部分同事在奥德赛和华沙。移民到纽约之后，他继续在东欧图书公司出版作品。他每年都会离开家人和朋友，花好几个月住在意大利和瑞士的度假胜地，以疗养羸弱的身体。写信是他与外界保持联络的方式。但主要原因还是他爱写信，也爱创作书信体小说。

施默克和肖兹克维从YIVO档案资料的近两百封信件中，抢救下了这位意第绪语作家的五十三封信件。[2]最早的一封信是1888年写于基辅，收信人是华沙的两位同事。信内请求两位同事为意第绪文学年鉴《犹太人民图书馆》（*Yidishe folks-bibliotek*）提供帮助。这一部年鉴有重要的时代意义。年鉴由肖洛姆·阿莱汉姆编辑、资助制作，聚集了很多今天伟大的天才，包括S. J. 阿布拉莫维奇（S. J. Abramowicz）和现代意第绪语文学之父I. L. 佩雷兹。

肖兹克维和施默克抢救的最后一封信，是肖洛姆在1915年8月15日打印的信件。从他家（曼哈顿列诺克斯大道110号）寄出，收件人是一位年轻的英语翻译。信上谈及他的小说《血腥笑话》（*The Bloody Joke*）的翻译。《血腥笑话》是一出悲喜剧，说的是一个俄罗斯大学生和犹太大学生决定交换身份，以对方的名字生活。由小说改编的舞台演出版本很受欢迎。伊万诺夫成为拉宾诺维奇，亲身体验到“当犹太人真难”。肖洛姆希望通过滑稽文学让人们注意到俄罗斯犹太人的困境，而英文译本只是一种工具。

肖洛姆·阿莱汉姆非常希望通过作品的英译、出版，走上舞台、制作成默片，让自己在美国更有名气。但是他一生中所有为了突破、争取美国读者的努力全部失败了。五十年后，随着《屋顶上的提琴手》的成功，肖洛姆·阿莱汉姆才成为家喻户晓的名字。

这里还有一封“诗人二人组”从ERR工作场所救回的伤感信件。1906年，肖洛姆·阿莱汉姆在哈布斯堡王朝的伦贝格（今：乌克兰利沃夫），正赶往美国。1905年，沙皇俄国爆发了一波血腥的集体迫害，之后他便逃离了沙俄。在基辅的集体迫害下，他躲进一家酒店里，才逃过一劫。这封写给不知名的朋友、仰慕者的信中，讨论的是他自己的道德问题。

亲爱的朋友：

你都知道，我还未完成《妥拉》所说的“离开本地”[3]。我才刚刚开始逃亡。我到达美洲那片被快乐祝福的土地，还需要很长很长的时间。

你写信告诉我，你愿意为了我上刀山下火海。感谢你的善良和好意。如果你真的可以帮助我，行真正的善事，请这样做：一旦我在地球上的一百二十年快要结束（你也可以想象它会很快结束），我就会搬到一个电报寄不到、连信也收不到的地方。以色列的人们可能会愿意帮他们已经在来世之所的同胞作家做些什么吧！他们可能想在他的墓地上立一块墓碑，碑上请他们刻上以下文字。这是我最近在一个为我举办的宴会上写的。其他人在品尝红酒，庆祝，歌唱，祝酒。我坐下来，写了这段文字：

先生你好，急什么？
这里需要你，先生，我亲爱的。
肖洛姆·阿莱汉姆，你肯定知道他，
他葬在这里。

他是个普通的犹太人
用意第绪语和德语为姑娘
和其他同胞写东西，他——
躺在这里的“口号家”[4]，一个作家。

他嘲弄全部的生活，

对剩下的所有一笑置之。
他的读者轻笑，哦，那么开心，
他呢？却如此痛苦！

恰好在公众
大笑着鼓掌狂欢时，
他流下眼泪——只有上帝知道，
隐秘地，应该没有人看到。

如果你不喜欢“口号”，我允许你把它换成“幽默作家”。重要的是：注意拼写。因为我们应该写正确的字，在墓碑上也不例外。除此之外，祝你身体健康，天天快乐，写很多信，帮我把温暖的祝福带给所有人。

肖洛姆·阿莱汉姆

1906 年 2 月，加利西亚[5]

这封信中有肖洛姆·阿莱汉姆最早版本的墓碑文字。随后他有小的改动，删除了第一诗节，将“口号家”改成“幽默作家”。最终版本刻在肖洛姆·阿莱汉姆的墓碑上。墓碑位于纽约皇后区的迦密山公墓。

第十八章　困境下的挣扎

随着犹太难民从四面八方回到维尔纳，一个犹太社区勉勉强强出现了。8 月中旬，教会建成，由维尔纳唯一幸存的拉比伊斯洛尔·加斯特曼拉比（Rabbi Yisroel Gustman）主管。教会雇用了一个仪式屠宰人、两个掘墓人、一个教会管理员以及一个秘书。教会还承担了为寻找亲戚的人邮寄、回复信件的责任。[1]

1944 年 9 月 18 日至 19 日，犹太新年礼拜在部分被毁的大犹太会堂举行。屋顶结构只剩一半，小雨轻轻落到信徒头上。只有四个人穿了祈祷披肩（*taleysim*）。[2]赎罪日，教堂服务搬到了结构完整且安全的唱诗班犹太会堂，这里成为犹太宗教团体的固定活动处。

还有一个委员会，他们主要照顾在城市中乱走，没有住所、食物、医疗救助或教育援助的犹太孤儿。组织的主管人兹韦尔·维尔德施汀（Tzivia Vildshtein）是一名威尔诺大学教育机构毕业的教育者。施默克、肖兹克维和阿巴·科夫纳加入其中成为成员。

9 月下旬，政府许可这个组织建立一所犹太学校、一所幼儿园和一所孤儿院，全建在“犹太儿童联合会”的一栋建筑里。学校教授苏联课程，使用意第绪语为教学语言。没有宗教课程或者宗教仪式，但是学校会教授意第绪语文学。博物馆向“儿童联合会”捐献了教材和儿童文学书籍。[3]

到1944年秋天，维尔纳的两千名犹太人有了比较简陋的基础社区机构：一座犹太会堂、一个世俗学校、一座博物馆。但是没有施默克和肖兹克维设想的市政犹太人委员会，因为政府否决了这个想法。

这三个机构面临着无数限制、骚扰以及当地官员的恶意。很多官员是前德国行政体系中沿用的。犹太会堂被禁止接收从美国运来的一批衣服，也不被允许组织安息日晚餐或者提供宗教课程。在苏联，礼拜场所只能被用来做礼拜，不能做慈善、社会集会或者宗教教育。犹太儿童联合会成立的第一年就被迫两次改址，因为政府不断将他们所在的场所分配给其他学校。年中的时候，教育部甚至关闭了学校。直到收到莫斯科犹太人反法西斯委员会的抗议电报，才改变了决定。

博物馆作为没有任何经费的委员会，只能勉强维持运转。[4]

除此之外，犹太人的生活也是一盘散沙。施默克和肖兹克维向当局申请允许每周出版意第绪语报纸。起初，立陶宛共产党第一书记安塔纳斯·斯尼科斯（Antanas Snieckus）通过亨里克·兹曼（党的领导团体中唯一的犹太人）回复说现在谈报纸未免仓促，但是会支持做年鉴。之后，斯尼科斯又改变了说法，认为年鉴的想法也“不是时候”。然而同一时间，开始出现的报纸和杂志不仅有国家官方语言立陶宛语和俄语的，还有另一个少数民族的语种波兰语的。为什么波兰人可以有报纸，犹太人就不可以？答案在空中飘荡。[5]

甚至没有人再去请求政府资助建立一个常设的意第绪语剧院或者犹太工人俱乐部这样的机构（相当于苏联的社区中心）。经验丰富的施默克找到了体系中的漏洞。他每周在犹太学校给家长做讲座，说服立陶宛作家联合会建立意第绪语作家部，并自己担任主席。他还曾在作家联合会意第绪语分会的支持下，在维尔纽斯市剧院鲁特尼亚剧院（Lutnia）组织意第绪语音乐会（包括朗诵、歌唱和乐曲）。[6]即使有了这些努力，被解放的苏维埃维尔纽斯的犹太人，仍在官僚主义逼迫的生活中苦苦挣扎。

但是没人可以禁止城中的犹太人傍晚到私人家里和朋友聚会。施默克有他的圈子，圈子里各种人都有——在躲藏中幸存的前犹太聚居区居民，森林中的幸存者，或奇迹般在爱沙尼亚集中营中活下来的人，还有几个从中亚回来的退伍的红军战士和难民。他们和施默克一样都是三十好几。情侣们开始订婚、结婚，在他们的庆祝晚宴上，施默克总是第一个起调、在桌子上大声唱起歌的人。其实欢笑的面孔下，每个人都藏着灼烧的痛苦——每个人都是年轻丧偶，还有很多人失去了孩子。

施默克在朋友的陪伴下仍然乐观且活力十足，但是一个人时就陷入深深的低潮。肖兹克维在9月上旬去了莫斯科。肖兹克维的圈子里没有他战前的朋友了，再也没有年轻的维尔纳了。女性朋友中也没有人像芭芭拉（他被杀的妻子）或瑞拉切拉·克林斯基（他听说她在德国劳改营中受苦）了。

他空闲的时候会收集、写下维尔纳犹太聚居区里囚犯们曾经唱的歌。他编制的手稿里总共有四十九首歌，一些来自聚居区剧院，一些是逝去的诗人的作品。在一篇简介的散文中，他认为受害者在歌声中表达决心、恐惧、希望和绝望的话语，应该被铭记。[7]这些歌曲现在成为他的保留曲目。但即使是反抗的、乐观的歌曲，比如他自己的《青春颂歌》和进行曲《犹太游击队员》，现在唱起来都是甜中带着苦涩的。[8]

肖兹克维在9月10日，也就是敬畏之日[9]即将到来的前几天，决定前往莫斯科。同一时间，对收集、处理犹太文化文件委员会的新打击已经山雨欲来，但是表面上收复行动已经万事俱备，博物馆（或委员会）已经有了基地。诗人热切地希望回到怀孕的妻子身边，继续他的文学项目。[10]肖兹克维让科夫纳接任委员会主席一职，施默克作为副主管。每个人都以为肖兹克维一两个月就会回来，但是他最后在莫斯科停留了将近一年。[11]

他离开之前，起草了一个委员会工作宣传册，上面列举了出土的宝藏：19世纪早期神秘主义者，埃利亚胡·加特马克胡尔拉比（Rabbi Eliyahu Gutmakher）收发的信件；意第绪文学之父，亚伯拉罕·勾德菲登的早期意第绪语剧作手稿；意第绪语文学先驱，S. J. 阿布拉莫维奇的文字；包括维尔纳加恩犹太会堂里的记录本在内的一共十册记录本；16世纪稀有的威尼斯、克雷莫纳、克拉科夫和卢布林出版的希伯来语书籍；包括标语牌、日记和照片在内的维尔纳犹太聚居区管理档案。[12]

肖兹克维起草的册子中没有提到最重要的发现：西奥多·赫茨尔19世纪80年代的日记。在苏联，拥有一件犹太复国主义创立者的文件并不是一件可以公开或者夸耀的事情。相关文件在20世纪20年代的苏联是被禁的。[13]

赫茨尔的日记在册子上没有出现并不重要，因为册子根本就没有出版。审查机构将册子上的内容转交给共产党中央委员会，委员会没有批准它的印刷出版。

肖兹克维离开之后，施默克和科夫纳立刻有了争执。施默克很厌恶科夫纳成为委员会名义上的主管，而他这个曾经为“走私”这些宝藏冒了生命危险的人，第一个取回这些宝藏的人，成为科夫纳的手下。施默克也很讨厌科夫纳长时间离开博物馆去做其他事情，比如重新发起青年卫士运动，组织向已知的纳粹合作者复仇的行动，计划组织犹太人向巴勒斯坦的移民等。这哪里是一个博物馆主管？

意识形态因素加剧了两人之间的紧张气氛：施默克是一位相信苏联模式的共产主义者。而科夫纳是一位社会主义犹太复国主义者，他拒绝在维尔纳、苏联或欧洲重新开始犹太人生活。施默克还很嫉妒科夫纳冷静的权威和……他受女人欢迎的事实。[14]

但是收复文件的工作如常进行。10月，施默克有了一个里程碑式的发现（肖兹克维把8月他找到的几十页带去了莫斯科，但是施默克却找到了几百页）：他在沙沃尔街的地堡里找到了赫尔曼·克鲁克的聚居区日记。图书管理员克鲁克将他三本伟大的纪年史藏在城市的不同地方，但只有埋在沙沃尔街的日记在战争的肆虐下幸存。

打印稿杂乱无章。克鲁克把稿子放在一个密封的金属罐里，但是犹太聚居区被清算后，生活在这里的人打开了罐子找贵重物品。日记纸张因此散落在地堡里，被弄皱撕裂，躺在其他各种文件中间。收集纸张、重新组合好日记就花了好几个星期。[15]

更神奇的是，在爱沙尼亚克卢加集中营中，克鲁克的笔记本居然也被发现了。克鲁克在他和其他四百名囚犯被处死的那天，将笔记本埋在拉各迪一个小沟里，有六个见证者。六个见证者中的一个人尼桑·阿诺里克（Nisan Anolik）活了下来。他在解放后回到拉各迪，拿回了笔记本，并把笔记本交给犹太博物馆。

克鲁克希望他的文字被后代阅读的梦想成真了。[16]

日记本最终到了纽约的 YIVO，并且由纽约的 YIVO 出版了意第绪语原文的文本，里面加上了大量的笔记和索引，还有克鲁克幸存的弟弟平卡斯写的很长的、对克鲁克的传记性介绍。克鲁克的日记出英文版时，历史学家称颂它是“世界上最好的战时回忆录”“维尔纳犹太聚居区一个人的林格尔布卢姆[17]档案馆，同时也是一本文学大作”。耶路撒冷希伯来大学的院长，大屠杀历史学家耶胡达·鲍尔称它为“悲剧时期的重要文件”。

正当施默克在欣赏他发现的克鲁克日记时，危机爆发了。1944 年 10 月下旬，莫斯科的人事政策委员会拒绝为“收集、处理犹太文化文件委员会”提供国家资助，且命令解散这个组织。命令下达后，效果立现，员工的特权——食物配额、免除兵役都被废除。他们的身份证也作废了。

科夫纳和施默克开始为了对付共同的敌人联合力量，从被毁的命运中拯救委员会（或他们所称的博物馆）。科夫纳直接去找教育委员约萨斯·泽艾克斯塔，直言不讳道："莫斯科的决定是立陶宛政府没能支持犹太博物馆的直接结果。"他警告泽艾克斯塔，一旦解散的消息传到苏联之外，就会被解读为立陶宛政府的反犹行为。

科夫纳立即给肖兹克维写信，要求紧急执行：通知犹太人反法西斯委员会来干涉，伊利亚·爱伦堡必须提供帮助，会见在莫斯科的名义上的立陶宛最高领袖（斯尼科斯、尤斯塔斯·帕莱基斯和其他人）。"你必须要求他们保护这个犹太文化机构，不要帮助德国人毁掉他们没来得及毁灭的东西！"[18]

同时，科夫纳决定放手一搏。在一封给政府的备忘录中，他要求将委员会改组为立陶宛科学研究院犹太文化调研中心。在苏维埃基辅就有一个类似的调研中心，战前在明斯克也有一个，维尔纽斯为什么不能有？科夫纳还要求给予二十个注册员工的名额。[19]

科夫纳见了泽艾克斯塔三次，但是这位委员的态度一次比一次强硬。他坚持反对博物馆的复兴，无论是作为委员会、博物馆还是调研中心。它现在持有的文件可以被转移到立陶宛档案馆，图书转移到国家图书馆，艺术品转移到国家博物馆，学术文章转移到科学研究院。科夫纳描述泽艾克斯塔的态度时，使用的语言能唤起犹太聚居区幸存者的记忆："他想让我们变成灰烬。"[20]

科夫纳和施默克认为立陶宛政府对委员会的解散、意第绪语的禁止出版和犹太学校受骚扰负有主要责任。他们不知道的是，立陶宛的领导班子是受到了来自更高层机构的压力才采取这些行动。负责施压的人是斯大林的维尔纽斯特使米哈伊尔·

安德烈维奇·苏斯洛夫（Mikhail Andreievich Suslov），他是苏联共产党中央委员会立陶宛办事处的主管。

苏斯洛夫反对犹太文化机构在立陶宛或苏联范围内的欧洲成立，坚持犹太人应该被同化或者移民到俄罗斯远东、中国边境的极小的犹太自治州地区比罗比詹。比罗比詹是苏联二百二十万犹太人的住所，意第绪语是官方语言。苏斯洛夫施压说，在其他地方，犹太文化活动都被认为是“民族主义”。

维尔纽斯犹太学校的一个代表来见苏斯洛夫，代表学校要求国家资源时，这个莫斯科男人把代表轰出了办公室，指责他是犹太民族主义特务。[21]

受米哈伊尔·安德烈维奇的态度启发，莫斯科共产党中央委员会的官员们给他们的最高领导格奥尔基·马林科夫撰写了一个正式的备忘录，指责立陶宛共产党“处理犹太问题时方法不当”。他们攻击立陶宛的领导班子“答应犹太群体的要求”，允许建立隔离的犹太学校和博物馆。撰写者抱怨维尔纽斯犹太共产党“他们……没有向犹太人解释创建特殊犹太组织的错误和害处。他们实际上在积极地保护这些组织，实际上就是在保护组织者”。这是对施默克他们的猛烈攻击。[22]

苏斯洛夫和他的追随者采取极端态度，认为犹太文化机构应当禁止在立陶宛存留，尽管那时在莫斯科有很多类似的机构：犹太人反法西斯委员会、意第绪语出版社“真实”（Der Emes）、莫斯科国家意第绪语剧院、《团结报》（*Eynikayt*）、文学刊物《家园》（*Heymland*）、莫斯科广播意第绪语部门等。

维尔纽斯党员领导班子为了回应来自莫斯科的尖锐批评，撤销了最初他们对于犹太博物馆的支持。

科夫纳警告立陶宛人，如果清算博物馆会引起政治上的不良影响。它“会引起全世界的不快，还很可能被错误地解读”，[23]比如：这件事将强化一种这样的观点，即使在苏联统治下，立陶宛仍然充斥着彻底的反犹主义。这正是斯尼克斯、尤塔斯·巴勒克司等人想要避免发生的现象。

风暴平息之后，苏斯洛夫转去处理其他更棘手的问题时，立陶宛当局想到了一个聪明的办法，让博物馆躲开莫斯科背后操纵者。11 月 9 日，立陶宛苏维埃社会主义共和国人民委员会发布了开设 34 座博物馆的命令，其中名单上第 18 个就是维尔纽斯犹太博物馆。[24]实际上，另外 33 家博物馆只在文件上出现，它们都没有工作人员、机构或者活动。这条备忘录只是为了给予犹太博物馆合法地位的一个策略性、象征性的声明。[25]

施默克和科夫纳欢呼雀跃。党员施默克被任命为主管。他写信给身在莫斯科的肖兹克维，告诉他在回来之前，他会好好做主管。其他的员工职位有：两个文物管理员（亚伯拉罕·阿杰恩和施姆威勒·阿玛兰特）、一个图形艺术家（科夫纳）、一个秘书（诺伊姆·马克里斯）、一个图书管理员（鲁宾斯坦）以及两个维护的工人（卡普兰和薇特卡·肯普纳）。[26]

在施默克看来，犹太博物馆只是个名字，他不希望这个机构遵循专业博物馆的规范和经验。它的馆藏只有一小部分是艺术和艺术品，他们也没有计划举办展览。阿玛兰特和阿杰恩不是策展人，科夫纳也不是图形艺术家。犹太博物馆是一个图书馆、档案馆，而在将来可能成为一所研究机构。总之，它是为了纪念消失的“立陶宛耶路撒冷”而立的一座纪念碑。

施默克还希望现在有八名工作人员在的博物馆只是一个暂

驻地，当局会为犹太文化重新批准建立一个机构。“我相信他们会给我们与别人一样的平等的待遇。”他写信给肖兹克维。但这只是施默克另一个没有实现的愿望罢了。[27]

尽管有了新的官方地位，每天的工作还是艰难而令人丧气的。他们没有交通运输工具，也没有装修建筑的分拨经费。施默克写信给肖兹克维：“你知道吗？我亲爱的亚布拉沙，为了要一块三米的玻璃装窗户，我要请求二十次。还得是我去。其他人去，什么都拿不到。”[28]

1944 年 11 月，维尔纳的人们胜利了，犹太博物馆成为了现实的存在。

第十九章　纽约的眼泪

免受战争摧残的维尔纳 YIVO 领导人马克思·温瑞克是幸运的，却也背上了沉重的担子。1939 年 9 月 1 日，他前往参加丹麦的一场语言学会议。会议结束后，在哥本哈根滞留了几周。9 月 18 日，他的密友查尔门·瑞增被捕后，温瑞克决定不回维尔纳。此后他再没有听到过瑞增的消息。

欧洲战争爆发后，YIVO 的美国分部成为研究中心的临时总部。中心第一个行动就是安排温瑞克移民到美国。1940 年 3 月 18 日，温瑞克抵达纽约，成为主管，开始重建 YIVO。

纽约的 YIVO 大楼与维尔纳的几乎一模一样：他将学术工作分为同样的四个部分（历史、哲学、心理教学和经济统计）；他重建了研究助理（*aspirantur*）毕业生训练项目；他还编辑了研究中心的杂志《YIVO 期刊》。该杂志的 1939 年第 14 期在维尔纳出版，1940 年第 15 期在纽约出版，实现了无缝衔接。[1]

当温瑞克谈到在美国国土上巩固研究中心时，欧洲正蔓延的灾难也一直在他脑中盘绕。1942 年 1 月的 YIVO 年度会议上的重要讲座，谈论的就是“波兰的犹太人在犹太聚居区中的生活”。讲座的主讲人是施罗伊·门德尔松（Shloime Mendelsohn），一位信仰佛教的教育者，YIVO 董事会成员。施罗伊于 1940 年逃离波兰时曾经过维尔纳。[2]

1943 年 2 月，大纽约区西街第 123 号街 535 号一栋摩登的三层建筑中，新的 YIVO 中心建成仪式开幕。YIVO 新楼距离犹太神学院对面的哥伦比亚大学很近。此次开幕是 YIVO 进入美国学术生活主流的信号。第 123 号街将代替韦乌尔斯基街，至少现在是这样的。

开幕式是一个展览，展出的主要是 YIVO 战前的藏品中的文件。这些文件在德国人能下手之前就被迅速运出欧洲。一百九十五件展品中包含了：1634 年起犹太人在波兰身份合法化的一个条令；卢巴维奇的“亚圣”，多佛贝·施挪威拉比[3]（Dovber Shneuri，1773—1827）写作的笔记本；1852 年热那亚的多位拉比发布的通知；1919 年乌克兰普罗斯库罗夫集体迫害的幸存者证词；俄国作家弗拉迪米尔·柯罗连科（Vladimir Korolenko）的信件。展品目录里有一句话：“此次展览不仅仅是‘对被摧毁的怀念’，它还是对延续的呼唤，希望 YIVO 的所有物都会在未来某一天回归。”[4]

YIVO 像很多在战争中被摧毁的家庭一样，也被撕裂了。美国部分希望无论如何都能与欧洲的亲人重聚。

但是希望是渺茫的。1943 年，温瑞克在研究中心会议上的主要讲话题为“种族灭绝年间的 YIVO”。战前，他努力让 YIVO 无政治倾向，并嘲笑那些要求 YIVO 发布抗议决议的人。现在他就欧洲犹太人的困境，组织人们向罗斯福总统请愿。最终一共收集到 283 名教授的签名，其中包括 107 名美国同事，还有大学和调查机构的其他人。“我们请求你们采取行动拯救欧洲的百万犹太人，他们已经被现代文明的敌人判了死刑。”[5]

YIVO 的工作人员的精力被用在好几件事情上，比如学术研究、机构建设，还有就层出不穷的新闻报道，对死者进行缅怀。1943 年 10 月 17 日，当犹太历史学家院长、YIVO 学术委员西蒙·都布诺死于里加犹太聚居区的消息传到西边时，研究中心为他举行了纪念活动。每个人最担心的是泽里克·卡尔曼诺维奇。[6]

收到著名历史学家、集体领袖伊曼纽尔·林格尔布卢姆从他藏身的华沙雅利安地区发来的加密的信件后，温瑞克的心沉了下去。信件由波兰地下党偷偷带出波兰。信上的日期是 1944 年 3 月 1 日，此时华沙的犹太聚居区已经不复存在了。信中一笔带过的是：“1941 年至 1942 年，我们与维尔纳的泽里克·卡尔曼诺维奇保持着联系。他那时在德国人的监督下管理 YIVO 的资料，还藏起来很大一部分。今天，维尔纳已经没有犹太人了。曾经伟大的意第绪文化中心、伟大的现代学术研究中心都已经被完全摧毁。”这是林格尔布卢姆的最后一封信。他的藏身之处五天后被盖世太保发现。[7]

1944 年 7 月 1 日，维尔纳被红军解放之后，温瑞克立即行动起来。他写信给美国国务院，请求国务院通过外交渠道查明维尔纳 YIVO 的建筑现状、图书馆与档案馆地址。特别战争问题部门轻描淡写又不失礼貌地回复：“这片问题地区现在仍然是军事区，部门无法进行所请调查。”它建议 YIVO 联系华盛顿的苏联使馆，因为维尔纳处于苏联控制下。但是温瑞克认为这简直是一个馊主意，因为这会提醒苏联研究中心藏品的重要性，会促使他们宣布这些资料是“苏联财产”。

战区艺术与历史古迹保护抢救美国委员会简称罗伯茨委员会，它更能体谅温瑞克的心情。罗伯茨委员会的特别顾问约翰·沃克（John Walker）力劝他保持耐心。“艰难的法律问题和外交问题掺杂在其中。”但是温瑞克并没有那么多耐心。YIVO 就是他的孩子，而他如同一个侥幸存活的父亲。[8]

有关维尔纳 YIVO 及其藏品情况的具体消息实在太少，只有肖兹克维的意外来信让他振奋。

肖兹克维从沙沃尔街地堡带来几捆文件到莫斯科。因为对于收复行动有着大量的情感投入，他需要随身带走一些被拯救的东西。施默克和阿巴·科夫纳要求他寄回来，或至少寄复制品回来，但是他从没寄任何东西回去。[9]

肖兹克维意外地把文件邮寄给了纽约的温瑞克。1944 年 12 月，肖兹克维在莫斯科接受《纽约邮报》记者艾拉·温特（Ella Winter）的采访。采访中他告诉温特关于 YIVO、ERR 和“纸张小队”的英勇工作，还有维尔纳最近的挖掘工作。由于注意到温特强烈的反应，肖兹克维请求即将回到纽约的温特带一个信封资料给马克思·温瑞克。他解释说，温瑞克是 YIVO 唯一幸存的主管，他在美国重建了研究中心。温特同意了。

肖兹克维在信封中装了一份西蒙·都布诺的档案资料和一期维尔纳聚居区管理处的官方简报《犹太聚居区新闻》（*Geto yediyes*），以及其他几件物品。因为不知道温瑞克的地址和电话，他告诉温特：“带着这个包裹去东百老汇 183 号意第绪报纸《日报》（*Der Tog*）的编辑办公室。那里会有人给你马克思·温瑞克的电话号码。就在那里打电话，并且等他来。不要把包裹给其他人，或者向任何人提这件事。打电话之后等待就好。愿上帝保佑你。”[10]

温特按照肖兹克维的指示行动。温瑞克的反应果然如他所料，告诉她留在原地，他会立刻前来。温瑞克取了信封，还有一个肖兹克维的小便条：“我在废墟之上向你致意。你妻子的母亲在犹太聚居区存在的两年中一直活着。1943 年 8 月她死在自己的床上，这算是聚居区居民最大的快乐了吧……我救了你的档案馆和图书馆的一部分。不是所有东西都藏在地下。我实在难以下笔。我的心要碎了。”[11]

这封信让曾经是师生关系的两人重续联系。温瑞克曾经是意第绪侦查运动“甲壳虫”（*Di Bin*）的领头人，肖兹克维曾是成员。几年之后，温瑞克教授肖兹克维古意第绪语，让他可以用“莎士比亚式”的意第绪语写诗。现在，经历了一场大屠杀之后，这位学生向他的老师报告他曾经将老师的图书和文件藏在聚居区，他曾经照顾他的岳母施蒂芙尼·沙巴德（Stefania Shabad）。但是肖兹克维隐瞒了她的真实命运，可能是担心读信的人为此伤心。施蒂芙尼·沙巴德不是死在聚居区自己的床上，她是被流放到迈登涅克死亡集中营。[12]

温瑞克从新闻报道中得知 YIVO 的部分藏品在维尔纳被救了下来。现在，1945 年 1 月，他手上拿着 YIVO 存档的一些碎片。回到西街第 123 号街的 YIVO 大楼中，他邀请了三位领导团体的成员进入办公室：图书馆馆长门德尔·埃尔金（Mendl Elkin），历史学家雅克布·沙兹基（Jacob Shatzky），还有 YIVO 的学术委员会主席、教育工作者雷布什·莱勒（Leybush Lehrer）。他们都是东欧的移民。他打开了包裹，这四个人抚摸着“浸透了他们灵魂”（肖兹克维的话）的纸张。他们低下了头，眼泪不禁滑落。

温瑞克没有回复肖兹克维的便条。他知道写信给在莫斯科的肖兹克维会惊动苏联安全局，让他们知道来自维尔纳的著名诗人与美国人有联络，这可能会对肖兹克维造成严重的困扰。所以在这个情况下，温瑞克做了最艰难的事情：保持沉默并且等待。

随着战争的雾气慢慢散去，从维尔纳幸存者那里传来的消息令人震惊而哀伤。YIVO 曾经的员工没有一个幸存下来，除了温瑞克。只有他。这个消息让他不寒而栗。

温瑞克将战后的第一期《YIVO 期刊》献给 YIVO 被杀害的学者、工作人员、收集者、研究生以及主席团成员。长达十六页的纪念部分被叫作“忆此客”（Yizkor），是希伯来人纪念死者的祷文。“在我们同胞的死亡中，YIVO 为自己的灾难哀悼。东欧犹太社区，是他们的需求让 YIVO 崛起，但是现在几乎没有需求了。来自城市和乡镇的成千上万的通信者，这些 YIVO 的奠基者几乎都死了。那些每日努力建立 YIVO，使 YIVO 在他们的身体和灵魂间存在的人们，几乎都死了。”“忆此客”带着深沉的爱意与痛苦，登出了三十七个人的生平介绍：

> 泽里克·卡尔曼诺维奇：这个名字必须列在死于德国人手中的 YIVO 殉道者名单的最顶端。1929 年，离开达十五年之久的他回到维尔纳，成为 YIVO 的执行委员会成员。1931 年，《YIVO 期刊》开始出版，他成为主编。但是如果不认识这位 60 岁还坚持青年

时的热情和谦虚的老人，只列举他的机构职位，是无法识得他闪光的性格的。对于犹太历史他博古通今，对于希伯来语和意第绪语他也无所不知。如果他喜欢你，你可以像依靠一棵老橡树一样倚靠他。他喜欢身上有真实和诚实品质的每一个人。这些就是他特别的性格……他将无限的爱给予犹太人民，也给予犹太个体。这体现在他生命的最后阶段，在爱沙尼亚的死亡集中营里，也是他和妻子瑞瓦生命的最后一站。在那里，他满怀爱心，照顾了一个一年前曾与他纠缠不清的病人。我们的世界可以继续存在，是因为有泽里克·卡尔曼诺维奇这样的人的美德。

马克·艾德尔森：一名职业工程师，ORT[13]维尔纳理工学院讲师。他将自己的空闲时间献给YIVO。从研究中心建立到维尔纳存在的最后一天，他一直在档案馆工作，从未要求过一分钱的报酬。

乌玛·（弗鲁姆）·欧肯尼兹卡：她来自富裕的家庭，家里更多人说俄语而不是意第绪语。但正是她建造了意第绪剧院博物馆。身为一个艺术家，她没有实现年轻时的梦想，而是将自己精致的艺术品味投入墙上画作和照片的摆放——YIVO大楼的牌匾和标牌的书写，她还为YIVO出版物设计纸张。

梅尔·伯恩斯坦：他是YIVO的会计。除此之外，他还是城市中每个意第绪语机构的支持者、仰慕者。被人们称作“红色梅尔”的他是第一个为我们共同的事业捐钱的人，即使他自己的收入微薄。

> 查娜·格里尚斯基：她是一名安静的图书管理员。当 YIVO 的阅览室刚刚开始运营的时候，她在外借处工作。但是与借书人沟通的工作并不适合她，她在家制作目录卡片时更加自在。
>
> 伯尔·施罗斯伯格：YIVO 就是他的整个生命。对他来说，搬运箱子与阅读排好版的打样、翻译一样是神圣的劳动。当人家请他写什么东西的时候，他对待任务总是像一个在开始工作之前需要先焚香沐浴的《妥拉》抄写员。富有责任心是他最显著的特点。他的学术研究才刚刚开始发轫。德国人将他与妻子、孩子一起杀害。[14]

这份名单还在继续。

让这种毁灭感雪上加霜的，是新来的消息：韦乌尔斯基街 18 号的 YIVO 大楼，曾经的现代意第绪文化圣殿，现在已经成为一堆碎石。一位热情的维尔纳人，战争的幸存者莱泽尔·兰向纽约邮寄了一小袋废墟上的灰烬。他附上了一封信，信中写着："1945 年 11 月 20 日，我为维尔纳的意第绪语科学研究中心开始服丧七日。"第 123 号街上的建筑入口处，有一个玻璃盒子，里面陈列着这些灰烬。[15]

温瑞克意识到维尔纳的 YIVO 已不复存在，他更感到应当取回在所有地方找到的 YIVO 藏品的紧迫性。

除了刻骨的伤痛和不变的决心，温瑞克还感受到了另外一些东西：对德国，这座他在 1919 年至 1923 年学习生活的国家，他曾经崇拜其文化的国家，如今只有怒火。他曾经将德国的科学看成一个典范，希望通过科学的方法设立意第绪语的科学院——YIVO，并运用到犹太社区之中。但是科学背叛了他。科学背叛了基本的人类价值，成为一种犯罪性武器。成百上千的教授将学术研究运用到为纳粹主义的服务上。德国学术圈也积极参与了对犹太人的诋毁和去人性化。这让他不禁开始思考一个深刻的问题：为什么会发生这样的事情？难道他过于相信科学对社会的作用？

面对这些问题，温瑞克做了他力所能及的事情。他决定研究这个话题。他把自己关于意第绪语历史的语言学研究暂停了一年，转而阅读和发掘德国的反犹太学术研究。最后，他书成一份长篇声讨《希特勒的教授们：关于德国反对犹太人的罪行》。温瑞克成为世界上最前沿的反犹主义的犹太人研究专家。他对法兰克福的犹太问题调研中心无所不知，还研究了调研中心的工作人员生平。他了解的线索越多，越怀疑 YIVO 被抢劫的藏品都在那里。

温瑞克从未放弃相信学术可以且应该使人性更高尚的想法，但是他确实完全地、绝对地放弃了德国。除非德国学者向他解释他们战争期间的行为，否则他一概拒绝与德国学者接触。他拒绝德国大学的讲座邀请。作为一个语言学家，他表达了自己的愤怒：后半生都拒绝说德语或用德语写作，虽然他的母语是德语。[16]

第二十章　离开的决定

就在维尔纳犹太博物馆的法律地位刚得到保障时，它的倾塌却从内部开始了——博物馆的员工们都迅速地离开了这个国家。

第一个离开的是卢兹卡·考扎克——阿巴·科夫纳亲近的党员同志，她也是“纸张小队”的成员。1944 年 10 月，科夫纳派她执行一项特殊任务——在苏联与波兰或罗马尼亚边境找到缺口，方便将来犹太人移民到巴勒斯坦。到达边境后，卢兹卡发现所有的过境处都被牢牢地控制住了。她在成功过境之后，意识到回去实在太危险，于是继续远走，最终在 12 月抵达了海法港口。卢兹卡成为纳粹占领下的欧洲的幸存者中，第一个到达以色列土地上的人。在那里，她激动地给维尔纳的朋友和同事们写信。[1]

根据卢兹卡提供的指示和防范措施，其他博物馆成员以及青年卫士圈子里的志愿者们纷纷离开维尔纳，前往边境。离开的人包括施姆威勒·阿玛兰特和萨尔达·特雷格尔（Zelda Treger）。

11 月，维尔纳的犹太人中间爆发了移民热潮。这个热潮的催化剂是一起谋杀事件：埃希什凯斯小镇上唯一的一家犹太人全家被杀。此次事件发生之后，突然涌现了多起犹太人被杀害事件。多位返乡寻找亲戚和财产的犹太人被杀，受害人的尸体被带到维尔纳掩埋。人们在他们的口袋里发现了字条："你们也会有同样的下场。"

安全机构对此事十分漠然。一名国家安全委员见了一个犹太代表团，对于代表们提出的保护要求嗤之以鼻："你想我怎么办？在每栋房子之前安排一个站岗的警察吗？"恐惧和忧虑开始在犹太人民之间蔓延。[2]

大约在同一段时间内，街道上出现了官方通知，通知声明在 1939 年之前，身份是波兰共和国的市民可以登记，准备被"遣返"回波兰。尽管这份苏联－波兰的协议主要是针对波兰人，但是对于犹太人也适用。这意味着战前曾经是波兰市民的当地的维尔纳人可以合法地"返回故乡波兰"，前往华沙或罗兹。因为苏联不允许自由移民，成百上千的维尔纳幸存的犹太人抓住了这个难得的机会。博物馆的大部分工作人员和志愿者也不例外。不久之后，亚伯拉罕·阿杰恩、里昂·伯恩斯坦、格里高利·亚史斯基还有亚历山大·里洛博士都走了。博物馆陷入了旋涡之中。

这些事件促使了科夫纳的出走。自从 10 月发生危机，收集、处理犹太文化文件委员会被解散，博物馆的前途黯淡，科夫纳就已经开始从博物馆中转移资料，准备将它们转移到以色列。他偷走了一大批藏匿的 FPO 文件，包括这个组织最著名的呼吁："我们千万不能像羊羔一样任人宰割。"他还带走了赫尔曼·克鲁克日记的一部分，还有几期《犹太聚居区新闻》。他还想带走最珍贵的赫茨尔日记，但是没有成功——施默克把日记锁在他的办公室里了。

科夫纳没有告诉施默克自己带走了这些东西。这两个人看不惯对方，但在8月时曾经有过协议：不要将文件从博物馆转移走。但是在危机爆发的时候，科夫纳反悔了。他是一个狂热的犹太复国主义者，他相信犹太文化只有在以色列土地上才有未来。在他看来，收集流放的文化宝藏是国家建设的重要部分。但是施默克坚持在苏维埃维尔纽斯构建犹太文化。

12月下旬的一天晚上，科夫纳从一名前犹太游击队员那里收到可靠消息，说当地警察第二天会来逮捕他。博物馆有人（很明显是施默克）告发他偷窃博物馆财产。科夫纳立即启程离开苏维埃立陶宛。他伪装成一名曾经在波兰第一集团军参军的波兰人，跳上一列前往比亚韦斯托克的军用火车。[3]

施默克将他对科夫纳的怒火浸透在一封给在莫斯科的肖兹克维的信中："在我不知情的情况下，阿巴和阿玛兰特带走（就是'偷'）了几件物品。阿巴这样做背叛了他对你我的承诺。"[4]作为主管的施默克不仅很生气，还很担心自己的安危。因为他是责任人。确实，几周之后，内务人民委员部（Narodnyi Komissariat Vnutrennikh Del，NKVD）的特工来到博物馆，他愤怒地训斥施默克，称他的员工阿玛兰特博士的行李箱中携带有博物馆文件，阿玛兰特在苏联－罗马尼亚边境被拘留。特工警告施默克，如果类似事件继续发生，他会为他缺乏"苏维埃警觉"而付出代价。[5]如果施默克确实向当局告发过科夫纳，那他这么做似乎是为了保护自己和博物馆。

科夫纳过境之后，就试图淡化此事的严重性。他从波兰写信给莫斯科的肖兹克维："亚布拉沙，请代表我写信给施默克，告诉他不要将我们两人工作之间的小误解太放在心上。请他记住我们三个人共同走过的路。"[6]

科夫纳逃离之后，博物馆又损失了另一名员工：博物馆秘书诺伊姆·马克里斯。她也曾经是"纸张小队"的成员和博物馆的创建人之一。在维尔纳犹太聚居区中时，她是一名狂热的共产主义者。但是经历了诸多灵魂拷问之后，她决心离开，前往巴勒斯坦。她做出这个决定不是因为意识形态的改变，而是因为心境的变化。她需要开始新的生活，她的朋友们也纷纷前往巴勒斯坦。她的父母都死了，而她希望和朋友们在一起。博物馆的很多男性工作人员都迷恋这位深褐色卷发、深棕色眼睛的女士，她的离去让他们很伤心。[7]

施默克留了下来。他为博物馆找到了一个重要的新成员，施罗伊·贝里斯（Shloime Beilis）。贝里斯是"年轻的维尔纳"文学组织的最初的创建人之一。20 世纪 30 年代，贝里斯是一位极受尊敬的意第绪语记者。1940 年至 1941 年苏联统治期间，他是地方意第绪语报纸《维尔纳真实报》（*Vilner Emes*）的主编。德国人袭击之后，他立刻参加了红军。

多年来的共产党员身份与行政事务经验，让贝里斯瞧不起他现在的博物馆"上司"——冲动又情绪化的诗人施默克。[8]贝里斯也瞧不起维尔纳犹太聚居区中的居民们。他认为他们没有发起全面起义是失败的，而他们在华沙就发动了全面起义。他曾经与敌人战斗，而像施默克这样的诗人只会写没什么用的诗歌。施默克和贝里斯都不喜欢对方，但是强烈的责任感让两人联合，让他们愿意将两人之间的龃龉暂时置之脑后——拯救剩下的文化宝藏。战前的“年轻的维尔纳”的记忆，还有两人共同承受的个人生活的苦痛——两人的妻子全都死在波纳尔的巨大坟场中，这些都是维系他们的纽带。[9]

但是贝里斯不能凭一己之力弥补员工锐减后的损失。斯特拉舜街6号院子里的资料每日还在增多。院子里的一捆捆、一袋袋书籍文件遭到了老鼠的啃噬，水也对文件产生了破坏。博物馆一栋楼的屋顶上的破洞太大了，晚上都可以在楼里躺着数星星。大部分窗框上也没有安装玻璃。[10]但是立陶宛的苏维埃官僚就这么放任文化宝藏腐烂。随着文件、书籍堆积成的小山越来越高，施默克的沮丧感也越来越重。政府禁意第绪语报纸、禁书、禁剧院，还在不断纠缠唯一的一所学校。施默克感到无能为力。

绝望之下，1945 年 3 月，施默克决定去一趟莫斯科。如果莫斯科方面能给维尔纽斯下达明确命令，让他们停止蓄意阻挠，那么就有停止的可能。施默克在苏联首都停留了三周。这是他第一次来到莫斯科。如果不是因为当下面临的困境，来到共产主义的根据地他会多么激动。但此时他是愤怒而沮丧的。他与肖兹克维在一起待了好几个小时，两人商讨着不同的行动方案。在著名记者伊利亚·爱伦堡的帮助下，他终于有了一位苏联共产党中央委员会的官员“听众”。她是国家少数民族文化事务部的主管，阿尔芙·阿菲特索夫纳·彼得罗相（Arfo Arfetisovna Petrosian）同志。

彼得罗相对施默克所说的情况充满同情。她在聆听完他们的遭遇后也变得愤怒。“这完全不可以接受！苏斯洛夫同志对这件事怎么说？我们派他去立陶宛指导那里的工作。我会写信给苏斯洛夫，告诉他这是一个严重的政治事件，他应当会接待你们。我相信所有的事都会有转机，除非……”她沉思着停顿了一下，接着不确定地说：“除非为了我们共同的事业而必须有所牺牲。”[11]

听了彼得罗相同志的最后一句话，施默克的脑子“嗡”的一声。尽管如此，他还是抱着一线希望，期盼中央委员会能命令米哈伊尔·安德烈维奇·苏斯洛夫支持博物馆，支持犹太文化。

下了火车之后，他立即前往博物馆。他发现员工全部忧心忡忡。垃圾管理处对院子里的好几吨纸已经没有了耐心。（博物馆自己的院子中没有空间，他们也没有可以运输这几吨多文件的交通工具。）施默克离开期间，垃圾管理处把院子清理干净，把大概有三十吨的成山的资料运到了火车站，随时准备运到俄罗斯伊万诺夫斯克州的造纸厂。

施默克冲到火车站台，他发现所有的资料都被包成一捆干草那么大的球，已经准备好运输。他开始从球里面把东西抓出来：一份意第绪语戏剧的剧本，一本柴克·伦斯基图书馆里的书，一本参加 YIVO 举办的青年自传比赛的自传。接着他冲向一个个办事处，要求他们停止运输。他劝说火车站主管不要送走文件，主管却回复说施默克没有权力管这件事。这些“纸片”不是他的，而是垃圾管理处的。时间紧迫，施默克联系了他认识的最高立陶宛官员亨里克·兹曼，尽管兹曼对于犹太人的事务一直很冷淡。兹曼几乎什么都没做，他只是派遣一名检察员去火车站，检察员后来写了一篇报告，建议停止运输。施默克第二天早晨又给兹曼打电话，但是这位立陶宛中央委员会的成员冲着他大吼，让他不要再浪费自己的时间，然后摔了电话。施默克那天早晨再回到火车站之后，一团团文件已经被运走了。

施默克立即向莫斯科写了三封信，一封给犹太人反法西斯委员会，一封给伊利亚·爱伦堡，还有一封给肖兹克维，请求他们想办法停止运输。他给犹太人反法西斯委员会的信件中是这样写的："阻止亚历山德罗夫与伊万诺夫斯克州造纸厂，或者介入莫斯科垃圾管理局的中央办公室。办公室地址是莫斯科波尔沙亚·彻斯卡斯卡亚街6号，主管是维尼尔。我确定你们的及时干预会使这些宝藏免遭毁灭的命运。"他给爱伦堡的信件则更加直白。从这次运输事件可以看出立陶宛政府对于博物馆的态度："我仍然没有收到教育部对于博物馆任何道德的或物质的支持。也正是因为这些道德的、物质的原因，导致很多犹太文化宝藏被毁灭，最终下落不明。"[12]

在等待莫斯科方面的消息的时候，施默克被立陶宛审查局的主管叫到了办公室。主管指责他违抗命令。主管说，如果有问题，卡奇金斯基同志应当与审查局联系，审查局在出版物上有更大的权力。但是他竟然越级，直接向莫斯科汇报。当施默克请求这位审查局领导给上级发电报阻止运输时，这位主管告诉他，一切都太迟了，文件已经全毁了。

听到这些话，施默克坐下来，他无话可说了，他把头埋在手里："所有都被毁了，都被送到了火葬场。"[13]

劫后余生的文化宝藏似乎再一次面临灾难。这对于施默克来说是个毁灭性的打击。

犹太社区生活的其他方面同样让人失望。施默克发起的，在鲁特尼亚剧院举行的意第绪语音乐会被行政命令阻挠。犹太学校被教育部通知不允许开设四年级以上课程。四年级之后，学生必须转学到俄罗斯或立陶宛学校。[14]

施默克，这个坚强的男人，此时也摇摇欲坠，感到难以支撑。卢兹卡、阿玛兰特和科夫纳，这些犹太复国主义者离开五六个月后，他，一位共产主义者，开始认真地思考是否也要离开。[15]

压死骆驼的最后一根稻草是内务人民委员会（NKVD）特工的到来。他们要求博物馆交出战争罪行调查的相关资料，还提醒施默克，博物馆所有书籍在审查局审查前，不可以给一般公众阅读。施默克问立陶宛审查局里是否有懂意第绪语和希伯来语的图书审查员的时候，他们的回答是没有。一名特工要求施默克借他一些德国占领期间德语、立陶宛语还有波兰语的报纸。施默克服从了命令，但是之后再也没有见过那些报纸。

施默克在他几年后撰写的回忆录中这样描述他的顿悟："我们这群博物馆里的激进分子，有了一个奇怪的意识。我们一定要再次把宝藏从这里拯救出去，不然它们就会消亡。最好的结果，就是让它们在犹太人的世界中不见天日。"[16]

"纸张小队"曾经将文化宝藏从德国的毁灭中拯救出来，但是在"被解放"的维尔纳，它们仍然被锁在监狱里。半年之前他抱怨科夫纳的行为，可能还因为他从博物馆偷窃资料而告密。现在，经历了一系列失望之后，他思考着准备做出和科夫纳一样的选择。

对施默克来说，从博物馆转移资料、把它们走私出国的决定是深刻的内在斗争之后的结果。他必须做出三个痛苦的决定：放弃他自年少以来就存在的政治希望与灵感——苏联；放弃他深爱的家乡城市维尔纳；放弃他倾尽了意志与坚持而建立的犹太博物馆。

肖兹克维和施默克达成了一致结论——宝藏必须转移。但是肖兹克维没有那么痛苦，因为他的政治信仰不同。作为一名热爱意第绪语的人，他很清楚，宝藏最合理的家园一直是意第绪语科学研究中心，在纽约的 YIVO。

施默克和肖兹克维明白他们接下来应该怎么做了。但是从苏维埃维尔纽斯把资料偷走，与之前将它们从 ERR 工作场所偷出来一样，需要冒着生命的危险。这次行动需要非常小心和谨慎。他们需要时间做出计划并执行。

第二十一章　再次偷书的艺术

施默克·卡奇金斯基开始了艰难的、情感上的“放手”。现在他的梦想破灭了，他需要改变思路。犹太博物馆现在是犹太书籍和文件的死亡陷阱。他要拼尽全力拯救它们。

施默克仅仅告诉了几位亲近的朋友自己去波兰的计划。1945 年 4 月下旬，他给肖兹克维写了一封密信：“五到六周以后，我就要启程去罗拉姨妈家了。”罗拉姨妈是罗兹的代号，而罗兹是回波兰的犹太遣返者的首要目的地。[1]但他的时间安排完全不现实。他申请离开之前，第一步需要申请辞去犹太博物馆主管职位，他的借口是他希望全身心投入自己的文学项目。（因为只要他是国家博物馆的主管，就不可能被允许移民。）但是教育委员尤奥扎斯·泽艾克斯塔坚持在他找到一个合适的代替人选之前，拒绝接受他的辞呈。施默克问了意第绪语作家赫什·奥舍诺维奇（Hirsh Osherovitsh）和杨克·遥萨达（Yankl Yosada）是否愿意接手工作，但是两人都拒绝了他的提议。[2]1945 年 6 月，他终于找到了正确的人选：杨克·古特考维奇（Yankl Gutkowicz）。

古特考维奇是施默克的童年伙伴，两人在维尔纳塔木德经文学校时就认识，之后一起加入地下共产党。古特考维奇1941年6月至1945年5月整个战争期间在苏联军队中任职，退伍后他立即回到了维尔纳。施默克在街上碰到古特考维奇时，两人激动地拥抱。施默克说："你在这里真好。你接手博物馆工作吧！"古特考维奇爽快地答应了。1945年8月1日，主管领导权正式移交给古特考维奇。[3]

8月1日以后，施默克仍然留在博物馆中工作，但是再也不是主管。肖兹克维也获得了一个官职，在拜访维尔纳期间可以在博物馆中工作。但是古特考维奇和施罗伊·贝里斯这两名共产主义者不知道的是，前"纸张小队"的成员已经不再真正为博物馆工作，甚至还在阻挠博物馆的工作。他们偷偷地把东西从博物馆里拿出来，藏在博物馆的空地上，或者放在他们位于格迪米纳斯街的公寓里。

施默克的第一个行动就是把他和一群志愿者在整个城市中找到的几百卷《妥拉》书卷转移。他记得在ERR控制下的YIVO时，泽里克·卡尔曼诺维奇曾经为躺在地上的孤独、光秃秃的书卷感到痛苦和悲伤。他想起约翰内斯·波尔将书卷送到皮革工厂被毁掉。施默克不能把它们留在博物馆里，否则，它们可能会被没收或者作为垃圾运走。它们不应被这样对待。但是这些书卷都太大、太笨重，数量也太多，他带不出这个国家。施默克决定把它们慢慢地、悄悄地转移到犹太会堂。古特考维奇和贝里斯没有反对，两人对逐渐消失的书卷视而不见。

犹太宗教团体兴奋地接受了这些书卷。那时宗教团体的领袖是艾扎克·奥斯本拉比（Rabbi Isaac Ausband），前立陶宛学校的学生。他在加斯特曼拉比前往波兰后，接替了他的位置。仔细地检查了书卷之后，奥斯本意识到大部分的书卷是被毁坏的，不适宜用在仪式上。它们很多只是《妥拉》的碎片或者部分内容。为了保持犹太人宗教传统，他决定为这些书卷和羊皮纸碎片组织一次公共葬礼。这实际上也是为了哀悼曾经的“立陶宛的耶路撒冷”、犹太人的图书之城而举行的葬礼。

仪式举行于 1945 年 5 月 13 日，即犹太教息汪月的第一天，仅在纳粹德国被彻底摧毁、欧洲胜利日的几天之后。这是维尔纳的大屠杀幸存者们举办的史上最有力量的纪念活动。

一个黑色的小盒子放在唱诗班犹太会堂的诵经台上，里面放满破破烂烂的《妥拉》羊皮纸片。小盒子上面盖着一个被撕裂的祈祷披肩，披肩上有干了的血迹。圣经诗领唱者为维尔纳及周围地区殉难的犹太人朗诵了纪念祷文“慈悲的上帝”(El Male Rahamim)，奥斯本拉比念了一段悼词。为了纪念新月节（Rosh Hodesh，犹太月月首第一天），大家还读了《妥拉》，然后所有礼拜会众念诵了祝福语“哈戈梅利”（Ha-gomel）。依照传统，当一个人在危险中活了下来，就要念这个祝福祷文——大家逃过了纳粹的种族灭绝。

《妥拉》朗诵结束之后，羊皮纸的碎片被分发给所有在场的人。之后，他们排队把自己手上的碎片投到打开的小盒子里。宗教团体的领袖们把小盒子抬到肩上，将它带出犹太会堂，然后走路穿过维尔纳的大街。

几百人的队伍向犹太聚居区行进，他们在聚居区大门口稍作停留——这里很多人曾经因为走私东西失去了生命。队伍又在犹太人居民委员会所在地前停下，雅各布·金斯曾在这里担任主席。非犹太的行人被这一幕深深打动，他们在狭窄的人行道上默默地移动。行进队伍停在了毁掉的大犹太会堂前，可以看到维尔纳加恩祈祷室的废墟。院子里等待他们的是一辆辆装满了被毁坏的书卷的交通工具。黑色的小盒子也被装到了一辆车上。大家都站在维尔纳加恩祈祷室的碎石上，一个维尔纳犹太聚居区的幸存者开始朗诵葬礼上哀悼者念的祝福："你是被祝福的，我们的上帝，宇宙的王，你才是真正的法官。"来自附近城镇尼明森的一名幸存者执行仪式，撕碎了自己的衣服。教育工作者米歇尔·拉雅克（Michael Rajak）发表讲话："维尔纳的《妥拉》书卷与维尔纳的犹太人相比是多么幸运。书卷也可以享有一个正规葬礼的特权。它们会升到上帝荣耀的皇冠之前，为我们作证。它们见证了邪恶的人对我们做的所有事情。"

装载了书卷的客车后面跟着行进的队伍，缓缓地朝着维尔纳第二古老的墓地——萨拉查墓地的方向前进。到达了墓地之后，每个参与者从一辆卡车里拿出一个书卷或者一个碎片，把它们放在挖开的墓穴里。仪式慢慢接近尾声，一个男人抱着用祈祷披肩包起的大物跑来。这是他被德国人杀害的女儿的尸体，他一直把尸体藏在地下。如今他活了下来，决定把女儿的尸体和《妥拉》书卷一起埋葬。所有人开始念诵珈底什。

一个报道此次葬礼的记者注意到："所有参加葬礼的人突然开始抽泣，流下了眼泪。他们哭泣的声音传得很远。这声音会一直萦绕在那天出席葬礼的人们破碎的心中。"[4]

葬礼上，幸存的维尔纳犹太人与他们被毁坏的《妥拉》书卷永别。这个"体面的埋葬"是施默克促成的。但是为了避免有人注意到他，还有他"非法"转移《妥拉》书卷的行动，施默克没有参与活动。

背着童年的朋友、新主管古特考维奇，把博物馆的其他东西转移，无论是在具体操作上还是在情感上都很艰难。古特考维奇产生了怀疑，但他不愿意让自己和施默克为此撕破脸面。两人之间紧张的场面由哈伊姆·格雷德从施默克那里听说过，他这样描述：

> 每天古特考维奇都会走进施默克的办公室，抱怨重要的手稿和珍贵的书籍都消失了，同前主管施默克列举的单子对不上。施默克耸耸肩，告诉他到院子里的纸山去找找。古特考维奇就去找，但是第二天回来还是继续抱怨，说他什么都找不到。
>
> 施默克说过："我在这里工作一天，我的办公室就还是我的。"他没有放弃他房间的钥匙。同时他更愿意在新主管去其他地方时（政府办公室或者回家吃午饭）来博物馆工作……
>
> 有一天，古特考维奇走进施默克的办公室，为了不表现出自己的怀疑，他没有带丢失的宝物列表。他装出不在意的口吻说他已经翻完了堆成山的书籍和文件，但还是找不到亚伯拉罕·马普的书信、赫茨尔博士的日记以及埃廷格博士的手稿。也许施默克记得它们放在哪里？……这次施默克生气了，他转向他的朋友："你不用担心了。多一本书少一本书有什么区别？你到底为什么在意？又不是你冒着掉脑袋的危险

把它们从德国人手上救出来的。”……

古特考维奇不想毁掉这段历经了时间考验的友谊，所以他也没提苏联国家委员会可能会要求他为丢失的手稿做出解释。在一段长时间的沉默之后，古特考维奇回答说：“我没什么特别的意思。就是想问你是不是看到了这些资料。”之后他安静地离开了施默克的办公室。[5]

一直以来，施默克只告诉了他最亲近的朋友他将要去波兰的计划。6 月，他为犹太学校的孩子们写了一个年末戏剧。戏剧开头就是苏联国歌，结尾表达了对斯大林同志的谢意。8 月，他与莫斯科的“真实”出版社签署了一份合同，出版他的犹太聚居区歌曲合集。晚些时候，到了 10 月中旬，莫斯科的意第绪语诗人伊基克·佛非（Itzik Feffer）写信给他：“我想离开这里，来拜访你。”[6]

施默克在他的公寓里不断积累一大箱图书和手稿宝藏的时候，他开始把小包裹交给“被遣返”波兰的人们，请求他们把东西放在箱子里穿越边境。他们都很高兴能够帮忙，就好像他们在和“立陶宛的耶路撒冷”永别时，把城市的一小部分带在了身上一样。施默克告诉他们，在他到达波兰或者给他们进一步的指示之前，请他们在波兰要保存好包裹。[7]

1945 年 7 月，施默克让一位移民的朋友把一个小包裹带给他以前在“纸张小队”时的同事、爱人瑞拉切拉·克林斯基。瑞拉切拉从集中营里活了下来，现在生活在罗兹。小包裹里有赫茨尔的日记以及其他珍贵物品。随小包裹一起的一封信上，他给了瑞拉切拉非常严格的指令：她不可以把包裹的事情告诉任何人，不应该把包裹里的东西给任何人，除非有人给她递了来自他的纸条，上面写着加密的短语“施威克做出要求”。（施威克是施默克·卡奇金斯基的首字母缩略词。）[8]

1945 年 11 月下旬，施默克忽然离开了维尔纽斯，没有和古特考维奇好好告别。根据哈伊姆·格雷德的叙述，工作人员施罗伊·贝里斯暗示施默克应当立即出国，否则将面临被逮捕的命运。他走进施默克的办公室，摇摇头，对他说：“一路顺风。你今天就走，对吗？”施默克回答他自己并没有这样的计划。贝里斯说古特考维奇刚刚被文化部传唤，要对博物馆的手稿和珍贵书籍做出详细解释。之后，他又暗示性地说：“我确定中央委员会兹曼同志的评估是错误的，你不是苏联的敌人。”施默克听懂了他传递的信息：政府已经将他作为抓捕目标。同一天，他离开了维尔纳，出发去这个国家的另一个地方，甩掉跟着他的所有“尾巴”。几天之后，他越过边境到达了波兰。[9]

施默克像一年之前的阿巴·科夫纳一样，为了避免被逮捕的命运，被迫匆忙离开。他没能带走他藏起来的大部分宝藏。他们都得等肖兹克维去收集，再带出来了。

施默克离开之后，1946 年，肖兹克维拜访维尔纳两次。[10]在两次行程中，他有两个任务：代表犹太博物馆挖掘材料，同时把材料带离博物馆。施默克从波兰通过情报员给他寄来了明确的信息，指出部分物品的藏放地点：“在犹太博物馆的院子里，楼梯井下方堆着宗教书籍的地方，我埋了克鲁克的日记。一定要找到它。”[11]

1946年5月，肖兹克维出发前往波兰。他把资料运过苏联－波兰边境的过程我们不清楚，在一封给马克思·温瑞克的信中，他只提到这次行动经历了“无数艰难和威胁性命的危险”。施默克也同样谨慎，没有公开细节。这可能是为了保护留在维尔纽斯的人们。在他的回忆录中，施默克用十分简短的话描述他的经历：“总有一天，这个犹太人的英雄主义和自我牺牲的故事将会被详细讲述。”[12]但是那一天一直没有到来，我们只能够猜测。

很可能是地下犹太复国主义者运动——将犹太人从欧洲偷渡到巴勒斯坦的“逃离运动”（Bericha）——帮忙将书籍和文件运过边境到达波兰的。这些文件太多了，不可能仅仅放在一两个箱子里搬运。[13]“逃离运动”在整个欧洲都有隐蔽通道，可以将犹太人从一个国家移动到另一个国家，再把他们放到没有注册的船只上送到巴勒斯坦。在苏联，这个运动主要以维尔纳为基地，由“青年卫士”的两名成员施姆尔·贾菲（Shmuel Jaffe）和亚考夫·亚耐（Yaakov Yanai）执行。1946年上半年，两人成功将四百五十名苏联市民迅速送出苏联。他们获得了一名前白俄罗斯游击队员军官的协助。这名军官是巴拉诺维奇（靠近苏联－波兰边境）的遣返委员会的苏联代表。肖兹克维装满书和文件的箱子很可能就是通过巴拉诺维奇的检查站运出边境的。[14]

第二十二章　瑞拉切拉的选择

“纸张小队”被解散之后，瑞拉切拉·克林斯基的生活就是一连串的噩梦。1943 年 9 月，犹太聚居区集中营最后被清算，这位高中老师被流放到靠近里加的开瑟瓦德集中营。在集中营里，她被剃光了头发，身上被喷上消毒水，穿着集体发放的集中营制服。她在刺骨的寒冷中堆积木材、挖掘深洞。偷懒的人都会被处死在集中营外，但是瑞拉切拉是一个勤奋的劳动者，她活了下来。

德国人又把她从开瑟瓦德送到靠近但泽的施图特霍夫集中营。在这里，她被关了一年多。瑞拉切拉是施图特霍夫集中营为数不多的没有死于斑疹伤寒的幸运者，她也没有经历集中营的毒气室。1944 年，原本是劳改营的施图特霍夫集中营人数增加一倍，成为死亡集中营。这一年，奥斯维辛集中营也满负荷运作。为了缓解压力，德国人将一些匈牙利犹太人送到施图特霍夫，在那里他们直接被带进了毒气室。每天晚上，瑞拉切拉都会看着集中营火葬场升起的浓烟，问自己，她的死期什么时候到来。当苏联红军开始靠近邻近地区时，纳粹解散了施图特霍夫集中营，并在寒冷的冬风中，驱赶剩下的囚犯行至死亡的目的地——波罗的海沿岸。掉队者和身体虚弱者不声不响地就被枪毙了，但是瑞拉切拉活了下来。1945 年 3 月 13 日，她被苏联红军解救。

恢复了体力之后，她开始向东走，从德国到幸存的波兰犹太人的聚集地——波兰的罗兹。[1]

一到那里，瑞拉切拉马上与她维尔纽斯的保姆维克莎·罗杰维之取得了联系，并且得知自己三年半之前留给维克莎照顾的小女儿萨拉还活着，并且过得很好。作为母亲的瑞拉切拉十分开心，尽管她心中充满了对孩子的愧疚感。她在给施默克和肖兹克维的信中分享了她的痛苦：在战争中的几年，维克莎是萨拉的好妈妈，“我不应该活着”。她的精力被耗尽，心中抑郁，满是困惑。她写道，她在集中营中的生活，是一个永远不会结束的地狱。“我已经死去了几百次，但是却活下来了——是为了等待更可怕的事情发生吧。”

瑞拉切拉写道，解放之后，她依然无法找到快乐。“我就是赶不上新生活的节奏。我以为生活会有所不同，奇迹会有道德感。”（肖兹克维在聚居区的诗《向奇迹祈祷》中的措辞）“我十分渴望美，因为在过去两年里，我严重缺乏这个东西。”她愉快地甚至有些怀念地回忆着肖兹克维在 ERR 控制下的 YIVO 工作场里朗诵意第绪语诗歌的场景。事实上，她在新生活中唯一的乐趣就是阅读诗歌。[2]

瑞拉切拉对她的未来也不确定。她困惑又沮丧，甚至在她被解救后的几个月内都没有联系她美国的哥哥和姐姐。她认为那并不重要。倒是肖兹克维告知了她在美国的亲戚她还活着的消息。[3]

但是瑞拉切拉做了一件事：她让维克莎与萨拉（或大家现在叫的名字爱瑞娜）一起“被遣返”到波兰。她想和女儿重聚。在女儿22个月大的时候她丢下了她，现在女儿6岁了，但是完全不记得她。瑞拉切拉向肖兹克维透露：“也许和我的女儿在一起可以帮助我。不是我帮助她，而是她帮助我。”肖兹克维从莫斯科回信：

> 瑞拉切拉，我能感觉到（我以前认为我毫无感觉）你的心被痛苦拧着，但是我认为你不要对生活过于认真。……我们必须接受现实。我们必须学着发现将悲伤变成快乐的化学方程式，不然的话，是不可能活下去的……我拒绝认命。来森林接我飞越前线、前往莫斯科的飞机在我眼前被烧成碎片，但我还是会等待，等待第二架飞机的到来。
>
> 如果你对人性已经失去了信心，但那些超越人性的东西仍然是美丽的！没有人可以把那永恒的美从我身边剥夺。[4]

施默克同样鼓励瑞拉切拉把痛苦的思绪放到一边。他在1945年7月从维尔纽斯写给她的一封信中说道：“我十分希望你可以努力放下过去，尽可能忘却一切。我希望你至少可以像在YIVO的房间里时那样，是一个善解人意之人，一个温暖的人，也是一个真正的朋友。而这些事情的总和大于每件事的细枝末节。你会知道所有的事情都比你想象中要好很多。”

施默克有些含糊其词地暗示瑞拉切拉应该和他结婚。他让她寄一张官方的移民到波兰的邀请信给他，邀请信上称呼他为丈夫。这样他离开维尔纳会更加容易。而“丈夫”到底最后是虚构的还是现实的，他留给她来选择。施默克没有向她隐瞒自己在维尔纳有一个女朋友的事实，但是信中他说自己并不爱她，会离开她。他希望自己与瑞拉切拉结婚。“我相信，如果我们在一起，你会开心起来的。”

写到这里，信变得浪漫起来：“我想见到你，同你说话，再一起沉默。我希望我们在一起。我会为谈论很多、说很多话感到惭愧，我对写给你很长的信也感到惭愧——因为我感觉到你正看着我，而我必须挪开我的眼睛。我希望你会等我，我希望从现在开始你哪里都不要去。如果你走了，这封信就会失去意义。我希望我会一直在你的思绪中。”[5]

瑞拉切拉最终没有邮寄邀请函。她没有做出任何保证或承诺。在她写给肖兹克维的信中，她说她无法想象再婚：“人们和我谈起爱情的时候我总觉得滑稽。我对这些已毫无感觉。”

施默克抵达罗兹后，第一件事就是去看望瑞拉切拉。他找到了她和女儿、保姆、嫂子还有一个好朋友合住的公寓楼。她正在艰难地重建自己的生活，包括她与叫自己“女士”、叫保姆“妈妈”的女儿的关系。

施默克和瑞拉切拉之间很快重燃爱火。对瑞拉切拉来说，施默克第一次让她感受到简单的快乐，尽管与女儿重聚时，她又再次陷入内疚和挫败中。瑞拉切拉和施默克在罗兹都有其他伴侣，他们的情欲呼啸着回到生活中。（一个幸存者评论施默克“像蜜蜂采蜜一样从一个女人到另一个女人”。）但是两人之间的爱情与理解是深刻的。在罗兹的幸存者眼中，“游吟诗人会把老师娶回家”似乎已成定局。

但是这段感情给了瑞拉切拉一个新的挑战。她发现自己在被重新唤醒的情欲和照顾女儿之间左右为难。她写信给她的一个追求者：“我坐在沙发上，施默克吻着我的眼睛，小萨拉盯着我，而我在想着你。”亲近的朋友警告她，如果她继续在孩子面前激情地做爱，她会最终失去自己的女儿。

瑞拉切拉和维克莎之间的关系也很紧张。这个保姆感觉自己更了解孩子的需要，她很难放弃母亲的角色。[6]

最艰难的是，瑞拉切拉在时而发作的抑郁症中挣扎。她写信给莫斯科的肖兹克维：

> 我在假装活着。我去电影院、剧院、咖啡馆，但是我常常在我身体之外看着自己，我看到的是施图特霍夫集中营注册的囚犯95246号。登记簿上还记载了我们每个人有多少颗金牙，这样他们就知道应该从哪具尸体上拔牙。我听音乐的时候，我的“约会对象”告诉我一件事，但是我根本不知道他说了什么，因为我看见的都是其他的景象。我只想尖叫……每天早上我都懒惰得不想起床开始生活。我戴上这些面具，也许没有人会相信。我只是假装活着。[7]

瑞拉切拉说对了一件事，她和女儿的关系确实对她有益处。两人的关系也逐渐变得紧密。住在一起几个月之后，她写信给肖兹克维：“这个小东西和我已经成了很好的朋友。我又是她的妈妈了。”[8]但是有一个问题，6岁的萨拉不喜欢施默克——这个常常拜访他们的“矮个子斗鸡眼男人”。她向妈妈抱怨“他是唱歌给你听，不是给我。而且我一年以后就长得比他高了”。

很明显萨拉喜欢另一个经常拜访她妈妈的男人，亚伯拉罕·梅兰奇（Abraham Melezin）。梅兰奇是前威尔诺大学地理课讲师。他在马伊达内克失去了自己的妻子和小儿子，而且和瑞拉切拉一样，他也是施图特霍夫集中营的幸存者。他被她的小女儿萨拉吸引，部分原因是因为她填满了他被杀的儿子的空白。萨拉也喜欢他。她直接告诉妈妈：“女士，你们俩为什么不结婚？我想要他做我爸爸！”

几个月过去了，瑞拉切拉才意识到施默克永远不可能成为萨拉需要的父亲。他太无忧无虑，太只顾自己，而且太忙了。此外，她在美国的家人不断召唤她去美国。她决定加入他们，自己和女儿去，不与施默克结婚。

维克莎则继续留在波兰。

1946 年 4 月，瑞拉切拉和她的女儿离开波兰前往瑞士。在瑞士，她等待着弟弟哈伊姆在纽约办好的美国签证。在她走之前，施默克给她写了一首告别诗：

> 你带给我春意
> 当秋已经环绕，
> 在黑暗的夜里
> 你安抚平息我的嚎叫。
> 我的嚎叫，像林中的一头狼。
> 在你呼吸声的摇篮中睡去，

我的孤独消失在黑暗中，
而你用愉悦装饰我的心情。
现在，当孤独啃食我
我像那头狼一样嚎叫，寻找你的臂膀，
我的梦飞翔，在你的门外窃窃私语：
……我是孤独的。[9]

瑞拉切拉离开之后不久，施默克与他来自维尔纳的女友玛丽也结婚了，当时玛丽已被遣返回波兰。

瑞拉切拉·克林斯基在纽约她哥哥的公寓里住下。几个月后，那个与她的女儿处得特别好的男人，亚伯拉罕·梅兰奇也来到了纽约。因为他没有家庭也没有亲戚，就和瑞拉切拉一起住到了她姐姐家。一见到他，小萨拉开心地跳了起来，瑞拉切拉看起来却矜持又矛盾。经历了几周的犹豫之后，她决定与梅兰奇结婚。为了刚刚重新获得的女儿，她选择了一个可以成为好父亲的男人而放弃了她一生中最爱的人。她为萨拉牺牲了自己。

“纸张小队”的浪漫爱情故事就这样结束了。[10]

第二十三章　在德国的发现

随着欧洲战争的逐渐落幕，马克思·温瑞克决定重新开始收复研究中心藏书的剩余部分。1945 年 4 月 4 日，他写信给美国助理国务卿阿奇博尔德·麦克利什，请求美国政府的协助。他在信中写道，根据 YIVO 获得的消息，YIVO 的书籍和档案被保存在法兰克福的纳粹犹太问题调研中心。温瑞克要求美国政府找出 YIVO 宝藏的准确位置，因为宝藏可能埋在被炸平的德国城市的废墟之下。[1]

一个月以后，5 月 7 日，温瑞克和 YIVO 学术理事会秘书、城市大学德语教授索尔·利普金（Sol Liptzin）一起会见了华盛顿的国务院官员。让他们意外的是，国务院官员仔细地倾听了他们的情况后，推荐他们去请求商务部的帮助。因为 YIVO 是一家美国机构，隶属于纽约州，所以这是一起寻回美国被德国人抢劫的国家宝藏的案件。温瑞克和利普金立即跳进了一辆出租车，准备去见商务部经济安全司司长西摩·J. 鲁宾（Seymour J. Rubin）。鲁宾对于 YIVO 的申请感到意外又惊喜，他立即打电话给驻德的美国军事总部（盟国远征军最高统帅部，SHAEF），要求他们“确定被拯救的卢森堡研究中心的藏品都有什么，查看是否有 YIVO 的财产在其中”。

此次华盛顿的会议之后，YIVO 给鲁宾和国务院寄了一个备忘录，上面有一条新情报：犹太问题调研中心的地址——法兰克福，博肯海默路 68 号。YIVO 的资料可能在那里。

YIVO 的备忘录备份文件也被送到了欧洲盟军最高指挥官的副官卢修斯·克莱（Lucius Clay）将军柏林办公室的桌子上。克莱将军命令一个军事分遣队前往博肯海默路 68 号搜索附近建筑，并且从遗迹、艺术珍品和档案署带回一位“古迹卫士”。[2]

他们找到的东西数量远超过预想。在盟军炸毁的一个大规模毁坏的建筑下面，有很多地窖。地窖里的箱子装了大约有一万本书。分遣部队不能辨别这些写着希伯来语字母的书籍，因此法兰克福的美国军事总部派遣亚伯拉罕·阿尔洛尼（Abraham Aaroni）下士去到了现场。因为阿尔洛尼是一名希伯来语学者。1945 年 6 月 19 日和 20 日，阿尔洛尼来到了这些地窖中，分辨出这些书籍中的书来自三个知名的犹太图书馆：维尔纳的 YIVO、巴黎的犹太学校（Ecole Rabbinique）还有阿姆斯特丹的犹太神学院（Rabbiner Seminar）。[3]

YIVO 立刻知道了这个发现，但消息不是来自美国政府，而是来自阿尔洛尼，他是 YIVO 的工作人员什洛莫·诺贝尔（Shlomo Noble）的朋友。在查看完地窖里成箱的书籍之后，阿尔洛尼就给身在布鲁克林的妻子写信，告诉了她这个消息：

> 亲爱的：
>
> 你现在可以打电话给诺贝尔，告诉他我找到 YI-

VO 的藏书了。我发现的可不是世界各地的两百箱书，而是有一千箱，也就是说大概有十万册书……二十个人的队伍可能要一年才能把书分出来……我今天的主要工作就是说服军事管制政府的官员们，告诉他们把这些无价之宝转移到一个更合适的地点的重要性。

愿你有个开心的早上。你亲爱的，A.[4]

阿尔洛尼的妻子和诺贝尔通了电话，诺贝尔又把这件事通知了温瑞克。一切都那么直截了当——给了他们地址，他们帮你找到了书。温瑞克甚至在国务院之前就知道了消息。

他写信给美国经济安全管理办公室，敦促美国将犹太文化宝藏（包括 YIVO 的财产）转移，从纳粹调研中心大楼的瓦砾中转移到安全的地点。温瑞克引用了一名在德国站岗的士兵来信中的话："现在这里在对大量的财物进行重新分配，很多应该进入博物馆或者档案馆的东西正在变成纪念品。"

温瑞克还请求国务院，支持 YIVO 向法兰克福派遣代表"完成 YIVO 财产的甄别，并且安排运回美国"。他提出愿意亲自前往法兰克福。但是国务院安抚他，说不需要派代表前去。因为书籍和文件已经被保护起来，搞清楚它们的最终去向还需要一段时间。[5]

博肯海默路 68 号发现的地窖仅仅是一个开始。有报道称，更多的犹太书籍被藏在距离法兰克福北部三十英里远的一个小镇——洪根。为此，美国军方派遣了一个"古迹卫士"进行调查，他发现那里的宝库规模是法兰克福宝库的十倍。1944

年早些时候，犹太问题调研中心决心将劫掠来的宝藏从法兰克福转移到这个远离战乱的乡村小镇。虽然当时盟军已经开始轰炸城市、炸毁建筑，德国人还是希望把这些花费了大量人力物力聚集的、世界上最多的犹太文物保存下来。即使他们即将战败，这也是一个优先事项。

在洪根，被抢来的书和档案被藏在好几个不同的地方：一个洞穴里、一座城堡里、一所学校里、一个谷仓中，还有地窖里和一些企业的办公室中。所有图书的总数达到一百万册。这个“古迹卫士”向他的直接上司报告：“‘它们’中有很重要的历史资料，包括德国人从占领地区转移来的犹太资料，还有维尔纳意第绪语科学研究中心的资料。”[6]

美国将博肯海默路地窖里发现的图书和洪根发现的图书转移到了法兰克福的罗斯柴尔德图书馆。这里存放着罗斯柴尔德家族大量的藏书，包括文学、艺术和音乐类的图书。（它于1895 年开放给公众使用，1928 年移交市政府管辖。20 世纪 30年代，纳粹政府换掉了罗斯柴尔德的名字，使藏书脱离犹太性质。）但是罗斯柴尔德图书馆还是太小了，特别是在美国领区的其他地点发现了更多的藏书之后。[7]

维尔纳的书籍和文件，同其他藏书混合了起来。美国政府需要将图书分类、整理好，并且解决所有权问题。

但是在美国军事管制政府控制了图书之后，他们采取的行动却并不令人满意。他们雇用了二十名德国图书管理员来给图书添加目录、管理图书。虽然这些图书管理员被“仔细筛查”过，排除了纳粹党员的可能，但是他们都不懂希伯来语或意第绪语，他们的工作也没有人监督或者指导。因此，很自然的，他们的工作毫无进展。

在收回宝藏的最前线，事情看起来更加糟糕。艾森豪威尔将军的欧洲犹太人事务顾问朱达·那迪克拉比（Rabbi Judah Nadich）写信敦促将 YIVO 的藏书归还其纽约总部。但是，陆军民政司回复说，他们无法做出任何承诺。标准赔偿政策要求被劫掠的宝藏应归还到发源地国家。“因为这些藏书来自维尔纳，而现在这座城市属于苏联，所以现在的问题是我们关于返还纳粹劫掠品的政策是否会允许藏书被转移回纽约。”整个事件需要国务院再次审查。[8]美国可能将 YIVO 的藏书“遣返”苏联的消息让温瑞克怒火中烧。这就是泽里克·卡尔曼诺维奇和赫尔曼·克鲁克牺牲所换来的结果？他把自己的学术研究放到了一边，在接下来的一年中，把追回藏书作为第一要务。

这边 YIVO 无法控制自己的书籍走向，那边美国犹太人联合分配委员会（American Jewish Joint Distribution Committee，JDC）希望能将一些书分给幸存者，他们急需可以阅读的材料。在德国，有好几万犹太难民住在临时的难民营里，他们希望恢复正常的生活，可以阅读和上学。JDC 在营区里有大规模的教育活动。考虑到让图书漂洋过海会花费大量的时间和金钱，这个组织请求美国军方允许他们从图书收集点借走两万五千本图书。JDC 还记得一些最好的意第绪语图书属于 YIVO，因此他们写信给 YIVO，要求从法兰克福保存的、等待分配的图书中，借几千册放到难民营中。他们需要借的书基本上都是为了 JDC 学校运营所需的教材。

温瑞克感到左右为难。他这个唯一幸存的研究中心主管，无法检查他自己拯救的图书馆。美国陆军拒绝了他前来法兰克福检查书籍的要求。另一个组织希望从 YIVO 剩余的图书中选书，但是也没保证是否会完好无损地把书归还。

但是这些书是为谁拯救的呢？不就是为活下来的犹太人吗？YIVO 怎么可能拒绝幸存的意第绪语读者，而把机构利益放在纳粹主义受害者的紧急需要之前呢？

1945 年 12 月 4 日，温瑞克电报回复 JDC：

> 考虑到你们的教育活动极度重要，我们决定将学术和情感考虑放在一边。我们授权你们检查我们在法兰克福的图书，并且可以使用其中的课本。

当然，温瑞克有几个条件：JDC 最首要选择的应当是美国、中欧、西欧出版的图书，“不可以选择苏联停放站出版的书籍”。这些都是珍稀书目。JDC 必须保存一份完整的外借图书列表，并且寄一份复印件给 YIVO。JDC 还应该建议收到图书的个人与组织要特别小心地对待书籍。但是归根结底，温瑞克的做法是出于对东欧存活下来的犹太人的信任和爱。[9]

1946 年 2 月，美国政府决定将书籍收集点从过于拥挤的罗斯柴尔德图书馆转移到奥芬巴赫的一个仓库，从法兰克福过条河就到。这个场地曾经是 I. G. 法本的一家巨大的德国化学集团公司的总部和仓库，现在被没收了。法本是齐克隆 B（一种奥斯维辛和其他死亡集中营中使用的、杀死了超过一百万人的毒气）的生产商。这个公司高五层的宽阔建筑如今已是奥芬巴赫档案库，其在内部的备忘录上宣布自己拥有“世界上最大的犹太资料馆藏”。这个仓库存了 150 万本被劫掠的犹太书籍，还有同样数量的其他书籍，都是德国人从欧洲主要的几个图书馆中劫掠而来的。

负责奥芬巴赫仓库的是一位来自芝加哥、名叫西摩·保莫兰兹（Seymour Pomrenze）的年轻陆军中尉，他在军队任职之前是一位受过正式训练的档案保管员。保莫兰兹是一名矮个子的聪明男人，意志力强，言语尖利。他带着六名德国员工，将这个充满惰性、缺乏活力的奥芬巴赫仓库变成了一个巨大、高效的工作场所。这里一共有 176 名员工。保莫兰兹是一名敏锐的犹太人，了解希伯来语和意第绪语。他不太在意别人怎么看他钢铁般的军事作风，他更加在意的是图书的命运。保莫兰兹最重要的决定就是不制作图书目录，而是按照藏书票和标记上的国别进行图书分类，做好将它们送回原主人或原国家的准备。这样，奥芬巴赫仓库的书籍没有制作目录卡片，而是分堆摆放。

区别一般图书馆的书和来自法国、荷兰、德国的犹太馆藏图书是十分容易的。因为它们的印章和藏书票上写的是拉丁字母，东欧犹太书籍的印章和标志是希伯来语和意第绪语的，而苏联一般图书馆的书的印章是俄语和乌克兰语的。工作人员中没有人认识这些语言，美国军队也没有输送一些有语言技能的士兵来奥芬巴赫执行书目制作任务的计划。

在这样的情况下，保莫兰兹想出了一个别出心裁的分书体系：印章检查的人工传送带。他将所有在犹太书籍和西里尔文书籍中找到的印章拍下来，然后雇用几十个德国人为分类者。每个德国雇员需要了解有限的一些印章（一般是十到二十种）确切的形状和外观，然后检查图书，将印章与他照片上的印章匹配的书放在一起，再放到对应编号的盒子里。如果他不认识这个印章，就把书籍传给另一个分类者。下一个分类者也是如此，一直向后传，直到书籍上的印章传到负责对应的员工处。

1946 年 4 月，保莫兰兹在奥芬巴赫仓库雇用了 176 名员工，所有人都是德国人，其中 63 人在分类部门工作。使用这个体系，在没有一个雇员懂得希伯来字母的情况下，保莫兰兹成功地辨认出 150 万本希伯来语和意第绪语图书中超过一半书籍的所有权。[10]

不久，仓库开始将藏品运送走，归还给荷兰与法国。目的地包括具有世界上最大的稀世希伯来语手稿、出版物馆藏之一的阿姆斯特丹的罗森塔利亚纳图书馆，还有位于巴黎的世界以色列人联盟（Alliance Israelite Universelle）档案馆。世界以色列人联盟也是世界上第一个国际犹太人援助组织。一般的非犹太藏书同样被返还到不同的国家。首要的几个国家是荷兰（1946 年返还藏书 328, 007 件）、法国（328, 181 件）和意大利（224, 620 件）。[11]

YIVO 的图书被区分开并装进箱子里，箱子上标有“YIVO”的记号。保莫兰兹知道 YIVO，他的哥哥哈伊姆就是 YIVO 的董事会成员。温瑞克很高兴负责保管 YIVO 书籍的军官是研究中心的一位朋友。温瑞克给保莫兰兹写信时都用意第绪语。

关于书籍的最终归属问题，温瑞克最害怕的就是“因为有意或者无意，YIVO 的藏书可能会被送去它们不该去的地方，如果这样的话它们可能永远不会被追回，而回到它们合法的所有者 YIVO 处。这种损失，对于 YIVO 自身和世界上所有对犹太问题和犹太人生活各方面的调查研究感兴趣的犹太人来说，都是可怕且无可挽回的”。温瑞克仔细查看了奥芬巴赫传来的每一条消息，以防止噩梦般的设想成为现实。但当仓库的第一个月报将 YIVO 藏书的来源国家列为“苏联维尔纳”时，温瑞克大发雷霆。后来的报告中，列出的 YIVO 藏书都是没有来源国家的。[12]

温瑞克利用了他所有的政治关系，来推进 YIVO 对书籍和文件的认领事宜：美国犹太人委员会的副主席约翰·斯劳森（John Slawson）写信联系了国务秘书詹姆斯·伯恩斯（James Burnes）；朱达·那迪克拉比直接写信给艾森豪威尔将军；还有犹太人福利协会，他们运行犹太人军事牧师办公处，与美国陆军部有很好的关系。所有机构都参与了认领的推进工作，但是美国犹太人委员会是最活跃的机构，他们的沟通渠道也是最有效的。

温瑞克不仅敦促返还印有 YIVO 印章的书籍，还表明些没有盖 YIVO 标记的书籍也属于研究中心。比如伟大的犹太历史学家西蒙·都布诺在世时，将他的部分图书捐赠给 YIVO。之后在他的遗嘱中，将剩下的书也遗赠给 YIVO。但是他的书籍上的印章只是“西蒙诺斯·都布诺威，里加”，这就意味着奥芬巴赫的员工会将它们送到标记为“拉脱维亚里加”的那堆书籍里。温瑞克编写了一个单子，上面列举了十二种类似的“与 YIVO 有关系的书籍”，他声明 YIVO 对这些书有所有权。这些书中最重要的是来自斯特拉舜图书馆和昂斯基博物馆的书籍。他认为这两个地方的书籍在 1939 年 10 月即与 YIVO 的书籍合并，他希望可以将它们的藏书也安全地运到美国。这就意味着 YIVO 又领取了额外的成千上万本书籍、文件和手稿。

温瑞克的断言，即斯特拉舜图书馆和昂斯基博物馆在德国人占领前夕与 YIVO 合并，是一件可疑的事情。没有文件可以证明他的说法，而且斯特拉舜图书馆和昂斯基博物馆的主管成员在战争期间都死了，因此没有人可以确认这一事件的真实性。（唯一可以确证温瑞克故事的人主要是拉比艾扎克·鲁宾斯坦，他 1940 年逃离维尔纳，1945 年死于纽约。而那时成箱的书籍还没有被找到。）温瑞克可能为了得到这些藏书，说了一个无伤大雅的谎言。从道义上来说，他坚信 YIVO 拥有获得这些藏书的权利，因为 YIVO 是维尔纳唯一幸存的犹太机构。保莫兰兹接受了温瑞克的说法，将“相关书籍”打包装进 YIVO 的箱子里，或者将斯特拉舜图书馆的书籍分装在箱子里，但是放在 YIVO 的箱子旁边。[13]

尽管获得了保莫兰兹的支持，但最终的图书归属的问题还是受到官僚主义的阻挠。国务院支持将书籍和文件运回纽约，但是位于德国的美国陆军部的军事政府办公室（OMGUS）反对这个做法，或者说至少有些犹豫。1946 年 4 月 12 日，OMGUS 的政治领导罗伯特·D. 墨菲（Robert D. Murphy）在一封致国务院的电报中，解释了他的保留意见：

> 所提议的行动（运到纽约）与返还条例和四方决策有所不符。条例规定，归还物需还给财产被移出的原国家政府。如国务院认为可以保证美国相比波兰更应获得归还物，我们建议指定正在德国的美国国会图书馆代表团作为在此期间的图书管理人……并且建议在采取所提议的行动前向波兰政府澄清此事。
>
> 墨菲[14]

此前，温瑞克一直担心书籍会被送去苏联。而此电报表示因为维尔纳在战前属于波兰，所以应当考虑书籍遣返波兰。至少应与波兰政府澄清此事。

但是温瑞克从遗迹、艺术珍品和档案署主管，少校 L. B. 拉法基处得到了令人沮丧的消息。拉法基直接告诉他这是政府事务，不是 YIVO 的事务。“我们希望你意识到我们最基本的物品归还政策。政策声明，总部只通过任命的代表与国家交涉，不直接与这些国家的个人或机构交涉。”

拉法基继续解释道：“到目前为止，我们所监管的即将归还 YIVO 的资料，从国际角度上看，给我们造成了一个极端复杂的问题。因此我们将此事移交给高级权力部门，等候澄清和指示。”[15]

这个“复杂的问题”就是 YIVO 的情况不完全符合国际法律规范。YIVO 是一个难民机构，它于 1940 年将总部从欧洲迁移到纽约。尽管总部已经转移，但是图书馆和档案馆却留在维尔纳分部，因而被德国人劫掠。现有的政策要求图书应归还给原国家——苏联或者波兰，这对图书是不利的，如果真的出现了这样的后果，美国政府应承担责任。

第二十四章　临别前的责任

施默克·卡奇金斯基为了避免被抓捕，在匆忙离开维尔纽斯之后，并没有带走珍贵的宝藏。现在，无论用什么方法，将这些宝藏尽可能多地运走的任务落在了亚伯拉罕·肖兹克维肩上。肖兹克维的移民截止日期是1946年6月底，到那时苏联和波兰之间的遣返条约就会结束。作为一个前波兰市民，他可以在苏联停留，只要能在6月底之前离开。肖兹克维安排好个人文件，盖好了所有需要的章，并准备好了所需的许可证。但就在此时，他收到了一封意外的邀请函，他的计划也随之改变。苏联官员请他在纽伦堡审判纳粹战犯罪行的法庭上当证人，讲述犹太人的苦难。肖兹克维放下了所有事情，飞到纽伦堡去履行他的职责。

1946年2月27日，肖兹克维给出证词。他讲述了纳粹抓捕人群、大屠杀还有将囚犯流放到波纳尔进行处决；他讲述自己在一车来自波纳尔的鞋子中，找到自己母亲的鞋子；并详细叙述了自己新生的孩子是如何在犹太聚居区医院中被杀害的。他的证词长达38分钟。与别的证人不同的是，他拒绝坐在证人席上。他笔直地站着，给出整段证词，好像这是一个特别庄严、特别神圣的职责，不应该坐下履行。[1]

在肖兹克维准备证词的笔记上，可以看出他充分预备了关于ERR劫掠、摧毁文化宝藏的内容。他计划举几个特别的行为作为例子：约翰内斯·波尔将维尔纳罗姆出版社版本的印刷《塔木德》的排字机板送到工厂熔化成液铅；艾伯特·史波克特将五百卷《妥拉》书卷卖给皮革厂，加工成原皮革材料使用；波尔个人毁掉了马克·安特科夫斯基（Mark Antokolsky）的雕塑和以亚·列宾的画，大喊着它们真“糟糕”。[2]但是苏联公诉人列夫·斯米尔诺夫（Lev Smirnov）将问题指向其他方向，而且在肖兹克维能够提到这个话题之前就宣布他对于证人的查问已经结束。

肖兹克维在他的证词结束后，出人意料地提到了自己最近取回的文件。斯米尔诺夫结束了他的提问之后，证人被告知可以离开证人席，肖兹克维向法庭主席、法官乔佛里·劳伦斯（Geofrey Lawrence）主动提出他在解放后发现的一份文件，他相信法庭应当会对这份文件感兴趣。斯米尔诺夫对于证人主动提出证物并无准备，插话说他不熟悉这份文件。劳伦斯却激发了好奇心，他要求肖兹克维读出文件。这是一个德语的句子：“致维尔纳犹太人事务区长官。在您的命令下，我们的机构正在对所有从波纳尔运回的旧的犹太人衣物进行消毒，并将衣物转交到维尔纳管理处。”

整个大厅里的人都不寒而栗。德国人有一个消毒并重新分配死者衣物的部门！法官询问肖兹克维具体是在何时何地找到的这份文件。肖兹克维回复说，这是他在德国维尔纳犹太人事务区长官的前办公室内找到的。劳伦斯要求肖兹克维重新读一遍文件，然后把文件纳入苏联第444号物证。[3]这是第一次受到纳粹迫害的受害人在纽伦堡当庭提交文件证据。

肖兹克维细细地品味着这一时刻。他使用了他搜查和挖掘的成果，将主要的大规模杀人犯绳之以法。这原本就是犹太博物馆的目标之一——在法庭上使用文件。他做到了，而且不是在其他的法庭上，是在纽伦堡法庭。《真实报》从法庭发回的新闻中，报道了肖兹克维戏剧化的行为。[4]

肖兹克维利用他此次来访德国的机会，寄送了另一封拯救下来的资料。这次他找到温瑞克的熟人本杰明·沃尔德（Benjamin Wald）作为传信员。沃尔德曾经是美国代表团的翻译。肖兹克维给了他三封肖洛姆·阿莱汉姆的书信、一个维尔纳犹太聚居区的学校课程表的通知和几个其他物品。他还附上一封短信："我带着这些信件以及其他东西，穿过维尔纳犹太聚居区大门，穿过火海和沼泽，走过地下，飞过空中。这个犹太聚居区学校的课程表是在波纳尔发现的。在家中时请好好保存，有一天我会亲自去取……向YIVO所有员工致以最温暖的问候。"[5]

回到莫斯科之后，肖兹克维就他去纽伦堡的行程做了一次公开讲座，由犹太人反法西斯委员会赞助。人们站满了大堂、门厅还有周围的街道，以至于主讲人进入大堂都很困难。

索罗门·米霍埃尔斯（Solomon Mikhoels），这位反法西斯委员会主席介绍肖兹克维：他的证词是对犹太人谋杀者最大的复仇。肖兹克维接着他所说的，开始了长达两个小时、富有激情的脱稿演讲。在他准备结束的时候，惊讶地发现自己竟然说出下面这段话："米霍埃尔斯同志说我的证词是一个伟大的复仇。但是我的母亲被烧死在波纳尔，“立陶宛的耶路撒冷”已经没有一个犹太人，我怎么能感受到这样复仇的乐趣？所以我相信，对于屠杀，我们人民最大的报复就是有一天我们拥有了属于自己的自由的耶路撒冷。这是殉道士的梦想，希望有一天犹太人的生活可以在以色列地[6]重建。”

大厅里出现了一瞬间的沉默。肖兹克维打破了苏联最大的政治禁忌——他公开宣扬自己对耶路撒冷、对以色列地的情感。犹太复国主义在苏联被宣布为非法已经有二十年，与这个运动关联的东西都被贴上英国帝国主义工具的标签，参与者可能会为自己换来一张去古拉格劳改营的单程票。但是肖兹克维站在这个人头攒动的大厅里，大声地宣布：“这是殉道士的梦想，希望有一天犹太人的生活可以在以色列地重建。”困惑又恐慌的米霍埃尔斯起身打断他，宣布活动结束。但是听众们爆发了狂风暴雨式的掌声，掌声淹没了主席的声音，持续回荡。

之后，莫斯科一位著名的医学科学家雅可夫·埃廷格（Yakov Etinger）教授见了肖兹克维，并且感谢他：“三十年来，‘耶路撒冷’一直被藏在我们心底，就像沉在深海里的一颗珍珠。当你提到这座城市的名字时，就像用一个咒语唤醒了它。‘珍珠’从我们的眼中落下。”[7]

1946 年 4 月，在离开苏联之前，肖兹克维最后一次简单地拜访了维尔纳。除了与“逃离运动”安排将几箱子的资料运过边境，他还根据新收到的一封来自巴黎的信，花时间寻找藏书和文件的新的藏宝地点。来信者是前维尔纽斯大学的图书管理员欧娜·施迈特。

施迈特是一名立陶宛人，但是她也是几十位犹太聚居区居民的守护天使。纳粹占领期间，她借口需要从居民那里收集过期未还的图书馆书籍，从而说服德国人允许她进入聚居区。在这层伪装下，她将食物、写作材料和新闻带进犹太聚居区里。她鼓励、支持她在战前就认识的作家们和艺术家们——他们都是大学图书馆的读者。施迈特在聚居区中的行程总是短暂而紧张，因此她成为很多居民的书信密友。他们给她写信，她在来访期间把信收起来，然后回家给他们写回复，下次她在进入犹太聚居区时再把回复给他们。

但是与施迈特带进犹太聚居区的东西一样重要的，是她带出来的东西：施默克、肖兹克维还有其他人给她的手稿、珍本书、文件，她都会带出聚居区大门。这些都是她收集的“过期的图书馆书籍”。她将资料藏在家中和工作地点，还有其他地方。

1943 年 9 月，就在维尔纳犹太聚居区被清算之前，施迈特最后一次进入聚居区，把一个 16 岁的犹太女孩萨拉·瓦克斯曼（Sala Vaksman）藏在她的大衣下面带出了聚居区。她把萨拉藏在家中三周，之后又把她藏在维尔纽斯大学图书馆的衣柜里。（这个女孩在战争中活了下来，后在巴勒斯坦定居。）

1944 年 4 月 28 日，邻居告发了她，盖世太保逮捕了施迈特。她经受住了折磨，没有吐露任何消息。盖世太保将她流放到达豪集中营，再从达豪集中营转移到德法边境的一个集中营。她被美国人解救之后，决定留在法国，不再回到立陶宛。她是一个资深的社会主义者。[8]

1946 年 2 月，施迈特写了一个详细的《关于维尔纳犹太聚居区的声明》（以下简称《声明》）。她将《声明》寄给在莫斯科的肖兹克维，还有几个副本给全世界其他几位犹太领导。在《声明》中，她表明自己希望“文件被寻回，将全部文件作为历史性记录文件，以供所有感兴趣的犹太人使用”。[9]

施迈特列出德国人逮捕她时从她家中抢走的资料，包括两个装了 YIVO 资料的箱子。她认为箱子被放在罗萨街监狱，德国人通常在这里存放没收来的财产。施迈特说，其他从她家里带走的资料可能在奥费尔纳·瓦萨留街 16 号的盖世太保档案馆。

之后她又列举了藏在其他地点的资料。最重要的藏宝地点就是维尔纽斯大学的立陶宛研究神学院的阁楼。这里藏着格里高利·舒尔（Grigorii Shur）日记。舒尔是一名记者，写作简明扼要，也很注意讲述细节。与其他人的日记不同的是，舒尔的日记包括了犹太聚居区被清算后的一段时间。那时他和几百名犹太人一起生活在城市里的凯利斯劳工区。他是德国人占领的维尔纳中，活下来的最后一批犹太人之一。[10]

施迈特关于如何找到舒尔的手稿的线索，读起来像是金银岛的寻宝图：

> 进入扎姆克瓦街 11 号的房子的大门。穿过整个院子，进入左边的最后一道门，上一层楼。在那里你会看到左右都有门。打开左边的门，你会进入一个小走廊，通过走廊会看到另一扇门，打开门后可以看到更多楼梯。你会到达一个小的平台，再上几层楼你会到达另一个朝向左边的小走廊，走廊的尽头再上一层台阶你就会到达阁楼。

> 楼梯顶端有三扇门：大门在中间，两边也有门。打开左边的门进入阁楼。屋顶右边慢慢变矮的地方，在瓦片下面，有五个包裹。每个包裹的间距不同——一个大盒子和四个包裹。你需要站在一把椅子上，用手电筒才能找到它们。

《声明》继续描述了其他五个资料的藏点。这些资料包括：居民写给她的两百封信，聚居区代表雅各布·金斯的演讲内容速记稿，在负责波纳尔工作的德国指挥官马丁·韦斯（Martin Weiss）的办公室工作的一个犹太女人的日记。[11]

但是令肖兹克维十分沮丧的是，他没能找到立陶宛研究神学院阁楼上的资料。施迈特很肯定他没有找对地方。“我越想阁楼的事情，就越觉得所有的东西都应该如我所描述的那样。肯定是寻找人犯了什么错误。”[12]但是他确实找到了金斯的演讲文本和其他材料。

之后很多年，施迈特一直痴迷于她藏起来的文化宝藏。1957年，她还写信给苏维埃立陶宛的朋友，催促他们去立陶宛研究神学院的阁楼里寻找这些资料。[13]

找到了最后的一些文件，将几个箱子转交给“逃离运动”后，肖兹克维向他挚爱的城市道别。他已经将战犯绳之以法，还为后代拯救了文化宝藏。他心中有离别的悲伤，也有完成了对“立陶宛的耶路撒冷”最后的责任的满足感。

肖兹克维再也没有回到过维尔纳，除了在梦里，或者在他的诗篇中。

被拯救的宝石：托尔斯泰和其他俄罗斯人的半身雕像

“19 世纪 90 年代，伊利亚·金兹堡热烈又哀伤的表达构成了俄罗斯人像雕塑发展的新阶段。”卓越的俄罗斯雕塑历史学家 I. M. 施密特（I. M. Schmidt）写道。“二战”之前，金兹堡的几件艺术作品由维尔纳的昂斯基博物馆保管，之后被克鲁克、施默克和肖兹克维拯救。[1]

伊利亚·金兹堡（1859—1939）是一位拉比和《塔木德》学者的儿子。儿时，他喜欢在家里的磨刀石上凿出动物的形状。这个小男孩非凡的才能被俄罗斯的犹太大师马克·安特科夫斯基注意到，他邀请这个 11 岁的小男孩与他一起去圣彼得堡生活，做他的学徒。小伊利亚不顾虔诚的母亲和作为拉比法官的祖父的反对，离开家去了俄罗斯，最终成为一名艺术家。1870 年，金兹堡开始自己的新生活时，他从未接受过任何世俗的教育，不会说也不懂俄语。

金兹堡在圣彼得堡面临着新的困难。他在一所私立学校上学，但是同学们都嘲笑他的犹太口音。同学们逼着他亲吻一个耶稣受难的十字架，还冤枉他“杀死耶稣”，并毒打他。私立学校的生活实在难以忍受，他转学到了一所公立学校，这里的老师和学生很冷漠，但是至少不会辱骂他了。只有一个例外，他的地理老师一直喊他“犹太小男孩”。

1878 年，金兹堡进入皇家艺术学院学习，毕业时赢得一枚金牌（相当于优等生称号）。他早期的小雕像反映的都是他童年时期的日常生活：一个搅拌黄油的女人、一个给儿子讲故事的母亲、一个在河中潜水的男孩。但是他很快将注意力转移到画像技法上了。[2]

1891 年，金兹堡的职业生涯有了突破。他的赞助人、俄罗斯批评家弗拉基米尔·斯塔索夫（Vladimir Stasov）安排他观察生活中的列夫·托尔斯泰，并为其做一尊雕像。金兹堡来到托尔斯泰在亚斯纳亚·波利亚纳的四千平方米大的家里，与这位伟大的作家共处几天，最终制作了一个写作中的托尔斯泰雕像。这位受人尊敬的俄罗斯文豪与年轻的犹太艺术家之间建立起了友谊，一直持续到 1910 年托尔斯泰逝世。在这段时间里，金兹堡还制作了托尔斯泰站立、行走、坐下、写作的小雕像，以及半身雕像、浮雕和纪念碑。其中一座雕像于 1897 年在维也纳展出，另一座于 1900 年在世界博览会上展出，还获得了一个奖项。[3]

在 19、20 世纪之交，金兹堡塑造了许多形态各异的俄罗斯文化名人的雕像：作曲家彼得·柴可夫斯基、尼古拉·里姆斯基·柯萨科夫（Nikolai Rimsky-Korsakov），歌剧歌手费奥多·夏里亚平（Fyodor Chaliapin），哲学家弗拉基米尔·索洛维约夫（Vladimir Soloviev），风景艺术家伊万·希什金（Ivan

Shishkin)，科学家德米特里·门捷列夫（Dmitry Mendeleev），历史学家帕维尔·米留科夫（Pavel Milyukov）。他交替制作石膏像与青铜像。他还为逝去的人物塑像，比如伊凡四世和普希金。他的作品的一个标志性特点就是塑造全身的、捕捉到人物的步态和手势的、动态的雕像。[4]

随着金兹堡声名鹊起，他的作品被多家博物馆购买并且收藏至今，包括赫米蒂奇艺术博物馆、特列季亚科夫画廊和俄罗斯国家博物馆。

金兹堡是1915年成立的犹太人艺术促进协会的创建者之一。1917年十月革命之后，他在圣彼得堡艺术学院（后来改名为彼得格勒的自由艺术工作室）担任教授，同时任雕塑学院的院长。若是在沙皇统治时代，获得这样的职位根本是异想天开。那时犹太人被禁止担任大学教授。

克鲁克、施默克和肖兹克维救下了金兹堡的五件雕塑，包括托尔斯泰、索洛维约夫、安特科夫斯基、伊凡四世的人物雕像。这些艺术品同样也经历过“一战”的洗礼。

这些雕塑原本被维尔纳犹太古玩爱好者协会收藏。协会计划建立一座综合的犹太国家博物馆，并且在1914年维尔纳犹太社区大楼里开设一个展厅。但是“一战”爆发了。协会的董事会取消了展览，将一些藏品送到莫斯科，远离前线。其他物品仍然被保留在个人的家中，其中就有金兹堡的雕塑。[5]

德军撤退后，维尔纳被移交给新建立的独立的立陶宛。不久，爱好者协会重组，被重新命名为犹太历史与种族协会。1919年2月，协会宣布即将在“立陶宛的耶路撒冷”建立一个伟大的犹太博物馆，这就是之后以作家S. 昂斯基的名字命名的昂斯基博物馆。这些领导人不知道的是，接下来的一年，将会是最血腥的一年。立陶宛、波兰和苏联会为了争夺这座城市的控制权而争斗。维尔纳在一年里五次易主。但这些博物馆的馆藏，包括金兹堡的雕塑都完好无损。[6]

在两次世界大战期间，昂斯基博物馆骄傲地将金兹堡的雕塑与艾萨克·列维坦（Isaak Levitan）、马克·夏加尔（Marc Chagall）的作品一起展出。今天，这几件被救下来的作品被存放在立陶宛的维尔纳加恩犹太国家博物馆里。被拯救的托尔斯泰半身雕像下落不明，当年似乎被移交给苏联，现在可能被存放在莫斯科的列夫·托尔斯泰博物馆。[7]

第二十五章　游荡在波兰与布拉格

1946 年 5 月 23 日，肖兹克维抵达波兰的罗兹之后，他立即写信给纽约的马克思·温瑞克，向温瑞克确定他是否收到肖兹克维从莫斯科和纽伦堡邮寄的信。（“对我的去信我没有收到任何回复，也可能是你没有写信。”）肖兹克维还宣布了一个令人震惊的消息：他有好几箱装满其他资料的箱子，里面可能有几千件物品。他和施默克商量好了，同意将这些资料送到纽约的 YIVO。

但是在信中，肖兹克维也提了要求。他要求温瑞克安排他和施默克同资料一起前往纽约，并且在纽约定居。“我知道想要被美国承认太难了。如果你能帮助我们过去，对于 YIVO（对我们俩就不必说了）来说是件好事……如果没有我们，这些材料，尤其是犹太聚居区的材料，就不可能被破译。卡尔曼诺维奇的日记需要注释，游击队员的档案也是。”[1]

从一开始，波兰就只是施默克和肖兹克维的中转站。波兰有意第绪语报纸、书籍和剧院；所有的犹太政治运动都公开进行（各种类型的犹太复国主义者、联合会和共产主义者），这里还有一个联盟组织——波兰犹太人中央联盟，它在国内外代表犹太团体活动。总体来说，在这里，犹太人的生活比苏维埃立陶宛的更自由。但是反犹主义情绪和袭击还是很普遍，与战前的情况无异。两个诗人希望开始新的生活。他们希望在美国或者以色列定居。肖兹克维给温瑞克寄信的同一天，他还给在特拉维夫的弟弟莫舍写信，要求他为自己弄到一张英属巴勒斯坦地区的移民证明。[2]

在波兰，施默克将社会主义犹太复国主义作为新的政治信仰。对施默克来说，在巴勒斯坦建立犹太国家关乎生存与尊严。这是森林中犹太游击队员发起的战斗的延续，而他希望自己能加入战斗。[3]怀着新的政治热忱，他为犹太复国主义先锋们写了一首颂歌，在幸存者之间广为流传：

从聚居区、奥斯维辛到波纳尔、马伊达内克，
从前线和森林，从酷暑到寒冬，
来福枪扛在我们肩上，
心中汹涌澎湃，充满勇气。

必定，我们必定冲破阻碍，
冒险，再次冒着生命危险。
先锋[4]，先锋可以打开天堂之门，
我们的挣扎才刚刚，刚刚开始。

我们都有权享受生命，
但现在我们还站在悬崖边。
我们先锋向殉道者起誓，

为人民的自由和土地奋战到底。

祝你平安犹太同胞，在遥远的地方，
祝你平安犹太同胞，在危难和悲伤中。
先锋的号召：来我们的家园。
向着以色列前进，让我们前进，前进！[5]

但是真正前往巴勒斯坦的道路要比为先锋们写诗、唱颂歌艰难得多。英国严格地控制住了巴勒斯坦的合法移民。政府拦截了"逃离运动"的很多船只，把乘客送回英国或者塞浦路斯的拘留营地。巴勒斯坦和波兰上空愁云惨淡，肖兹克维和施默克认为，至少短期来说，纽约是一个有吸引力的选择。

肖兹克维觉得自己拿到美国签证的机会很大。他有一位舅舅最近在波士顿去世，给肖兹克维的妈妈留下了遗产。他手上有维尔纽斯的法院文件，证明他与母亲的直系血缘关系，以及母亲在维尔纳犹太聚居区中死亡。他还有法律文件的翻译版本，在莫斯科的美国大使馆公证过。肖兹克维希望他美国舅舅的财产继承权会对他拿到美国签证有所帮助。[6]

但是肖兹克维请求温瑞克干预的，不仅是自己的签证，还包括施默克的。"他为了拯救宝藏做出了同样的贡献。"

温瑞克发电报回复："我收到了你的两封信，也收到了你之前的信件。我会尽我所能帮助你们。热烈地欢迎你们三人（指肖兹克维与妻子以及一岁的女儿）和卡奇金斯基的到来。"[7]

温瑞克在接下来的书信中表达了深切的感激，虽然表达中掺杂着典型立陶宛犹太人的情感克制："你最新的来信和之前的所有信件一样，让我感觉痛并快乐着。"1946 年 7 月，他写信给肖兹克维："我们两人都是文字工作者，我们都有自己的表达方式，但是我们无须言语就可以表达对对方的感情。当我们可以见到对方时（我们一定会见面），我们需要讨论比感情更重要的一些事情。"[8]温瑞克的信中还透漏着一丝严肃。他在信的开头称呼肖兹克维"我亲爱的朋友"，但是在文中用正式的"您"（ir）来称呼他，而不是非正式的"你"（du）。

关于移民签证的事情，温瑞克最初的乐观慢慢消失了。8 月，他在信中劝说大家要保持耐心，要客观面对现实。"我愿意做任何事情来帮助你们，但是我能做的事太少了。"在一封给三位作家（肖兹克维、施默克、哈伊姆·格雷德）的信中，他说格雷德最有可能获得美国签证，因为他有一个同父异母的弟弟是美国人，可以做移民的资助人。[9]很不幸，肖兹克维舅舅的遗产没有什么太大用处。肖兹克维在美国最好的朋友，诗人亚伦·格兰仕－雷亚斯（Aaron Glants-Leyeles）提供了更多的帮助，他一直安慰肖兹克维，说获得签证只是时间问题。[10]

这段时间内，肖兹克维继续零零星星地给纽约寄样本文件，他通过犹太人联合分配委员会的华沙办公室的员工以及美国拉比来访代表团等不同的送信人寄出。

没有时间可以浪费了。因缺乏美国签证或者前往巴勒斯坦的证明，施默克、肖兹克维和格雷德做出了一个权宜之计：在温瑞克的协助下申请法国签证。从个人的角度来说，这是个好办法，因为他们可以逃离波兰。但是这也意味着施默克和肖兹克维需要把装满犹太文化宝藏的箱子走私过另一个边境。波兰海关员工根本不可能允许装满书籍和资料的箱子过境，不用说很多书上还有维尔纽斯犹太博物馆的印章。

肖兹克维再次请求“逃离运动”的帮助。“逃离运动”的中央办公室位于华沙和罗兹，主要负责人是肖兹克维的朋友伊扎克·（安特克）·祖克曼［Yitzhak（Antek）Zuckerman］，华沙犹太聚居区起义的领袖之一。安特克将走私部分“维尔纳档案”的任务交给了大卫·普朗斯基（David Plonsky），一位华沙聚居区集中营战士。普朗斯基的上司告诉他，这些档案里有很多关于聚居区和种族灭绝的珍贵文件，最终都会被送到以色列地。

穿越波兰和捷克斯洛伐克边境对于普朗斯基的行动来说是简单的。他了解边境巡逻的漏洞。他还造了一张假的捷克斯洛伐克身份证明文件。但是一旦他到了边境的另一边，他略带缺陷的语言和口音就会出卖他，他的外国人身份也会暴露在这个人生地不熟的国家面前。他安排肖兹克维在商量好的日期搭乘从华沙到巴黎的火车，普朗斯基会在布拉格火车站与他见面，到时候将两个箱子从火车车窗里交给肖兹克维。这次行动需要准确、迅速。

普朗斯基带着小旅行包穿过了边境，在布拉迪斯拉待了一夜。从“逃离运动”的指挥官那里拿到钱之后，他继续搭乘火车前往布拉格。他做了很多防范措施，比如在城市边缘下火车，而不是等到城市中心的火车站。他给出租车司机的地址也不是真正的目的地——果不其然，在他到达下车地点、藏在屋顶上几分钟后，他看见出租车司机回来了，身边跟着两名警察。

在屋顶上待了一夜之后，普朗斯基前往“青年卫士”的布拉格分支。分支的领导建议他将箱子藏在火车站附近的犹太会堂里几天。约定好的那一天，火车站挤满了乘客，还有警察。这时，前往巴黎的火车从华沙方向开进火车站，普朗斯基找到了肖兹克维从车窗伸出的脑袋。普朗斯基手中拎着箱子，慢慢靠近火车车厢，准备把箱子塞进窗户。这时候一个警察注意到了他的可疑行为。普朗斯基把箱子扔进车窗的时候，警察拉住了他的胳膊。普朗斯基甩掉警察的手，跳进火车窗户和肖兹克维说了几句话，再从车厢另一边的窗户跳了出来。之后他冲向一个换乘通道，消失在另一个站台的一群乘客中。震惊的警察从地上站起来，还没来得及反应过来究竟发生了什么，开往巴黎的火车已经呼啸着驶出火车站，疑犯早已逃之夭夭。行动成功了。

那天晚上，普朗斯基回到当地的“逃离运动”藏身之处。参与行动的同志们问他在布拉格干什么，他微笑着回答：“我为犹太历史做出了自己的贡献。”[11]

第二十六章　巴　黎

施默克和肖兹克维愉快地呼吸着巴黎的空气。巴黎不像被炸平的波兰城市罗兹和华沙，这里有很多新奇的艺术和建筑，为他们的眼睛提供视觉盛宴。这里有活力的犹太文化和政治舞台，还有一家维尔纳犹太人的协会提出资助他们的图书出版。在协会的支持下，肖兹克维出版了他的维尔纳犹太聚居区回忆录（一年之前即在莫斯科出版），施默克出版了他的聚居区歌曲集。多亏了犹太人联合分配委员会的协助和 YIVO 的援助包裹，两位诗人的居住和穿衣条件都得到了改善。但是巴黎毕竟只是他们的一个中转站。下一步应该去哪里，对两人来说还是未知的问题。

1946 年 11 月下旬抵达巴黎之后，肖兹克维写信给马克思·温瑞克，再次提出他想要在纽约定居：“你知道的，让 YIVO 继续成为我生命中的一部分，对我来说十分重要。”温瑞克劝肖兹克维一定要有耐心。他给肖兹克维牵线，让他联系上了 YIVO 在巴黎的官方代表戈申·埃普斯坦（Gershon Epshtein）。第一次会面后，埃普斯坦报告回复：“肖兹克维向我展示了他拯救的资料，有很多重要人物的书信、维尔纳 YIVO 和斯特拉舜图书馆的很多宝物、古老的宗教图书……他还拯救了日记和很多很多东西。资料装满了所有的箱子。”[1]

在与温瑞克通信的同时，肖兹克维也考虑了另一个选择——将救下来的材料送到耶路撒冷的希伯来大学图书馆。他与美国的好友——诗人亚伦·格兰仕－雷亚斯谈到自己的顾虑。诗人阻止了他将资料邮寄到耶路撒冷的计划。雷亚斯说，美国意第绪文学的领军人物H. 列维克（H. Leivick）和约瑟夫·奥巴托书（Joseph Opatoshu）都赞成他的看法：“在这里，文化宝藏被放在犹太人中间，会有生存利用价值。但是在耶路撒冷的大学，它们在当前的情况下会变成文物。人们对它们的态度也远不会是亲切温暖的。”[2]肖兹克维将诗人的警告记在了心上。

如往常一样，肖兹克维继续通过不同的旅行者给温瑞克邮寄小包裹。从巴黎到纽约的交通更频繁，肖兹克维找到传信员也变得更容易。但因为传信员太多，温瑞克开始对应不上谁带了什么东西。肖兹克维并不是每次都提供传信员姓名。一个旅行者忘记取他留在JDC办公室的包裹，另一个旅行者在到达纽约之后没有联系上温瑞克。邮寄的系统需要一些改变。[3]1947年1月末，温瑞克语气悲伤地写信告诉肖兹克维：“团体领导和记者是最糟糕的邮递员，他们不可靠，物品也不安全。现在你在一个有正常邮政系统的国家，邮寄应该是最好的途径。切记。”[4]

但即使是在通信之后，温瑞克还是决定让YIVO的巴黎代表戈申·埃普斯坦邮寄物品。埃普斯坦会仔细地记录他寄出的每一件东西。温瑞克劝说肖兹克维和埃普斯坦一起工作：“埃普斯坦就像是 YIVO——和谁的关系都挺好，但不受任何人控制。”在 1946 年 12 月中旬到 1947 年 3 月 19 日之间，肖兹克维通过埃普斯坦邮寄给 YIVO 的文件达 360 份（包括书籍）。[5]埃普斯坦的渠道打通了之后，他们就很少用传信员。如果实在需要使用，就要告知埃普斯坦并获得他的允许。

施默克和肖兹克维各自都有自己藏起来的资料，两个人在不同的地方交给埃普斯坦。两位诗人不清楚对方有什么资料，也没有开展合作行动。他们都有泽里克·卡尔曼诺维奇的聚居区日记。施默克 1947 年 2 月上交他的部分，但是肖兹克维直到 7 月才上交。肖兹克维最终把日记交给埃普斯坦时，在日记第一页签了一个献词：“亲爱的马克思·温瑞克，我将聚居区资料中最宝贵的部分交给你——卡尔曼诺维奇的日记。和它分开，我万分不情愿，但是它属于 YIVO，属于人民。”[6]

肖兹克维交出维尔纳加恩祈祷室中的记录本时也一样勉勉强强。他在到达巴黎后不久就答应要交给埃普斯坦，但是半年之后，他都没有转交。在温瑞克的几次提醒之后，肖兹克维才最终在 8 月放弃对这本书的占有。但在放弃记录本之前，他犯了一个保存手稿的大忌——在第一页上题名。题名就在第一篇记录之前：“1943 年 8 月，维尔纳犹太聚居区被清算前夕，藏在斯特拉舜街 8 号的地窖中；1944 年 7 月，挖掘出土。肖兹克维，巴黎，1947 年 7 月。”他在维尔纳最珍重的文物的第一页上签了自己的名字，好像这是他自己的私人物品。[7]

温瑞克给他的巴黎代表指示：“空运记录本，登记。用纸板妥善打包。我不介意支付两百美元的邮费。记录本是维尔纳的象征。无论我们多么拮据，都一定要它空运回来。”[8]

除了转运拯救的文化宝藏，另一件事情意外地冒了出来：将 ERR 的一位抢劫犯赫伯特·戈特哈德绳之以法。

在犹太聚居区的几年，施默克和肖兹克维从未想过 ERR 的劫掠者们有一天会为他们的罪行付出代价。但是 1946 年夏天，一个机会出现了。那时肖兹克维还在波兰，他得知纳粹的犹太人研究“专家”戈特哈德被找到了！他生活在德国吕贝克的一个难民营里，伪装成犹太人，甚至在营地的犹太委员会中工作！戈特哈德给自己编造了一个生平简历，他声称自己是个来自拉脱维亚米托说德语的犹太人，曾经是里加犹太聚居区的囚犯。[9]

戈特哈德被剥下伪装是一个意外的巧合。吕贝克难民营的一个居民阅读了肖兹克维所写的维尔纳犹太聚居区的故事，他发现营地中一个可疑的人也叫赫伯特·戈特哈德。这个读者给当时在罗兹的肖兹克维写信，描述了这个男人的外貌特征，与施默克所称的矮墩墩的“小猪猡”相貌十分相似。[10]

肖兹克维将这件事报告给波兰犹太人中央联盟，联盟将肖兹克维的证词提交给波兰军事法庭战犯委员会。这个嫌疑犯毁掉了维尔纳上万的犹太文化宝藏，还在 1941 年 8 月谋杀了两名重要的犹太学者——诺也和·布莱鲁兹基和亚伯拉罕·E. 高德施米特（Abr ham E. Goldschmidt）。波兰战犯委员会联系了英国政府（吕贝克营地是英属德国领地），请求逮捕戈特哈德，并将其引渡到波兰。

肖兹克维也给纽约的温瑞克写信。温瑞克怒气冲冲地给美国军事政府写信，要求他们介入英国的行动，也参与逮捕这个“维尔纳 YIVO 的清算者”。

在共同努力之下，1946 年 11 月，戈特哈德被捕。他被拘留在汉堡的英国拘留营地中超过半年，之后被转移到其他监狱。一开始他解释说自己是被错误逮捕的受害者，罪犯赫伯特·戈特哈德另有其人。不久之后他改口，承认自己曾经在里加的 ERR 队伍中工作，但他只是一个犹太奴隶劳工。他称自己的任务只是翻译和调查关于卡拉派的研究，他还曾经利用职位之便，给其他犹太学者提供资料援助。戈特哈德否认自己曾经参与抢劫，也否认谋杀诺也和·布莱鲁兹基。

英国人将戈特哈德的照片寄给移居到巴黎的肖兹克维，肖兹克维证实了这个人的身份：他就是“小猪猡”，维尔纳 YIVO 的清算者。[11]

施默克为此事所写的文字流淌着愉悦。他幻想自己和“纸张小队”的其他幸存者不久会一起在华沙的军事法庭上作为证人与他对质。戈特哈德看到这些昔日的犹太工作队成员还活着，并站在法庭上指控他，肯定会大吃一惊。施默克十分期待这样的复仇。但是，官僚的流程运行起来十分缓慢。

肖兹克维和施默克安全到达巴黎后遇到了新问题：YIVO 该如何公布从维尔纳拯救、取回宝藏的消息呢？如此戏剧性的事件完全值得宣传，而事件的主角们应当被颂扬。但是，温瑞克写信给两人：“有一些很沉重的原因让我们不能完全公开事实……这件事委婉地传达出去更合适。”[12]

温瑞克的担心不难猜测。如果完整的故事被公众知道，苏联政府可能会发起运动，要求将资料返还维尔纽斯，因为它们都是从一家苏联博物馆中弄出来的财产。而犹太社会主义者也会诋毁偷走书籍和文件的“共犯”施默克和肖兹克维，以及存放这些偷来的东西的机构——YIVO。

肖兹克维到达巴黎不久，“纸张小队”曾经的同事阿齐瓦·戈尔施特从罗兹来信，告诉他：“在某些圈子里，包括文学圈子，有些人对你的态度完全变了。他们说‘肖兹克维让维尔纳贫乏’‘他带走了最珍贵的财宝’‘我们知道整个故事’‘我们必须做点什么’。”戈尔施特警告肖兹克维，这些指责的人，还和他们在巴黎志同道合的同志分享观点。他还让肖兹克维小心，不要在巴黎的公寓中存放任何博物馆资料。

苏维埃维尔纽斯也直接发出愤怒的指责。博物馆的成员施罗伊·贝里斯写信给巴黎的维尔纳人协会，谴责施默克和肖兹克维是小偷。[13]

施默克从不是一个害怕战斗的人，实际上他很盼望与对手展开口水战。但是施默克也不想将他曾作为维尔纽斯犹太博物馆主管，却决定转移宝藏、偷出苏联的决定公之于众，引起口诛笔伐。在公众面前揭露事实将会使博物馆遭遇严厉的打击，而他的发小杨克·古特考维奇也会被逮捕。就眼下的情况来看，进一步转移资料是再也不可能了。

所以施默克沉默了几年。1949 年，当他终于在出版的回忆录中提到他的走私行为时，犹太共产主义者释放了他们全部的愤怒：“他抢劫了他原本应当守护的国家博物馆。政府支付他薪水，让他保护博物馆资料，而他不声不响地开始‘拯救’它们。他不诚实，没有道德感，也不忠诚。他为了辩解自己的行为，亵渎苏联……不言而喻，卡奇金斯基的谎言让国家机关怀疑可能还有潜在的类似施默克的分子留在国内，这让苏联犹太人受到了更严重的伤害。”[14]

这些所有的指责出现时，YIVO 还未公布曾经接受来自施默克和肖兹克维的维尔纳资料的消息。YIVO 与两人协议暂时不公布事实。[15]1947 年上半年，《YIVO 新闻》仅使用一般措辞提到研究中心拥有战前维尔纳 YIVO 的被拯救的资料，但是没有提及拯救者身份以及资料运达纽约的过程。1947 年 3 月至 4 月，纽约 YIVO 在展览《1939 年至 1946 年的欧洲的犹太人》中展出了一大批维尔纳犹太聚居区文件。但是这次展览也没有解释展品的来历。[16]温瑞克对于犹太聚居区的文件尤其敏感，因为他知道事实上 YIVO 是非法地拥有它们。犹太聚居区那几年，维尔纳 YIVO 已经不复存在。这些聚居区文件的唯一合法拥有者是维尔纽斯的犹太博物馆，一家苏联国家机构。

到 1947 年 8 月，YIVO 已经收到了很大一部分施默克和肖兹克维在欧洲大陆走私的资料，YIVO 的高级管理处开始重新考虑发布他们拯救行动的新闻。[17]YIVO 决定谨慎行动，在取得了施默克同意的情况下，仅用一句话，对资料背后的故事一笔带过。

1947 年 9 月，《YIVO 新闻》的头条文章告诉读者，研究中心已经获得三本非常重要的日记：西奥多 · 赫茨尔 19 世纪 80 年代的日记，泽里克 · 卡尔曼诺维奇和赫尔曼 · 克鲁克在维尔纳犹太聚居区中的日记。文章提到：“关于它们是如何来到 YIVO 的，那是一个完全不同的精彩故事，我们会在另一个场合下讲述细节。”但是在同一期的《YIVO 新闻》内页上，离头条很远的一页，《YIVO 新闻》发表了肖兹克维和施默克在维尔纳犹太集中营里的一张照片，照片下面用八号字体进行了解释说明："德国政府统治下，冒着生命危险，将文化宝藏（包括 YIVO 宝藏）藏在犹太聚居区中的两位意第绪语诗人和一群文化活动分子。战争结束后，他们把宝藏挖掘出来。"[18]

文字没有提到犹太博物馆的存在，也没提两人曾是博物馆主管，或他们把博物馆的藏品（包括三本非常重要的日记）从苏联偷运出来的事情。

这个问题非常敏感，以至于给这些文件藏品起名也成了一个难题，引发了讨论。如果将文件藏品命名为"肖兹克维 - 卡奇金斯基集"，这会成为他们从苏联走私资料的第一手证据，但是如果不以拯救者的名字命名，就否定了辨认这些文件的最基本方式。施默克很坚持："我同意温瑞克的命名，'YIVO 肖兹克维 - 卡奇金斯基档案'对我俩来说是最小的回报了，我们一定不能被贝里斯那群人的恐吓吓到。"[19]最后，这些藏品被命名为"肖兹克维 - 卡奇金斯基"，但是没有大张旗鼓地公开。[20]

虽然大部分资料已经到了纽约，但是肖兹克维和卡奇金斯基还是在巴黎等待他们的美国移民签证。几个月过去了，这件事也没有实质性的进展。肖兹克维开始认为他的签证可能不会下来了。温瑞克和格兰仕 - 雷亚斯都闭口不谈此事，因为没有什么好说的。肖兹克维的思绪不断转向巴勒斯坦，去巴勒斯坦定居的想法已经在他脑海里存在有一段时间了。[21]

1946 年 12 月中旬，作为嘉宾参加完巴塞尔的世界犹太复国主义者会议之后，肖兹克维在他给纽约的去信中提到前往纽约定居之前，希望去巴勒斯坦看一看。他希望看望自己的弟弟，看看伊休夫和那里的犹太人群体。[22]到次年6月，他在信中写他已经决定要在巴勒斯坦定居。他获得会议上遇见的犹太复国主义领导人的帮助，搞到了一张证明。他向意第绪语诗人H. 列维克解释说，他的决定是他个人危机、创造力危机的唯一解决办法："我发现自己现在的处境，只有死亡可以拯救我。简单地说，我已经失去脚下的土地。我感到前所未有的孤独。更可怕的是，我的五官不再运作，甚至失去了痛感。你可以想象这样的一个人吗？他还是个诗人？因此我很有可能会离开巴黎，去以色列地。我有个弟弟在那里，那里的生活似乎不错。也许我能找回我自己。"

他给温瑞克的描述则更加平淡：我厌倦了等待。[23]

1947年9月2日，肖兹克维乘船离开法国。抵达海法港口之后，他的第一封信写给了温瑞克："旅途令人疲劳，但是我很开心。我希望可以在这里继续工作和研究……我几乎不了解这个国家和这里的人们。我想花一个月时间自己一个人待着，整理思绪。"他还说，"你是知道我的，我亲爱的朋友，在这里我也会尽力帮助YIVO。我会给你邮寄剩下的资料。"是的，肖兹克维个人还保留着很大一部分资料，包括赫尔曼·克鲁克的部分日记。[24]

施默克留在巴黎考虑自己的选择。他实际上是无业状态，只能靠自己出版图书的销售收入维持生计，以及在背井离乡的犹太人中做讲座。他逐渐意识到美国签证几乎不可能给他这个前社会主义者。他对定居巴勒斯坦也很感兴趣，但是等证明的队伍太长了，而犹太复国主义者的领导对于这个才转变信仰的多年的共产主义者不会给予更多优先对待。

施默克很担心自己在伊休夫会变成多余的人。因为这个城市的大部分人说希伯来语，对于意第绪语态度消极。他在肖兹克维抵达以色列地之后写信给他，确保他可以给予帮助："如果你认为我可以生活、可以找到工作、可以被认为是平等的一员；如果你真的能在这方面做一些事情，我会感激不尽，我就会来到以色列地。"[25]肖兹克维的回信是充满鼓励的，但是没有做出具体的承诺。

到1947年底，"纸张小队"的幸存成员散落在世界各地。施默克留在巴黎，肖兹克维在特拉维夫，瑞拉切拉在纽约。其他幸存成员在以色列、加拿大和澳大利亚定居。

第二十七章　奥芬巴赫的回归，或卡尔曼诺维奇的预言

施默克·卡奇金斯基和亚伯拉罕·肖兹克维两次冒着生命危险救下来的书籍，在马克思·温瑞克心中占有非常重要的位置。但是他知道，德国那边的书和文件是这些书价值的五十倍，那是更大的奖赏。一想到这些资料在德国，他就倍感难过。

可是在美国政府的掌控下确保财产的安全，是个让人不胜其烦的工作。国务院和美国陆军部的拉锯战一直在延续。1946年5月7日，国务院通知美国犹太委员会，决定将YIVO的藏书送回纽约。温瑞克十分高兴——可惜事实证明他高兴得太早。两周半之后，5月24日，陆军部宣布这一决议无效。“在这种情况下，对于这些藏品做出不符合一般条款的例外处理，其可行性遭到质疑……政策规定，被掠夺的各种财产应当被送返原所属国家。”[1]

同一时间，政府开始讨论将这些存放在奥芬巴赫仓库的一百五十万犹太书籍，交给一个新成立的组织处理——欧洲犹太

文化重建委员会。主席是克伦比亚大学的教授萨洛·巴伦（Salo Baron）和杰罗米·米歇尔（Jerome Michael）。YIVO的藏品暴露出越来越多的问题。

这些问题在更大范围的讨论中变得十分复杂：这些书有的可以通过藏书票和标记确定所有者，还有的无法确认所有者；有的书籍的所有机构在战后恢复运行，也有的机构没有得到继承，完全消失了；美国与部分图书的所属国家签订了合法的归还协议，与其他一些国家则没有。

除了这些细节，还有一个很重要的问题：这些犹太图书属于哪一方？属于它们的原所属国，还是犹太人民？如果属于犹太人民，那么谁可以代表犹太人民？1946年，还没有犹太人国家。欧洲犹太文化重建委员会（一个财团，包括世界犹太人大会）、美国犹太人委员会、希伯来大学等其他主要的组织都声称自己可以代表犹太人民，并要求政府将自己作为委托人，接收在德国的美国领区所发现的所有犹太书籍。国务院、美国陆军部和委员会之间的讨论一直在持续，终点遥遥无期。（他们最终于1949年达成协议。）[2]

YIVO希望能够与奥芬巴赫仓库的150万犹太图书分开处理，YIVO可以直接处理图书归还的问题。但是陆军部的形式主义者们不允许YIVO这样做，必须等到更广泛的问题得到解决。

从一个方面来说，欧洲犹太文化重建委员会为YIVO提供了很大的帮助。委员会坚决反对犹太文化财产被送回波兰。它认为将犹太书籍、手稿和宗教仪式用品送回一个将犹太人口大规模灭绝达90%、幸存的犹太人仍然被迫大批离开的国家是十分不妥当的。波兰的犹太中心已经不在了，结束了，被抹杀了。文化宝藏应当被送到战后犹太人生活的主要国家：美国和巴勒斯坦。[3]

国务院记住了委员会反对波兰的观点，尤其是波兰政府对于这些犹太资料并未表达任何特殊的关心。因此，他们不再讨论将 YIVO 藏书返还波兰的建议。

但是，因为战前的维尔纽斯是立陶宛首都，维尔纽斯在德国入侵之前是一个苏联城市，所以苏联仍然是一个现实的选择。奥芬巴赫仓库处理所有国际上被抢劫的书籍，包括苏联的。仓库返还了苏联数十万本图书。1946 年 6 月，一位苏联官员来到了奥芬巴赫仓库，美国授权他转移 760 箱图书（共计 232, 100 本），回到它们的原所属国。这些书籍包括约翰内斯・波尔和 ERR 从基辅和奥德赛劫掠的犹太图书馆的藏书。接下来，苏联的官员几次来访奥芬巴赫，这让温瑞克辗转失眠良久。

不过美国有一条临时政策，即美国不认为立陶宛和其他波罗的海国家属于苏联，因此暂不将波罗的海区域的财产返还苏联。但这只是一条临时政策。这一论题交由参谋首长联席会议讨论。[4]在此期间，奥芬巴赫所有的立陶宛的书籍，无论犹太书籍还是非犹太书籍，都不返还给任何团体。

1946 年 8 月上旬，温瑞克担心的事情终于发生了。苏联通知美国政府，他们要维尔纽斯犹太资料的所有权，并声称这些资料是他们的财产。温瑞克是通过非官方渠道得到的消息，消息来自艾森豪威尔将军的犹太事务顾问朱达・那迪克拉比。（那迪克给他在纽约的妻子打电话，口述了信件内容。）那迪克拉比试图消除温瑞克对这件事的担忧。他将这件事告知军政府副首长卢修斯·克莱将军，克莱将军决定全力支持 YIVO 讨回其所属的书籍和文件。他会与盟国管制理事会的赔偿、交付和归还董事会提起这件事——这一组织代表了有四大占领势力来共同管理德国。克莱将军承诺，如果盟国管制理事会不同意将 YIVO 的馆藏还给纽约，美国会单方面做出决定来支持此事。[5]

温瑞克对此事感到忧虑，他觉得在理事会提出 YIVO 的问题是一件十分危险的事。苏联会反对将书籍运到纽约，这件事在协商开始后至少会被进一步拖延。温瑞克是能预见最坏情况的人，他担心一旦这个问题成为协商主题，美国可能会用 YIVO 的图书与苏联“交换”其他利益。温瑞克要求美国犹太委员会的施劳森劝说美国政府单边行动，不要在理事会中提出这一问题。[6]

同一时间，在维尔纽斯，犹太博物馆的主管杨克·古特考维奇正在力劝苏联官员取回属于他的机构的图书。“我们有理由怀疑一些组织意图取走苏联的财产，首当其冲的就是美国的 YIVO……我们请求你采取有力措施，保证苏联的财产被返还给它真正的所有者。”[7]

冷战帮助 YIVO 解决了这个问题。盟国管制理事会的苏联代表与其他占领国的代表之间的关系变得非常紧张。到 1946 年 8 月下旬，理事会陷入僵局。赔偿、交付和归还董事会进行了超过六十次的会议，但在“归还”的定义上还是无法达成共识，更不用说继续处理所有权的程序进展。到 1949 年秋天为止，逐渐明晰的是，各占领国将会在各自的德国领区实施自己的归还政策。克莱将军计划在理事会提出 YIVO 的返还问题的事宜不再可行。[8]

随着美国和苏联关系的恶化，美国不将立陶宛的书籍和其他财产返还苏联的临时决定成为了既定政策。美国不承认，也不会承认波罗的海国家是苏联的合法部分。“任何财产都禁止被运往拉脱维亚、立陶宛和爱沙尼亚。”驻德的美国军事政府在 1946 年 12 月 31 日的年度报道中提到。

从政治角度来说，YIVO 的情况十分理想，但是实际情况令人十分沮丧。美国政府排除了其他的返还选择——波兰和苏联，每个人都同意 YIVO 应该收回它的财产。但是在美国和犹太文化重建委员会之间的总体协议最终达成之前，没有一方愿意行动。这一过程又需要多久，就未为可知了。

1947 年 1 月，YIVO 决定自己推进这一进程。温瑞克和 YIVO 的执行秘书马克·尤为拉（Mark Uveeler）又一次拜访华盛顿的国务院官员，这时距离他们第一次来访已经超过十八个月。这一次，他们获得了内部人士的帮助。西摩·保莫兰兹已经结束了在奥芬巴赫档案仓库的工作，现在在华盛顿国家档案馆任职。他对美国政府在文化物品返还方面的官僚体制一清二楚，因而在幕后为温瑞克出谋划策，告诉他应当联系谁以及应该如何阐述问题。然后一眨眼的工夫，官僚机构的轮子终于缓慢地推进了。

1947 年 3 月 11 日，美国陆军部授权在德国的 OMGUS 将 YIVO 的馆藏发放、转移到美国。该命令规定，这些图书应当发放给德国的美国国会图书馆代表团，由其进行转运工作。这一措施保证了将文化财产返还给国家，而非个人或组织。美国国会图书馆也同意了 YIVO 的请求，并任命保莫兰兹为代表团成员，负责转运工作。[9]

除了华盛顿的幕后顾问，YIVO 在奥芬巴赫仓库里也有一个“侦查员”：露西·希尔克雷特（Lucy Schildkret），就是后来人们所知的历史学家、散文家露西·达维多维奇（Lucy Dawidowicz）。她是德国 JDC 教育部门的一名员工，1947 年 2 月被派遣至奥芬巴赫，负责挑选 5,000 本意第绪语和希伯来语书籍在犹太难民营中使用。她对温瑞克和 YIVO 有很深的感情。1938 年至 1939 年她曾是 YIVO 的研究生训练项目的访问伙伴，然后在战争爆发前几天离开了欧洲。在维尔纳时，泽里克·卡尔曼诺维奇和夫人利卡·卡尔曼诺维奇待她就像亲生女儿一般。回到纽约后，1943 年至 1945 年，她成为马克思·温瑞克的私人秘书。从抵达奥芬巴赫开始，她一直将这里发生的所有情况向温瑞克报道。

露西·希尔克雷特在成堆的“无法辨别”（无法辨别过去的所有者的书籍）的书籍中翻找、选择即将被送去犹太难民营的书籍时，她发现很多“无法辨别”的书籍其实是可以辨别的，它们都属于 YIVO。有的书里面插了她在维尔纳时见过的书目表格，有的书里添加了收录号码的双穿孔标签，她都认识。还有的书有马克思·温瑞克和其他 YIVO 学者在标题页面的签名（但是没有德国分书者可以辨认的印章或者藏书票）。希尔克雷特开始将这些书分出来，并且立即写信给温瑞克。

美国陆军部下达了准备将 YIVO 的图书转运到美国的命令之后，奥芬巴赫仓库和 JDP 都同意将希尔克雷特换岗，让她全身心投入到“无法辨别”的书籍中间来寻找 YIVO 的书籍。仓库的新主管约瑟芬·洪恩（Joseph Horne）急切地希望结束YIVO这部分的工作。到5月底，希尔克雷特共找到了几千件物品。[10]

准备转运之前，奥芬巴赫仓库细数了YIVO的所有物：

> 47箱图书，总共5,457本图书（实际计数）
>
> 47箱册子（没有实际计数，大约总共15,000本）
>
> 80箱档案资料（没有实际计数）
>
> 8箱音乐材料（包括散谱与乐谱集）
>
> 15箱报纸
>
> 马修·斯特拉舜图书馆，未装箱。图书23,604本，大约200箱。总共397箱。[11]

由于希尔克雷特在“无法辨别”的书籍中仔细寻找YIVO的书籍，YIVO的馆藏增长到420箱。

1947年6月中旬，美国国会图书馆代表团在保莫兰兹的带领下抵达奥芬巴赫。精通美国官僚体制的保莫兰兹在来之前就做好了充分的准备，在48小时内完成了这次规模巨大的转运。希尔克雷特在给温瑞克的信中，幽默地描述了这个历史性的时刻：

> 这一天终于来了。所有事情都漂亮地结束了……虽然保莫兰兹不是个招人喜欢的家伙，但是再也没有人比他更适合做这个工作了。他对文件真是疯狂，还

有那么多各种各样的命令和其他东西。周六早上，洪恩还和我说："我不会允许保莫兰兹弄乱仓库的。"可是周一早上，洪恩就告诉保莫兰兹他可以看看怎么帮我，并做一些他想干的见鬼的所有事情。

他的运输工作做得简直太棒了！他在6月16日，也就是周一早上来到仓库，6月17日下午5点，运货的火车就已经全部装满了。明天在法兰克福要与这列火车接头的邮政火车也已经安排好了。这列火车是去不来梅最快的一列，美国宪兵保安都已经安排妥当。运书去不来梅港的船只明天到港，这样一到港口它们就能被装船。另外，今天签收单已经签字了。

卖酒的商店今天关门了，明天或者什么时候我们会喝酒庆祝一切。

我问（保莫兰兹）："你拿到书之后到底能放在哪里？"但是他似乎已经让玛泽工厂解决了这个问题……

你应该会非常开心。[12]

6月21日，420箱图书搭乘"先锋海湾"号轮船离开不来梅，7月1日抵达纽约港。保莫兰兹在他哥哥哈伊姆（马尼舍维茨公司的一位主管）的帮助下"扫尾"了存放的问题。420箱书籍被存放于马尼舍维茨公司在泽西城的仓库里，而且YIVO没有产生任何花费。[13]

箱子抵达后的第一天，YIVO的五位领导人员出发前往泽西城，检查到达的书籍。当他们打开第一箱维尔纳YIVO幸存的藏品时，他们的双手是颤抖的。

但是他们并没有进行公开的庆祝，因为这些书籍见证了太多的血腥和太多的失去。温瑞克在心中感到欢欣，但是他克制了这种喜悦。他知道自己为犹太人的回忆和学术研究做出了一件重要的事。他完成了他亲爱的朋友、同事泽里克·卡尔曼诺维奇的遗愿。他回想起卡尔曼诺维奇作为 ERR 的奴隶劳工时写下的话：“德国人不能摧毁所有的东西。他们移走的所有东西都会在战争结束后被找回来，都会从他们那里拿回来。”这一刻，温瑞克确定泽里克·卡尔曼诺维奇真的是犹太居民集中营的先知。

第四部

回　归

第二十八章 后 来

战争在 ERR 抢劫犯和“纸张小队”拯救者的生命中留下了很重的印记，恶人和幸存英雄的生活都在继续。又过了好几十年，一些人名声远扬，一些人默默无闻。

曾经抢劫、毁灭立陶宛圣城的 ERR 的工作人员们，从来没有因为他们所做的罪恶之事被审判或者惩罚。

1945 年 5 月 31 日，约翰内斯·波尔博士在东德的珀斯内克被美国军队俘虏，因为他曾为纳粹的宣传杂志、犹太问题调研中心出版的《世界服务》工作。他承认曾经为犹太问题调研中心和 ERR 工作，但是在纽伦堡审判结束之后，美国结束了他十七个月的监禁，将他释放。

波尔是一个非常走运的人。在纽伦堡，ERR 被认定是犯罪组织。波尔本人给阿尔弗雷德·罗森堡（Alfred Rosenberg）的三条备忘录报告了 ERR 的“获取行动”。三条备忘录在审判中被用作证据。罗森堡被处死，而波尔——这个机构的主要犹太文物、希伯来文物抢劫犯却被释放了，之后再也没有因为其他事情受审。盟军没有挖掘到工作人员层面，也就没有起诉一般的抢劫犯。

审判之后，波尔一直保持低调。他没有申请学术工作或者博物馆工作，因为这些工作都需要审查战时活动记录。他在家乡克隆本地待了几年，活跃在地方的天主教堂教区，还有一段时间生活在城市边缘的教堂公寓里。

波尔在德国圣地协会的《巴勒斯坦年鉴》（*Palestina Jahrbuch*）上发表文章。他在做祭司和牧师时，就已经与协会保持联系。他的文章不再有之前文章中的反犹主义，但是偶尔他的反犹恶意会重新浮现。在一篇关于 1948 年至 1949 年中东战争的文章中，他警告读者，阿拉伯世界将会面临着“俄罗斯人 - 犹太人的威胁”。他不断将新国家以色列的名字用引号标出，以暗示这不是一个合法的政治实体。

1953 年，波尔搬到了威斯巴登，他在斯坦纳出版社做编辑。他是一本标准参考书“杜登德语文法手册”的执行编辑。但是他再也没有回到他曾经风光过的柏林和法兰克福，也没有与前 ERR 同事联系。因为一直保持低调，避免社交活动，他避开了逮捕。波尔死于 1960 年。[1]

ERR 的犹太研究“专家”赫伯特·戈特哈德，施默克称为“小猪猡”的男人则更加走运。因为肖兹克维的证词和马克思·温瑞克的协助，英国逮捕了戈特哈德。但是十八个月的拘留之后，1948 年 1 月下旬，戈特哈德被释放了。英国外交部法律事务部裁定，“没有被引渡（到波兰）的必要”。他们注意到德国的波兰军事代表团对于这个案子“并不重视”。波兰人的要求只有十行字，没有提供证据或者证词。而戈特哈德这一边，为了为自己辩护，提交了多篇证明信与冗长的声明。

冷战的开始也为戈特哈德的释放提供了帮助。截至 1948

年 1 月，英国几乎没有引渡战犯到波兰。戈特哈德等到了体系的瓦解，他本人也比这一体系中的人更加狡猾。施默克、肖兹克维和温瑞克从来没有收到他被释放的消息。[2]

戈特哈德捏造了一个新的身份，继续他的职业生涯。他避免提起曾经为 ERR 工作，并且声明在战争期间他在柏林大学一个学院中工作。理论上来说，他说的情况并不假，因为他为 ERR 抢劫、摧毁宝藏的那两年，是以休假的名义离开大学的。他还伪造了自己的学术资质，声称自己在 1946 年 10 月，也就是他伪装成一个犹太人待在吕贝克难民营的那段时间，获得了资格学位。1951 年，他被任命为汉堡北部基尔大学东方研究学院的讲师。在此职位上，他工作长达二十多年。他教授不同种类的闪族语言，包括希伯来语，他还教授《旧约》的课程。戈特哈德死于 1983 年。[3]

"纸张小队"的每位成员也有自己的命运，无论是荣耀的，还是悲剧的。

亚伯拉罕·肖兹克维继续着一段长时间的、闻名遐迩的文学事业。以色列独立战争结束之后，在以色列执政党工党的资助下，他创办了意第绪语文学杂志《金色链条》（*The Golden Chain*）。《金色链条》很快成为全球意第绪文字世界中的最受推崇的报刊。他爱上了以色列地，但是仍然对海外犹太人的语言保持忠诚。"这个国家就是犹太神灵的面庞……我常常想，只有一位意第绪语诗人才能让以色列地安然入睡。因为不管新旧，意第绪语比今天的现代希伯来语都更接近《圣经》的语言。"[4]

肖兹克维用意第绪语诗句记录西奈沙漠、黑门山和加利利湖的美丽，他实现了自己的预言。但是一直以来，维尔纳的亡魂在他的写作中仍然存在，对他的写作有很大的影响。

肖兹克维出版了三十多本诗集和散文，他的忠实读者包括以色列总统扎勒曼·夏扎尔（Zalman Shazar）和总理果尔达·梅厄（Golda Meir）。1985 年他被授予以色列国家最高荣誉“以色列奖”。

虽然身在特拉维夫，但肖兹克维也属于纽约——他长存于YIVO 和由他拯救的藏品。他与马克思·温瑞克保持着亲密的友谊，在多年频繁的通信之后，两人终于得以在 1959 年见面。两人在加拿大劳伦琴山脉一起过了两天隐士般的生活。[5]肖兹克维一直没有告诉温瑞克，他把几千份维尔纳犹太聚居区档案资料带到了以色列，一直保存在家中。几十年来，诗人没有和这些文件分开。1984 年，他将维尔纳犹太聚居区的这部分档案捐赠给 1946 年他曾经拒绝捐赠的对象——希伯来大学图书馆。

瑞拉切拉·克林斯基与丈夫亚伯拉罕·梅兰奇、女儿萨拉住在新泽西州的内杉里克（Neshanic）。夫妻俩在这里开了一个养鸡农场。经历了施图特霍夫集中营的恐怖生活，安静的乡村环境有益于瑞拉切拉的心灵治疗。虽然瑞拉切拉最开心的事就是养育萨拉，但是她在心中对施默克仍然保有一份特殊的爱。她也常常给他写信。1948 年下半年，为了参加犹太文化代表大会，施默克来美国旅行时，瑞拉切拉放下一切生活（包括她的丈夫），与施默克在一起待了几天。

有几年，瑞拉切拉在乡村经营民宿，吸引了很多意第绪语作家和知识分子。在安静的晚上，客人会为两位全神贯注的听众——瑞拉切拉和亚伯拉罕·梅兰奇读他们写的诗。1961 年，她的女儿结婚；1969 年，她的外孙女亚历山德拉出世。瑞拉切拉逐渐从一个封闭又沮丧的女人变成了一个温暖、乐于助人的人，她积极帮助来自苏联的移民融入美国的生活。[6]

瑞拉切拉也一直与保姆保持着联系。她就是萨拉的救命恩人维克莎·罗杰维之。维克莎一直在给萨拉寄信、照片，还有钱。萨拉在举行婚礼后不久去了波兰一次。她发现维克莎有一个“圣殿”，里面放着萨拉从小到大的照片。（维克莎的养女小声地告诉萨拉：“我一直恨你。”）1970 年，瑞拉切拉带维克莎来了一次美国，这也是两个女人生命中最后一次相见。[7]

随着时间的流逝，瑞拉切拉发现了一些她从不敢想象会拥有的东西：三代同堂和惬意的生活，还有她战前移民到美国的兄弟姐妹。1970 年，她和丈夫搬家到新泽西的蒂内克之后，她的社交圈子扩大了。年老后，她写信给施默克：“我们永远不应该忘记我们是幸运的少数。谁能想到五十年前我们能存活且能拥有美好的生活呢？”[8]

因为长期的共产主义者身份，施默克·卡奇金斯基一直没有收到他期盼的美国移民签证。1950 年 5 月，他与妻子玛丽以及 3 岁的女儿丽巴在阿根廷定居，主要是为了管理南美分支的犹太文化代表大会。他到达布宜诺斯艾利斯之后，在新闻发布会上，讲述了自己从纳粹手下偷书的经历。他说是这些经历让他逐渐建立起根深蒂固的、为文化献身的信念。他祝福阿根廷新建立的犹太家园：“祝愿你，布宜诺斯艾利斯的犹太群体，像我们小队的四十位作家、教育工作者、文化活动分子在维尔纳犹太聚居区中那样，与犹太文化神圣的奉献之光一起闪耀。”[9]

施默克仍然是有魅力的、幽默的，而且善于交朋友。他仍然喜欢在派对和集会上拉开嗓门唱歌。他很快成为拉丁美洲犹太人中最受欢迎的人物之一。他出版了三本书，包括回忆录和散文——在他仓促的死亡到来之前。

1954 年 4 月，施默克出发去安第斯的门多萨，在那里要代表犹太民族基金会主持逾越节庆典。逾越节晚宴结束之后，当地团体请求他多留一天，再做一个即兴演讲，分享他在苏联的生活。施默克同意了，他说："就算只有十个、二十个听众，也是值得的。我希望他们听听震碎我青春梦想、让我心碎的经历。"

讲座结束之后，施默克十分着急回家，因此直接从门多萨乘坐了前往布宜诺斯艾利斯的飞机（他是坐火车去门多萨的）。他很匆忙。1954 年 4 月 23 日，夜行的飞机撞在了安第斯山脉的一座山峰上，炸成灰烬。飞机上的人无一生还。[10]

45 岁的施默克的死亡，在犹太世界引起了震动，这一消息登上纽约《意第绪日报先锋》头条。政府花了几周才找到了受害者的遗骸。施默克的身体只有烧焦的部分被找到，这让人想起了克卢加——德国人在受害者尸体上点火。施默克同赫尔曼·克鲁克与泽里克·卡尔曼诺维奇一样，在火焰中死亡。5 月 4 日，举行葬礼时，这位偷书人、犹太聚居区战士、游击队员，被埋葬在布宜诺斯艾利斯犹太人墓地新立起的大屠杀纪念碑旁边。

温瑞克表达了很多人共同的苦恼和愤怒："多么荒唐！他在苦难中活了下来，最后却亡于那荒凉的群山里。"肖兹克维给施默克的家人和犹太社区寄去慰问："我母亲死后，我还没有这么哭过。我的灵魂都覆盖了灰烬。施默克，我亲吻你的遗骸。我用眼泪净化你的身体。”瑞拉切拉陷入了长达一年的抑郁症折磨中，并在一年后接受了精神治疗。[11]

施默克的朋友，同样来自“年轻的维尔纳”的同事柴姆·格雷德在纽约的纪念活动中为他念悼文。参加纪念活动的人数超过五百人。

> 他太过短暂的人生充满了歌曲和友谊。他曾建立、创造和挣扎。施默克对朋友的爱没有边界，也从不嫉妒。在性命攸关之际，他将唯一的手枪交给了亚伯拉罕·肖兹克维。
>
> 他是一个被丢在街上的孤儿，如果不是现代犹太文化这所“校园”将他从街上捡起来，洗了洗，将他变成一个独立的人，他可能像很多孩子一样，在抛弃与忽视中沉沦。这也是施默克奔跑着去拯救陷入危险的犹太文化的原因。
>
> 犹太聚居区中的施默克是年轻的，森林中的他是年轻的，在面对生命的危险和深刻的幻想破灭时，他是年轻的。现在，他——青春的化身离开了我们，青春最后的火花也熄灭了。而我们——他的朋友们，现在已全部苍老。[12]

第二十九章　荒野四十年

谁能料到留在维尔纽斯的犹太书籍和文件在圣乔治教堂里躺了四十年呢？一座18世纪的巴洛克圣所，墙上的壁画还有圣人的肖像俯瞰着那些希伯来字母。1949年至1989年，这些宝藏都没有读者，但它们是幸运的，因为它们被完整地保存下来，逃脱了经年的厄运。

这些书籍和文件的幸存要感谢一个正直的非犹太人——阿那塔斯·乌尔普斯，立陶宛苏维埃社会主义共和国书库的主管。书库位于前卡梅尔派修道院旧址，就在圣乔治教堂旁边。教堂被用作它的储藏室。

乌尔普斯是个真正的爱书人。他珍爱印刷世界中的一切，无论什么语言，无论作家的民族身份。他所在的机构——书库，保存了立陶宛所有印刷品的复印件，而且不供流通借阅。他注意到战争摧毁了十几万册书，因此在战争很快结束后，组织了全国范围内的寻找行动，收集无人领取的印刷品。乌尔普斯还去了造纸厂和垃圾堆，在一堆堆垃圾中翻找，就是为了找到书籍。[1]他与“纸张小队”的同志们志趣相投。

这位高个子、体格敦实且有着蓝眼睛的立陶宛人非常喜欢犹太人。战前，他曾经在家乡小镇希奥利艾的教育协会与犹太人一起工作，也曾在苏维埃游击队运动的立陶宛步枪第十六分遣队中与他们一起战斗。第十六分遣队中 29% 的战士是犹太人。书库主管的身份恢复之后，他就立即任命犹太人担任高级管理员，这在苏联的国家机构中是不常见的。他的三位书志学家都能说流利的希伯来语和意第绪语。[2]

1949 年 6 月，犹太博物馆被清算之后，乌尔普斯承接了博物馆的部分图书。尽管他完全知道将图书保护下来是有风险的，甚至可能让他丧命，但他还是这么做了。

面对日益严峻的形势，各个机构也希望处理掉自己的意第绪语藏书。维尔纽斯大学图书馆决定将一万本希伯来语、意第绪语书籍运到垃圾处理厂。但是乌尔普斯插手了这件事，他劝说图书馆管理人员将书籍转运到书库来。他将书籍放在教堂里。彼时教堂里已经堆满了他在外寻找收获的书，堆成一座座书山。在这座圣所的一些地方，书山甚至堆到了五十五英尺高的房顶。

紧随维尔纽斯大学脚步的是历史革命博物馆和共产党历史研究中心。这两家机构也承接了部分犹太博物馆的档案资料，但他们决定将这些犹太文件全部丢弃——为什么要冒着被指控为串通谋反和间谍行动的罪行，而把这些东西留下来呢？乌尔普斯本没有权力索要这些档案文件，因为他的机构只处理印刷品和书籍，但是他成功地说服博物馆和研究中心的主管将他们的文件转交给他。他向他们创意性地解释了自己的兴趣：书库计划出版一套宏大的回顾性书目文献，文献将记载 16 世纪以来立陶宛出版的所有图书。犹太文件所包含的参考书目对这套伟大的立陶宛书目文献来说十分珍贵。

但是就像1942年、1943年的施默克和肖兹克维一样，1952年、1953年的乌尔普斯也需要给文件找一个藏身之所。他没有存储档案的授权——别说是犹太档案，连立陶宛档案的储存权利也没有。他决定将这些文件埋在圣乔治教堂书山的底下，藏在这座填满了书的圣所的中间。这样就没有人能看见它们，也没有人能找到它们。他告诉他的立陶宛工作人员："我们一定要让这些资料留下来，但是我们不能告诉任何人。"[3]

直到1953年，乌尔普斯才开始处理犹太资料。尼基塔·赫鲁晓夫开始了一段"解冻"，其中包括犹太文化的象征性恢复。意第绪语作家从古拉格劳改营中释放（包括维尔纽斯诗人赫什·奥舍诺维奇），业余的意第绪语剧院公司也在维尔纽斯和其他城市出现，慢慢地能在街上看到贴出的剧院海报。乌尔普斯认为从现在开始，为他所有的意第绪语和希伯来语书籍加索引是安全的了。[4]

他命令他的一群犹太员工，包括主要的书志学家所罗门·库尔林德奇克（Solomon Kurliandchik），每周花费几个小时，根据语言（意第绪语或希伯来语）、出版物类型（书籍或杂志）和出版地点（立陶宛或非立陶宛）给图书分类。之后他雇用了一群领抚恤金的犹太人作为志愿者给图书加目录。这些老年人很享受这份工作，因为这份工作给了他们阅读过去无法接触到的书籍的机会。乌尔普斯允许他们带几本书回家阅读，以这种方式来代替报酬。就这样，几万本书籍缓慢但稳步地被分出圣乔治教堂的书山，放在准备运往书库的一堆书中。

1956年至1965年间，乌尔普斯已经为两万多本书籍编制目录。偶尔，会有一位作家或者剧院剧团的负责人来仔细阅读几本书。但是一般公众没有机会见到任何书籍。

1960 年的某段时间，乌尔普迪在给出版物分类的时候，他的副主管、主要的书志学家库尔林德奇克忽然注意到一座书山下埋藏的几盒犹太文件。乌尔普斯从没和他说起过这些文件。书志学家震惊地发现，在意第绪语的民俗学书上，有关于 19 世纪维尔纳国家拉比神学院的记录、卡拉派的历史研究，还有……ERR 的报告。他去问乌尔普斯，乌尔普斯告诉了他自己的秘密：这些是他藏起来的 YIVO 的档案。

库尔林德奇克提出愿意在下班后，每周花几个晚上整理这些文件，给文件做索引目录。乌尔普斯同意了。事实上，在 20 世纪 60 年代早期，书库就有一个犹太文物部门一直在工作。乌尔普斯甚至和他的犹太员工开玩笑："有一天他们会在以色列给我立一个纪念碑，以纪念我拯救了剩下来的犹太文化。"

官方批准了乌尔普斯出版那套回顾性的参考文献（1863 年之前立陶宛出版的所有图书书目）。但第一册出版时，并没有希伯来语和意第绪语这两种语言的图书书目。乌尔普斯别无选择，只能停止犹太资料的目录编制。

1967 年"六日战争"之后，苏联内部掀起了一场犹太人的运动，运动的目的是争取犹太人离开苏联、前往以色列的权利。在这次运动中，活动分子们进行抗议、出版地下文学、非法研究希伯来语，从而导致官方的反弹，情势严峻。乌尔普斯暂停了一切关于犹太书籍和文件的活动。这些资料一直埋在书库的书堆里，或者躺在圣乔治教堂里，无人触碰，孤苦伶仃，被人遗忘。

1981 年，乌尔普斯逝世。尽管这位立陶宛人从来没有见过施默克或者肖兹克维，他却成了"纸张小队"的最后一个成员。

第三十章　麦　粒

1988年11月，YIVO一位80岁高龄的图书管理员迪娜·阿布拉莫维奇（Dina Abramowicz）冲进主管的办公室。她是一个矮个子、戴着眼镜的女人，现在整个人身体僵硬，似乎在深深地压抑着情感。迪娜是维尔纳犹太聚居区的一位幸存者，她在与FPO的犹太聚居区战士逃进森林之前，曾经在赫尔曼·克鲁克手下工作。迪娜是衔接纽约YIVO（现位于第五大道1048号，靠近大都会艺术博物馆）与维尔纳韦乌尔斯基街YIVO的最后一根活纽带了。1946年，温瑞克将她返聘回YIVO。1969年，温瑞克逝世。因为博学、勤奋和资历，迪娜在YIVO的工作人员和来访者中间很受尊重，但最重要的是因为她是YIVO与一个失落的世界之间的联系。比她年轻四十岁的、YIVO的新主管塞缪尔·诺里克（Samuel Norich）在她每次走进房间的时候，都会起身扶住她。

迪娜的焦虑是因为她读到的一篇文章。苏维埃意第绪语杂志《苏联家园》（*Sovetish Heymland*）发表了一篇文章，讲述维尔纽斯犹太图书馆的命运。文章提到现在有20,705本希伯来语书籍和意第绪语书籍被存放在苏维埃立陶宛书库。这一消息是第一次向大众公布。读到了这篇文章，迪娜惊讶万分，她感到有些晕眩。这是她第一次确认"纸张小队"救下的、被存放在犹太博物馆中的宝藏，现在还完整地留在维尔纽斯。作为亚伯拉罕·肖兹克维的朋友和他的诗歌忠实的读者，迪娜喃喃地念着肖兹克维的诗《麦粒》。四十五年之后，"麦粒"终于出土了。[1]

这篇具有启发性文章的作者是一位维尔纽斯大学的毕业生，名叫伊曼纽尔·金戈里斯（Emanuel Zingeris）。YIVO 的新主管诺里克几个月前在华沙的一个会议上见过他。那时金戈里斯告诉他，自己在维尔纽斯发现了一些犹太书籍。这个年轻人神秘地说了一句："我想会有契机将你带到我们的城市。"但是 20,705 本可比"一些书籍"要多得多了。

诺里克联系了金戈里斯。金戈里斯邀请他参加 1989 年 3 月在维尔纽斯举办的立陶宛犹太文化协会创立会议。在长达四十年的犹太人公共生活的禁令解除之后，犹太人可以建立自己的协会和组织了。金戈里斯放下了他在大学中的研究，成为犹太文化协会的第一任主席，同时成为新建立的犹太博物馆的主管。

在开幕式上，似乎是为了表达战前维尔纳精神的回归，主持会议的主席宣布"自战争开始起在纽约落户"的 YIVO 的主管也出席了此次开幕式。YIVO 又回到了维尔纳，不幸的历史结束了。

作为会议的旁观者，诺里克在他的首席档案管理员的陪伴下拜访了书库，还与书库的主管——阿那塔斯·乌尔普斯的追随者阿尔吉曼塔斯·露可西纳斯（Algimantas Lukosiunas）见了面。两位主管互相寒暄之后，一位馆员推进来一辆手推车，车里放了五本棕色的纸包，包外裹着绳子。馆员打开了所有的纸包，拿出了写有希伯来字母的文件。诺里克和他的档案管理员全都沉默了。这些都是 YIVO 战前的档案，很多书上还有 YIVO 的印章。

诺里克十分激动，同时被深深地感动了。金戈里斯的文章是关于书籍的，没有提到文件。在馆员打开图书包装的时候，诺里克如同在历史的烟尘中穿梭。他仿佛瞬间回到了站在韦乌尔斯基街举行 YIVO 开幕仪式的时候；接着，他似乎看到了 1943 年文件在德国人的眼皮底下被分类放好；接下来，他眼前又出现这样的画面：它们在战争胜利后被挖掘出土；最后，他看到安保人员将它们从犹太博物馆清走。他想到了已经逝世的马克思 · 温瑞克，远在纽约的迪娜 · 阿布拉莫维奇以及在特拉维夫的亚伯拉罕 · 肖兹克维。

离开书库之后，诺里克去了韦乌尔斯基街 18 号，在这里他向温瑞克和“纸张小队”致敬。他回到纽约后，关于这次发现的消息就立刻传开。《纽约时报》的报道十分乐观：“这是一个直到最近才实现、关于被分离的典藏终于走上重聚之路的故事。”[2]

诺里克第二次去维尔纽斯的时候，露可西纳斯带着他在书库中看了一圈，也看了圣乔治教堂。YIVO 主管亲眼看见全部的悲剧：被抛弃的《妥拉》书卷躺在地上没有封套；使用酸性纸张印刷的书籍堆积成山，已经腐烂；还有几堆散放的意第绪语报纸。这个场景无声地述说着犹太人的命运。露可西纳斯为了打破这种伤感氛围，就告诉诺里克，他已经建立了一个犹太文物部门，专门为意第绪语和希伯来语的资料编制目录。部门以马提提亚胡·斯特拉舜的名字命名。

但是谁来做目录工作呢？这份工作需要受过教育的、了解犹太历史和文学的人来做。而在这个国家，各种形式的犹太研究已经被禁止了四十年。露可西纳斯雇用了一位65岁的退休老人艾斯菲尔·布拉姆森（Esfir Bramson）女士来管理这个部门。她毕业于立陶宛考那斯的肖洛姆·阿莱汉姆意第绪语高中，毕业的日子是1941年6月20日——德国入侵前两天。她结束自己在林业部的律师助手的工作不久，就十分热切地希望与年轻时曾经阅读和喜爱的文学重新建立联系。她身型僵硬，一脸严肃，和迪娜·阿布拉莫维奇有些相像。但是她的身体健康情况更差，神经也更加紧张。与迪娜不同的是，她是在苏联度过了完整成年生活的犹太人。[3]

布拉姆森聘用了一批编制目录的退休人员。这无关乎年龄歧视，而是因为他们更熟悉犹太语言、历史和文化。员工中有两人曾与布拉姆森一起在肖洛姆·阿莱汉姆意第绪语高中念书，第三个人是维尔纳本地人，第四个人是希伯来语高中的毕业生。他们在工作过程中有更大的认同感、帮助恢复犹太文化的满足感，以及回忆朋友、家人被杀害和整个文化被毁灭的痛苦。没有哪一个图书管理员和档案管理者像他们一样，工作中伴随着欢笑和泪水。

诺里克开始协商，希望将YIVO的文件运到纽约总部。但是官方态度含糊。他们甚至怀疑如果美国的犹太人那么想要这些书籍和文件，那这些书籍和文件一定有巨大的市场价值。一位官员暗示说，如果YIVO能找到一个“罗斯柴尔德”来资助新建一栋书库大楼，那么他们就可以达成协议。

对诺里克的希望打击最大的是金戈里斯。这位第一个发现资料的人，宣布这些犹太书籍和资料必须留在维尔纽斯，因为它们是立陶宛的文化遗产。他的这个决定部分出于爱国精神，部分出于个人利益。他希望资料被转运到他主管的犹太博物馆。另外，金戈里斯有了政治野心，他开始在立陶宛的独立运动——萨尤迪斯运动中表现得很活跃。他是萨尤迪斯[4]名单上被选举为苏联人民代表大会成员和立陶宛最高委员会成员的人。一些人称他是立陶宛民族主义运动的“法院犹太人”。一旦这个冉冉升起的政客宣布这些资料是立陶宛的文化遗产，其他官员也就会这样说。

诺里克十分愤怒。如果这些资料是立陶宛的遗产，为什么立陶宛人把它们丢在教堂里？如果它们是立陶宛的遗产，为什么立陶宛几乎没有人能够阅读、研究它们？

他在一次会议上说：

> 我出生在德国的一个难民营里。我有一些年长于我的朋友，他们在战争期间还是孩子，曾经被立陶宛人藏起来、救起来。战争结束以后，拯救者会将孩子还给活着的父母或者亲戚。如果没有亲戚，他们就把孩子还给犹太人社区。这些资料就是我们的孩子。书库能够协助保存资料，我们表示深深的感激。我们愿意通过不同的方式表达我们的感激。但是这些印有 YIVO 印章的书籍和文件名是我们的骨血。请将它们还给我们。[5]

1990 年 3 月，立陶宛单方面宣布脱离苏联独立，此举使立陶宛与莫斯科的关系几乎到了崩溃的边缘。苏联方面拒绝承认这个声明，并派遣苏联军事力量进入叛乱的共和国。因为政局动荡，诺里克意识到 YIVO 书籍和文件的问题只能通过与高层协商解决——立陶宛的新国家元首维陶塔斯·兰茨贝吉斯（Vytautas Landsbergis）。他希望能够通过会面得到兰茨贝吉斯的理解：兰茨贝吉斯的父母在战争期间曾经从德国人手中拯救过一个犹太女孩。

第一次会面没有如期进行。因为紧急内阁会议，诺里克在兰茨贝吉斯的办公室外等了一个小时。他一进入办公室，这位元首苦笑着告诉他“一个好消息”：苏联的直升机就要降落在维尔纽斯，国家很快就要宣布进入紧急状态。兰茨贝吉斯向他道歉，犹太书籍与文件的事情只能等到以后再讨论。[6]

协商又进行了几年。在此期间，苏联解体，立陶宛政府经历了数次换届，YIVO 与政府机构之间签订的协议后来又被立陶宛人废除，YIVO 也换了两位主管。在所有动乱发生的时候，书库对圣乔治教堂进行了一次清理，这次清理带来了另一批犹太资料的发现。

1994 年 12 月，YIVO 的研究主管阿兰·纳德勒（Alan Nadler）成了那个促成协议的人。协议呼吁将文件运到纽约进行恢复、添加目录和复制，然后再送回维尔纽斯。这是历史记忆和学术研究的伟大胜利——这些资料终于可以重见天日。但从情感上来说，YIVO 很难接受“纸张小队”的成员们冒着生命危险、甚至以失去生命为代价换来资料，却只能拥有这些本属于他们的资料的复印件。纳德勒仍然给重新协商留下了余地。

这一天终于来了！1995年2月22日，重达四百磅的三十五箱资料在立陶宛中央国家档案馆的主要负责人的陪伴下，终于落在了纽马克国际机场。当这些箱子被运到YIVO的时候，员工们像激动的孩子打开期待许久的光明节礼物一样，打开了箱子。

他们在箱子里发现了一叠文件：一张卢巴维奇的曼纳汉姆·门德勒·斯奇尔松拉比（Rabbi Menachem Mendl Schneerson）的婚礼邀请函，一张维尔纳歌舞团剧院乐团于1921年演出《恶灵》的海报，一张大犹太会堂敬畏之日祷告服务的入场券，一本做了意第绪语笔记的儿童几何笔记本，一张庆祝苏联犹太自治区比罗比詹成立三周年的宣传单。YIVO的研究主管纳德勒在看到1919年杜波瓦集体迫害事件的照片时，几乎无法抑制泪水——他祖父家的八名成员在那次集体迫害中被杀。迪娜·阿布拉莫维奇捡起一封马克思·温瑞克于1940年在哥本哈根写给YIVO员工的信。他们就好像进入了一台时光机器。[7]

更多的箱子被打开了。档案管理员、行政人员们不断大喊："哦，我的上帝！"这所民间的研究中心里，从来没有过那么多"哦，上帝！"的感叹。[8]

在这个激动人心的时刻，有一位特别的客人——瑞拉切拉·克林斯基－梅兰奇。她在这里查看她五十多年前救下来的文件。"这太让人动情。"她看到资料的第一眼这么说，"在犹太聚居区的时候，我天天都看着它们。"之后，思索了一下，她又说："卡尔曼诺维奇总是说，'别担心，战后我们什么都能拿回来'。"[9]

1996年1月，为了纪念第二批二十八箱资料的到达，YIVO组织了一次大型的公共庆祝活动。研究中心为曾经拯救犹太文化宝藏、已经80岁的肖兹克维颁发了一个奖项——这本是1947年他与施默克就应该得到的公开赞誉。那时出于冷战时期的考虑，并未颁发。这是一个迟到了五十年的聚会。肖兹克维因为身体太过虚弱没能到美国参加这次活动，是瑞拉切拉·克林斯基代表他领奖的。

纳德勒，YIVO的研究主管，一位被授以神职的拉比，他朗诵了祝福祷词（Shehecheyanu）[10]："我们的上帝，宇宙的主宰，使我们活着，支持我们，直到今天，我们祝福你。"资深的意第绪语演员大卫·罗格（David Rogow），一位维尔纳人，少年时期就认识施默克和肖兹克维，朗诵了几首肖兹克维的诗，包括《麦粒》。这是个愉快又充满泪水的夜晚。维尔纽斯犹太社区的主席、作家格里高利·卡诺维奇（Grigorii Kanovich）说，纵观犹太人20世纪的历史，所有真正的犹太庆典都是快乐中夹杂着泪水的。

虽然肖兹克维不在现场，但是几年之前，他在YIVO的十六周年纪念日上说的话犹在耳边。这是他为自己在"纸张小队"中的工作进行的最后的宣言：

> 当我刚收到主管塞缪尔·诺里克的YIVO十六周年邀请时，我暗自想，这一定是个错误。YIVO一直是我的一部分，我应该去哪里参加庆典？
>
> 但是后来，我带着另一种心情再读了一遍信件，有一句话让我明白了："我们可以传递给美国犹太同胞最重要的事情就是我们东欧遗产的宝藏。我们的存在是建立在我们不断努力确保我们文化的延续性之上

的。没有一个活着的人，比您为了确保文化延续，而做过更多的事情。”

没有一个活着的人。我坦白这句话让我感到地震般的颤动——如果人真的是泥土制成的。之后我给YIVO的主管寄了第二封信：我会来。

当邪恶之人开始将韦乌尔斯基街18号转变为犹太文化的波纳尔之后，他们命令维尔纳犹太聚居区的几十名犹太人为我们的灵魂挖掘坟墓。这是我们遭遇巨大不幸中的好运。命运为我涂上黄色的大卫之星，让我成为那几十名犹太人中的一名。

只有在那时、在那里，当我看到YIVO的神庙被动摇的时候，我才能正确地评价它的建筑师：马克思·温瑞克。

我希望温瑞克可以原谅我在YIVO大楼里和纸张旋涡搏斗的时候，阅读了被转移到楼里的他家中的私人档案。但是阅读这些档案鼓励我拯救了更多的物品。拯救，主要意味着把它们偷回犹太聚居区埋起来。这些YIVO被救的部分宝藏在犹太人中间、在立陶宛圣城的犹太聚居区土壤里会感到更加安全。它们在沙沃尔街6号的地堡里等待弥赛亚的降临。

拯救YIVO宝藏就像在拯救婴儿，行动中带有一种执行戒律般深刻的、继承下来的责任感。

我在很多诗上面签上“维尔纳犹太聚居区”与它们腐朽之日的日期，那些诗其实都是在温瑞克即将沉没的神庙中完成的，甚至可能是在他的办公室里写的。意第绪语的神灵从来没有离开过我。他一直在保护我，启发我。

在那一刻我可以被比喻成什么？

维尔纳人都记得城市里有一个疯子艾瑟森。有一次人们看到这样一个场景：一个画家站在犹太会堂庭院中的梯子上。他将刷子蘸一下挂在壁架上的一桶生石灰，在屋顶上来回粉刷。忽然，艾瑟森进来了，他向着上面的画家大喊："拿好刷子，我要把梯子拿走了！"

我可以被比喻为——实际上我确实成为了——那个犹太会堂的画家。我脚下的梯子也确实被搬走了，但是我抓住了刷子，甚至连壁架都没有。但是，瞧，我没有摔下来。桶被挂在了天堂与地面之间。[11]

代表肖兹克维接受奖项的瑞拉切拉·克林斯基－梅兰奇受邀请说几句话。但是她被情绪压垮了，哽咽着，念不出准备好的稿子。她满脑子都是施默克：这个卓越超群的偷书人，把那么多书和资料带进犹太聚居区大门；施默克，永远的乐观主义者，给每次派对和聚会带去生命力；施默克，这个她为了女儿舍弃的爱人……如果施默克可以活到今天，他会唱出一首充满活力的曲子，也许就是他给犹太聚居区青年俱乐部写的那一首颂歌："只要愿意谁都可以年轻……"

活动结束之后，一个年轻的记者问了瑞拉切拉一个问题——为什么愿意冒着生命危险拯救那些书籍和文件？没有丝毫犹豫，瑞拉切拉回答："那时我不认为命运掌握在我自己手上。我们只是想为未来的人做些事情。"[12]

鸣　谢

七年的紧凑研究和写作终于快要落幕，我想借此机会感谢在这个美妙的旅程中给予我帮助的人们。

从我发给他一封简短的电子邮件并展开询问的那一刻起，门德尔传媒的斯科特·门德尔（Scott Mendel）就相信这个故事的重要性。斯科特劝我讲述偷书人的故事，而不仅是书籍的历史。多亏了他，这个写作项目呈现出不同的画面和方向。史蒂夫·赫尔（Steve Hull）从斯科特中断的地方继续，帮助我理解记述的历史与学术散文的区别。和他一起工作很愉快。

十分感谢 YIVO 犹太调查研究中心对我的巨大帮助。它不仅在故事中很重要，在我写作过程中也起到很重要的作用。我很有幸能够在 YIVO 中拥有一间安静的办公室，可以在这个马克思·温瑞克和亚伯拉罕·肖兹克维的回忆触手可及的环境下写作。我在 YIVO 的雅各布·克伦希尔那儿当访问教授期间，集中完成了大量的工作。我希望对图书馆和档案馆的馆员致以特别的感谢：莱德米拉·肖洛禾瓦（Lyudmila Sholokhova）、弗鲁姆·莫里尔（Fruma Mohrer）、冈纳·伯格（Gunnar Berg）、维塔尔·扎亚卡（Vital Zajka）和施穆尔·克莱因拉比

（Rabbi Shmuel Klein）。他们解决了我的每一个要求和偶尔的突发奇想，包括前往 YIVO 在新泽西仓库的需求。

YIVO 的执行主管乔纳森·布伦特（Jonathan Brent）给予了我鼓励，他为了确保“纸张小队”的遗产能够传承，贡献了自己的力量。他发起维尔纳藏书计划，将我书中提到的维尔纽斯和纽约的文件全部电子化。

我受到过六个国家的多所机构的多位研究员、图书管理员和档案管理员的协助。

这个写作项目的初期，我在耶路撒冷希伯来大学的列昂尼德·尼夫兹林俄罗斯和东欧犹太研究中心做访问学者，度过了富有成果的一个学期。以色列的档案馆既是一个宝库，又是一个令人愉悦的工作场所。我要向雷切尔·米斯拉迪（Rachel Misrati）和以色列国家图书馆档案部门的员工，还有吉瓦特哈维瓦的莫舍特档案馆的丹妮拉·奥扎克（Daniela Ozacki）致以特别的谢意。当我本人不在耶路撒冷时，我总是麻烦希伯来大学的意第绪语期刊索引的编辑埃利泽·尼伯斯基（Eliezer Niborski）帮我查找意第绪语报纸中的文章。尽管我多次打扰，但埃利泽一直保持着愉快的心态和冷嘲式的幽默感。

在立陶宛，一群出色的人支持、协助了我的工作。我与立陶宛国家图书馆犹太文物部的负责人，已经逝世的艾斯菲尔·布拉姆森的友谊激励了我对这本书的写作。她是维尔纽斯幸存的犹太书籍和文件的守护者，也是柴克·伦斯基和“纸张小队”的传统的真正继承者。她没有机会看到这本书出版，我感到很遗憾。她的继承者拉丽莎·伦珀特（Larisa Lempert）博士，是我珍视的朋友。她总是尽全力回答我的所有问题，解决我的需求。维尔纽斯意第绪语研究中心的助理主管拉塔·普斯特（Ruta Puisyte）是我真诚、智慧的助理。还有维尔纳加恩国家犹太博物馆的尼林格·拉特维特（Neringa Latvyte）为我提供了宝贵的信息。

美国大屠杀纪念博物馆孟德尔中心的高级档案项目主管瓦迪姆·阿特斯甘（Vadim Altskan）是我学术研究的贵人。在他的指引和建议之下，我才确定了档案资源的位置，偷书人故事的部分内容才得以呈现。

还有很多人为我提供了重要的反馈，让我免于犯尴尬的错误。我特别想感谢阿夫拉汉姆·诺弗施特恩（Avraham Novershtern），希伯来大学的意第绪语教授。他阅读、批评了本书手稿的早期版本；马里兰大学科利奇帕克分校国家档案和记录管理中心的格雷格·布拉德舍（Greg Bradsher），曾帮助我在巨大的信息库中遨游；布雷特·韦伯（Bret Werb）和贾斯廷·甘弥（Justin Cammy）亲切地与我分享他们的工作，还有关于施默克·卡奇金斯基的专业知识；卡尔曼·韦泽（Kalman Weiser）从德语与波兰语的档案中，同我分享了 ERR 抢劫犯以及犹太人专家赫伯特·戈特哈德的文件。

很多学者和同事也通过评价与建议为这本书做出了贡献：莫迪凯·阿特舒勒（Mordechai Altshuler）、瓦莱里·迪姆西茨（Valery Dymshits）、伊曼纽尔·埃特克斯（Immanuel Etkes）、兹维·吉特尔曼（Zvi Gitelman）、塞缪尔·卡索（Samuel Kassow）、多夫－贝·克尔勒（Dov－Ber Kerler）、大卫·G. 罗斯基（David G. Roskies）、伊斯玛·朔尔施（Ismar Schorsch）、南希·辛科夫（Nancy Sinkoff）、达赖厄斯·斯塔流纳斯（Darius Staliunas)、杰弗里·维德林格（Jeffrey Veidlinger)，还有阿卡迪·泽尔瑟（Arkadii Zeltser)。

我很荣幸认识这个故事里的几位主角，以及他们的家人。新泽西利堡的米歇尔·门金（Michael Menkin)，“纸张小队”最后一位在世的成员，也是我亲爱的朋友，他拥有优雅的典范、崇高的精神，为人谦逊。他还向我解释了一些任何文本资料上都没有的东西。1999 年，我曾在特拉维夫与亚伯拉罕·肖兹克维进行关于维尔纳犹太聚居区的对话。他依旧是文学和文化的巨人。最后一位，但也很重要的人，亚历山德拉·沃尔(Alexandra Wall)。她信赖我，将她与祖母瑞拉切拉·克林斯基-梅兰奇有关的笔记、印象和记忆全部与我分享。阿利克斯(Alix）也真诚地、自豪地保有她“老祖母”和母亲萨拉·沃尔（Sarah Wall）的回忆。

我很幸运能够在一个重视我的工作的机构工作。美国犹太神学院一直是我的学术之家，它帮助我成为一名学者，亦帮助我成人。校长阿诺德·艾森（Arnold Eisen）和院长阿兰·库珀（Alan Cooper）从一开始都支持这个写作。

我衷心地感谢意大利摩德纳大学经济贸易图书馆，它在夏天招待我，为我提供安静、愉悦的写作环境。

我很幸运地拥有一个充满爱的家庭，我的家人帮助我建立自信。我的母亲盖拉·费什曼现在已 91 岁高龄。她充满能量和洞察力，精神矍铄。我的兄弟阿维和莫尼尔，总是温柔地提醒我为家庭奉献的重要性。我已经成年的孩子阿伦、内斯内尔、泽维娅和雅各布都让我感到非常骄傲和欣慰。

我对犹太维尔纳的兴趣，以及促使我写作这本书的动力，来自两位已经离世的故人。第一位是我的父亲，乔舒亚·A. 费什曼。父亲曾经追随马克思·温瑞克，与他一起做过许多项目。“老爸”是第一个告诉尚是小男孩的我有一个充满魔力的地方叫维尔纳的人，他让我爱上意第绪语。我为他的离世哀悼，并一直深深爱着他。第二位是伟大的意第绪语作家哈伊姆·格雷德。在他生命的最后几年，我与他成为亲密的朋友。感谢格雷德的文字和我们之间的谈话，1930 年战前的维尔纳才可以在今天仍然栩栩如生。

对于我的妻子埃莉莎·本波拉德（Elissa Bemporad）给我的帮助，我难以言表。她是我的第一个和最后一个读者，她是我博学的批评家和顾问。除此之外，她还将美丽、爱情和诗歌带进我的生命。有了她，还有我们的孩子伊莱亚和索尼娅，生活就是激动人心而令人开心的冒险。

术语表

行动（Aktion）：一次德国人的突袭或行动，赶扰、流放或谋杀犹太人。

“逃离运动”（Bericha）：大屠杀结束之后的地下行动，负责将犹太人从欧洲转移到以色列，大部分是非法移民。

诵经台（Bimah）：犹太会堂中朗读《妥拉》的地方。

工人联合会（Bund）：俄罗斯帝国和波兰的主要犹太社会主义党派，1897年创建于维尔纳。其拥护者被称为“Bundists”，都是民主社会主义者。他们反对布尔什维克主义，支持世俗的意第绪语文化。

光明街（Chanukah）：犹太人的冬季节日，为了纪念公元前165年，犹太古神殿再次落成。其标志是点亮灯火。

联合企业（combine）：苏维埃词汇，指一组工业化企业互相协作。

人民委员部（commissariat）：苏联政府的一个部门。

流离失所者（displaced persons）：“二战”后，不能或不愿回到祖国的大屠杀幸存者。盟军和联合国管理在德国、奥地利和意大利的难民营。

罗森堡国家指导总部（Einsatzstab Reichsleiter Rosenberg，ERR）：纳粹党组织，致力于抢劫文化财产。由纳粹理论家阿尔弗雷德·罗森伯格倡导。

以色列地（Eretz Israel）：Eretz是指希伯来语中的“地”，因此是以色列地。

FPO：联合游击队组织（Fareynikte Partizaner Organizatsye）的缩写。维尔纳聚居区里的地下武装抵抗组织。

加利西亚（Galicia）：波兰南部地区，在“一战”之前属于奥匈帝国。

最高区域长官（Gebietskommissar）：指纳粹德国控制下，被占领的东欧地区的最高区域长官。

哈加达（Haggadah.）：逾越节念的文本，讲述以色列人从埃及奴役下解放。

哈西德派（Hasidism）：东欧犹太教运动，主要特点是神学固有的神圣性、热情祷告和对圣人拉比的尊敬。

美国犹太人联合分配委员会（Joint Distribution Committee，JDC）："一战"期间建立的美国犹太人救助组织。在两次世界大战之间，支持犹太人社会福利与教育活动，"二战"后支援大屠杀幸存者。

犹太人居民委员会（Judenrat）：在城市和聚居区中，纳粹强制性负责管理犹太人事务的管理处。

珈底什（kaddish）：在葬礼上哀悼时颂扬上帝的赞美诗，由悼念者朗诵。

祈福式、祝祷文（kiddush）：喝红酒时的祷文和祝福，在安息日与假日念诵。

小祈祷室（*kloyz*）（意第绪语）：用来祈祷、学习的房子，一般比犹太会堂规模小，没有特别严肃。

藏书地（*malina*）（意第绪语）：犹太聚居区中藏东西的地点，以防被德国人发现。

多连灯烛台（menorah）：耶路撒冷的犹太古神殿中由牧师点燃神圣的大枝型烛台。

戒律（*mitzvah*）：出于宗教责任而做出的良好行为。

古迹卫士（Monuments Men）：美国军部古迹、美术及档案署中工作的人。负责定位、保护文化财产，包括纳粹偷走的艺术品和书籍。

内务人民委员会（NKVD）：苏联执法机构，在斯大林统治时期以大规模处决和政治镇压而闻名。克格勃的前身。

记录本（*pinkas*）：犹太会堂或犹太宗教协会的传统记录本。

集体迫害（pogrom）：针对犹太人的暴力罪行。

波纳尔（Ponar）（意第绪语、波兰语：Ponary，立陶宛语：Paneriai）：维尔纳郊外的大规模屠杀地点。

普林节（Purim）：庆祝犹太人免除在古波斯被消灭的节日，如《圣经》中《以斯帖记》所记载的那样。

修正主义犹太复国主义（Revisionist Zionism）：弗拉迪米尔·（泽夫）·亚博廷斯基领导的运动。运动号召在所有历史上的以色列地建立犹太国家，包括外约旦。提倡利用武装行动反对英国在巴勒斯坦的统治。

犹太新年（Rosh Hashanah）：通常指在9月的犹太新年。

逾越节晚宴（Seder）：描述和重演以色列人从埃及的奴役中解放出来，以庆祝逾越节的仪式。

七日服丧期（Shiva）：七日的哀悼时间，在这段时间中，人们坐在靠近地板的矮椅子上。

青年卫士（Shomer Ha-Tza'ir）：世俗的社会主义犹太复国主义青年运动。青年卫士是一个侦查运动，强调农业训练、集体主义和希伯来语研究。

施特－殊尔（Shtot－shul）（意第绪语）：维尔纳大犹太会堂，建于1572年。

舒洛伊夫（*Shulhoyf*）（意第绪语）：犹太会堂庭院，里面包括大犹太会堂、斯图拉舜图书馆、维尔纳加恩犹太会堂和其他机构。它是犹太维尔纳的历史心脏。

《塔木德》（Talmud）：后《圣经》的犹太教中心文本，于6世纪在巴比伦完成。

授业座（Yeshiva）：进行《塔木德》研究的宗教研究院。

意第绪语（Yiddish）：东欧犹太人所使用的语言。含有希伯来语和斯拉夫语要素的日耳曼语言。

伊休夫（*Yishuv*）：以色列建国前的巴勒斯坦犹太社团。

YIVO（意第绪语科学研究中心的缩写）：主要涉及意第绪语言、文学、犹太历史的研究和犹太人社会科学研究。YIVO于1925年在维尔纳成立。

赎罪日（Yom Kippur）：赎罪日的斋戒。犹太历一年中最神圣的一天。

注　释

主人公

1　拉比，指犹太教统师或神职人员。——译者注

2　罗兹，波兰第二大城市。——译者注

引子

1　盖世太保，指纳粹党的秘密警察。——译者注

2　施默克·卡奇金斯基，*Ikh bin geven a partisan*（布宜诺斯艾利斯：Fraynd funem mekhaber, 1952），53 – 58；瑞拉切拉·克林斯基 – 梅兰奇，"Mit *Shmerken* in vilner geto"，in *Shmerke kaczerginski ondenk-bukh*（布宜诺斯艾利斯：A komitet 1955），131.

第一部　战前

第一章　灵魂人物施默克

1　关于卡奇金斯基，有两本优秀的英文探讨读本：贾斯廷·嘉米《年轻的维尔纳：上一代人的意第绪语文化》（布鲁明顿：印第安纳大学出版社，即将出版），第二章；布莱特·威尔伯《施默克·卡奇金斯基：游击队员与游吟诗人》*Polin* 20（2007）：392 – 412.

2　尤姆·托夫·莱文斯基，"Nokh der mite fun mayn talmid"，in *Shmerke kaczerginski ondenk-bukh*，96；杨克·古特考维奇"施默克"，*Di Goldene keyt* 101（1980）：105.

3　马克· 多维尔则基，"Der kemfer, der zinger, der zamler"，in *Shmerke kaczerginski ondenk-bukh*, 57.

4 B. 特尔克尔，"Der ' iendiker vilner' ", in *Shmerke kaczerginski ondenk-bukh*, 79 - 80；施默克的第一首流行歌曲重现在 *Shmerke kaczerginski ondenk-bukh*, 229 - 230.

5 哈伊姆·格雷德，"Froyen fun geto", *Tog-morgen zhurnal*（纽约），1961年6月30日，7.

6 古特考维奇，"施默克"，108 - 109.

7 格罗希，指波兰货币单位。——译者注

8 格雷德，"Froyen fun geto"，1961年6月30日，1961.

9 依赖莎·舒尔曼，*Yung vilne*（纽约：Getseltn，1946），18.

10 丹尼尔·查尼，"Ver zenen di yung vilnianer?" *Literarishe bleter*（华沙）14，1937年2月26日，135；舒尔曼，*Yung vilne*，22.

11 施默克·卡奇金斯基，"Amnestye"，*Yung-vilne*（维尔纳）1（1934），25 - 28.

12 施默克·卡奇金斯基，"Mayn khaver sutzkever（tsu zayn 40stn geboyrn-tog）", in *Shmerke kaczerginskiondenk-bukh*, 311 - 312.

13 见嘉米，《年轻的维尔纳》，第二章；克林斯基 - 梅兰奇，"Mit *Shmerken*"，131.

14 施默克·卡奇金斯基，"Naye mentshn"，*Vilner emes*（维尔纽斯），1940年12月30日，3；施默克·卡奇金斯基，"Dos vos iz geven mit bialistok vet zayn mit vilne"，*Vilner emes*（维尔纽斯），1940年12月1日，3. 关于他和芭芭拉·考夫曼的婚姻，见哈伊姆·格雷德，"Froyen fun geto"，1961年6月30日；施默克·卡奇金斯基，《犹太维尔纳的毁灭》（纽约：CYCO，1947）256.

15 多夫·莱文，*Tekufah Be-Sograyim*, *1939—1941*（耶路撒冷：希伯来大学当代犹太人与联合农村研究所，1989），139 - 141.

第二章　图书之城

1 舒尔曼，*Yung vilne*，17；露西·达维多维奇，《从那段时间与地点：1938—1947回忆录》（纽约：诺顿出版社，1989），121 - 122；克林斯基 - 梅兰奇，"Mit *Shmerken*"，135.

2 格罗德诺，白俄罗斯格罗德诺州首府。——译者注

3 布雷斯特，法国海港城市。——译者注

4 平斯克，白俄罗斯城市。——译者注

5 在希伯来语中，sh 代表的数值是 300，le 代表的数值是 30，g 代表的数值是 3。——译者注

6 A. I. 格罗德金斯基，“Farvos vilne ruft zikh yerushalayim delita”，in*Vilner almanakh*，A. I. 格罗德金斯基编，5 – 10（维尔纳：Ovnt kurier，1939；第二版再版，纽约：摩伊拉奥夫塞特出版社，1992）.

7 立陶宛大公国，13 世纪至 1795 年存在的一个欧洲国家，由立陶宛人建立。——译者注

8 指 1772—1795 年间，俄普奥三次瓜分波兰。——译者注

9 伊扎克·布劳伊德，*Agadot Yerushalayim De-Lita*（特拉维夫：Igud yeotsei vilna ve-ha-sevivah be-yisrael，1950），17 – 22；同见施罗伊·巴斯托摩斯基，“Legendes vegn vilne”收录于格罗德金斯基，*Vilner almanakh*，148 – 150.

10 施洛米·赞诺维尔·拉波波特（1863—1920），以笔名 S. 昂斯基闻名。白俄罗斯犹太作家、剧作家、犹太民俗研究员、善辩者、文化与政治激进分子。——译者注

11 意第绪语作家 S. 昂斯基于 1913 年创作的戏剧《恶灵，或介于两个世界之间》，讲述了一个年轻女子被她死去的爱人的邪恶灵魂附身的故事。《恶灵》是由希伯来语、意第绪语戏剧中的大师级作品，后来被翻译在世界范围内演出。——译者注

12 圣柜，存放《妥拉》书卷的地方，位于犹太会堂正前方。圣柜是犹太会堂中最神圣的地方。——译者注

13 扎尔曼·赛科，*Toyznt yor vilne*（维尔纳：Gezelshaft far landkentenish，1939），178 – 185.

14 见伊瑟瑞尔·科恩，《维尔纳》（费城：美国犹太人出版社第一版：1943，第二版：1992）。

15 亚伯拉罕·尼桑·伊奥夫，“Wilna und Wilnauer Klausen”，op. 1，le 16，*yisrael*，F. R – 633，立陶宛中央国家档案馆，维尔纽斯；塞缪尔·约瑟夫·芙恩，*Kiryah ne'emanah*：*korot ‘adat yisrael ba- ‘ir vilna*（维尔纳：Funk，1915），162 – 163；Szyk，*Toyznt yor vilne*，215 – 217.

16 柴克·伦斯基“Vilner kloyzn un der shulhoyf”，in *Vilner zamlbukh*，ed. Zemach Shabad，vol. 2（维尔纳：N. Rozental，1918），100；Szyk，*Toyznt yor vilne*，217.

17 施默克·卡奇金斯基，“Shtoyb vos frisht：45 yor in lebn fun a bib-

liotek", *Undzer tog*（维尔纳），1937 年 6 月 4 日，5.

18 见弗里达·朔尔，*Mi-likutei shoshanim ' ad brigadat ha-nyar: sipuro she beit eked ha-sefarim al shem shtrashun ve-vilna*（耶路撒冷，西岸：Ha-merkaz ha-universitai ariel be-shomron，2012），以及此处引用的文字；也见何施·阿布拉莫维奇，"Khaykl lunski un di strashun bibliotek"，in *Farshvundene geshtaltn*，93 – 99（布宜诺斯艾利斯：Tsentral farband fun poylishe yidn in argentine，1958）.

19 碎鱼乱炖，是磨碎的水煮无骨鱼类（蟹、白鱼或狗鱼）混合做出的菜式。它是阿什肯纳兹犹太人家庭常做的开胃菜。——译者注

20 俄国敞篷四轮马车。——译者注

21 丹尼尔·查尼，*A litvak in poyln*（纽约：犹太文化大会，1945），28 – 29；达维多维奇，《从那时起》，121 – 122；琼纳斯·特尔考，*Farloshene shtern*（布宜诺斯艾利斯：Tsentral-farband fun poylishe yidn in argentine，1953），192 – 193.

22 文实中学（realgymnasium），九年制中学，学习拉丁语、现代语言，以及科学和数学。——译者注

23 见《文学期刊》中的文章（华沙）13，no. 40（1936 年 11 月 27 日）。

24 见塞西尔·库兹尼兹，《YIVO 与现代犹太文化的建立：意第绪民族的学术研究》（剑桥：剑桥大学出版社 2014 年版）；《YIVO 期刊》46（1980）；大卫·E. 费什曼，《意第绪文化的崛起》（匹兹堡：匹兹堡大学出版社 2005 年版），93 – 96，126 – 137.

25 原文意第绪语后加英文解释。Little boy，if you only will it [*vil nor*]，you can be-come a gaon，a genius. ——译者注

26 柴克·伦斯基，"Der ' seyfer ha-zohov ' in der shtrashun-bibliotek"，in Grodzenski，*Vilner almanakh*，43.

第二部　在德国占领下

第三章　第一次突袭

1 见卡尔曼·韦瑟，《犹太人民与意第绪民族：诺也和·布莱鲁兹基与犹太人民党在波兰》（多伦多：多伦多大学出版社），特别是 244 – 259；*Mendl Balberyszski*，*Shtarker fun ayzn*（特拉维夫：Ha-menorah，1967），77，91 – 93，104 – 106，110；D [ovid] U [mru]，"Tsu der de-

refenung fun der yidishistisher katedre baym vilner universitet”, *Vilner emes*（维尔纽斯），1940 年 11 月 2 日，1；卡奇金斯基，《犹太维尔纳的毁灭》，226.

2 艾尔哈娜·马吉德，在兹威卡·多尔主编的 *Kevutsat ha-ma'avak ha-sheniyah*（Kibutz Lohamei Ha-getaot，以色列：犹太聚居区战士出版社 1987 年版），142；巴尔贝里斯基，*Shtarker fun ayzn*，110，112；1940 年 3 月 20 日，给维尔纳 JDC 代表 M. W. 贝克曼的匿名信，信件第 611.1，肖兹克维－卡奇金斯基藏品集，RG 223，YIVO 犹太研究中心档案，纽约（此后引为 YIVO 档案）。

3 巴尔贝里斯基，*Shtarker fun ayzn*，112.

4 即纳粹德国。——译者注

5 出处同上，112，118－119.

6 原文德语，Judenforschung。——译者注

7 阿兰. E. 斯坦韦斯，《犹太人研究：德国学术中的反犹主义》（剑桥，马萨诸塞州：哈佛大学出版社 2006 年版）。

8 意大利国家法西斯党，在 1922 年至 1943 年间执政。——译者注

9 大概是约旦河与地中海之间的一片地区。——译者注

10 habilitation dissertation，指可以在大学中独立教书的资格证，它是德国、奥地利、瑞士，还有欧洲的很多大学中获得教授职称的关键。——译者注

11 玛丽亚·库恩－路德维奇，*Johannes Pohl*（1904—1960）：*Judaist und Bibliothekar im Dienste Rosenbergs. Eine biographische Dokumentation*（汉诺威，德国：劳伦特斯出版社 2000 年版）．关于他在耶路撒冷的生活，见 48－56. 帕特里夏·冯·巴本一，《在 1939 年和 1945 年之间，美因河畔法兰克福犹太问题研究中心的反犹太研究》，收录于《教训与遗产 IV：大屠杀研究中的新潮流》，乔弗里·M. 迪夫托夫编，155－189（伊万斯顿，伊利诺伊州：西北大学出版社 2004 年版）.

12 库恩－路德维奇，《约翰内斯·波尔》，160－161，讨论 1941 年 7 月是波尔还是戈特哈德来到维尔纳。肖兹克维在不同的叙述中，表示两人都来了。卡奇金斯基和巴尔贝里斯基只提到波尔。

13 巴尔贝里斯基，*Shtarker fun ayzn*，143－147. 巴尔贝里斯基是布莱鲁兹基亲密的朋友和联系人。有讨论说这段时间布莱鲁兹基拜访了他

和他的妻子。也见施默克·卡奇金斯基，*Partizaner geyen*，第二版（布宜诺斯艾利斯：Tsentral farband fun poylishe yidn in argentine，1947），65 – 66；施默克·卡奇金斯基，*Ikh bin geven a partisan*（布宜诺斯艾利斯：Fraynd funem mekhaber，1952），40 – 41；亚伯拉罕·肖兹克维，*Vilner geto*（巴黎：Fareyn fun di vilner in frankraykh，1946），108.

14　施默克·卡奇金斯基，"Der haknkrayts iber yerushalayim de-lite"，*Di Tsukunft*（纽约）（1946 年 9 月）：639.

15　《妥拉》，犹太人的律法，通常装饰着皇冠或一双叶尖饰，皇冠象征着威严和法律。——译者注

16　装饰着十二颗宝石的胸铠。关于其用法的一种说法是可以抵消审判中犯的错误。——译者注

17　通常被《妥拉》的阅读者用来在阅读中，指着阅读到的地方。是用来确保《妥拉》的羊皮纸文稿不被触摸的方式。——译者注

18　巴尔贝里斯基，*Shtarker fun ayzn*，180 – 181.

19　迈蒙尼提斯（1135—1204），被称为摩西之后最伟大的犹太哲学家。——译者注

20　肖兹克维，*Vilner geto*，108（肖兹克维报告逮捕他们的德国人不是波尔，是波尔的助理戈特哈德）；赫尔曼·克鲁克，*Togbukh fun vilner geto*，莫尔德卡· W. 伯恩斯坦编（纽约：YIVO，1961），73.

21　施默克·卡奇金斯基手稿，"Vos di daytshn hobn aroysge rt un farnikhtet"，le 678. 2，肖兹克维 – 卡奇金斯基藏品集，RG 223，YIVO 档案；克鲁克，*Togbukh fun vilner geto*，180.

22　拉斐尔·马勒，"Emanuel Ringelblum's briv fun varshever geto"，*Di Gol-dene keyt*（特拉维夫）46（1963）：25.

23　原文德语 Hohe Schule，指德国纳粹党的意识形态大学。——译者注

24　ERR 藏书，op. 1，d. 136，pp. 386，396，F. 3676，罗森堡国家指导总部中央国家机关档案（TsDAVO），Kyiv（此后引为 TsDAVO）.

第四章　知识分子的地狱

1　洛克·门德尔松，致平卡斯·施瓦兹的信 1959，p. 7，信件第 770，肖兹克维 – 卡奇金斯基藏品集，RG 223，YIVO 犹太研究中心，纽约；瑞秋·玛格丽丝，作者的采访，耶鲁哈姆，以色列，2011 年 5 月 3 日；见克鲁克弟弟平卡斯·施瓦兹所写传记，克鲁克，*Togbukh fun vilner* geto, xi – xlv.

2 克鲁克, *Togbukh fun vilner geto*, xxxii – xxxiv.

3 见塞缪尔·卡索, “维尔纳与华沙, 两本犹太聚居区日记: 赫尔曼·克鲁克与伊曼纽尔林格尔布卢姆”, 收入《大屠杀纪年史: 通过日记与其他同时代个人叙事等个人角度看大屠杀》, 罗伯特·莫斯·夏普罗编, 171 – 215 (霍博肯, 新泽西: Ktav, 1999); 克鲁克, *Togbukh fun vilner geto*, 294 (1942 年 6 月 28 日).

4 克鲁克, *Togbukh fun vilner geto*, 54 – 55; 赫尔曼·克鲁克,《立陶宛耶路撒冷最后的日子》, 芭芭拉·哈莎夫译, 本杰明·哈莎夫编 (纽黑文, 康涅狄格州: 耶鲁大学出版社与 YIVO, 2002), 92.

5 克鲁克, *Togbukh fun vilner geto*, 54 – 55; 克鲁克,《最后的日子》, 92 – 93.

6 克鲁克, *Togbukh fun vilner geto*, 60 – 63; 克鲁克,《最后的日子》, 97 – 100.

7 克鲁克, *Togbukh fun vilner geto*, 67 – 69, 77, 80.

8 克鲁克, *Togbukh fun vilner geto*, xxxv – xxxvi, 72.

9 克鲁克回顾性报告, “A yor arbet in vilner get-bibliotek”, 1942 年 10 月, 信件第 370, pp. 21 – 22, 肖兹克维 – 卡奇金斯基藏品集, RG 223, YIVO 档案。

10 克鲁克, *Togbukh fun vilner geto*, xxxxix, 81 – 82, 123 – 124; 巴尔贝里斯基, *Shtarker fun ayzn*, 443.

11 格雷德, “Froyen fun geto”, 1961 年 6 月 30 日; 哈伊姆·格雷德, “Fun unter der erd”, *Forverts*, 1979 年 4 月 1 日; 卡奇金斯基,《犹太维尔纳的毁灭》, 5.

12 卡奇金斯基, *Ikh bin geven*, 19 – 21; 格雷德, “Froyen fun geto”, 1961 年 6 月 30 日; 格雷德, “Fun unter der erd”, 1979 年 4 月 1 日。

13 卡奇金斯基, *Ikh bin geven*, 23 – 24.

14 卡奇金斯基给出的他在维尔纳犹太聚居区外的时间有冲突, 在《犹太维尔纳的毁灭》中, 时间段是 1941 年 9 月到 1942 年 4 月 (见 pp. 141, 197, 215); 在 *Ikh bin geven a partisan* 中, 他提到的时间段是 1942 年冬天到 1943 年春天。前一个日期在克鲁克 *Togbukh fun vilner geto*, 310 页中确证。

15 肖兹克维, *Vilner geto*, 26 – 27, 55 – 58.

16 克鲁克，Togbukh fun vilner geto，92.

第五章 书籍与人民的避风港

1 见巴尔贝里斯基 *Shtarker fun ayzn*，435－436 页发表的1941 年10 月的图书馆月度报告。

2 巴尔贝里斯基，*Shtarker fun ayzn*，438－439.

3 犹太聚居区图书馆中的物品，信件第 476，肖兹克维－卡奇金斯基藏品集，RG 223，YIVO 档案；关于阅览室陈列品，见迪娜·阿布拉莫维奇，"Vilner geto bibliotek"，in *Lite*，孟德尔·苏打尔斯基、尤瑞尔·卡特森内尔伯格和 Y. 基辛编，1671－1678，vol. 1（纽约：Kultur gezelshaft fun litvishe yidn，1951），1675；欧娜·施迈特"Mayne bagegenishn mit herman kruk"，*Undzer shtime*（巴黎），1947 年 8 月 1 日—2 日，2.

4 克鲁克，*Togbukh fun vilner geto*，138－140，162.

5 亚伯拉罕·肖兹克维，"Tsum kind"，in*Lider fun yam ha-moves*（特拉维夫：伯根·贝尔金，1968），44－45；英语译本见大卫·G. 罗斯基编辑编撰的《毁灭的文学》（费城：美国犹太出版协会 1989 年版），494－495.

6 肖兹克维，*Vilner geto*，72；克鲁克，*Togbukh fun vilner geto*，157.

7 赫尔曼·克鲁克，"Geto-bibliotek un geto-leyener，15. ix. 1941－15. ix. 1942"，信件第 370，肖兹克维－卡奇金斯基藏品集，RG 223，YIVO 档案；信件第 295，p. 18，维尔纽斯犹太聚居区记录，RG 26. 015M，华盛顿美国大屠杀纪念馆档案馆（此后引用为 USHMM）。

8 阿布拉莫维奇，"Vilner geto bibliotek".

9 克鲁克，"Geto-bibliotek un geto-leyener"，22.

10 克鲁克，"Geto-bibliotek un geto-leyener"，22－23；史莱姆·贝里斯，"Kultur unterder hak"，in *Portretn un problemen*，313－416（华沙：Yidish bukh，1964），330－331.

11 泽里克·卡尔曼诺维奇，"Togbukh fun vilner geto（fragment）"，沙洛姆·鲁里亚编，意第绪语翻译：阿弗拉汉姆·诺韦斯顿，《YIVO 期刊》（新系列）3（1997）：82.

12 克鲁克，"Geto-bibliotek un geto-leyener"，23－25.

13 克鲁克，"Geto-bibliotek un geto-leyener"，14，17，18，27－28.

14 op. 1，d. 256，维尔纽斯犹太聚居区记录，F. R－1421，立陶宛中央国家档案馆，维尔纽斯（此后引为 F. R－1421 记录）。

15 op. 1, d. 246, F. R－1421 records.

16 op. 1, d. 304, 340, 341, F. R－1421 records.

17 "Di sotsyal-psikhologishe rol fun bukh in geto", op. 1, d. 230, F. R－1421 records.

18 马克·多维尔则基，Yerushalayim de-lite in kamf un umkum（巴黎：Yidishnatsionaler arbeter farband in amerike un yidisher folksfarband in frankraykh, 1948), 241；克鲁克，"Geto-bibliotek un geto-leyener", 6；给一号犹太聚居区所有楼房管理者的信（显然是从 1941 年 9 月底或 10 月开始），信件第 450，肖兹克维－卡奇金斯基藏品集，RG 223，YIVO 档案。

19 克鲁克，*Togbukh fun vilner geto*, 99；克鲁克，《最后的日子》，140（有改动）.

20 巴尔贝里斯基，*Shtarker fun ayzn*, 439；le 15, F. R－1421 records. 该命令日期为 1941 年 11 月 27 日。

21 克鲁克，*Togbukh fun vilner geto*, 97, 116, 129（1942 年 1 月 4 日和 1 月 7 日）.

22 贝贝·艾普斯坦恩，"A bazukh in der groyser shul. Derinerung fun geto"，信件第 223，肖兹克维－卡奇金斯基藏品集，RG 223，YIVO 档案。在一次随后的秘密访问中，丹尼尔·费恩施坦博士发现了哈伊姆·欧泽尔·格罗德金斯基拉比在大犹太会堂的妇女旁听席一角的私人图书馆。克鲁克，*Togbukh fun vilner geto*, 150（1942 年 1 月 27 日），152（1942 年 1 月 29 日），161（1942 年 2 月 9 日）.

23 克鲁克，*Togbukh fun vilner geto*, 126－128（1942 年 1 月 7 日）.

24 在维尔纳犹太人聚居区博物馆的采集卡，信件第 283, pp. 4－5，信件第 366, nos. 1 and 67, F. R－1421records.

25 关于这些机构，请参见图书馆 1941 年 9 月和 10 月的报告，收于巴尔贝里斯基，*Shtarker fun ayzn*, 435－438；后来的报告，见肖兹克维－卡奇金斯基藏品集，RG 223，信件第 367 和 368，YIVO 档案。关于博物馆，见信件第 453 和 472，同样收于肖兹克维－卡奇金斯基藏品集；信件第 265, 266, 349, 354, F. R－1421 records.

26 参见末页照片。

被拯救的宝石：维尔纳加恩犹太会堂的记录本

1 所罗门·扎尔曼·哈芙琳，"Pinkas kloyz ha-gra be-vilna", *Yeshurun* 16

(2005): 748.

2　出处同上, 750.

3　捐助基金由莫舍·戴勒施坦恩创立，息汪月第五日 5673（1913 年 6 月 10 日），信件第 184. 11, pp. 56 – 58，肖兹克维 – 卡奇金斯基藏品集, RG 223, 第 2 部分, YIVO 档案。

4　"Bet Midrash shel maran Ha-Gra zatsal, Vilna, Yetso"，塔姆兹月第一日, 5686（1916 年 7 月 2 日），信件第 184. 11，肖兹克维 – 卡奇金斯基藏品集, RG 223, 第二部分, YIVO 档案。

5　"Lezikaron olam", Hodesh 艾伯月 5682（1922 年 8 月），信件第 184. 11, 肖兹克维 – 卡奇金斯基藏品集，RG 223，第 2 部分，YIVO 档案。

第六章　共犯还是救助者?

1　克鲁克, *Togbukh fun vilner geto*, 163（1942 年 2 月 11 日）；克鲁克,《最后的日子》, 198. ERR 团队成员的名字是根据亚伯拉罕·肖兹克维的手稿 "Tsu der geshikhte fun rozenberg shtab"，信件第 678. 1，以及关于.ERR 的匿名者叙述, 信件第 678, pp. 1 – 2, 肖兹克维 – 卡奇金斯基藏品集，RG 223，YIVO 档案。

2　克鲁克, *Togbukh fun vilner geto*, 178 – 179（1942 年 2 月 19 日），克鲁克,《最后的日子》, 212（有改动）.

3　克鲁克, *Togbukh fun vilner geto*, 180；克鲁克,《最后的日子》, 213. 4. 克鲁克, *Togbukh fun vilner geto*, 183.

4　克鲁克, *Togbukh fun vilner geto*, 183.

5　克鲁克, *Togbukh fun vilner geto*, 178 – 181.

6　施迈特, "Mayne bagegenishn", 3.

7　克鲁克, *Togbukh fun vilner geto*, 182 – 183, 188.

8　赫尔曼·克鲁克手稿, "Ikh gey iber kvorim", D. 2. 32, 莫施特档案, 吉瓦特哈维瓦, 以色列；也见克鲁克, *Togbukh fun vilner geto*, 190 – 191；克鲁克 1942 年 8 月的活动报告, d. 501, F. R – 1421 records.

9　为纪念和庆祝古代流落波斯的犹太人挫败大臣哈曼的种族灭绝阴谋的节日。——译者注

10　克鲁克, *Togbukh fun vilner geto*, 190；克鲁克,《最后的日子》, 222.

11　大学街 3 号的工作断断续续持续到 1943 年 8 月。见泽里克·卡尔曼诺维奇, Yoman be-geto vilna u-ketavim min ha-'izavon she-nimtsa' baharisot（特拉维夫：Moreshet-Sifriat Poalim，1977），101，103.

12 原文德文。——译者注

13 克鲁克，*Togbukh fun vilner geto*，200，272；肖兹克维，“Tsu der geshikhte”，2－3；卡奇金斯基，“Vos di daytshn”，1－2；瑞拉切拉·波普克－克林斯基，“Mayn arbet in YIVO unter di daytshn”，《YIVO期刊》30（1947）：214－223. 卡奇金斯基估计，24,000本书被勒夫特瓦夫部队破坏，这些叙述在约翰内斯·波尔1942年4月28日给柏林报告中证实：ERR藏书集，op. 1，d. 128，pp. 182－183，TsDAVO.

14 克鲁克，*Togbukh fun vilner geto*，200.

第七章 纳粹，游吟诗人，老师

1 克鲁克，*Togbukh fun vilner geto*，240（1942年4月23日）；克鲁克，《最后的日子》，268（有改动）.

2 原文德文。——译者注

3 库恩－路德维奇，《约翰内斯·波尔》，189. 希姆贝尔在1959年写的一个记述中称，他说服波尔在原地使用合格的犹太劳工给资料添加目录。

4 员工资料来自卡奇金斯基，*Partizaner geyen*，66；卡尔曼诺维奇，“Togbukh fun vilner geto”，87（1942年6月4日）；I. 考瓦尔斯基，《纳粹欧洲的秘密出版社：一个犹太联合游击队组织的故事》（纽约：中央指南出版商1969年版），99.

5 克鲁克，*Togbukh fun vilner geto*，21（1942年3月20日）.

6 肖兹克维，“Tsu der geshikhte”，9－10；波尔，给柏林的信，1942年4月2日，ERR集，op. 1，d. 128，pp. 163－64，TsDAVO.

7 ERR集，op. 1 d. 128，pp. 193；330－33，TsDAVO.

8 肖兹克维，“Tsu der geshikhte”，9；卡奇金斯基，“Vos di daytshn”，3. 卡奇金斯基称波尔预计有二十五万美元；1942年4月28日波尔给柏林的报告，ERR集，op. 1，d. 128，p. 187，TsDAVO.

9 波尔往来于柏林（ERR的总部），法兰克福（犹太问题研究中心），以及现场。1942年5月，他在科夫纳（犹太会堂图书馆45,778本书）；6月，他在基辅（90,000本书）；11月上旬，他在哈尔科夫，找到40,000卷希伯来文物和犹太文物。他在去乌克兰的路上，途经维尔纳。见ERR集，op. 1，d. 50a，d. 119，pp. 220－221，TsDAVO.

10　卡奇金斯基，*Ikh bin geven*，17.

11　出处同上，100－101.

12　英语翻译是基于罗斯基《毁灭的文学》，479－482，有我的改动。

13　卡奇金斯基，《犹太维尔纳的毁灭》，179，182－183，197，205，239，240，244；维尔纳和以色列附近的犹太人协会，2017 年 1 月 26 日访问，http://www.vilna.co.il/89223/ברנשטיין；YIVO 研究中心，"Yizker"，*YIVO-bleter* 26，no. 1（1945 年 6—9 月）：5；K. S. 卡兹丹编，*Lerer yizker-bukh：di umgekumene lerer fun tsisho shuln in poyln*（纽约：考米特出版社 1954 年版），242；克鲁克，*Togbukh fun vilner geto*，211；肖兹克维，"Tsu der geshikhte"，2－3.

14　耶胡达·图宾编，*Ruzhka：Lehimata，Haguta，Demuta*（特拉维夫：Moreshet，1988）；卡奇金斯基，《犹太维尔纳的毁灭》，307；"专记：阿夫拉姆·泽勒尼科夫（1924－）"，莫纳什大学，2017 年 1 月 5 日访问，http://future.arts.monash.edu /yiddish-melbourne/biographies-avram-zeleznikow.

15　肖像描述基于瑞拉切拉· 克林斯基回答孙女亚历山德拉·沃尔的"调查问卷的答案"手写回答，由亚历山德拉·沃尔提交，以及瑞拉切拉战后丈夫亚伯拉罕·梅兰奇的回忆录，特别是第 37 章，"瑞拉切拉"，亚伯拉罕·梅兰奇集第一盒与第六盒，RG 1872，YIVO 档案。额外信息由瑞拉切拉·克林斯基的孙女亚历山德拉·沃尔提供。

第八章　书籍的波纳尔

1　多维尔则基，*Yerushalayim de-lite*，167；瑞早·（鲁兹卡）·柯扎克，*Lehavot ba-efer*，第三版本（莫瑞维亚，以色列：Sifriyat Po'alim，1965），76；克鲁克，*Togbukh fun vilner geto*，238（1942 年 4 月 20 日）.

2　克鲁克，*Togbukh fun vilner geto*，242－243（1942 年 4 月 25 日）.

3　拉脱维亚首都。——译者注

4　关于史波克特见他的 ERR 员工信件，op. 1，d. 223，p. 233，TsDAVO；克鲁克，*Togbukh fun vilner geto*，267（1942 年 5 月 15 日）；卡尔曼诺维奇，"Togbukh fun vilner geto"，81（1942 年 5 月 17 日与 19 日）；卡尔曼诺维奇，*Yoman be-geto vilna*，93（1942 年 12 月 1 日）；肖兹克维，"Tsu der geshikhte"，3－4；卡奇金斯基，*Ikh bin geven*，41. 关于戈特哈德，见 ERR 集，op. 1，d. 128，p. 138，d. 145，p. 167，TsDAVO.

5 波普克－克林斯基，“Mayn arbet”，216；卡尔曼诺维奇，“Togbukh fun vilner geto”，92（1942年6月12日）.

6 肖兹克维，“Tsu der geshikhte”，3，8，9；肖兹克维，给伊利亚·爱伦堡的信，1944年7月，在“埃伦堡”，亚伯拉罕·肖兹克维集，Arc 4° 1565，以色列国家图书馆、档案部门，耶路撒冷（此后引为肖兹克维集）；肖兹克维，*Vilner geto*，110.

7 “Aufgabenstellung des Einsatzstabes Reichsleiter Rosenberg”，引自库恩－路德维奇，《约翰内斯·波尔》，184.

8 旺德博士的备忘录，关于“Generisches Schrifttum”，1942年5月27日，里加，op. 1，d. 233，pp. 276－278，TsDAVO.

9 克鲁克，*Togbukh fun vilner geto*，282（1942年6月5日）；卡奇金斯基，“Vos di daytshn”，4，6；卡尔曼诺维奇，*Yoman be-geto vilna*，76（1942年8月10日），78（1942年8月21日）.

10 卡奇金斯基，*Partizaner geyen*，68.

11 卡尔曼诺维奇，“Togbukh fun vilner geto”，88.

12 克鲁克，*Togbukh fun vilner geto*，282（1942年6月5日），300（1942年6月9日）.

13 ERR 集，op. 1，d. 128，pp. 330－331，TsDAVO.

14 卡奇金斯基，“Vos di daytshn”，4；“Nirenberger protses”，信件第124，“Tezn tsu mayn eydes zogn”，pp. 5－7，肖兹克维集。《妥拉》书卷被清理到皮革厂的处理在史波克特给他柏林上司的信件中被证实；ERR 集，op. 1，d. 119，p. 189（1942年9月26日），p. 191（1942年9月16日），TsDAVO.

15 卡尔曼诺维奇，“Togbukh fun vilner geto”，93.

16 卡尔曼诺维奇，*Yoman be-geto vilna*，89（1942年11月15日）.

17 肖兹克维，“Tsu der geshikhte”，4－5. 波兰罗森堡具体部门的工作报告记录了1943年7月5—10日与12—17日的行动，由纳德施达·（迪娜）·贾菲签字，记录了泽瓦斯基出版社的转移，d. 507，F. R－1421 records.

18 1942年5月21日的回忆录，op. 1，d. 119，p. 215，TsDAVO.

19 俄罗斯帝国沙皇。——译者注

20 卡奇金斯基，“Vos di daytshn”，5；A. 玛拉特考夫，“Geratevete kulturoytsres”，《团结报》（莫斯科），1944年8月17日。

21　肖兹克维，“Tsu der geshikhte”，pp. 7 – 8. 波尔在他 1942 年 10 月 15 日的报告中的规划图，描述了俄罗斯和波兰收藏品在大量进入之前房间的使用。ERR 集，op. 1，d. 128，pp. 330 – 331，TsDAVO.

22　卡尔曼诺维奇，“Togbukh fun vilner geto”，88（1942 年 6 月 7 日）；Kalmano-vitch，*Yoman be-geto vilna*，109（1943 年 7 月 5 日）.

23　克鲁克，*Togbukh fun vilner geto*，282（1942 年 6 月 5 日）；卡尔曼诺维奇，“Togbukh fun vilner geto”，90（1942 年 6 月 8 日），91（1942 年 6 月 10 日），92（1942 年 6 月 12 日与 6 月 15 日），95（1942 年 6 月 18 日），103（1942 年 7 月 19 日）.

24　一种说法是，犹太教末世论认为歌革和玛各是弥赛亚的时代来临之时，会被弥赛亚击败的敌人。——译者注

25　卡尔曼诺维奇，*Yoman be-geto vilna*，82（1942 年 10 月 11 日），85（10 月 25，1942 年 10 月 25 日），91（1942 年 11 月 16 日）；克鲁克，*Togbukh fun vilner geto*，457（1943 年 2 月 13 日）；信件第 179，p. 1，维尔纳（维尔纽斯）犹太聚居区收藏文件，Arc 4° 1703，以色列国家图书馆、档案部门，耶路撒冷（以后引为维尔纳犹太居民区文件 cited as 维尔纳犹太聚居区文件）；卡奇金斯基，“Vos di daytshn”，3.

第九章　“纸张小队”

1　卡尔曼诺维奇，“Togbukh fun vilner geto”，100；卡尔曼诺维奇，*Yoman be-geto vilna*，87（1942 年 11 月 1 日）；信件第 497，p. 1，信件第 499，pp. 4，6，维尔纽斯犹太聚居区记录，USHMM.

2　卡奇金斯基，*Ikh bin geven*，41 – 42.

3　波普克 – 克林斯基，“Mayn arbet”，215；克鲁克，*Togbukh fun vilner geto*，401 – 402（1942 年 11 月 10 日）；克鲁克，《最后的日子》，408.

4　波普克 – 克林斯基，“Mayn arbet”，215.

5　卡奇金斯基日记，信件第 615，pp. 34 – 35，肖兹克维 – 卡奇金斯基藏品集，RG 223，YIVO 档案。

6　出处同上，35.

7　波普克 – 克林斯基，“Mayn arbet”，217.

8　出处同上 . 216 – 219；亚伯拉罕·肖兹克维，“A vort tsum zekhtsiktn yoiyl fun YIVO”，见 *Baym leyenen penimer*（耶路撒冷：马格斯，1993），206 – 207；卡奇金斯基，*Ikh bin geven*，53.

9　卡奇金斯基，*Ikh bin geven*，43 – 44；波普克 – 克林斯基，“Mayn arbet”, 221.

10 克林斯基 – 梅兰奇, “Mit Shmerken”, 129.

11 波普克 – 克林斯基, “Mayn arbet”, 216.

12 亚历山德拉 · 沃尔, 与她的祖父亚伯拉罕 · 梅兰奇的采访笔记, 2007 年 11 月, 作者所有。

13 施默克 · 卡奇金斯基, “Dos elnte kind”, in*Lider fun di getos un lagern*, 施默克 · 卡奇金斯基编（纽约: Tsiko bikher farlag, 1948）, 90 – 91.

14 波普克 – 克林斯基, “Mayn arbet”, 221; 欧娜 · 施迈特, 给亚伯拉罕 · 肖兹克维的信, 1947 年 8 月 23 日, “Shimaite, Anna”, 信件第 1, 肖兹克维集。

15 多维尔则基, *Yerushalayim de-lite*, 263.

16 应许之地,《圣经》中的用词, 上帝耶和华向犹太人的祖先亚伯拉罕的后裔和他的儿子以撒及以撒的儿子雅各, 应许赐给他的后裔在中东从尼罗河至幼发拉底河的土地。——译者注

17 尔察课, *Lehavot ba-efer*, 115 – 116; Tubin, *Ruzhka*, 194.

第十章　偷书的艺术

1 米歇尔 · 门金（门科维奇）, 由作者采访, 利堡, 新泽西, 2014 年 2 月 13 日。门金于 1942 年春夏在 YIVO 工作。他现在住在新泽西的利堡。

2 克鲁克, *Togbukh fun vilner geto*, 300 – 301; 克鲁克,《最后的日子》, 322（有改动）. 克鲁克就拯救的文件给了部分列表。“文件来自乌克兰人民共和国犹太人事务部的文件 [1918—1919]; 材料来自诺也和 · 布莱鲁兹基、西蒙 · 都布诺、贝尔 · 波罗科夫档案; 艾萨克 · 梅尔 · 迪克册子, 由他的出版物和他的传记材料组成; 不同国家、地点的谚语册。有大量的信件: 肖洛姆 · 阿莱汉姆的书信和几张手稿; 大卫 · 艾因豪恩、大卫 · 平斯基和 S. L. 塞特恩的手稿; 阿尔弗雷德 · 兰道博士的［意第绪语］语言学宝藏中的资料; YIVO 的意第绪语剧院博物馆的照片; 摩伊舍 · 库尔巴克、舒穆尔 · 尼格尔、丹尼尔 · 查尔尼、哈伊姆 · 施特劳斯基、约瑟夫 · 奥巴托书、A. 莱亚雷斯、泽尔曼 · 瑞增、里昂 · 克彬、摩伊舍 · 纳迪尔、马尔克 · 夏加尔、纳森 · 伯恩鲍姆博士、亚科夫 · 费迟曼的书信。” 1942 年 9 月 24 日, 克鲁克添加: “最近, 罗森堡特遣部队的员工遇到新的挑战。每天都有大量的书籍和文件被带入犹太聚居区。搬运工的队伍（即偷

运者）已经扩员好几次。”克鲁克，*Togbukh fun vilner geto*，351.

3　波普克 - 克林斯基，“Mayn arbet”，217. 看守谴责的例子，见卡尔曼诺维奇，*Yoman be-geto vilna*，110（1943 年 7 月 9 日），112（1943 年 7 月 13 日）.

4　柯扎克，*Lehavot ba-efer*，82 - 83.

5　波普克 - 克林斯基，“Mayn arbet”，217 - 219；卡奇金斯基，*Ikh bin geven*，53 - 57.

6　克林斯基 - 梅兰奇，“Mit Shmerken”，130 - 131.

7　回答她的孙女亚历山德拉·沃尔的问题，第一盒，亚伯拉罕·梅兰奇集，RG 1872，YIVO 档案。

8　肖兹克维，*Vilner geto*，111 - 112.

9　卡尔曼诺维奇，*Yoman be-geto vilna*，94（1942 年 12 月 9 日），110（July 9，1943），112（1943 年 7 月 13 日）.

10　波普克 - 克林斯基，“Mayn arbet”，217 - 218.

11　卡尔曼诺维奇，*Yoman be-geto vilna*，74（1942 年 8 月 2 日）. 卡奇金斯基，《犹太维尔纳的毁灭》，209，称卡尔曼诺维奇反对把书藏起来，认为最好与德国合作，把书运到德国，因为这些材料将在战后被取回。这是卡尔曼诺维奇观点的简化。根据他的犹太聚居区日记，卡尔曼诺维奇支持将书偷进聚居区也支持运往德国，以减少书籍走向第三个选项——在造纸厂被毁灭。

12　卡奇金斯基，*Partizaner geyen*，69；卡奇金斯基，*Ikh bin geven*，41 - 42；阿弗拉哈姆·泽勒尼考夫（Avraham Zheleznikov），作者采访，墨尔本，澳大利亚，2012 年 7 月 8 日；柯扎克，*Lehavot ba-efer*，110.

13　文件第 330，p. 9；信件第 366，pp. 68，73，115；维尔纽斯犹太聚居区记录，RG26. 015M，USHMM.

14　肖兹克维笔记，“Gefunen dem togbukh fun dokter hertsl”，信件第 770 的第 2 部分，信件第 184，肖兹克维 - 卡奇金斯基藏品集，RG 223，YIVO 档案。

15　Kazys Boruta，*Skamb ekit vetroje，beržai*（维尔纽斯：瓦加出版社，1975），341 - 342.

16　肖兹克维，*Vilner geto*，112.

17　波普克 - 克林斯基，“Mayn arbet”，219 - 220.

18　亚伯拉罕·肖兹克维，“Kerndlekh veyts”，in *Yidishe gas*，32 - 33（纽

约：马同斯出版社 1947 年版）；英文翻译：亚伯拉罕·肖兹克维，“麦粒”，收录于 *A.*《肖兹克维：诗与文选》芭芭拉·哈莎夫与本杰明·哈莎夫翻译和编辑，156 – 158（伯克利：加利福尼亚大学出版社 1991 年版）.

19 克鲁克，*Togbukh fun vilner geto*，575 – 576（1943 年 6 月 18 日）；克鲁克，《最后的日子》，567 – 568（有改动）．亚伯拉罕·肖兹克维，给马克思·温瑞克的信，巴黎，1947 年 1 月 12 日，外国通信，1947，YIVO 管理处，RG 100，YIVO 档案。关于这次事件，卡尔曼诺维奇写道：“我感激上帝赐予我听到佳音的特权……我把这个消息告诉了一些与研究中心亲近的人。大家都很高兴，但无法用语言来表达激动的情绪。”卡尔曼诺维奇，*Yoman be-geto vilna*，107.

被拯救的宝石：赫茨尔日记

1 犹太教每日做礼拜时或为死者祈祷时唱的赞美诗。——译者注

2 艾斯·斯特恩伯格，《无家可归的王子们：现代犹太复国主义和西奥多·赫茨尔的孩子的奇怪命运，1900—1945》（圣弗朗西斯克：国际学者出版社 1994 年版）；“西奥多·赫茨尔之子汉斯·赫茨尔在姐姐鲍琳的葬礼后自杀”，《犹太电讯社通报》，1930 年 9 月 18 日；“七十六年后汉斯·赫茨尔梦想成真”，《国土报》，2006 年 9 月 19 日。

3 泽尔曼·瑞增（Zalmen Rejzen），“Doktor Teodor Herzl's umbakanter togbukh”，*Morgen-zhurnal*，1932 年 4 月 10 日；马克思·温瑞克给亚伯拉罕·卡恩的备忘录，1933 年 6 月 7 日，“Teodor hertsl's togbukh fun di yorn 1882—1887”，联合会集，RG 1400，YIVO 档案。

4 温瑞克，给卡恩的备忘录。

5 犹太复国主义流派之一，也有称“社会主义的犹太复国主义”的，代表犹太复国主义运动的“左派”和工人组织，主张通过在巴勒斯坦定居、以农村基布兹和城市无产阶级为组织形式的犹太工人阶级的阶级斗争创建犹太国家。（参见《劳工犹太复国主义的特征中东历史与现状》，http://lishi.zhuixue.net/shijieshi/97225.html）——译者注

第十一章　书与剑

1 柯扎克，*Lehavot ba-efer*，54.

2　出处同上，95.

3　出处同上，95 - 96.

4　出处同上，90 - 92.

5　柯扎克，*Lehavot ba-efer*；多维尔则基，*Yerushalayim de-lite*，395；米歇尔·门金（米克维奇），由作者采访，利堡，新泽西，2013 年 8 月 19 日。

6　肖兹克维，*Vilner geto*，122 - 125，229.

7　阿巴·科夫纳，"Flekn af der moyer"，*Yidishe kultur*（纽约）（May 1947）：26；洛克·孟德尔桑德 - 科瓦尔斯基，给平卡斯·施瓦兹的信，没有日期，信件第 770，pp. 1 - 2，5，肖兹克维 - 卡奇金斯基藏品集，RG 223，YIVO 档案。

8　施默克·卡奇金斯基，"Mayn ershter pulemiot"，*Epokhe*（纽约），nos. 31 - 32（1947 年 8—10 月）：52 - 56.

9　柯扎克，*Lehavot ba-efer*，96 - 97；里昂·贝恩斯坦，*Ha-derekh ha-ahronah*（特拉维夫：Va'ad Tsiburi，1990），184.

10　柯扎克，*Lehavot ba-efer*，96. 艾扎克·科瓦尔斯基，曾在 YIVO 大楼工作三个月之久，也曾代表 FPO 将弹药和武器偷入犹太居民区大楼；科瓦尔斯基，《秘密出版物》，96 - 101.

11　科瓦尔斯基，《秘密出版物》，100.

12　亚伯拉罕·肖兹克维，"Di blayene platn fun roms drukeray"，in *Lider fun yam ha-moves*，94；英文，亚伯拉罕·肖兹克维，"罗姆出版社的铅板"，收录于《A. 肖兹克维》，168 - 170.

13　卡奇金斯基，"Mayn ershter pulemiot"，57 - 58.

14　这个时间有三个版本，每个版本都有小小区别：肖兹克维，*Vilner geto*，220；卡奇金斯基，*Ikh bin geven*，45 - 52（又见卡奇金斯基，"Mayn ershter pulemiot"，57 - 59）；波普克 - 克林斯基，"Mayn arbet"，220 - 221. 我参照的是波普克 - 克林斯基和卡奇金斯基的版本，两人的版本比较一致。

15　卡奇金斯基，*Ikh bin geven*，11.

第十二章　被奴役的策展人与学者

1　苏联领导人，著名的政治家、军事家和国务活动家，苏联元帅（1935 年），曾于斯大林死后出任苏联名义上的国家元首 7 年。——译者注

2 犹太教所用祈祷书。——译者注

3 这个细节在以欧的一篇研究中出现，“Wilna und Wilnauer Klausen”，10，14 – 15.

4 反犹太人刊物。——译者注

5 肖兹克维，“Tsu der geshikhte”，13 – 15；卡奇金斯基，*Partizaner geyen*，69 – 71. 也见贝恩斯坦，*Ha-derekh ha-ahronah*，169. 关于卡拉派的问题，见下。

6 克鲁克，*Togbukh fun vilner geto*，327（1942 年 7 月 30 日）；克鲁克，《最后的日子》，340（有改动）；卡尔曼诺维奇，*Yoman be-geto vilna*，73 – 75（1942 年 7 月 31 日），75 – 76（8 月 13 日）.

7 位于纽约的犹太人救济组织。——译者注

8 W. K.，“Die Einstige des Judentums，eine wertvolle Sonderschau des ‘Ein-satzstabes Rosenberg’ in Wilna”，*Wilnaer Zeitung*，no. 194，August 20，1942.

9 卡尔曼诺维奇，*Yoman be-geto vilna*，75.

10 肖兹克维，“Tsu der geshikhte”，15；肖兹克维，*Vilner geto*，178；卡奇金斯基，*Partizaner geyen*，69.

11 卡尔曼诺维奇，“Togbukh fun vilner geto”，94.

12 克瑞尔·费弗曼，“纳粹德国和卡拉派在 1938—1944：种族理论与政治权利之间”，《民族报》39，no. 2（2011）：277 – 294；舒摩尔·史派克特，“Ha-kara’im be-eyropah she-bi-shlitat ha-natsim be-re’i mis-makhim germani’im”，*Pe’amim* 29（1986）：90 – 108.

13 费弗曼，“纳粹德国”；史派克特，“Ha-kara’im be-eyropah”.

14 格尔哈德·旺德在柏林，给里加 ERR 的信，将转给维尔纳，1942 年 10 月 28 日，ERR 集，op. 1，d. 118，pp. 146 – 147，TsDAVO.

15 翻译、参考文献和散文见于 YIVO 档案，卡拉派，RG 40；又见于 op. 1，les 18，22，罗森堡国家指导总部，F. R – 633，立陶宛中央国家档案馆，维尔纽斯。

16 ERR 集，op. 1，d. 233，p. 122；d. 118，pp. 118，146 – 147，TsDAVO；卡尔曼诺维奇，*Yoman be-geto vilna*，82（1942 年 10 月 11 日）；引文来自卡尔曼诺维奇，*Yoman be-geto vilna*，90（1942 年 11 月 15 日）. 关于塞普塞拉，见米克哈尔·奇兹洛夫，《圣典的继承者：20 世纪波兰、立陶宛卡拉派》（柏林：德古意特出版社 2015 年版），216 –

283，以及其他多处。

17　关于这次拜访，见卡尔曼诺维奇 *Yoman be-geto vilna*，105（1943 年 4 月 30 日）；阿齐瓦 · 戈尔施特，“Af yener zayt geto”，in *Bleter vegn vilne*：*zamlbukh*，41 – 45（罗兹，波兰：Farband fun vilner yidn in poyln，1947），44 – 45. 关于塞普塞拉的酬金和计划分布于他的研究，见 ERR 集，op. 1，d. 170，pp. 204 – 205，d. 118，pp. 146 – 147，TsDAVO；奴隶劳工薪水，ERR 集，op. 1，d. 147，p. 383，TsDAVO. 关于卡尔曼诺维奇额外的面包，见卡尔曼诺维奇，*Yoman be-geto vilna*，87.

18　肖兹克维，“Tsu der geshikhte”，11；戈尔施特，“Af yener zayt geto”，44 – 45；多维尔则基，*Yerushalayim de-lite*，332.

19　多维尔则基，*Yerushalayim de-lite*，332. 这一叙述由 ERR 集确认，op. 1，d. 128，pp. 309，329，TsDAVO.

20　ERR 集，op. 1，d. 233，pp. 220 – 221，d. 118，pp. 341 – 342，TsDAVO；卡尔曼诺维奇，*Yoman be-geto vilna*，76（1942 年 8 月 9 日），78（1942 年 8 月 21 日）.

21　研究可以见于信件第 9，15 – 17，26，罗森堡国家指导总部，F. R – 633，以及信件第 233，494，504，505，维尔纽斯犹太聚居区记录，F. R – 1421，均在立陶宛中心国家档案馆，维尔纽斯。见我的文章，“维尔纳犹太聚居区奴隶劳工的犹太学术研究”，收入《有一种犹太的表达方式：为纪念大卫 · G. 罗斯基斯的犹太文学研究》（布鲁明顿：印第安纳大学出版社，即将出版）。

22　“Die Juden im historischen Littauen”，信件第 16，p. 10，罗森堡国家指导总部，F. R – 633，立陶宛中心国家档案馆，维尔纽斯。

23　出处同上，p. 12.

24　“Friedhofe und Grabsteine der Juden in Wilna”，信件第 9，罗森堡国家指导总部，F. R – 633，立陶宛中心国家档案馆，维尔纽斯。

25　ERR 集，d. 118，p. 315，TsDAVO.

26　卡尔曼诺维奇，*Yoman be-geto vilna*，93（1942 年 12 月 7 日），103（1943 年 4 月 25 日）；ERR 集，d. 118，p. 379，TsDAVO.

27　克鲁克，*Togbukh fun vilner geto*，469（1943 年 3 月 8 日）；克鲁克关于 ERR 的最终报告，覆盖时间段为 1942 年 2 月 18 日至 1943 年 7 月 10 日，op. 1，d. 5，pp. 37 – 39，罗森堡国家指导总部，F. R – 633，立陶宛中心国家档案馆，维尔纽斯。

第十三章　从犹太聚居区到森林

1　卡奇金斯基, *Lider fun di getos*, 341 – 341.

2　这份文件的节选发表在大卫·E. 费什曼,《火焰中解救的灰烬：维尔纳的犹太文化宝藏拯救行动》, 第二版扩充版（纽约：YIVO, 2009）, 19 – 20.

3　卡奇金斯基, *Ikh bin geven*, 53 – 55.

4　波普克 – 克林斯基, "Mayn arbet", 221 – 222；亚伯拉罕· 肖兹克维, "A t le tsum nes", in *Lider fun yam ha-moves*, 38. 译文由他自己翻译。

5　马克· 多维尔则基, "Der novi fun geto（泽里克·何什·卡尔曼诺维斯基）", *Yidisher kemfer*（纽约）, 1948 年 9 月 24 日, 4 – 5.

6　恩斯坦, *Ha-derekh ha-ahronah*, 245；卡尔曼诺维奇, *Yoman be-geto vilna*, 119（A1943 年 8 月 2—3 日）.

7　克鲁克, *Togbukh fun vilner geto*, xxxviii – xxxix；多维尔则基, *Yerushalayim de-lite*, 269；卡奇金斯基,《犹太维尔纳的毁灭》, 211.

8　卡尔曼诺维奇, *Yoman be-geto vilna*, 126.

9　卡奇金斯基, *Ikh bin geven*, 87.

10　卡奇金斯基, *Ikh bin geven*, 90, 95；柯扎克, *Lehavot ba-efer*, 180 – 190.

11　卡奇金斯基, *Ikh bin geven*, 99.

12　卡奇金斯基, *Ikh bin geven*, 113, 119 – 121.

13　卡奇金斯基, *Ikh bin geven*, 127 – 151.

14　卡奇金斯基, *Ikh bin geven*, 152 – 159.

15　莫舍·格劳斯曼, "施默尔亚胡·卡奇金斯基", *Davar*（特拉维夫）, 1954 年 5 月 14 日, 4；哈伊姆·格雷德, "Eykh no u giboyrim", 收录于《施默克·卡奇金斯基 *ondenk-bukh*》, 44 – 45.

16　卡奇金斯基, *Ikh bin geven*, 172；肖兹克维, "Tsu der efenung fun der oysshtelung lekoved mayn vern a ben-shivim", in *Baym leyenen penimer*, 213 – 214.

17　卡奇金斯基, *Ikh bin geven*, 194 – 196；莫舍·卡尔哈伊姆编, *Mitn shtoltsn gang, 1939 – 1945：kapitlen geshikhte fun partizaner kamf in di narotsher velder*（特拉维夫：Farband fun partizan, untergrunt-kemfers un geto-ufshtendlers in yisroel, 1992）, 149, 283.

18　卡奇金斯基, *Ikh bin geven*, 212 – 217.

19 卡奇金斯基，*Ikh bin geven*，212－217.

20 施默克·卡奇金斯基，"Yid，du partizaner"，收录于《施默克·卡奇金斯基 *ondenk-bukh*》，253.

第十四章　死神降临爱沙尼亚

1 关于卡尔曼诺维奇的决定，见卡奇金斯基，*Ikh bin geven*，118－119；卡奇金斯基，"Der haknkrayts"，641；关于克鲁克决定，见里奥拉·克利斯克的信，1946，以及瑞拉切拉·孟德尔桑德－科瓦尔斯基致平卡斯·施瓦兹的信，1959，收入信件第 770，肖兹克维－卡奇金斯基藏品集，RG 223，YIVO 档案。

2 卡奇金斯基，《犹太维尔纳的毁灭》，109；马克· 多维尔则基，*Vayse nekht un shvartse teg*：*yidn-lagern in estonye*（特拉维夫：I. L. 佩雷兹，1970），305.

3 见多夫·莱文，"Tsvishn hamer un serp：tsu der geshikhte fun yidishn visn-shaftlekhn institute in vilne unter der sovetisher memshole"，《YIVO 期刊》46（1980）：78－97.

4 亚伯拉罕· 肖兹克维，"Vi Z. Kalmanovitch iz umgekumen"，*Yidishe kultur*（纽约），no. 10（1945 年 10 月）：52.

5 于多· 马克，"泽里克· 卡尔曼诺维奇"，*Di Goldene keyt*（特拉维夫），93（1977）：143. 同时见多维尔则基，*Vayse nekht*. 关于阿瑞耶·舍夫特的详细叙述，见卡尔曼诺维奇，*Yoman be-geto vilna*，55－57.

6 卡尔曼诺维奇有一个儿子在巴勒斯坦。——译者注

7 卡奇金斯基，《犹太维尔纳的毁灭》，109－110；卡尔曼诺维奇，*Yoman be-geto vilna*，58.

8 基于玛丽亚·罗伦凯特，"Ya dolzhna raskazat"，in *I vse eto pravda*，123－135（圣彼得堡：Zoltoi Vek，2002）；Grigorii Shur，*Evrei v Vil'no*：*Khronika*，*1941—1944 gg.*（圣彼得堡：Obrazovanie-Kul'tura，2000），181－187；多维尔则基，*Yerushalayim de-lite*，481－484.

9 卡奇金斯基，《犹太维尔纳的毁灭》，291.

10 卡奇金斯基，《犹太维尔纳的毁灭》，75.

11 克鲁克，《最后的日子》，674－755；多维尔则基，*Vayse nekht*，133－134，141.

12 多维尔则基，*Vayse nekht*，224，308，324.

13 波鲁克·梅林，*Fun rakev biz klooga*（纽约：CYCO，1969），136，142.

14 克鲁克,《最后的日子》, 685 – 686.

15 克鲁克,《最后的日子》, 693 – 694.

16 见多维尔则基, *Vayse nekht*, 138, 161 – 163, 189, 287, 302, 305, 377 – 379; 克鲁克,《最后的日子》, 704.

17 克鲁克,《最后的日子》, v.

第十五章 来自莫斯科的奇迹

1 "Undzer batsiung tsum ratnfarnand: aroyszogunugen fun yidishe shrayber", *Dos naye lebn* (罗兹, 波兰), 1946 年 11 月 6 日, 3; 肖兹克维, *Baym leyenen penimer*, 66.

2 见肖兹克维对帕莱基斯的生平描述收录于信件第 1008.2, 肖兹克维集。

3 见肖兹克维, *Baym leyenen penimer*, 131; 鲍里斯 · 格林, "Mit 肖兹克维 in otriad 'nekome'", *Oystralishe yidishe nayes* (墨尔本), 1961 年 10 月 13 日, 7.

4 肖兹克维, *Baym leyenen penimer*, 67.

5 亚伯拉罕 · 肖兹克维, "Rede fun 肖兹克维",《团结报》(莫斯科), 1944 年 4 月 6 日; Dos yidishe folk in kamf kegn fashizm (莫斯科: 欧哥斯, 1945); 肖兹克维, Baym leyenen penimer, 139 – 140.

6 伊利亚 · 爱伦堡, "Torzhestvo cheloveka",《真理报》(莫斯科), 1944 年 4 月 27 日, 4.

7 里昂 · 乐曼, "Ven boris pasternak shenkt avek zayn lid avrom sutskevern", *Di tsionistishe shtime* (巴黎), 1958 年 1 月 31 日。

8 卡奇金斯基, *Ikh bin geven*, 282.

9 出处同上, 291 – 303.

10 出处同上, 312.

11 出处同上, 346, 372, 380 – 383, 引用自 383 页。

第三部 战 后

第十六章 从地下走来

1 根据卡奇金斯基, in "Vos di daytshn", 德国人从维尔纳撤退前炸毁了大楼。

2 卡奇金斯基, *Ikh bin geven*, 386 – 387.

3 伊利亚·爱伦堡, *Liudi, godi, zhizn*: *Vospominanie v triekh tomakh* (莫斯科: Sovet-skii pisatel, 1990), 2: 339 - 340; 阿巴·科夫纳, "Reshita shel ha-beriha ke-tenuat hamonim", *Yalkut Moreshet* 37 (1984 年 6 月): 7 - 31.

4 施默克·卡奇金斯基, *Tsvishn hamer un serp*: *tsu der geshikhte fun der likvidatsye fun der yidisher kultur in sovetn-rusland*, 第二版扩充版 (布宜诺斯艾利斯: Der Emes, 1950), 15 - 41.

5 亚伯拉罕·肖兹克维, "伊利亚·爱伦堡", in *Baym leyenen penimer*, 142 - 143; 肖兹克维的笔记 (无日期), 信件第 219, 维尔纳犹太聚居区文件。

6 卡奇金斯基, "Vos di daytshn", 7.

7 卡奇金斯基,《犹太维尔纳的毁灭》, 179, 183, 205.

8 出处同上, 197, 239, 240.

9 出处同上, 218, 244.

10 卡奇金斯基, *Ikh bin geven*, 184.

11 卡奇金斯基,《犹太维尔纳的毁灭》, 307.

12 肖兹克维, *Vilner geto*, 229.

13 卡奇金斯基, *Tsvishn hamer un serp*, 41 (日记日期为 1944 年 7 月 20 日).

14 卡奇金斯基信件, no. 11, 肖兹克维集。

15 信件第 47, 施默克·卡奇金斯基集, RG P - 18, 亚德·瓦实姆档案, 耶路撒冷, 以色列。

16 "Ershte zitsung", in "Protokoln fun zitsungen fun der initsiativ grupe", 信件第 757, p. 1 (未标记页数), 肖兹克维 - 卡奇金斯基藏品集, RG 223, YIVO 档案。

17 卡奇金斯基, *Tsvishn hamer un serp*, 43 (日记日期为 1944 年 8 月 5 日); 亚伯拉罕·肖兹克维, "Vos mir hobn geratevet in vilne",《团结报》(莫斯科), 1944 年 10 月 12 日。

18 肖兹克维, "Vos mir hobn".

19 科夫纳, "Flekn af der moyer", *Yidishe kultur* (纽约) (1947 年 4 月): 18; 关于科夫纳发现的其他 FPO 资料, 见 "Flekn af der moyer", *Yidishe kultur* (纽约) (1947 年 5 月): 27, (1947 年 6 月): 25, 27.

20 马拉特考夫, "Geratevete kultur-oytsres".

第十七章　独一无二的博物馆

1　格雷德，“Fun unter der erd”，1979 年 4 月 1 日；见卡奇金斯基，“Vilner yidisher gezelshaftlekher yizker-leksikon”，收录于《犹太维尔纳的毁灭》，173 – 314.

2　“Zitsung fun presidium fun yidishn muzey”，1944 年 8 月 1 日，in“Protokoln fun zitsungen fun der initsiativ grupe”，信件第 757，pp. 3 – 7（未标记页面），肖兹克维 – 卡奇金斯基藏品集，RG 223，YIVO 档案；卡奇金斯基，*Tsvishn hamer un serp*；肖兹克维，“Vos mir hobn”.

3　“Protokol fun baratung fun partizaner aktivistn bam muzey fun yidisher kultur un kunst”，in“Protokoln fun zitsungen fun der initsiativ grupe”，信件第 757，pp. 9 – 11（未标记页面），肖兹克维 – 卡奇金斯基藏品集，RG 223，YIVO 档案。

4　无题文件，卡奇金斯基，信件第 11，肖兹克维集；英文翻译：费什曼，《解救的灰烬》，20.

5　雷泽尔·英格尔施特恩，*Mit di vegn fun der sheyris ha-pleyte*（特拉维夫：Igud yeotsei vilna ve-ha-sevivah be-以色列，1976），71 – 72，83.

6　原文为俄语 *zhids*，有贬低意。——译者注

7　英格尔施特恩，*Mit di vegn*，101 – 102；格雷德，“Fun unter der erd”，1979 年 3 月 15 日。1945 年，商品还是被包在希伯来书籍的纸张中售卖。内西亚·奥洛维 – 瑞兹尼克，*Ima*，*Ha-mutar kvar livkot*?（特拉维夫：Moreshet，未注明日期），9.

8　信件原件被发现在信件第 743，肖兹克维 – 卡奇金斯基藏品集，RG 223，YIVO 档案。（原版照片被发现在 D. 1. 4. 94，莫舍特档案，吉瓦特·哈维瓦，以色列。）犹太博物馆制作了一份俄语的翻译版本，并于 1946 年 2 月提交给特别国家委员会调查德法西斯侵略者及其共犯暴行的附属机构，信件第 726，肖兹克维 – 卡奇金斯基藏品集，RG 223，YIVO 档案。卡奇金斯基发表了意第绪语翻译版本（有删节），收录于《犹太维尔纳的毁灭》，55 – 57.

9　阿巴·科夫纳的笔记，日期为 1962 年 7 月 5 日，给“对我犹太兄弟姐妹的一个祈求”，D. 1. 4. 94，莫舍特档案，吉瓦特哈维瓦，以色列。参与了维尔纽斯解放的一位游击队员亚里山大·林军斯基的笔记，“等我们确定之后，我们亲眼看见有人把犹太人交给盖世太保，我们才做出不同的行动：没有等到司法程序，我们就杀死了他们”，*Hur-*

ban vilna（Lohamei ha-geta'ot，以色列：Beit lohamei ha-geta'ot，1987），197.

10 1944年8月8日和9月3日的会议纪要，in“Protokoln fun zitsungen fun der initsiativ grupe”，信件第757，肖兹克维－卡奇金斯基藏品集，RG 223，YIVO 档案。

11 卡奇金斯基，《犹太维尔纳的毁灭》，61. 大部分的《犹太维尔纳的毁灭》内容是维尔纳解放后，博物馆在几个月中收集的证词。肖兹克维，“Vos mir hobn”.

12 柯扎克，*Lehavot ba-efer*，311－314.

13 例子，见信件第200，223，234和253，维尔纳犹太聚居区文件；信件第712，肖兹克维－卡奇金斯基藏品集，RG 223，YIVO 档案。

14 “Ershte zitsung”，in“Protokoln fun zitsungen fun der initsiativ grupe”，信件第757，p. 1（未表明页码），肖兹克维－卡奇金斯基藏品集，RG 223，YIVO 档案；卡奇金斯基，*Tsvishn hamer un serp*，44.

15 参见末页照片。

16 卡奇金斯基，*Tsvishn hamer un serp*，44－45；M. 古特考夫兹，“Der yidisher muzey in vilne”，《团结报》（莫斯科），3月28日，1946；贝里斯，“Kultur unter der hak”，*Portretn un problemen*，315－318；赫什·奥舍诺维奇，未出版的回忆录，no. 370，盒子第3608，pp. 159－161，赫什·奥舍诺维奇集，RG 370，格纳兹姆研究中心，特拉维夫。所有博物馆的描述指监狱及监狱里的刻写。

17 莱泽尔·兰，*Ash fun yerushalayim de-lite*（纽约：Vilner farlag，1959），166. 关于建筑的状态，见奥舍诺维奇，未出版的回忆录，no. 370，盒子第3608，pp. 159－161，赫什·奥舍诺维奇集，RG 370，格纳兹姆研究中心，特拉维夫。

18 卡奇金斯基，*Tsvishn hamer un serp*，46；“Protkol fun der zitsung fun di mitar-beter fun der yidisher opteylung bay der visnshaft akademie in lite”，1944年8月9日和8月21日，in“Protokoln fun zitsungen fun der initsiativ grupe”，信件第757，pp. 12－19（未表明页码），肖兹克维－卡奇金斯基藏品集，RG 223，YIVO 档案。

19 开始日期为1944年8月25日，阿巴·科夫纳的笔记本，D. 1. 6028，莫舍特档案，吉瓦特哈维瓦，以色列。

20 卡奇金斯基，*Tsvishn hamer un serp*，46；op. 6，d. 1，p. 27，立陶宛苏

维埃社会主义共和国人民教育部，F. R－762，立陶宛中心国家档案馆，维尔纽斯；人民教育委员会给肖兹克维的证书，1944 年 8 月 26 日，卡奇金斯基，信件第 11；肖兹克维集。

21 亚历山大·林金斯基的证词，A 1175，pp. 9－11，莫舍特档案，吉瓦特哈维瓦，以色列；卡奇金斯基，*Tsvishn hamer un serp*，47－48.

22 卡奇金斯基，*Tsvishn hamer un serp*，49－50.

23 多威德·波格尔森给亚伯拉罕·肖兹克维的信，无日期，"杜威德·波格尔森"，肖兹克维集；夏卡哈·艾普斯汀，给亚伯拉罕·肖兹克维的信，1944 年 9 月 7 日，夏卡哈·艾普斯汀，肖兹克维集。

被拯救的宝石：肖洛姆·阿莱赫姆的书信

1 那科曼·梅泽尔，"Sholem aleykhem's briv tsu yankev dinezon"，《YIVO 期刊》1（1931）：387.

2 出处同上，385－388；M. W.，"Draysik nit publikirte briv fun sholem-aleykhemen"，*Filologishe shriftn fun yivo* 3（1929）：153－172.

3 典故出自创世纪第十二章第一节，耶和华对亚伯兰说："你要离开本地……往我所要指示你的地方去。"——译者注

4 意第绪语的诋毁者，称意第绪语为"口号"。——译者注

5 肖洛姆·阿莱赫姆，给一位匿名朋友的信，1906 年 2 月，信件第 88.1，肖兹克维－卡奇金斯基藏品集，RG 223，YIVO 档案。这可能是写给他的密友和知己，华沙的意第绪语作家雅各布·戴勒森的信。

第十八章　困境下的挣扎

1 卡奇金斯基，*Tsvishn hamer un serp*，45－46；莱泽尔·兰编，*Yerushalayim de-lite ilustrirt un dokumentirt*（纽约：Vilner albom komitet，1974），2：526.

2 卡奇金斯基，*Tsvishn hamer un serp*，51，53；莱雅·萨利，*Mi-tofet el tofet：Sipura shel tzivia vildshtein*（特拉维夫：Tarbut ve-hinukh，1971），67；林金斯基，*Hurban vilna*，60.

3 卡奇金斯基，*Tsvishn hamer un serp*，49，58－60. 萨利，*Mi-tofet el tofet*，65－77. 关于学校历史，见多夫·莱文，"Ha-perek ha-aharon shel bate ha-sefer ha-yehudiim ha-mamlakhtiim be-vrit ha-moatsot"，in *Yahadut Mizrah Eiropa bein shoah le-tekumah*，本杰明·至卡斯编，88－110（贝尔谢巴，以色列：本·古瑞恩大学出版社 1987 年版）.

4 关于禁止慈善，见英格尔施特恩，*Mit di vegn*，97－100；关于学校的艰

辛，见萨利，*Mi-tofet el tofet*，73－76.

5 卡奇金斯基，*Tsvishn hamer un serp*，51－52.

6 出处同上，以及其他各处；奥舍诺维奇，未出版的回忆录，no. 370，盒子第3608，p. 152，赫什·奥舍诺维奇集，RG 370，格纳兹姆研究中心，特拉维夫。

7 文集的草稿手稿收藏于 op. 1，信件第50，犹太博物馆，维尔纽斯，F. 1390，立陶宛中心国家档案，维尔纽斯。卡奇金斯基与莫斯科“真实”出版社在1945年签署合同出版文集，文集题目为《维尔纳犹太聚居区之歌》，但是莫斯科版本从未出版（卡奇金斯基，*Tsvishn hamer un serp*，68）。两年后的1947年，他出版了这本书，当时他已住在巴黎。卡奇金斯基的 *Dos gezang fun vilner geto* 之后是更全面的作品，*Lider fun di getos un lagern*，1948年在纽约出版。

8 肖像描写基于哈伊姆·格雷德的中篇小说“Froyen fun geto”。

9 犹太人每年最神圣的日子，当日会众全日禁食和恒常祈祷，一年一次为全体大众赎罪的祭礼（利23：26－32）。犹太历每年七月十日为赎罪节，是全国民众一年之罪的救赎仪式，也是称为洁净圣所的日子。——译者注

10 芙芮德卡·肖兹克维，给亚伯拉罕·肖兹克维的信，1944年8月25日，信件第1286.2，“芙芮德卡·肖兹克维”，肖兹克维集。

11 施默克·卡奇金斯基，给瑞拉切拉·克林斯基的信，1945年7月4日，盒子第11，p. 2，意第绪语作家信件，RG 107，YIVO 档案。

12 施默克·卡奇金斯基，信件第11，肖兹克维集；英文翻译见费什曼，《解救的灰烬》，20.

13 卡奇金斯基，*Tsvishn hamer un serp*，45；“Gefunen dem togbukh fun dokter hertsl”，信件第770，肖兹克维－卡奇金斯基藏品集，RG 223，YIVO 档案。

14 对双方不友好的评论出现在施默克与科夫纳1944年9—11月给肖兹克维的信，“施默克·卡奇金斯基”和“阿巴·科夫纳”信件，肖兹克维集。

15 肖兹克维找到了日记的一小部分，卡奇金斯基找到了一大堆。施默克·卡奇金斯基，给亚伯拉罕·肖兹克维的信，无日期［1945年3—4月］，卡奇金斯基的信，信件第9，肖兹克维集；参阅平卡斯·施瓦兹，“Biografye fun herman kruk”，见克鲁克，*Togbukh fun vilner*

geto，xiii – xlv. 又见肖兹克维给平卡斯·施瓦兹的信，1960 年 6 月 1 日，信件第 770，肖兹克维 – 卡奇金斯基藏品集，RG 223，YIVO 档案。这一发现在一家犹太人电报局的报告中公布，发表于 *Forverts* and *Morgen-zhurnal*，1945 年 2 月 27 日。

16 Y. 马耶尔，"2000 yidishe froyen bafrayt fun prison-lager in poyln; 4,000 yidn itst do in Vilne"，*Forverts*（纽约），1945 年 2 月 27 日，1.

17 林格尔布卢姆档案馆，又称华沙犹太聚居区地下档案管，是"二战"期间在华沙聚居区，由一群学者和知识分子收集、保存的资料和文件的贮藏处。——译者注

18 阿巴·科夫纳，给亚伯拉罕·肖兹克维的信，1944 年 10 月 27 日，信件第 312，维尔纳犹太聚居区文件。

19 科夫纳备忘录原文收录于 D. 1. 433，莫舍特档案，吉瓦特哈维瓦特，以色列；希伯来语翻译收录于柯扎克，*Lehavot ba-efer*，387 – 389. 科夫纳可能收到错误消息或他自身不坦率。战后，犹太人在基辅的学术机构是犹太人文化的小内阁，而不是研究中心。

20 阿巴·科夫纳，给亚伯拉罕·肖兹克维的信，1944 年 11 月 8 日，信件第 312，维尔纳犹太聚居区文件。

21 本杰明·布利德兹博士，由多夫·莱文采访，口述史部门，希伯来大学，1972 年 1 月 26 日，采访 no. 12（234），p. 18.

22 金娜迪·考斯特尔陈克编，*Gosudarstvenyii antisemitizm v SSSR: Ot nachala do kulminatsii, 1938—1953*（莫斯科：Mezhdunarodnyi Fond Demokratia，Makerik，2005），44 – 45.

23 柯扎克，*Lehavot ba-efer*，387 – 89.

24 更新立陶宛博物馆活动的命令，op. 1，le 7，p. 5，立陶宛苏维埃社会主义共和国部长理事会文化教育机构委员会，F. 476，立陶宛文化艺术档案，维尔纽斯。

25 艾卡特里娜·马克豪迪娜，*Erinnerung an den Krieg——Krieg der Erinnerungen: Litauen und der Zweite Weltkrieg*（格丁根：Vanderhoeck and Ruprecht，2016）.

26 施默克·卡奇金斯基，给亚伯拉罕·肖兹克维的信，1944 年 11 月 17 日，无日期，卡奇金斯基书信，信件第 9，肖兹克维集。

27 施默克·卡奇金斯基，给亚伯拉罕·肖兹克维的信，1944 年 11 月 20 日，信件第 3，卡奇金斯基书信，肖兹克维集。

28　出处同上。

第十九章　纽约的眼泪

1　见 YIVO 研究中心，*Yediyes fun amopteyl* 87 – 88，nos. 1 – 2（1940 年 3—4 月）.

2　施罗伊·门德尔松，“Vi azoy lebn di poylishe yidn in di getos”，《YIVO 期刊》19，no. 1（1942 年 1 月）：1 – 28.

3　指哈西德派的恰巴德·卢巴维奇·恰斯蒂克运动的第二位拉比。该运动是哈西德派世界知名的一次运动。——译者注

4　YIVO 研究中心，*Fun di arkhiv-un muzey-obyektn vos der yivo hot geratevet fun eyrope*（纽约：作者，1943），2.

5　“Petitsye fun amerikaner gelernte tsu president ruzvelt vegn shkhites af yidn in eyrope”，*Yediyes fun YIVO*，no. 1（1943 年 9 月）：4，5.

6　“Azkore nokh sh. dubnov in yivo”，《YIVO 期刊》22，no. 1（1943 年 9—10 月）：119.

7　伊曼纽尔·林格尔布卢姆，*Kapitlen geshikhte fun amolikn yidishn lebn in poyln*，雅各布·沙兹基编（布宜诺斯艾利斯：Tsentral fareyn fun poylishe yidn in argentine，1953），548 – 549.

8　艾伯特·小克拉滕伯格，美国国务院特别战争问题司助理科长，给马克思·温瑞克的信，1944 年 8 月 28 日，以及马克思·温瑞克，给艾伯特·小克拉滕伯格的信，1944 年 9 月 29 日，盒子第 1，“YIVO 的返还财产，1945—1949”，YIVO 档案；约翰·沃尔克，给马克思·温瑞克的信，1944 年 9 月 14 日，以及马克思·温瑞克，给约翰·沃尔克的信，1944 年 9 月 29 日，pp. 12，19，“罗伯特委员会”通信，RG 239，国家档案，科利奇帕克分校，MD.

9　阿巴·科夫纳，给亚伯拉罕·肖兹克维的信，1944 年 9 月 25 日，信件第 312，维尔纳文件集（维尔纽斯）犹太聚居区，Arc 4° 1703，以色列国家图书馆，档案部门，耶路撒冷。肖兹克维可能使用了一些资料撰写关于立陶宛的《黑暗之书》，这是一份关于苏联大屠杀的伟大纲要。

10　肖兹克维，“A vort tsum”，208 – 209.

11　亚伯拉罕·肖兹克维，给马克思·温瑞克的信，1944 年 12 月 12 日，信件第 546，收藏于“YIVO 收回的财产，1945—1949”，盒子第 2，马克思·温瑞克集，RG 584，YIVO 档案。

12 施蒂凡妮特·沙巴德的生平见卡兹丹，*Lerer yizker-bukh*，417 – 419.

13 俄语贸易与农业社缩写。——译者注

14 YIVO 研究中心，“Yizker”，节选自 pp. 4，5，6，8，19.

15 兰，*Ash fun yerushalayim*，205 – 207.

16 见加布里埃尔·温瑞克关于父亲的回忆录：“Zikhroynes vegn d” r maksvaynraykh”，收于《YIVO 期刊》（新系列）3（1997）：343 – 346；马克思·温瑞克，《希特勒的教授们：德国反对犹太人的罪行中的学术研究部分》（纽约：YIVO，1946）。温瑞克战后与德语语言学的紧张关系见约克大学卡尔曼·韦瑟教授即将出版的研究。

第二十章　离开的决定

1 柯扎克，*Lehavot ba-efer*，306 – 307；施默克·卡奇金斯基，给肖兹克维，卡奇金斯基的信，无日期，信件第 9，pp. 2 – 3，肖兹克维集。

2 科夫纳，“Reshita shel ha-beriha”，27；佩雷兹·阿鲁夫编，*Eyshishok*：*Koroteha ve-hurbana*（耶路撒冷：Va'ad nitsole eyshishok be-yisrael，1950），84 – 86，119 – 122；萨利，*Mi-tofet el tofet*，83.

3 阿巴·科夫纳，由耶胡达·鲍尔采访，1962 年 3 月 5 日，A 350，p. 9，莫舍特档案，吉瓦特哈维瓦特，以色列；阿巴·科夫纳、维克塔·肯普纳·科夫纳和鲁兹卡·柯扎克，由耶胡达·鲍尔采访，1964 年 5 月 10 日，A 350，p. 13，莫舍特档案，吉瓦特哈维瓦特，以色列。

4 施默克·卡奇金斯基，给亚伯拉罕·肖兹克维的信，1945 年 1 月 12 日，信件第 9，p. 2，卡奇金斯基无日期的信，肖兹克维集。

5 卡奇金斯基，*Tsvishn hamer un serp*，111 – 112.

6 阿巴·科夫纳，给亚伯拉罕· 肖兹克维的信，1945 年 2 月 1 日，信件第 312，维尔纳犹太聚居区档案。

7 见她的回忆录：诺艾米·马克勒 – 弗鲁梅尔，*Bein ha-kirot ve-anahnu tse'irim*（Lo-hamei ha-geta'ot，以色列：Beit lohamei ha-geta'ot，2005）.

8 施罗伊· 贝里斯，*Leksikon fun der nayer yidisher literatur*，vol. 1，舒摩尔·奈吉和雅各布·沙兹基编（纽约：犹太文化大会，1956），289 – 290；*Shlo-ime* 贝里斯，给亚伯拉罕·肖兹克维的信，1987 年 2 月 24 日，贝里斯，信件第 5，肖兹克维集；赫什·奥舍诺维奇，“*Tsu zi-betsik—nokh blond*，*bay di ful shaferishe koykhes un… elnt*”（关于施罗伊·贝里斯为出版的手稿），*Hirsh Oshero-vitsh*，信件第 1，肖兹克维集。

9 卡奇金斯基,《犹太维尔纳的毁灭》, 256, 277; 格雷德, *Froyen fun geto*, 以及其他各处。

10 见玛丽亚·罗伦凯特, "Eto bylo potom", in *I vse eto pravda*, 312.

11 卡奇金斯基, *Tsvishn hamer un serp*, 94 –96.

12 施默克·卡奇金斯基, 给反法西斯犹太委员会的信, 1945 年 4 月 22 日, 信件第 47, p. 4, 施默克·卡奇金斯基集, RG P –18, 亚德·瓦什姆档案, 耶路撒冷, 以色列; 施默克· 卡奇金斯基, 给亚伯拉罕·肖兹克维的信, 无日期, 卡奇金斯基书信, 信件第 9, 肖兹克维集; 施默克· 卡奇金斯基, 给伊利亚·爱伦堡的信, 收录于卡奇金斯基, *Tsvishn hamer un serp*, 99 –101.

13 卡奇金斯基, *Tsvishn hamer un serp*, 103 –104.

14 出处同上, 57, 60 – 61, 108. 关于人口数, 见马耶尔, "2,000 yidishe", 1; "维尔纳犹太聚居区人数增长到 4,000", 犹太电讯社通报, 1945 年 4 月 12 日。

15 卡奇金斯基, *Tsvishn hamer un serp*, 105 –108.

16 出处同上, 110 –111.

第二十一章 再次偷书的艺术

1 施默克· 卡奇金斯基, 给亚伯拉罕· 肖兹克维的信, 无日期 (根据文本, 大约是 1945 年 4 月底), 卡奇金斯基无日期书信, 信件第 9, 肖兹克维集。同样地, 阿巴·科夫纳, 给亚伯拉罕· 肖兹克维的信, 1944 年 9 月 25 日: "亚布拉沙, 你一定要帮助威克离开维尔纳去罗拉。她本应该开始旅程, 但困难实在太多了。" 阿巴·科夫纳, 信件第 2, 肖兹克维集。

2 奥舍诺维奇, 未出版的回忆录, 盒子第 3608, p. 161, 赫什·奥舍诺维奇集, RG 370, 格纳兹姆研究中心, 特拉维夫。

3 杨克·古特考维奇, "施默克", 110; 转移犹太人博物馆馆长一职的文件, 日期为 1945 年 7 月 31 日, 信件第 47, p. 2, 施默克·卡奇金斯基作品集, RG P –18, 亚德·瓦什姆档案, 耶路撒冷, 以色列。更多关于古特考维奇的内容见施罗伊· 贝里斯, "A vertfuler mentsh: Tsum toyt fun 杨克·古特考维奇", *Folks-shtime* (华沙), 1982 年 8 月 7 日, 5 –6.

4 兹维克·拉家克, "Di groyse folks-levaye far di geshendte toyres fun di vilner shuln un botei-midroshim", 《日报》 (纽约), 1947 年 4 月 6 日, 6.

奥斯本德拉比 1946 年 2 月离开维尔纳；见他的采访“大卫 · P. 博德采访艾扎克 · 奥斯特兰德；1946 年 9 月 13 日；埃农维尔，法国”，大屠杀的声音，2017 年 1 月 10 日访问，http://voices.iit.edu/audio.php?doc=ostlandI.

5 哈伊姆 · 格雷德，“Froyen fun geto”，1962 年 1 月 12 日，6. 在小说中，人物的名字是戈登（古特考维奇）和梅林斯基（施默克）。

6 校园剧文本见信件第 45；图书合同，见信件第 47；费弗的来信，收录于信件第 9，施默克 · 卡奇金斯基作品集，RG P – 18，亚德 · 瓦什姆档案，耶路撒冷，以色列。

7 格雷德，“Froyen fun geto”，1962 年 1 月 12 日和 1 月 19 日。

8 施默克 · 卡奇金斯基，给瑞拉切拉 · 克林斯基的信，1945 年 7 月 4 日，盒子第 11，pp. 9 – 11，犹太作家的信，RG 107，YIVO 档案。

9 格雷德，“Froyen fun geto”，1962 年 1 月 19 日。1945 年 11 月 28 日，卡奇金斯基将第一封信从波兰寄给肖兹克维，信件第 312，维尔纳犹太聚居区文件。

10 访问时间分别为 1946 年 1 月和 4 月。一月访问的线索，见古特考维奇 1946 年 1 月 23 日给他发的身份证，俄罗斯 – 立陶宛的文件，信件第 38，肖兹克维集；亚伯拉罕 · 肖兹克维，“Mayn eydes zogn baym nirebererger tribunal”，in *Baym leyenen penimer*，150. 最后一次拜访期间，1946 年 4 月 19 日，肖兹克维在维尔纽斯戏剧院对一群听众讲述纽伦堡审判。有一份这场讲座的布告牌“Nirenberger Protses”，信件第 10，肖兹克维集。肖兹克维在他第一封从波兰寄给温瑞克的信中提到了四月的拜访。

11 施默克 · 卡奇金斯基，给亚伯拉罕 · 肖兹克维的信，1945 年 11 月 28 日，信件第 312，维尔纳犹太聚居区文件。

12 卡奇金斯基，*Tsvishn hamer un serp*，113.

13 格尔施恩 · 艾普斯坦恩，YIVO 的巴黎代表，1946 年 11 月 26 日写信给纽约 YIVO：“肖兹克维在华沙和柏林留下来非常重要的资料，重量达 20—25 千克。”盒子第 46 – 53，信件：“法国”，YIVO 管理处，RG 100，YIVO 档案。

14 亚尔考夫 · 亚奈伊，*Mulka*（特拉维夫：'Am oved，1988）；斯马 · 亚孜卡，“战后立陶宛的犹太复国主义运动”，《犹太人在东欧》（耶路撒冷）3，no. 34（1997 年冬天）：28 – 50.

第二十二章 瑞拉切拉的选择

1 瑞拉切拉· 克林斯基 – 梅兰奇,“调查问卷的答案, 第一版草稿”, 盒子第 3, pp. 15 – 20, 亚伯拉罕· 梅兰奇集, RG 1872, YIVO 档案。

2 瑞拉切拉·克林斯基, 给亚伯拉罕· 肖兹克维的信, 1945 年 6 月 15 日和 6 月 26 日, 信件第 1, 洛克·克林斯基, 肖兹克维集。

3 瑞拉切拉·克林斯基, 给亚伯拉罕· 肖兹克维的信, 来自罗兹、波兰, 1946 年 1 月 12 日, 信件第 1, 洛克·克林斯基, 肖兹克维集; 瑞拉切拉·克林斯基, 给美国家人的信, 来自罗兹、波兰, 1945 年 10 月, 盒子第 1, 亚伯拉罕· 梅兰奇集, RG 1872, YIVO 档案。

4 亚伯拉罕· 肖兹克维, 给瑞拉切拉·克林斯基的信, 1945 年 8 月 8 日, 信件第 10, 洛克·克林斯基, 肖兹克维集。

5 施默克· 卡奇金斯基, 给瑞拉切拉·克林斯基的信, 1945 年 7 月 4 日, 盒子第 11, 意第绪语作家书信, RG 107, YIVO 档案。

6 亚伯拉罕· 梅兰奇,“我的回忆录”, 备忘 37,“瑞拉切拉”, 盒子第 5, pp. 23 – 24, 26, 亚伯拉罕· 梅兰奇集, RG 1872, YIVO 档案。

7 瑞拉切拉·克林斯基, 给亚伯拉罕· 肖兹克维的信, 1946 年 1 月 12 日, 信件第 1728. 2, 洛克·克林斯基, 肖兹克维集。

8 瑞拉切拉·克林斯基, 给亚伯拉罕· 肖兹克维的信, 无日期 (大约是 1945 年 12 月), 信件第 1728. 1, 洛克·克林斯基, 肖兹克维集。

9 这首诗的日期是 1946 年 3 月 27 日。亚伯拉罕和瑞拉切拉· 梅兰奇集, RG 1995. A. 0819, USHMM.

10 亚伯拉罕· 梅兰奇,“我的回忆录”, 备忘 37,“瑞拉切拉”, 盒子第 5, 特别是 pp. 23 – 28, 41, 亚伯拉罕· 梅兰奇集, RG 1872, YIVO 档案; 亚历山德拉·沃尔, 2007 年访问亚伯拉罕· 梅兰奇的笔记; 克林斯基 – 梅兰奇,“调查问卷的回答”, 21 – 26. 见莫舍·格劳斯曼,“施默克!” 收录于《施默克·卡奇金斯基 *ondenk-bukh*》, 48.

第二十三章 在德国的发现

1 马克思·温瑞克, 给助理秘书长阿奇博尔德·麦克利什的信, 1945 年 4 月 4 日, 盒子第 1,“YIVO 收回的财产, 1945—1949”, YIVO 档案。

2 马克思·温瑞克,“Protokol fun der bagegenish in steyt-departament un komerts-departament vegn yivo-farmegn in eyrope”, 秘密备忘, 1945 年 5 月 9 日,“YIVO 收回的财产, 1945—1949”, YIVO 档案; J. H. 席尔德

琳，给卢修斯·克莱少将的信，1945 年 6 月 6 日，M1949，p. 100，驻德美国军政府一般记录，RG 260，国家档案，科利奇帕克分校，MD.

3 J. H. 布克曼给梅森 - 哈蒙德的报告，1945 年 6 月 23 日，以及梅森·哈姆德给美国陆军 C 组赔款、交付和归还部主任的备忘，1945 年 6 月 23 日，M1949，pp. 97 - 98，驻德美国军政府一般记录，RG 260，国家档案，科利奇帕克分校，MD.

4 亚伯拉罕·阿尔洛尼，给希莉娅·阿尔洛尼·豪斯特的信，1945 年 6 月 20 日，“YIVO 收回的财产，1945—1949”，YIVO 档案。

5 马克思·温瑞克，1945 年 7 月 6 日给美国国务院经济安全司助理科长乔治 W. 贝克的信，盒子第 2，“YIVO 收回的财产，1945—1949”，YIVO 档案。

6 格兰·古德曼，“罗森伯格——犹太研究中心：奥本海森洪根信息库”，无日期，M1949，p. 81，驻德美国军政府一般记录，RG 260，国家档案，科利奇帕克分校，MD.

7 亚伯拉罕·阿尔洛尼，给施罗姆·诺贝尔的信，1945 年 8 月 9 日，盒子第 1，“YIVO 收回的财产，1945—1949”，YIVO 档案；亚伯拉罕·阿尔洛尼，关于“犹太图书馆”的备忘，1945 年 10 月 10 日，M1949，p. 100，驻德美国军政府一般记录，RG 260，国家档案，科利奇帕克分校，MD.

8 陆军部民政司主管 J. H. 席尔德琳，给艾森豪威尔将军关于犹太人事务的顾问朱达·那迪克拉比的信，1946 年 2 月 20 日，盒子第 1，“YIVO 收回的财产，1945—1949”，YIVO 档案。

9 信件收录于盒子第 1，“YIVO 收回的财产，1945—1949”，YIVO 档案。

10 奥芬巴赫档案库（OAD）报告，1946 年 5 月 3 日，盒子第 2，文档 2，p. 5，西摩·保莫兰兹，RG P - 933，美国犹太人历史协会，纽约。

11 OAD 报告，1946 年 3 月 31 日，p. 6，1946 年 4 月 30 日，p. 6，1946 年 8 月 31 日，p. 9，1946 年 12 月 31 日，p. 6，盒子第 2，文件夹 1，西摩·保莫兰兹，RG P - 933，美国犹太人历史协会，纽约。

12 塞缪尔 C. 考斯教授，给华盛顿犹太福利理事会代表菲利普·施夫的信，1946 年 3 月 14 日，“YIVO 收回的财产，1945—1949”，YIVO 档案；奥芬巴赫仓库报告，1946 年 3 月 1 日，盒子第 2，文件夹 1，西摩·保莫兰兹，RG P - 933，美国犹太人历史协会，纽约。

13 马克思·温瑞克，给西摩·保莫兰兹的信，1946 年 3 月 19 日，盒子第 1，"YIVO 收回的财产，1945—1949"，YIVO 档案；关于达布诺集，见马克思·温瑞克，给奥芬巴赫仓库主管约瑟夫·洪恩的信，1946 年 7 月 11 日，盒子第 1，"YIVO 收回的财产，1945—1949"，YIVO 档案；关于斯特拉舜和其他"YIVO 相关图书馆"，见"YIVO 的相关图书馆"，备忘 1947 年 6 月 5 日提交给西摩·保莫兰兹，盒子第 1，"YIVO 收回的财产，1945—1949"，YIVO 档案，以及"YIVO OAD 18"，pp. 26 – 35，驻德美国军政府一般记录，RG 260，国家档案，科利奇帕克分校，MD.

14 罗伯特·墨菲，美国驻德国军事政治顾问，1946 年 4 月 12 日给国务院国务卿发送电报，RG 59，800. 414/4 – 1246，国家档案，科利奇帕克分校，MD.

15 L. B. 拉夫格，给马克思·温瑞克的信，1946 年 4 月 23 日，"YIVO 收回的财产，1945—1949"，YIVO 档案。"安排 YIVO 图书馆，从波兰接手，但是美国想接手，还要等待国务院决议"，OMGUS，经济司，恢复处，"关于档案馆与图书馆活动的现状的备忘"，1946 年 7 月 15 日，盒子第 5，文件夹 10，西摩·保莫兰兹，RG P – 933，美国犹太人历史协会，纽约。

第二十四章 临别前的责任

1 见发表的肖兹克维证词速记记录（法语），"Nirenberger Protses"，文件第 4，肖兹克维集。

2 "Tezn fun mayn eydes-zogn in nirnberg"，信件第 14，"Nirnberger protses"，亚伯拉罕· 肖兹克维集，Arc 4° 1565，以色列国家图书馆、档案部门，耶路撒冷。

3 法语的速记记录的证词，pp. 309 – 310，"Nirenberger Pro-tses"，文件第 4，肖兹克维集。

4 亚伯拉罕· 肖兹克维，从纽伦堡给莫斯科同事的信，信件第 13，"Nirnberger protses"，亚伯拉罕 · 肖兹克维集，Arc 4° 1565，以色列国家图书馆、档案部门，耶路撒冷；同样，见肖兹克维，"Mayn eydes zogn"，163 – 164. 肖兹克维的证词于 1946 年 2 月 28 日被《真理报》报道，p. 4，并在 B. 波勒沃伊的文章中被讨论，"Ot imeni chelovechestva"，《真理报》，1946 年 3 月 4 日，4.

5 亚伯拉罕· 肖兹克维致马克思 · 温瑞克，1946 年 2 月 17 日，信件第 19，温瑞克书信，肖兹克维集。

6 以色列地，区域名，大致对应于由南地中海东部包围的区域的名字。区别于主权国家名称以色列。——译者注

7 亚伯拉罕・肖兹克维，“Mit Shloyme Mikhoels”，in *Baym leyenen penimer*，108－111；莫舍・那菲斯，“Di Sutzkever teg in buenos ayres”，*Di prese*（布宜诺斯艾利斯），1953年6月10日，5.

8 见她的文章“Mayn korespondents mit mentshn fun vilner geto”，*Di Goldene keyt* 8（1951）：203－211；菲利普・弗莱德曼，《他们兄弟的监护人》（纽约：克劳恩出版社1957年版），21－25；朱莉亚・苏吉，《书信人生：撰写欧娜・施迈特队一生》（林肯：勒布拉斯卡大学出版社2012年版）；朱莉亚・苏吉，《我与羞愧一起燃烧：国际正义人士欧娜・施迈特的证词》（耶路撒冷：亚德・瓦什姆，2007）。施迈特1996年被以色列犹太大屠杀纪念馆授予“国际正义人士”称号。

9 欧娜・施迈特，《关于维尔纳犹太聚居区的声明》，信件第334，p.1，维尔纳（维尔纽斯）犹太聚居区文件集，Arc 4° 1703，以色列国家图书馆、档案部门，耶路撒冷。

10 日记首次出版时是俄语；舒尔，*Evrei v Vilno.* 后来出版荷兰语、德语、意大利语、立陶宛语等其他语言。

11 施迈特，《关于维尔纳犹太聚居区的声明》，3－6.

12 欧娜・施迈特，给亚伯拉罕・肖兹克维的信，1947年1月10日，信件第1，施迈特书信，肖兹克维集。

13 苏吉，《书信人生》，24，26.

被拯救的宝石：托尔斯泰和其他俄罗斯人的半身雕像

1 I. M. 施密特，*Russkaia skulptura vtoroi poloviny XIX－nachala XX veka*（莫斯科：Iskusstvo，1989），78.

2 I. 亚・金兹堡，“Kak ya stal skulptorom”，in *Iz proshlogo：vospominania*，9－86（列宁格勒：Gosudarstvennoe izdatelstvo，1924）. 他的早期作品被讨论和出版在 *Evreiskaia entsiklopedia*（圣彼得堡：Brokgaus and Efron，1906—1913），6：534－36.

3 加莉娜・伊莱沙堡、加莉娜・艾幅图舍库和安娜・艾幅图舍库，“Obraz tol'stogo v skulpture i memuaristike I. 亚・金兹堡（k problem khudozhest-vennogo vospriatie）”，*Vestnik VGU*，*Seria Filologia*，*Zhurnalistika* 1（2013）：124－131.

4 E. N. 马斯洛维编，*Skul'ptor Ilia Gintsburg*（列宁格勒：Khudozhnik RFS-

FR, 1964）.

5 “Fun der vilner gezelshaft ‘libhober fun yidishn altertum’”, *Vilner vokhnblat* 44（1913 年 11 月 1 日）: 2; 47（1913 年 11 月 15 日）: 2; 柴克·伦斯基, “Di yidishe historish-etnogra she gezelshaft”, in *Pinkes far der geshikhte fun vilne in di yorn fun milkhome un okupatsye*, 泽尔曼·瑞增编, 855 – 864（维尔纳: Historish-etnogra she gezelshaf a” n sh. an-ski, 1922）; E. I. 格德施米特, “Di vilner historish-etnogra she gezelshaft un ir muzey”, 收录于格罗德金斯, *Vilner almanakh*, 189 – 194.

6 “Fun der yidisher historish etnogra sher gezelshaft”, *Undzer tog*（维尔纳）, 1920 年 1 月 9 日, 3; 1920 年 2 月 4 日, 5.

7 维尔纳加恩博物馆历史部门主管内林加·拉特维特提供的信息; 见“Priglashaem na vystavku skul’pturnikh portretov tol’stogo, raboty il’ii gintsburga”, 托尔斯泰博物馆, 莫斯科, 2017 年 1 月 29 日访问, http://tolstoymuseum.ru/exhibitions/1705/? sphrase_id = 2147.

第二十五章 游荡在波兰与布拉格

1 亚伯拉罕· 肖兹克维, 给马克思·温瑞克的信, 1946 年 5 月 23 日, 信件第 546, 马克思·温瑞克集, RG 584, YIVO 档案（附件在信件第 19, 温瑞克书信, 肖兹克维集）。

2 亚伯拉罕· 肖兹克维, 信件从罗兹寄给莫舍·萨维尔（肖兹克维）, 1946 年 10 月 18 日, 并再一次从巴黎寄出, 1946 年 11 月 20 日, 信件第 1266. 3, “莫舍·萨维尔”, 肖兹克维集。

3 格罗斯曼, “施默克!” 48 – 50. 在给美国意第绪语诗人 H. 列维克的信件中, 施默克表达了搬去巴勒斯坦的意愿: 施默克·卡奇金斯基致 H. 列维克, 1946 年 8 月 4 日, 盒子第 38, H. 列维克集, RG 315, YIVO 档案。

4 原文 Halutzim, 希伯来文, 意为“犹太复国主义者先锋”。——译者注

5 施默克· 卡奇金斯基, “Khalutsim lid”, 收录于《施默克·卡奇金斯基 *ondenk-bukh*》, 257 – 258.

6 亚伯拉罕· 肖兹克维, 给马克思·温瑞克的信, 1946 年 5 月 25 日, 马克思·温瑞克集, RG 584, YIVO 档案。

7 文本被引用在马克思·温瑞克 1946 年 6 月 5 日的信中, 跟进信, 信件第 1, 温瑞克书信, 肖兹克维集。

8 马克思·温瑞克，给亚伯拉罕·肖兹克维的信，1946年7月17日，in "Briv fun maks vaynraykh tsu avrom Sutzkever"（阿弗拉哈姆·诺威尔斯特恩编），*Di Goldene keyt*, nos. 95 – 96（1978）：171 – 172.

9 马克思·温瑞克，给亚伯拉罕·肖兹克维的信，施默克·卡奇金斯基和哈伊姆·格雷德，1946年8月15日，信件第1，温瑞克书信，肖兹克维集。

10 见阿尔荣·格兰特－雷勒斯从1946年6月15日、1946年7月26日、1946年8月13日和1946年9月10日给亚伯拉罕·肖兹克维的信，信件第1，雷勒斯，肖兹克维集。

11 理查德·瓦勒夫斯基，《尤雷克》（特拉维夫：Moreshet/Sifriyat Hapoalim, 1976），204 – 206.

第二十六章 巴黎

1 戈申·埃普斯坦，给YIVO的信，1946年11月26日，盒子第46－3，信件："法国"，YIVO管理处，RG 100，YIVO档案。

2 阿伦·格兰特－雷勒斯，给亚伯拉罕·肖兹克维的信，1946年12月1日，信件第1，雷勒斯，肖兹克维集。

3 亚伯拉罕·肖兹克维，给马克思·温瑞克的信，1946年11月28日；信件第546，马克思·温瑞克集，RG 584，YIVO档案；马克思·温瑞克，给亚伯拉罕·肖兹克维的信，1946年12月12日和1947年1月9日，在诺威尔斯特恩，"Briv fun maks vaynraykh", 173.

4 马克思·温瑞克，给亚伯拉罕·肖兹克维的信，1946年1月30日，在诺威尔斯特恩，"Briv fun maks vaynraykh", 177.（同样，施默克·卡奇金斯基，给亚伯拉罕·肖兹克维的信，1947年10月21日，信件第3，卡奇金斯基书信，肖兹克维集。）

5 马克思·温瑞克，给亚伯拉罕·肖兹克维的信，1946年11月21日，信件第1，温瑞克，肖兹克维集；马克思·温瑞克，给亚伯拉罕·肖兹克维的信，1947年5月1日，在诺威尔斯特恩，"Briv fun maks vaynraykh", 178.

6 马克思·温瑞克，给亚伯拉罕·肖兹克维的信，1947年7月10日，信件第2，"马克思·温瑞克"，亚伯拉罕·肖兹克维集，Arc 4° 1565，以色列国家图书馆、档案部门，耶路撒冷；马克思·温瑞克，给亚伯拉罕·肖兹克维的信，1947年7月12日，在诺威尔斯特恩，"Briv fun maks vaynraykh", 179；马克思·温瑞克，给亚伯拉罕·肖兹克维的信，1947年7月17日，在诺威尔斯特恩，"Briv fun maks vaynraykh"，180. 铭文记录在RG 223，信件第8，YIVO档案。

7 马克思·温瑞克，给亚伯拉罕·肖兹克维的信，1947年8月5日，在诺威尔斯特恩，"Briv fun maks vaynraykh"，181；"平卡斯"在第二部分，信件第184，肖兹克维－卡奇金斯基藏品集，RG 223，YIVO档案。

8 马克思·温瑞克，给格申·埃普斯坦的信，1947年7月25日；盒子第47－8，"埃普斯坦"，YIVO管理处，RG 100，YIVO档案。

9 赫伯特·戈特哈德，给戈特霍尔德·艾尔加吉姆·维尔教授的信，希伯来大学，1945年9月7日，"Korrespondenz… über die Auslieferung der ehe-maligen Mitarbeiters in Arbeitsstab Rosenberg, Dr. Gotthard, an Polen, 1945—1947"，信件第77，"Zentralkomitee der befreiten Juden in der Britische Zone"，RG B 1/28，Zentralarkhiv zur Erforschung der Geschichte der Juden in Deutschland, Heidelberg.

10 施默克·卡奇金斯基，"Men hot arestirt dos khazerl"，*Unzer moment*（罗森堡，德国），1947年7月14日，6；亚伯拉罕·肖兹克维，给洛克·克林斯基的信，1946年11月19日，信件第10，克林斯基书信，肖兹克维集。

11 "Gekhapt likvidator fun vilner yivo"，*Yediyes fun YIVO*，no. 22（1947年9月）：6（引用*Dos naye lebn*，1947年5月18日）；马克思·温瑞克，给亚伯拉罕·肖兹克维的信，1947年4月18日，信件第2，温瑞克书信，肖兹克维集；"抓住了清算维尔纳YIVO的盖世太保代理；他假装成犹太难民"，犹太电讯社通报，1947年5月21日。温瑞克在戈特哈德被发现后写信给美国官员，并敦促进行调查，1946年9月4日。盒子第4，文件夹6，区域集，RG 116，YIVO档案。

12 马克思·温瑞克，给亚伯拉罕·肖兹克维和施默克·卡奇金斯基的信，1946年12月30日，盒子第47－2，"1947年通信"，YIVO管理处，RG 100，YIVO档案。

13 施默克·卡奇金斯基，给伊莱莎·舒尔曼的信，1948年2月6日，盒子第3，书信第54，伊莱莎·舒尔曼文件，ARC MS15，卡茨高级犹太研究中心，宾夕法尼亚大学，费城。

14 采乐尔·布里兹，"Vegn an altn pashkvil fun a yidishn kravchenko"，*Undzer Shtime*（圣保罗，巴西），1951年12月20日，3.

15 温瑞克说肖兹克维要求不公开姓名，见他1947年7月10日给肖兹克维的信，信件第 2，马克思 · 温瑞克，肖兹克维集。在 1947 年 9 月 1 日，寄自巴黎，肖兹克维给温瑞克的信："我完全同意不公开名字的想法。你可能记得，从一开始我就是这么认为的。"盒子第47 - 2，"1947 年通信"，YIVO 管理处，RG 100，YIVO 档案。

16 "A symbol fun vilner yivo in New York"，*Yediyes fun YIVO*，no. 19（1947 年 2 月）：5；"Di yidishe katastrofe in bilder un dokumentn，vos men zet af der oysshtelung 'yidn in eyrope 1939—1946'"，*Yediyes fun YIVO*，no. 20（1947 年 4 月）：1 - 2.

17 诺威尔斯特恩，"Briv fun maks vaynraykh"，1947 年 8 月 25 日，182.

18 "Dray dokumentn fun yidisher geshikhte：togbikher fun teodor hertsl，zelig · kalmanovitsh un herman Kruk in yivo"，*Yediyes fun YIVO*，no. 22（1947 年 9 月）：1；"A sutskever un sh. katsherginski in vilner geto"，*Yediyes fun YIVO*，no. 22（1947 年 9 月）：7.

19 施默克 · 卡奇金斯基，给亚伯拉罕 · 肖兹克维的信，1947 年 12 月 8 日，信件第 3，卡奇金斯基书信，肖兹克维集。

20 "Fun di vilner arkhiv oytsres"，*Yediyes fun YIVO*，no. 27（1948 年 6 月）：5；"Vilner kolektsye in arkhiv fun YIVO gevorn katologirt"，*Yediyes fun YIVO*，no. 33（1949 年 6 月）：3.

21 亚伯拉罕 · 肖兹克维，信件从罗兹寄至莫舍 · 萨维尔（肖兹克维），1964 年 10 月 18 日，以及再一次从巴黎，1946 年 11 月 20 日，信件第 1266. 3，"莫舍 · 萨维尔"，肖兹克维集。

22 阿伦 · 格兰特 - 雷勒斯，给亚伯拉罕 · 肖兹克维的信，1946 年 12 月 1 日，信件第 1，雷勒斯书信，肖兹克维集；马克思 · 温瑞克，给亚伯拉罕 · 肖兹克维的信，1947 年 4 月 4 日，信件第 1，温瑞克书信，肖兹克维集。

23 亚伯拉罕 · 肖兹克维，给 H. 列维克的信，1947 年 6 月 4 日，信件第 1，列维克书信，肖兹克维集；亚伯拉罕 · 肖兹克维，给马克思 · 温瑞克的信，1947 年 7 月 12 日，盒子第 47 - 2，"1947 通信"，YIVO 管理处，RG 100，YIVO 档案。

24 亚伯拉罕 · 肖兹克维，给马克思 · 温瑞克的信，1947 年 9 月 21 日，信件第 562，马克思 · 温瑞克集，RG 584，YIVO 档案。关于克鲁克日记剩下的书页，见平卡斯 · 施瓦茨和 Z. 萨基考夫斯基给亚伯拉罕 · 肖兹克维的信，1955 年 10 月 28 日和 1956 年 1 月 16 日，信件第 1，YIVO 书信，肖兹克维集。1956 年肖兹克维捐赠大量资料给 YIVO 中心。

25 施默克·卡奇金斯基，给亚伯拉罕·肖兹克维的信，1947 年 12 月 8 日，信件第 3，卡奇金斯基书信，肖兹克维集。也见于马克思·温瑞克给施默克·卡奇金斯基的信，1948 年 9 月 8 日，信件第 8，施默克·卡奇金斯基作品集，RG P-18，亚德·瓦什姆档案，耶路撒冷，以色列。

第二十七章 奥芬巴赫的回归，或卡尔曼诺维奇的预言

1 国务院德奥经济事务司科长查尔斯·金德尔伯格，给美国犹太委员会执行副主席约翰·施劳森的信，1946 年 5 月 7 日，盒子第 2，“YIVO 取回的财产，1945—1949”，YIVO 档案；O. P. 艾可尔斯，陆军部民政部主管，给约翰·施劳森的信，1946 年 5 月 24 日，盒子第 2，“YIVO 收回的财产，1945—1949”，YIVO 档案。又见保罗·万德比尔特，恢复处协助档案和图书馆干事，OMGUS，1946 年 6 月 28 日，给路德·伊万斯的信，美国国会图书馆，信件第 457，p. 457，驻德美国军政府一般记录，RG 260，国家档案，科利奇帕克分校，MD.

2 见达娜·赫尔曼，“哈沙瓦特·阿弗达：犹太历史文化重建公司”（博士毕业论文，迈克基尔大学，2008）。

3 杰尔姆·米歇尔，给助理国务卿 J. H. 席尔德琳的信，1946 年 8 月 21 日，特别是 pp. 1，5，盒子第 2，“YIVO 收回的财产，1945—1949”，YIVO 档案。

4 迪安·艾奇逊给政治事务部的电报，柏林，1946 年 4 月 30 日，440. 00119 EW/4 – 146，国务院，RG 59，国家档案，科利奇帕克分校，MD；陆军部，给 OMGUS 的电报，1946 年 5 月 2 日，归还：宗教和文化（犹太人），驻德美国军政府一般记录，RG 260，国家档案，科利奇帕克分校，MD.

5 哈达莎. M. 里巴罗，给马克思·温瑞克的信，1946 年 8 月 8 日，盒子第 2，“YIVO 收回的财产，1945—1949”，YIVO 档案。

6 马克思·温瑞克，给约翰·施劳森的信，1946 年 8 月 13 日，盒子第 2，“YIVO 收回的财产中的盒子，1945—1949”，YIVO 档案。

7 杨克·古特考维奇，给犹太人反法西斯委员会的信，1947 年 9 月 17 日，op. 1，d. 923，pp. 49 – 50，犹太人反法西斯委员会，F. 8114，俄罗斯联邦国家档案馆（GARF），莫斯科；又见古特考维奇后来向国家文

化教育机构委员会主席提出的呼吁，1948 年 8 月 2 日，d. 10，立陶宛苏维埃社会主义共和国部长理事会文化教育机构委员会，F. 476，立陶宛文化艺术档案馆，维尔纽斯。

8 米歇尔·克尔兹，“关于文化归还的联盟斗，1942—1947”，《国际文化产业杂志》17，no. 2（May 2010）：177 – 194；更加普遍的是，米歇尔·克尔兹，《美国与纳粹违禁品的归还》（剑桥：剑桥大学出版社 2009 年版）。

9 卢瑟·埃文斯，国会图书馆，给助理国务卿约翰 H. 席尔德琳的信，1947 年 2 月 25 日，以及约翰 H. 席尔德琳给卢瑟·埃文斯的信，1947 年 3 月 11 日，都收录于“YIVO 收回的财产，1945—1949”，YIVO 档案。

10 南希·新科，“来自档案：路西 S. 达维多维奇及归还犹太文化财产”，《美国犹太历史》100，no. 1（2016 年 1 月）：117 – 147；露西·希尔克雷特，给马克思·温瑞克的信，1947 年 2 月 16 日，“YIVO 收回的财产，1945—1949”，YIVO 档案。

11 “YIVO 藏品概要”，1947 年 3 月 31 日，YIVO OAD 18，p. 44，驻德美国军政府一般记录，RG 260，国家档案，科利奇帕克分校，MD.

12 Lucy Schildkret，给马克思·温瑞克的信，1947 年 6 月 17 日，盒子第 2，“YIVO 收回的财产，1945—1949”，YIVO 档案。

13 归还的手写年表，港口仓库公司给 YIVO 的信，盒子第 2，“YIVO 收回的财产，1945—1949”，YIVO 档案；马克·乌威勒尔，给露西·希尔克雷特的信，1947 年 7 月 2 日，盒子第 47 – 8，信件“德国”，YIVO 管理处，RG 100，YIVO 档案。

第四部　回　归

第二十八章　后来

1 库恩 – 路德维奇，《约翰内斯·波尔》，273 – 285.

2 赫伯特·戈特哈德信件，信件第 14，pp. 82 – 86，联合国战争罪行调查委员会，RG 67. 041M，USHMM.

3 路德米拉·哈尼什，*Die Nachfolger der Exegeten: Deutschsprachige Erforschung des Vor-deren Orients in der ersten Hälfte des 20. Jahrhunderts*（Wiesbaden，德国：Harasowitz Verlag，2003），187；*Christian Albrechts*

Universität, *Kiel*: *Personal-und Vorlesungsverzeichnis*, *Sommersemester*, 1959 (Kiel, 德国: Walter G. Muhlau Verlag, 1959), 29, 44, 79.

4 亚伯拉罕·肖兹克维, 给哈伊姆·格雷德的信, 1947 年 11 月 17 日, 1948 年 2 月 12 日, 信件第 252, YIVO 档案, RG 566.

5 见鲁斯·外斯, "维尔纳的诗人",《犹太图书评论》(2010 年夏天): 10 – 14.

6 克林斯基 – 梅兰奇, "调查问卷的回答", 盒子第 1; 亚伯拉罕· 梅兰奇回忆录, "在美国生存", 盒子第 1, 亚伯拉罕· 梅兰奇集, RG 1872, YIVO 档案。

7 亚历山德拉·沃尔, 与作者通过电子邮件交流, 2016 年 8 月 3 日。

8 瑞拉切拉· 克林斯基 – 梅兰奇, 给亚伯拉罕· 肖兹克维的信, 1991 年 9 月 11 日 , 信件第 1728. 8, 肖兹克维集。

9 "Ershter zhurnalistisher tsuzamentref mitn dikhter-partizan Sh. 卡奇金斯基", *Idishe tsaytung* (布宜诺斯艾利斯), 1950 年 6 月 7 日, 5.

10 前言, 收录于《施默克·卡奇金斯基 *ondenk-bukh*》, 13; 珍妮·约芬, "施默克· 卡奇金斯基 's letste teg", 收录于《施默克·卡奇金斯基 *ondenk-bukh*》, 92.

11 "A. 肖兹克维 baveynt dem toyt fun Sh. 卡奇金斯基", *Idishe tsaytung* (布宜诺斯艾利斯), 1954 年 5 月 11 日, 3; 马克思·温瑞克, 给亚伯拉罕· 肖兹克维的信, 1954 年 5 月 6 日, 信件第 552c, 马克思·温瑞克作品集, RG 584, YIVO 档案。

12 哈伊姆·格雷德, "Eykh no u giboyrim", 施默克·卡奇金斯基 *ondenk-bukh*, 43 – 45.

第二十九章　荒野四十年

1 拉考夫斯卡, "Respublikinė s spaudinių", 13 – 20; 费什曼, "Tsu der geshikhte", 293 – 298.

2 舒拉米斯与维可多·里洛夫, 作者采访, 以色列, 1997 年 12 月 23 日; 里瓦·查尼, 作者采访, 1998 年 1 月 2 日。

3 梅尔·乌尔尼兹特, 未知采访者的未发表采访, 1; 阿尔蒙·斯里句斯·格里恩, 未知采访者的未发表采访, 3, 两篇采访都在作者手中。

4 哈伊姆·召施客, "Mayne ershte bagegenishn mit yidn in vilne", *Togmorgn zhurnal* (纽约), 1956 年 10 月 21 日。

第三十章　麦粒

1　伊马纽尔·金格里斯，“Bikher un mentshn (vegn dem goyrl fun yidishe un he-breyishe bikher-fondn in lite)”，*Sovetish heymland*（莫斯科）(1988年7月)：70 - 73；迪娜·亚布拉诺维奇，给塞缪尔·诺里奇的备忘，盒子第1，未制作目录集，YIVO维尔纳转运，1989—，YIVO档案。

2　理查德·舍尔普德，“重返意第绪人生活故事的篇章”，《纽约时报》，1989年8月30日。

3　见赫什·斯莫里亚科夫，“Far di kumendike doyres”，*Yerusholayim de-lite*（维尔纽斯），1990年6月，4.

4　1988年成立的全民性的民族运动团体“萨尤迪斯”（Sajudis）。——译者注

5　我出席了那次会议，在立陶宛苏维埃社会主义共和国印刷品国家委员会办公室中，1989年6月。

6　乔纳森·马克，“苏联在立陶宛的镇压模糊了犹太档案的命运”，《犹太周刊》（纽约），1991年1月18日；诺里克，采访。

7　“YIVO打开了‘二战’以来丢失的珍贵文件”，《犹太电讯社通报》，1995年2月28日；乔弗里·高德堡，“沉睡的犹太小镇”，《纽约时代杂志》，1995年6月18日；YIVO研究中心，“YIVO研究中心收复丢失的维尔纳档案”，《YIVO新闻》（1995年秋天）：1. “关于YIVO - 维尔纽斯文件的工作报告”，1996年1月30日，盒子第2，YIVO维尔纳转运，1989—，YIVO档案。

8　马莎·里昂，“这一切都是犹太人：在YIVO的失落的世界一瞥”，《先锋报》，1995年3月3日，1.

9　拉里·余德尔森，“YIVO打开了‘二战’以来丢失的珍贵文件”，《犹太电讯社通报》，1995年2月28日；斯蒂芬·李普曼，“书面记录”，《犹太周刊》（纽约），1995年3月3日，1.

10　庆祝特殊场合时使用的犹太祝福祷词。Shehecheyanu意为“给予我们生命者”。——译者注

11　肖兹克维，*Baym leyenen penimer*，205 - 208（从中选择）.

12　余德尔森，“YIVO拆包文件”；同样，亚历山德拉·沃尔，“巴布什卡与纸张小队”，《犹太标准报》（蒂内克，新泽西），1996年2月9日，6.

图　片

文学小组“年轻的维尔纳”。坐在中间的是施默克·卡奇金斯基，他右边的是亚伯拉罕·肖兹克维。施默克是小组的管理人、编辑，是团体的生命。肖兹克维则是位彻头彻尾的诗人。（图片来自 **YIVO** 犹太研究中心）

斯特拉舜图书馆，维尔纳犹太社区图书馆。图书馆后面是大犹太会堂。两栋建筑一起构成犹太维尔纳的知识与精神中心。[由齐格蒙德·柴可夫斯基（Zigmund Czajkowski）拍摄，1944年照片，维尔纳加恩国家犹太博物馆，维尔纽斯]

斯特拉舜图书馆阅览室。站在右边的是图书管理员伊萨克·斯特拉舜（Isaac Strashun），他是图书馆建筑者马提提亚胡·斯特拉舜的孙子。（图片来自 YIVO 犹太研究中心）

意第绪语科学研究中心大楼 **YIVO**，位于韦乌尔斯基街 **18** 号。**YIVO** 是世界犹太意第绪语使用者的国家研究院、国家图书馆。图上的标牌指的是“欢迎代表和客人来参加 **1935** 年的会议”。（图片来自 **YIVO** 犹太研究中心）

（左）马克思·温瑞克，维尔纳 **YIVO** 主管，**1940** 年起住在纽约。他既是个严谨缜密的德国教授，也是一个活跃在公众眼中的社会主义者。因为一次战前的反犹袭击，温瑞克右眼几乎失明。（图片来自 **YIVO** 犹太研究中心）

（右）赫尔曼·克鲁克，维尔纳犹太聚居区图书馆主管，“纸张小队”带头人。他是一位精致的绅士，即使是住在聚居区，他也会坚持擦皮鞋、锉指甲。（图片来自 **YIVO** 犹太研究中心）

泽里克 · 卡尔曼诺维奇，**YIVO** 的战前联合主管，“纸张小队”副首领。被称为“维尔纳犹太聚居区的先知”。他安慰同事：“无论他们移走了什么，战争结束后，我们都会夺回来。”（图片来自 **YIVO** 犹太研究中心）

维尔纳的一篇《妥拉》书卷，被做成鞋垫。德国人将三百册《妥拉》书卷卖给当地的皮革厂，皮革厂用它们制成德国军人靴子的鞋垫。（莱泽尔 · 兰，***Ash fun yerushalayim de-lite***）

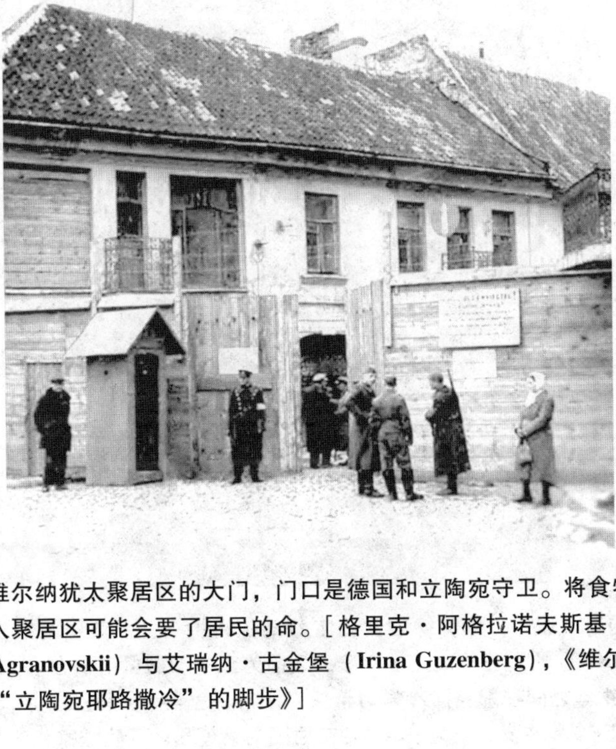

通向维尔纳犹太聚居区的大门，门口是德国和立陶宛守卫。将食物或书籍偷入聚居区可能会要了居民的命。[格里克·阿格拉诺夫斯基（**Genrikh Agranovskii**）与艾瑞纳·古金堡（**Irina Guzenberg**），《维尔纽斯：跟随“立陶宛耶路撒冷”的脚步》]

约翰内斯·波尔，纳粹德国文化宝藏劫掠机构——罗森堡国家指导总部（**ERR**）的重要犹太文物专家，之前为天主教牧师。波尔在 **1932** 年至 **1934** 年之间在耶路撒冷学习希伯来语与《圣经》。辞去牧师职位后，他拥抱了纳粹主义，成为一名希伯来语图书管理员、反犹作家和犹太书籍劫掠者。[照片来自保罗·沃尔 & 崔支勒（**Dr. Paul Wol & Tritschler**），历史图片档案]

一名犹太奴隶劳工在 **YIVO** 大楼里。此时大楼已经被 **ERR** 改造为在维尔纳的主要工作场所。根据德国人的限额，**30%** 的资料将被送去德国，剩下的则送去造纸厂销毁。(图片来自 **YIVO** 犹太研究中心)

维尔纳火车站运输图书、手稿、文件。非犹太语资料会从苏联斯摩棱斯克和维捷布斯克送到维尔纳处理。[莱泽尔·兰（**Leyzer Ran**），***Yerushalayim de-lite ilustrirt un dokumentirt***]

施默克·卡奇金斯基和亚伯拉罕·肖兹克维，**1943** 年 **7** 月 **20** 日在维尔纳犹太聚居区公寓入口处。两个诗人带头开始从 **ERR** 工地进行偷书行动。“聚居区的居民像看着疯子一样看着我们。他们把食物藏在衣服、靴子里偷进聚居区。而我们偷书、纸片，偶尔还有《妥拉》书卷或者光明节烛台。”（照片来自以色列国家图书馆）

施默克、肖兹克维和他们“纸张小队”的同事瑞拉切拉·克林斯基，**1943** 年 **7** 月 **20** 日在维尔纳犹太聚居区。瑞拉切拉是一位热爱文学的高中历史老师。在午饭时间，德国人离开后她就开始读诗。后来她回忆：“感谢诗歌，让我们有了片刻的忘怀和安慰。”（照片来自以色列国家图书馆）

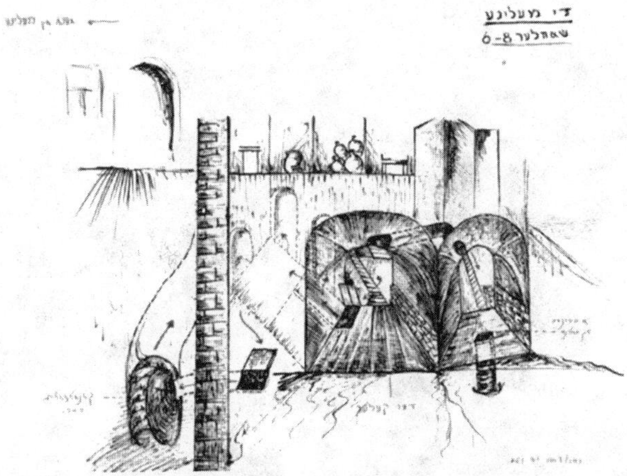

沙沃尔街地堡示意图。地堡在维尔纳犹太聚居区地下六十英尺处，里面储藏了“纸张小队”偷来的书，还有聚居区的联合游击队组织（FPO）弄到的武器。图中的尖头标记了通过下水道系统进入地堡的入口。（照片来自以色列国家图书馆）

1944 年，施默克·卡奇金斯基在被救的雕塑、画作和报纸中。（施默克·卡奇金斯基，《维尔纳的毁灭》）

施默克·卡奇金斯基和亚伯拉罕·肖兹克维成为游击队员。聚居区被清算，所有剩余的居民被送往劳改营与死亡集中营的前两周，他们离开了维尔纳聚居区，前往森林。（卡奇金斯基的照片来自 ***Shmerke kaczerginski ondenk-bukh***；肖兹克维的照片来自莱泽尔·兰，***Yerush layim delite ilustrirt un dokumentirt***）

1944 年 **7** 月，亚伯拉罕·肖兹克维（左）和戈申·阿布拉莫维奇（右），以及一辆手推车。手推车里有追回的报纸、艺术品，包括一个列夫·托尔斯泰的半身雕像。（照片来自 **YIVO** 犹太研究中心）

苏联维尔纽斯，犹太博物馆。**1944** 年 **7** 月 **26** 日，由施默克和肖兹克维建立，附属于立陶宛苏维埃社会主义共和国教育委员会。

犹太博物馆庭院，位于斯特拉舜街 **6** 号。博物馆建筑曾是聚居区图书馆和聚居区监狱所在地。院子是犹太聚居区运动场。博物馆员工继续使用前监狱牢房为办公室（唯一可用的房间）。（照片来自以色列犹太聚居区“战士之家”）

博物馆志愿者卸下从沙沃尔街地堡取回的装满文件的麻袋。施默克在日记中写道："波兰居民不断打电话给警察和其他官员，他们以为我们在挖金子。"（莱泽尔·兰，*Ash fun yerushalayim de-lite*）

1944 年，维尔纽斯垃圾管理处的院子里的犹太语书籍和文件。德国人从城市撤退之前，没能把成吨的资料送到造纸厂。（施默克·卡奇金斯基，《犹太维尔纳的毁灭》）

1946 年 4 月，肖兹克维最后一次去维尔纳，站在 **YIVO** 大楼的废墟旁边。他与犹太复国主义者地下党共同合作，把成箱的文件偷运到波兰。（图片来自 **YIVO** 犹太研究中心）

奥芬巴赫档案仓库，位于被占领的德国的美国租界。仓库存放了三百万本纳粹劫掠的书籍，其中一半为犹太文物。美国政府将大部分文物还给原所属国家，其他的则重新分配。美国还考虑将 **YIVO** 的图书送回苏维埃立陶宛或波兰。（图片来自以色列犹太大屠杀纪念馆）

1945 年末，瑞拉切拉・克林斯基和女儿萨拉在波兰。犹太人被迫进入犹太聚居区时，瑞拉切拉和她的保姆维克莎・罗杰维之安排，将 **22** 个月大的孩子留给保姆，作为波兰女孩长大。母亲和女儿在分别四年后重聚。[照片来自亚历山德拉・沃尔（**Alexandra Wall**）]

左起依次是：施默克·卡奇金斯基、亚伯拉罕·肖兹克维、伊兹卡·祖克曼（**Yitzhak Zuckerman**）（华沙聚居区起义领袖）和哈伊姆·格雷德（**Chaim Grade**）（“年轻的维尔纳”幸存的成员）。照片拍于**1946**年**11**月，作家离开前往巴黎前夜。施默克和肖兹克维离开波兰时，需要把书和文件再次偷运过境。（照片来自以色列国家图书馆）

纽约 **YIVO** 的领导人检查美国政府归还的、来自维尔纳的成箱的图书和文件。照片拍摄地：马尼舍维茨公司（**Manishewitz Matzoh Company**）的新泽西库房。库房最初就用来储存资料。（照片来自 **YIVO** 犹太研究中心）

阿那塔斯 · 乌尔普斯（**Antanas Ulpis**）（站立左二）与一群工作人员在立陶宛苏维埃社会主义共和国图书室。主管乌尔普斯把成千上万本犹太书籍和资料藏在圣乔治教堂。教堂被用作图书室的仓库。他开玩笑说："有一天他们会在以色列为我竖起一座丰碑，因为我拯救了残存的犹太文化。"［照片来自玛特内斯 · 马自韦达斯（**Martynas Mažvydas**），立陶宛国家图书馆］

1996 年回到 **YIVO** 后，**86** 岁高龄的瑞拉切拉・克林斯基察看她帮助救回维尔纳聚居区中的文件。为什么她要冒着生命危险解救这些书？“那时我不认为命运掌握在我自己手上。我们只是想为未来的人做些事情。”（照片来自 **YIVO** 犹太研究中心）